U0051308

愛呦文創

愛呦文創

萬有引力

Universal Gravitation

騎鯨南去 / 著　黑色豆腐 / 繪

4

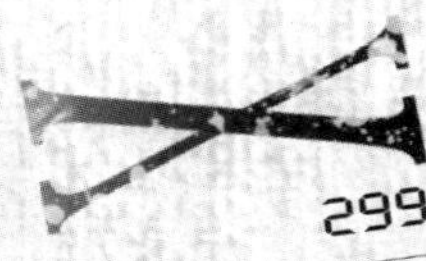

CHAPTER

01:00

在這種你死我活的戰鬥中，
慈悲心是強者和傻逼才擁有的

南舟雙手束在身前，用身體將煎熬苦熱，淋漓盡致地體驗了個遍。

衣料的細微摩擦，對此時的他都是過於鮮明刻骨的刺激。他將被血色充盈的唇抿得蒼白，微微搖晃著身體，試圖擺正重心。

江舫則蹲下身去，將他那套正經端肅的西裝式風衣繫在腰間，妥善地擋住他將起未起的反應。

隨即，江舫輕聲道：「忍一忍。」

他兜扶著南舟的腿和腰，將他打橫抱起，放到床上。

薄薄的一層白襯衣也無法擋住他透紅的皮膚。肢體的接觸，讓南舟貼著江舫的耳朵，短促微啞地哼了一聲。

這點聲音有了形，是生了薄薄細絨的羽毛，在江舫耳側拂過，直抵心室。江舫一窒，以最快的速度將南舟安頓在床上，剛要抽身平穩一下心態，就險些倒伏在了南舟身上。

他雙手撐在南舟耳側，回頭望向了自己的腰身。那條柔軟的黑色細尾繞緊了他的腰，尾端貼著他的腰窩，一下下地磨蹭拍打，有幾下都波及了江舫的臀側。

江舫看向臉泛紅暈的南舟，無奈笑道：「……倒是管管啊。」

南舟努力嘗試著去控制這條從他尾椎根部生發出來的尾巴……

嘗試無效。

南舟輕聲宣布：「它不聽我的。」

無法，江舫只好握住它的尖端，一點一點從自己的身上解開。

南舟則將雙手擒捉住腕上的束縛物，用指節抵住皮質，閉目忍耐，強行控制住自己不許破壞江舫的 choker……認真得讓人想吻他。

南舟的尾巴似乎挺不捨得從江舫身上下來，不安分地擰來擰去表示抗議。最終，尾巴勾彎成了一個小小的心形。

江舫猜到，這尾巴大概是南舟內心慾望的具象化之類的物質。但他沒有打算告訴南舟，免得自己到時候被他的直球打到不知所措……江舫已經在經驗積累之下，學會了戰略性躲避球了。

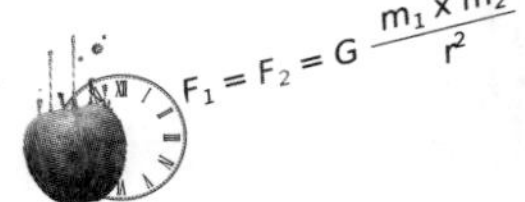

好不容易從他尾巴的桎梏中解脫出來，江舫抬頭看向南舟緊緊交合著的、微微發顫的睫毛，輕輕握住南舟的腳踝，替他褪下鞋襪，好讓他減少一些苦楚。

溫柔地伺候完他後，挺自然地輕輕拍了一下南舟因為躺著而更顯得圓潤的臀肉……拍得南舟不得不睜開一隻眼睛看向他。

相對於他難得有些強勢粗俗的動作，江舫的聲音卻是依舊和煦溫柔。

「注意力集中到我身上來啊。」江舫提醒他，「心裡得想著我。」

南舟簡短答道：「我一直在想。」

的確是誘人一吻的答案。這是南舟的風格，他總是作出這樣誠實而叫人心動的回答。

江舫曾一次次地後退、躲避、否認，這回，江舫完全遵照了自己的內心，鼓起勇氣，低頭親吻他汗濕了的頭髮。頭髮是末梢中的末梢，沒有神經，但也是可以傳遞情愫的介質。

安頓好南舟，江舫背過身去。

面對南舟時的溫柔，在背對著他時，已經全然消失殆盡。

江舫走到李銀航面前，用匕首鞘搭上她的肩膀，輕輕敲了敲。

他問李銀航：「知道怎麼用嗎？」

李銀航急出了一頭冷汗，碎髮貼在額間，看上去有些狼狽。她竭力讓口齒清晰些：「知道。見人就捅。」

江舫看她一眼，略微讚許地一點頭。

她的心態是正確的，相比之下，大多數臨入場的玩家並沒有這樣的覺悟，他們早就亂了套。

畢竟他們只是進入「鬥獸場」，想賭一賭在單人賽或團隊賽中能不能殺死南舟，就算殺不死，在「鬥獸場」的規則保護下，也有基本的生命安全保障。99% 的人根本沒想賭命。

眼下的突變，將他們陡然拉入一個從未預料過的生死戰場。存活與否，要踏著無數人的屍體和鮮血才能步步確證，心態不崩盤才是咄咄怪事。他們完全慌了陣腳。

有一小部分人抄著武器和道具從藏身地衝出去，想占據戰鬥的上勢和主動權，但因為過於莽撞，反倒容易在短兵相接時打個兩敗俱傷，彼此都倒在血泊中呻吟。

鷸和蚌咬得鮮血淋漓時，就是漁人得利的機會。大部分人在弄清楚狀況後，都安安靜靜地找個角落躲藏了起來，想苟一波，等到大家殘殺結束，自己再出來充當漁人。但他們忘記了，他們不是兔子，沒有三窟。一旦選擇放棄主動權，把自己堵在某個房間裡，反倒是自尋死路。

譬如現在，一線毒氣正沿著鎖眼，不住地灌注入一間封閉的室內。鐵門從外面上了閂，不斷有咳嗽聲、呼救聲、吐血聲，和指甲抓撓門扉的瘆人沙沙聲從室內傳來。

「朝暉」對此視若無睹。

很快，室內便沒了動靜。

臉上有蜘蛛紋身的青年將能汽化蜘蛛毒液的管狀的指尖從鎖眼中拔出，笑嘻嘻地回頭問：「這是多少個了？」

「聽聲音，裡面起碼有四個人。」蘇美螢撩一下粉色的頭髮，「還剩八十五個人。」

另一名隊友身高達兩米，魁梧高壯，肉山似的，礦泉水瓶在他蒲扇大小的手掌裡，看上去要比正常的瓶子小上整整一號。他捏爆了空礦泉水瓶，隨意往旁邊一丟，「可惜，還一直沒碰到南舟他們。」

「朝暉」的目標從來都是「立方舟」，只要把他們搞定，那他們就真正沒有什麼好顧忌的了。

相對於肉山的焦躁，蘇美螢的態度相當悠哉：「急什麼？」

她撫摸著手上【魅魔的低語】，相當得意。

「南舟的親筆簽名可太好用了。這可是相當高級的獻祭品，比那些什麼頭髮、指甲，都要管用得多了——可解鎖的玩法也多，連『過度敏感』這種程度的詛咒都能解鎖。」她自言自語道：「可惜，如果有更高級的獻

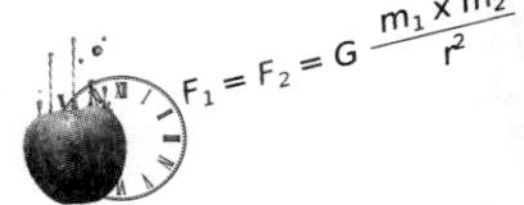

祭物，就能解鎖『絕對服從』技能了，讓他幹什麼都行。『魅魔的吸引』也不錯，可以讓這裡所有的玩家都為他瘋狂，主動靠近他，玷污他……」

肉山插嘴：「血肉可不好找。」

蘇美螢冷淡地丟了個眼波過去，「我都說了，急什麼？」

「等我們找到他了，以他的狀態，難道還能對我們動手不成？到時候，他的血肉想要多少就有多少，我要讓他把手裡所有贏到的道具，都乖乖交到我們手裡。」

蜘蛛男說：「他可不是一個人。」

蘇美螢掩嘴笑道：「折了一個南舟，他們還有什麼？兩個人類隊友？」她合理分析道：「有這麼一個非人類在，他們之前那些關卡肯定過得特別輕鬆吧。到那時候，可以讓他們把福利全部吐出來。」

說著，她笑著看向隊友們，「不屬於自己的東西，就算拿到了，也不屬於他們啊。」

「再給他加上一點籌碼吧？」蘇美螢捧著【魅魔的低語】，邊走邊自言自語：「是加入『共鳴』，還是加入『窒息體驗』呢？」

一行人轉過一處走廊轉角時，蘇美螢餘光一瞥，眼中便是一亮。她一手攔住即將暴露目標的肉山，強行退回了角落。

她從角落小心地探出頭去，發現在一具女性玩家的屍身邊，正背對著他們、蹲著一個銀髮蠍子辮的高挑美人。

蘇美螢神色一喜，轉頭和隊友確認，「和南舟同行的，是不是有個銀髮的俄羅斯人？還是烏克蘭人？」

江舫的特徵委實太過明顯，甚至比黑髮黑眼的南舟還要更好辨認。

迅速向隊友們確認了江舫的身分後，蘇美螢迅速扯掉了粉色的假髮，又用力眨了眨眼，逼迫自己流下淚來。凌亂的黑髮，微微花掉的妝容，淚盈於睫的委屈模樣，讓她看起來梨花帶雨，楚楚動人。

她用了B級道具【無聲步】，悄無聲息地往回走了一些，才撤掉了道具效果，又用C級道具【特技演員的妝效】，將自己的一張臉弄得看起來

傷痕累累。

她裝作是從某個地方快速趕來的，將地板踩出咯吱咯吱的響聲。蘇美螢一路小步奔跑著來到了江舫所在的走廊，像是第一次看到他似的，驚叫了一聲，猛地剎住了腳步。

蘇美螢之所以敢靠近江舫，也是因為她觀察了追擊戰至今的戰況。迄今為止，「立方舟」在能力允許的範圍內，並沒有殺掉任何一個玩家。在這種你死我活的戰鬥中，慈悲心是強者和傻逼才擁有的。當強者不再強悍，慈悲心就只能拖後腿了。

她向來喜歡別人的慈悲，因為這能大大地成就她自己。

江舫聽到身後的足音，也回過了頭來。

俊美無儔的面容，讓蘇美螢一怔之下，竟然生出了一些「死了太可惜」的惋惜。但這並不耽誤她將自己的戲繼續下去。

蘇美螢哆哆嗦嗦，目光不住地往地上倒著的女人身上瞟，小白兔似的柔弱可欺。她期期艾艾道：「你，我……」

江舫指了指地上躺著的女人，「妳認得她？」

地上的那個陌生女性玩家，蘇美螢可不認得是誰，一個司空見慣了的倒楣蛋罷了。但蘇美螢馬上接上了這段戲。

她的淚水大滴大滴地湧出眼眶，「她是……我的姊姊……是我唯一的依靠了……」

她像是一個純正的傻白甜、一個見到了救命稻草的溺水者，在「失控的情緒」左右下，無措地向江舫靠攏過去，「救救我……救救我啊！」

「我想活著，讓我和你在一起好不好？我只有一個人，我沒有別的依靠了，我想活下——啊！！」

蘇美螢臉上尖銳地一痛。神經被割裂開來的劇烈痛感讓她忘記了自己飾演的角色，短促尖叫一聲，捂著臉匆匆退後幾步。她顫抖著將手放下一看，只見滿手鮮血，順著她的掌紋四下蜿蜒。溫熱的鮮血潺潺直淌入她的脖子，口子深可見骨，恐怕這一張臉也是廢了。

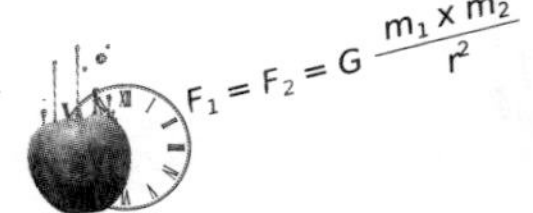

哪裡有不愛惜自己臉的人，更別提一直自恃美貌的蘇美螢。她瞬間猙獰了一張臉，「你——」

一張黑色的小丑牌，沾著蘇美螢臉上的鮮血，從江舫指尖消失了。

「傷太假了。」江舫溫和道：「我幫妳加深一下，不好嗎？」

蘇美螢瞠目結舌。

——這怎麼可能？？她臉上、身上的這些傷口，是系統道具做的，再逼真也沒有了！江舫怎麼能看得出來？

蘇美螢強忍怒火，捂住臉，淒淒弱弱地想要將戲強續下去：「你怎麼……」

江舫看了她一眼，旋即低頭，看向了地上躺著的人，語氣親熱：「銀航，妳認得她嗎？這位小姐說妳是她唯一的依靠呢。」

蘇美螢：「……」

躺在地上裝死的李銀航睜了個眼，抬眼看了她一下，就盡職盡責地閉上了眼。

蘇美螢臉色大變。釣魚？！一向擅長釣魚的自己，居然被人當做魚給釣了？但她更知道，眼下情勢於她而言是大大的不利！

跑！蘇美螢捂住流血不止的臉，作驚惶狀，掉頭就逃。但她指尖在皮膚上一點，一道透明護盾頓時在她身體的幾點要害處延展開來——S 級道具【反彈！】

只要江舫再往她的身上補上一刀，他的同部位就會被反彈上同樣的傷勢。但她居然連這一判斷都是自作多情，江舫根本沒有補刀的打算。

當她逃到拐角時，餘光一轉，竟然瞥到江舫對她的背影露出了一個燦爛的、無所謂的笑容。這個笑容無異於一記摑上了她臉蛋的耳光。

她背靠著轉側牆角，胸膛頻頻起伏，卻不忘放出一個 C 級傀儡替身，讓它代替自己大步逃向走廊另一側，製造她仍在逃竄的假象，寄望江舫會被瞞騙過去，徑直追來。但這也只讓她在浪費了一個珍貴的保命的 S 級道具後，又額外浪費了一個 C 級道具而已。

她的四名隊友都藏在走廊拐角處，靜靜望著滿身狼狽的蘇美螢。蘇美螢捂住嘴，壓抑下幾乎要把她肺部燃燒起來的憤怒。

從方才的走廊裡傳來了李銀航的聲音。

她從地上爬起半個身子，「不追嗎？」

江舫指尖一轉，理好掌心裡的牌，「他們有埋伏，我為什麼要追？」

蘇美螢：「……」

強烈的恥辱感，伴隨著上湧的氣血，逼得她臉上新鮮的傷口不斷滲出汙血，將她還算甜美的一張臉染得異常猙獰。在先期積累的巨大優勢下，蘇美螢習慣了用各種道具，調弄得別人求死而不得。她從來沒吃過這麼大的虧！

肉山看上去野蠻無腦，行事卻異常謹慎。他無聲地用口型詢問蘇美螢：「走？還是上？」

蘇美螢咬緊牙關。大概是因為疼痛太過強烈，她的面部神經反倒麻木了，一時鈍感，覺不出痛來。

她腦中閃過種種推測。

江舫和李銀航只有兩個人，他們五個人都在這裡，雙方實力本該是懸殊的。但江舫不追，還敢大膽說出有埋伏，是否他早有準備？他們貿然出手，會不會有什麼後果？他到底用的是空城計？還是確有後手？

數十秒間，百般考量轉過她的腦海。最終，蘇美螢把沾滿自己鮮血的一隻手捏得咯吱咯吱響，咬牙切齒道：「殺了他們！」

這不是因為她臉上的傷和剛才接連蒙受的羞辱。在權衡之後，蘇美螢判斷，己方現在的優勢太大了。

她認為，在這種五對二的境況下，如果他們僅僅因為江舫拆穿了「有埋伏」的事實，就甩手不幹，那就過於滑稽了。

剛才的短兵相接，足以讓蘇美螢判斷出，這兩個人並不像自己先前判斷的那樣，是無智的蠢驢。一鼓作氣地殺掉李銀航和江舫，不只是斬掉南舟的兩條臂膀，還等於除掉兩個勁敵！

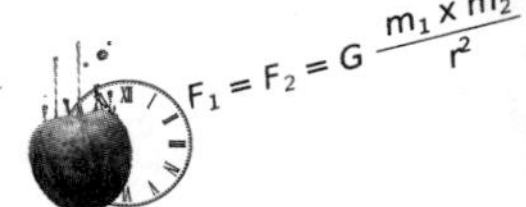

她用帶血的指尖一指肉山，再一指蜘蛛男。五人配合多時，默契十足，當然明白她的意圖。肉山一步跨了出去，而蜘蛛男擔心地望一眼她後，也跟著肉山邁了出去……但是他們邁出去後，就沒有多餘的動作了。

蘇美螢壓低聲音：「幹什麼？！怎麼不動手？」

肉山向前一指，「人不見了。」

蘇美螢驚怒交集，從走廊處探出頭來。她面對的只是一條空蕩蕩的走廊而已。

人跑了？！難不成真的是空城計？！

面對氣得渾身哆嗦的蘇美螢，蜘蛛男不敢去觸她的霉頭，推開這條走廊上的一扇扇房門，查看內裡有無躲藏的人。

肉山走上去，拍一拍她的肩，用粗啞的聲音寬慰她：「他知道有埋伏，怎麼會還留在這裡？」

蘇美螢驀然回頭，大聲道：「他如果真的怕埋伏，為什麼會帶著那個女的在走廊上待著？」

她情緒化和神經質的毛病向來嚴重，思路卻一直是清晰的。她在走廊上來回踱步，喃喃自語：「為什麼？為什麼？」

十幾秒的高強度思考後，蘇美螢忍著臉上的麻木，再次取出【魅魔的低語】，撕下一頁，將新的詛咒點燃了。

去他媽的「為什麼」！不管怎麼樣，解決對手最好的辦法，就是給他們製造新的混亂。

江舫他們現在主動出擊，無論原因為何，肯定是在南舟得到了起碼的控制和保護的前提下。說不定，南舟就在附近的某個房間內被五花大綁著。那麼，她只要讓他們無法控制南舟就好了。

「嘿。」第四名隊友，一個擁有S級隱形道具的人，在看清楚她發動的是什麼樣的詛咒後，臉色一變，現身握住她的手腕，勸阻道：「妳不要這本書了？」

蘇美螢冷冷看向隱身男，「我的東西，我想怎麼處理就怎麼處理，你有意見？」

第五名隊友是個其貌不揚的眼鏡男。他同樣不贊成她的判斷：「這本書一共 36 頁，妳還有二十五個詛咒沒有使用，就非要用這種一次性的詛咒不可？剩下二十四個，妳就白白浪費了……讓他本人徹底魅魔化？」

蘇美螢嘴角神經質地抽動著，配合著她臉上撲克牌橫貫的切口，形成了一個似笑非笑的獰笑，尖銳道：「讓他變成一個怪物，不好嗎？我覺得這樣……」

話到一半，她即將出口的話就像是化作了實體的文字，有稜有角地卡在了她的喉嚨裡。她指尖燃燒著的詛咒頁也落在了地上，被身形突然不穩的她一腳踩熄，只剩下枯焦的半頁魅魔圖案。

蘇美螢的臉迅速轉為紫紅，頸上條條青筋綻開。她突然發出了一聲尖銳的慘叫，抓著自己的臉皮，嘶聲慘叫起來。

隱身男被駭了一跳，往後倒退數步，「她瘋了啊？」

肉山覺出不對勁，一手發力捂住蘇美螢的嘴，將她凌空摁在了懷裡，巨大的手蓋住了她的臉，卻還記得給她的鼻子留出呼吸的空間。

誰想到蘇美螢完全失了控，母狼似的發出一聲尖嘷，張開嘴，咬住了肉山的食指。咔嚓一聲，肉山的一截指節生生被咬落了下來！

肉山也發出了一聲嘶吼，痛得往後一仰，腦袋砰的一聲撞到了走廊上懸掛著的金屬畫框。

肉山一行人難得亂了陣腳。一群人連忙上去分開了他們，按手的按手、壓腿的壓腿，將完全狂犬化了的蘇美螢壓在地毯上。

肉山蜷身跪著，用單手拇指捂住血如泉湧的斷指處，另一手哆嗦著從倉庫裡取出止血藥，仰頭下去，一口吞下了三片。苦澀得令人作嘔的藥片被嚼碎後，快速在口腔內融化，發揮了作用。數秒鐘內，肉山的斷指迅速生長出了一層粉紅色的肉膜，隔絕了血液的滲出。

他將斷指撿起，哆嗦著手，塞入口袋，走向猶然癲狂的蘇美螢，低頭一嗅蘇美螢受傷的臉。被強化過的嗅覺讓他迅速捕捉到了一絲異常，「不

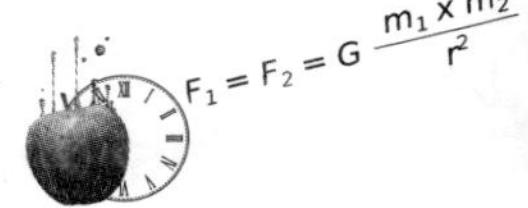

對！有藥味兒！」肉山思維急轉。

剛才，那個叫江舫的人，用自己和李銀航設下了一個看起來毫無防備的陷阱。走廊相對來說偏於狹窄，在那樣的場地限制下，一群人光明正大殺出去取他性命反倒不合適——也就是說，江舫在有意誘導蘇美螢這類擅玩心計的襲擊者靠近他。

可在傷到蘇美螢並輕描淡寫地揭出有人埋伏的事實後，他並沒有繼續追擊，或是留在原地，而是躲了起來。就像蘇美螢說的，他如果真的怕有人埋伏他，為什麼不老老實實藏起來，而要在走廊裡現身？

在肉山加速思考時，隱身男已經快壓不住癲狂的蘇美螢了，「老魏！你知道到底是什麼藥嗎？咱們有辦法解嗎？！」

「我知道了。」肉山魏成化咬緊牙關，一字一頓道：「姓江的在算計我們！」

眼鏡男焦頭爛額，一時跟不上肉山的思路：「哈？！」

「他壓根兒不是膽小。」魏成化說：「江舫恐怕是判斷出，美螢有同伴，而且……一旦她受了傷，一定會來找我們，我們也一定會現身。」

眼鏡男：「他想和我們硬槓？！那他不應該躲啊？」

魏成化搖搖頭，「你還記得美螢剛才的計劃嗎？她只想讓我和良驥去，讓你們兩個留守，伺機而動。」

地上的蘇美螢眼睛翻白，不住發出無意義的嗥叫，伴隨著魏成化冷靜的分析，叫眼鏡男和隱身男同時頭皮發麻起來。

眼鏡男：「……你是說……」

魏成化：「他不想讓你們兩個有機會躲起來。」

「所以，他給她下了會發瘋的藥。他想靠發瘋的美螢，找到我們五個人的準確位置，一網打盡……」

眼鏡男不敢置信：「他瘋了？！他只有兩個人，就敢和我們五個人硬碰硬？」

一時間，走廊裡沉寂一片，只剩下地上的蘇美螢在無意義地喘息低吟。在這樣詭異的沉寂間，魏成化提出了一個叫其他兩人毛骨悚然的問題：「……任良驥呢？」

任良驥就是蜘蛛男。在蘇美螢的指示下，他挨個搜索房間去了……但卻很久沒有再出聲了。

而就在這個問題問出的下一秒，其他三人發現，自己隊友一欄裡，「任良驥」的名字灰了下來。

點卡得過於準確，彷彿那背後的操盤人，就等著他們問出這樣的問題。這是毫無爭議的、代表死亡的顏色。隨即，走廊彼端，異物拖地的沉悶聲響，彷彿是貼著他們的腦髓和牙髓神經緩緩滑過。聲響在一步步靠近他們。

肉山魏成化下意識搶前一步，護在其他三人面前。

不多時，一名銀髮青年，倒拖著已經無法反抗了的蜘蛛男的腳腕，立在走廊邊角處。

剛才貼地摩擦、發出陣陣聲響的是蜘蛛男的指甲。他的咽部被撲克牌準確劃開了一個口子。這證明，江舫剛剛分明是有能力一記劃破蘇美螢喉嚨的。他就是在等著他們五個人聚齊。

「找到你……」江舫黑色的眼珠愉快地一睇，「不，找到你們了。」

肉山看著死於非命的任良驥，冷熱交雜，汗水涔涔，怒到渾身發抖。但他仍有理智。只要他們「朝暉」活到最後，良驥就能復活。只要殺了「立方舟」，奪得勝利！

他用滿面的橫肉擠出一個凶惡的冷笑，「就憑你一個？」

江舫仰視著肉山，囂張笑說：「嗯。有什麼問題嗎？」

肉山覺得那讓蘇美螢發瘋的藥必然是有時限的，他一邊斟酌著要不要退，一邊嘗試著拖延時間。

他努力作出畏懼的樣子，「我們聽說『立方舟』不殺人……」

「啊，你想要不殺人的那個？」江舫往前踏出一步，冷冷地說：「他今天正巧不在。」

他的良心、他的善念，他願意為之飾演、偽裝的紳士形象，正和南舟一起，被自己的 choker 綁在床上。

說話間，江舫踏住了飄落在地毯上還在嫋嫋冒出細煙的咒紙。他撤開腳步，看見那燃燒了一半的咒紙上，有著一條熟悉的箭頭狀尾巴，他漂亮的眼睛瞇了起來。

當他再抬起眼來時，眼裡僅有的那一點人情味也消失了。

「下詛咒的，是你們？」

「那我更加找對人了。」

這句話一出，肉山魏成化頓時清楚，退無可退了。既然一定要相殺，那就……搶奪先機！他一言不發，提起碗口大的拳頭，迎著江舫的面門就狠狠砸了過去！

然而，江舫卻不躲不避，眼睜睜看著那斗大的拳頭朝他的臉頰落下。

拳勢走到一半時，魏成化已經覺得不對勁了。可到了這種地步，他怎麼收得回手？！他的拳頭狠狠砸到了那銀髮男人的臉上。噗的一聲，男人的臉迅速癟了下去。魏成化的心也隨之猛地跌落深淵。

是一張皮？！一個傀儡？

一直流傳在世界頻道內的「江舫」長相，是歐亞混血的銀髮青年。所以，「銀色長髮」才是大家判斷江舫身分的重點。可魏成化仔細看去，才發現這張皮上的長髮，是用乳膠漆染成的，還散發著淡淡的氣味，肩膀上，也還落著一兩點油漆。

而就在他低頭檢視那張「人皮」時，他身後的隱身男已經無聲倒下。一枚方塊 K 釘入了他的後腦，只留下一個小小的「K」還露在外面。

在傀儡「江舫」吸引走了他們全副的注意力後，真正的江舫繞過了複雜的走廊，出現在了他們身後！

眼鏡男眼見朋友的身體向前軟倒，突覺寒意爬上身軀，不及回頭，猛地死死看向了自己的腳——他的 S 級道具，就是他戴著如酒瓶底厚的眼鏡。功能是用來複製生物體。

瞬間，有一個和他長得一模一樣的男人攔在他的身後。而就在下一秒，男人替他擋住了兩枚本該落在他後心和後脖頸的撲克牌，撲倒在自己的後背上。

被死去的「自己」抱住的感覺，實在是過於可怖。

眼鏡男毛骨悚然，向前疾衝幾步，抱起已經昏厥的蘇美螢，對魏成化聲嘶力竭地吼道：「跑啊！」

但背後鬼魅般的一聲輕笑，駭得他雞皮疙瘩攀上了脖頸。

「……哦，能力在眼睛上嗎？」

魏成化早已回過神來，只恨自己不夠謹慎，驟然回身，一把將眼鏡男和蘇美螢推向自己身後，隨即一拳揮向了江舫！

江舫居然仍是不躲不避，抬起拳頭，迎著自己的拳風，對揮了上去。魏成化一瞬間以為眼前這個也是個冒牌貨，下手便不自覺收了三分勁。咔嚓一聲，他的手腕竟然在江舫的一拳之下，硬生生地被挫歪了骨位！

「啊，很疼啊。」

江舫低頭看向自己微微青紅起來的手背，口上這樣說，臉上卻不見分毫痛色。他另一手一揮，甩出一把刀來，笑道：「謝謝幫忙。他一定會心疼的。」

魏成化看著他的笑容，倒退兩步，後腳跟便碰到了朋友的屍體。那溫熱的觸感，和眼前燦爛的笑容對比之下，讓魏成化臉色越發煞白。他在《萬有引力》第一次真正地感到恐懼，居然不是面對鬼怪，而是一個漂亮得像是花瓶一樣的青年。

——瘋子……真他媽是個瘋子！

眼看魏成化落了下風，已經逃出幾步開外的複製眼鏡男倉皇回頭，大叫：「老魏！」

魏成化倒退數步，咻咻地喘著粗氣，手骨刺心地銳痛，在身側抖得像是篩糠一樣。

眼鏡男眼鋒一轉，憑空複製出兩個魏成化，將走廊擋了個嚴嚴實實，

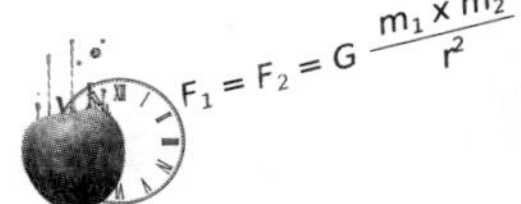

再次替魏成化擋去江舫的兩枚撲克牌後，他抱住蘇美螢，厲聲喝道：「老魏！殺我！」

魏成化身形一頓，喝道：「你再複製一個你不行嗎？」

眼鏡男搖頭，「複製的生物體是假的！我複製不出真的人來！我給不了你要的⋯⋯」

魏成化神情裡流露出難以掩飾的、狼狽的痛意和恨意——一個人！只有一個人，就把他們逼到了這樣的地步！

在即將倒下時，眼鏡男不敢再耽誤時間，將蘇美螢抬手扔向魏成化。魏成化用傷手接住她後，矮小的眼鏡男大步衝回到他身前，抬手握住魏成化手腕上纏繞著看似俗之又俗的大金鏈子。

魏成化權衡了眼前局勢後，無可奈何地痛吼一聲。金鏈子煥發出虛假的金芒，如有實體，條條刺入眼鏡男的皮膚。

眼鏡男生怕他下不去手，牢牢抓住他的手腕。他想扯出一個笑容來安慰安慰魏成化，嘴角卻不住地抽搐痙攣起來。他的眼窩迅速凹陷，皮膚的水分也以肉眼可見的速度被榨乾，變得灰黑枯槁。不消 3 秒，眼鏡男心甘情願地變成了一具被高度脫水的屍體。

而扔下一具被吸乾的人乾後，魏成化本就強悍的肌肉，肉眼可見地向外膨隆起來。他雙目猩紅，眼內條條紫紅色的血絲綻開，像是猙獰嗜血的龍目。肉山魏成化怒吼一聲，一拳打裂了兩個擋在自己面前的複製自己。血肉橫飛，腦漿飛濺！

然而，就在飛裂開來的屍身後，空空蕩蕩，不見一人。

魏成化：「⋯⋯」

他灌注了自己滿腔怨怒和熱血的拳頭瞬間冷了下來。他獻祭了一條隊友的性命，換來的居然是一場空嗎？！

困獸一樣的魏成化在走廊裡兜了兩圈，還是沒有找到江舫的蹤影。這強烈的情緒淤泥般迅速從他心底翻湧出來，堵塞住了他身體的每一處血管。他一拳擂在了旁側牆壁上，整條走廊地動山搖地搖撼了一下。

魏成化悶聲低吼了數聲，好宣洩淤積在胸腔內行將沸騰、煮熟他五臟六腑的抑鬱情緒。在瘋狂攻擊了兩下牆面後，他忽然聽到一個微弱的女聲：「你他媽瘋了？」

蘇美螢醒了。

魏成化這才想起自己的責任，一聲不吭地抱起剛剛從昏迷中甦醒，還沒有搞清楚狀況的蘇美螢，開步朝遠方奔去。

蘇美螢儘管初初醒來，對方才的一切毫無印象，但她會用眼睛看。

咽喉被劃開的任良驥，後腦被釘穿會隱身的艾實，被吸成了人乾的眼鏡男王華藏。

她瘦削矮小的身體縮了縮，蜷在魏成化肉山一樣的懷裡，身上用來裝飾的小鈴鐺一晃一晃，搖出細碎的鈴音。她壓低聲音，問：「……幾個人？」幾個人的合圍，能把他們逼到了這種程度？

魏成化不說話。蘇美螢發了火，尖細的指甲發力掐在魏成化緊繃著的肩膀肌肉上，掐得手都痛了，「你說話呀！聾了？啞巴了？」

魏成化仍是一言不發地向前跑去，似乎是真的失去了一部分官能，沒有痛覺、沒有聽覺。

與此同時，用易水歌留下的人皮傀儡和自己打配合、一人就滅去了三人的江舫，從一面牆間推「牆」而出。

這是他們剛才在「鬥獸場」雙人賽中最新補充的S級道具【因為買到了版權所以可以叫做任意門】。一個哆啦A夢形狀的門把手，只要插在牆上，就能像打開拉鍊一樣，打開任意一個地方，從虛空中開闢出一處近30平方公尺的小空間。使用次數還剩下六次，開關都要消耗次數。

江舫本來不打算躲開魏成化的那一擊的……如果不是他掛在胸前的【第六感】十字架開裂了的話。這玩意兒是他們在【沙、沙、沙】副本

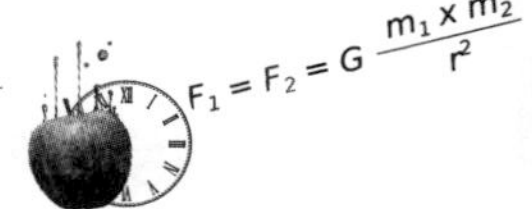

裡從三人組那裡搶來的，專門針對非實體怪物，一旦出現危險就會立刻碎裂。它本來不該出現在玩家與玩家對抗的 PVP 比賽中。而這東西的預警，顯然保下了江舫一條命。

他扯下已經失去功能的十字架，揣入口袋，緩步走向走廊裡倒伏著的三具屍身，蹲下身去，細細檢查。

最讓他在意的就是那位眼鏡先生的死狀了。

簡單的檢查過後，江舫確信，那位姓魏的先生，應該擁有一樣吸收類道具。它能將人體內的能量量化，為己所用，反哺道具主人，在短時間內取得最大程度的爆發。只是不知道他這種極限狀態會持續多久。

江舫又走向易水歌留給他們的那具氣球一樣癟下去的傀儡，將傀儡收回背包時俯身撿起被他壓在身下的詛咒之書的紙角。他將那半頁紙角捏在掌心，微微蹙眉。

——新的詛咒已經生效了？

江舫知道，南舟現在必然煎熬難耐得很。那詛咒道具還沒有徹底銷毀，被捏在蘇美螢這種人手裡，還不知道他要吃多少苦頭。但他同樣知道，強硬瘋癲之餘，也應當及時躲避不可擋的鋒芒。方才，十字架的碎裂，就是他應該聽從的警示。

江舫向來如此。他連瘋都瘋得有節制、有進退、有目的。現在他要先回去確認南舟的狀況。他轉回自己先前所在的走廊，在一片空白的牆面上，放上了哆啦 A 夢的門把手。

咔嚓。在虛空中擰動一記過後，牆壁應聲而開。打開牆壁後，他的目光恰好和正在屋內急得團團轉的李銀航對接。

一見江舫回來，她忙迎了上來，「舫哥，南老師不大對勁……」

這時，在洋房的另一處角落。

魏成化膨脹得有些可怕的肌肉已經恢復正常的模樣。但他的身高比剛才拔高了幾公分，肌肉輪廓更加扎實孔武。

顯而易見，在進入《萬有引力》前的魏成化不是這個樣子的。他的肌肉、強壯、勇武，都是靠無數人的精血，一點點堆疊起來的。因為他的腳下就倒伏著兩具新的、死不瞑目的屍身。那是兩個滿臉驚懼的女孩子。花季一樣的年歲，卻被提前抽乾了歲月，變成了枯敗的殘枝，乾癟地臥在地上，等待腐爛。

魏成化抹了抹腕上泛光的金鏈，若有所思。

弄明白眼下情況的蘇美螢已經發了新一輪的瘋了。她本來癒合的粉紅傷疤在劇烈的情緒波動和扭曲的面部肌肉下，再次開裂，不得不再次吃了一遍止血藥。她含糖豆一樣含著苦澀得讓人反胃的藥，把一雙手緊緊扭在一起，粉色的頭髮黏在缺水乾裂的唇邊，暴露了她此刻的緊張與焦慮。

魏成化不再提他們險些被一個人虐了全的事實，輕描淡寫道：「我們不該把他們扔在那裡。」

蘇美螢抖著腿，滿不在乎道：「不用帶他們的屍體，我們的儲物格不夠。再說，他們早晚都會回來，到時候還要讓他們自己處理自己的屍體？還不夠噁心的。」

蘇美螢話說得篤定又狂妄，好像死去的三個隊友已經活生生站在他們面前一樣。理所當然，毫無爭議。

魏成化攥緊了沙錘一樣大的拳頭，「是啊，只要我們贏了，他們就能回來。」

「……只要贏了。」蘇美螢重複了一遍魏成化的話，認真道：「我們的願望，一個都不能少。」

「只要我們『朝暉』贏了，我們就能回到正常的世界去喝啤酒、吃火鍋。我們要有數不清的錢，每人平均分一份。還有我爸、你媽、四眼他妹，也都可以在現實世界裡活過來。我們一開始就說好了，不是嗎？」

他們五個人，有著同樣的目標，也有著同樣的信念。他們的利益至高

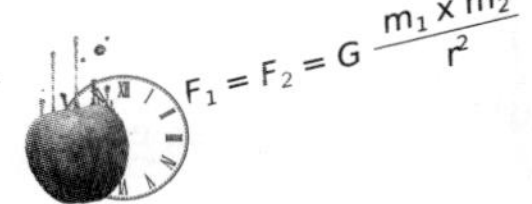

無上，只要他們自己能活著就好。其他人活不過他們，是沒本事。

魏成化垂目，看向地上的兩具屍體。

「同情人的老毛病又犯了？」蘇美螢看穿了他的心思，嗤笑一聲，「我們當然必須得活著回去，其他人就算了。」

魏成化點頭，認可道：「……如果所有人都回去了，他們會把我們的事情告訴外面那些人的。」

蘇美螢驕傲地揚起下巴，儘管她現在的臉汙糟一片，已經無法細看了。她惡毒又誠懇地道：「所以，我們會是唯一的冠軍。唯一的、活著出去的人。」

魏成化：「嗯。」

嬌小的蘇美螢跨過地上的兩人，連一個同情的眼神都懶得施捨給無能的失敗者，「走，幹活了。」

但她的內心，遠不及她口頭上這樣輕鬆。她把手探進口袋，握緊了那冊【魅魔的低語】。

江舫害得「朝暉」蒙受了前所未有的損失，她當然要讓江舫照單賠償！現在南舟拿捏在她手上，可不是由得自己予取予求，搓圓捏扁！

可是，等她翻開冊子，才想起來自己在發瘋前，已經動用了那排名第三位的強力詛咒。那個詛咒，能夠讓她整本書上可用的詛咒都悉數作廢。心疼之餘，蘇美螢也得到了一點點的安慰。

那個詛咒啟用之後，南舟將在實體層面上徹底變成一個怪物！然而，還沒來得及多高興一會兒，她便又意識到了一點不妙。好像……那份詛咒，並沒有燒盡？

她急忙翻開，發現其他詛咒淫紋還是正常可使用的狀態。但當她嘗試著重新發動詛咒【窒息體驗】時，新撕下的詛咒卻無法發揮應有的功效。

出現這種情況，只有一個可能——上一個詛咒還沒有貫徹完全，下一個就無法使用……簡而言之，就是卡 bug 了。

蘇美螢咬牙切齒地叫住了正要去尋找下一隊目標的魏成化，憤恨道：

「……回去！」

魏成化微微皺眉，「嗯？」

蘇美螢氣得聲音都變得更尖細了：「回去剛才我們遇到江舫的地方！快點兒！」

她想要找回沒燒完的詛咒，設法撤銷之後，再好好折騰南舟一番。可等回到原處，那半頁紙角早就被江舫回收。

遍尋無果，蘇美螢氣得連連跺腳時，她根本沒注意到，一點點從齒關中洩出的細微低吟，正從距離他們不到三十公尺開外的牆縫中滲出。

空間內大約有 30 平方公尺的可用面積，牆壁是灰黑水泥澆築成的，門合上後，就沒有自然光源，只剩下一顆繫在塑膠繩上的燈泡，靜靜懸在半空當中。這裡的傢俱陳設相當簡單，一張小桌、兩把木椅、一張單人床，像是過去戰爭年代為了躲避轟炸而設的防空洞。

江舫的目光落向這小小空間內唯一的一張床鋪。床腳的被單凌亂不堪，滿布磨蹭的痕跡，纖維繃得緊緊的，似乎隨時會繃斷。

南舟一隻光裸的腳正蹬在底側堅硬的柵狀床欄上，西裝褲滑到膝彎處，小腿肌肉拗出一個極力忍耐著的弧線。南舟的襪子一隻已經徹底脫落，另一隻從他腳踝處滑落，掛在緊緊內扣的腳趾上。

因為南極星並不作為隊友存在，所以牠可以在儲物槽中自由進出。

牠玩心重，看見活動的長條物，就起了玩心，跳來跳去地去撲那敏感的長尾巴。尾巴被牠弄得不勝其煩，擺來擺去。

每動一下，南舟的呼吸就哽一下。

這種一哽一吸的節奏，讓人感覺南舟隨時會因為過度呼吸而昏迷。可他始終是清醒的。

李銀航望著床上背對著他們的南舟，囁嚅的聲音幾近哽咽：「突然就

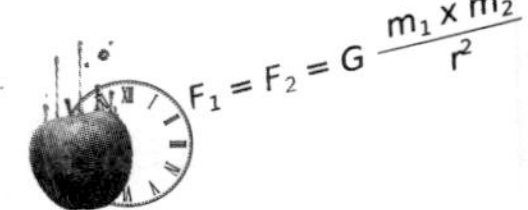

變成這樣了……」

南舟雪白的襯衣被後背層生的翅膀撕開，一雙長約半丈、破破爛爛的魅魔翅膀像是被玩弄過度了，軟軟垂在他弧線精緻的肩胛骨下，小幅度地搧動著。

江舫的聲音聽不出喜怒：「嗯，知道了。」

李銀航帶著哭腔，懂事道：「需要我閉眼嗎？」

江舫向床側走去，「嗯，辛苦。」

南舟背對著他，一呼一吸，那種叫人窒息的脆弱感讓江舫不自覺屏住了呼吸。喉結上下游移了好一陣，他才想起來喘氣。

江舫走上前去。他注意到，聽到腳步聲的南舟，像是小野獸一樣警惕地弓起了腰線。

江舫輕聲說：「是我。」

南舟緊緊聳著的背部肌肉這才放鬆。

江舫也得以看清了南舟現如今的全貌。

他的襯衣下襬的紐扣被解放了。他精實漂亮、缺乏肉感的小腹上掛滿了汗珠，正隨著他的呼吸弧度清晰地一起一伏。而他貓眼一樣狹長漂亮的肚臍上，正叩著一枚嶄新的淫紋……是一隻生了羽翅、形似男性生殖系統的魔鬼圖騰。他的尾巴透著熟透了的紅，上面覆蓋著的細密絨毛上沾了些汗水，顯得有些擺不動的沉重。

江舫出聲：「南老師……」

話音剛起，南舟的一雙帶著骨跡的翅膀猛然發難，把江舫圈抱進自己懷裡。

江舫被摟得猝不及防，忙探手去維持身體的平衡，卻不慎按住南舟牢牢被自己 choker 束縛住的手腕……他真的很聽話，沒有掙斷。

藉著從翅膀外透出的一點燈亮，江舫看到他頭髮上泛著晶晶的汗水，choker 的銀飾落在他凌亂的頭髮上，反射著碎碎的駁光。更重要的是，他的額頭上長出了兩隻尖尖的、紅黑相間的小角。很可愛。

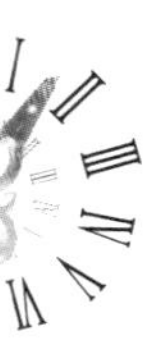

江舫的心登時軟得一塌糊塗。

南舟用翅膀將他牢牢圈攬住，一雙翅膀敏感到不能交碰，所以勉強構成了一個不相交的三角。

南舟小聲說：「你不要看我。」

江舫抬手去摸了摸他的角，摸得南舟臉色微變。細小的電流順著那角，直接鑽入他的大腦，刺激得他渾身發軟。

江舫注意到他神態的變化，急忙撤回手來。他的聲音在翅膀的圍護中，帶了一點小小的回音：「不舒服嗎？」

聽了江舫的話，南舟又不得不集中注意力，體驗了一下身上周遊肆虐著的慾望，嘶嘶地小幅度抽了兩口氣：「嗯。還能忍。」

江舫略略鬆了一口氣……還好，南舟還沒有完全喪失神志。他的視線瞄向自己的掌心，那裡攥著半頁未被焚毀的詛咒道具……是還沒有燒完的緣故嗎？

放下心來後，江舫細心將南舟出汗的頭髮一一撥開、理好。能讓他舒服哪怕一點點也好。

南舟閉著嘴，一點聲音也不出。

江舫笑說：「怎麼跟貓似的。」忍耐性這麼強。

「……唔。」南舟喉嚨裡發出一聲軟軟的應答，餘光一瞥，恰好看到江舫青紅交錯的手背。

他不聽話的尾巴這時卻異常順暢地纏上江舫的腿，拉了拉，「你，受傷了？」

江舫一點心理障礙也沒有地撒嬌：「疼。」

南舟扭了扭身體，被魅魔效應影響得微微透了紅的眼睛直直望著江舫。他活動了一下自己並未受傷的手，納罕地小聲提問：「……我也會疼。為什麼？」

江舫沒有給南舟答案，他只是用食指繞自己垂下的微汗髮絲。

南舟向來是習慣自力更生，鮮少依賴別人。江舫不告訴他，他便一邊

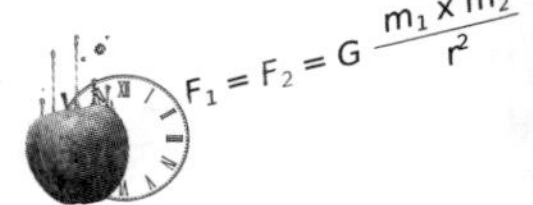

喘息，一邊自己想，一邊兀自展開雙臂，扯緊床單。床單纖維的斷裂聲不住地從他掌下傳來。

江舫雙膝分開，一條腿壓在南舟的腿縫間，另一條腿屈著壓在他身體側邊，垂首望他。銀色髮絲不吸光，他四周染著燈泡的一絲薄光，讓他看上去像是某個不具名的神明……看上去乾淨又脆弱。

南舟微睜著眼，看向江舫，面上不顯，心裡生急。他擔心把這樣的江舫放在外面，他會被人欺負。可越是著急，越是想要擺脫這樣的自己，他的身體越是如火焚般難受。

無數讓他無措的情緒和他從未體驗過的渴望在南舟體內左衝右突，無處洩出。他懵然無知地仰頭呼吸，全盤承受。

他不能理解這樣的衝動，所以，他一直嘗試從自己和江舫身上收集更多有效資訊。然而，一切理智，在燃燒的身軀和靈魂面前都宣告失效。

在輕微的耳鳴中，他聽到江舫問：「不放我走？」

南舟嘶著聲音說：「你在，我能舒服一點。」

這是實話。有人的體溫靠近他，他的感覺會好一些。剛才李銀航發現他長出翅膀，惶恐地試圖靠近他的時候，他也感覺身上的熱度退了不少，就連那雙翅膀也憑空多長出了幾寸。但他很快就把李銀航趕到門邊，不許她接近自己……因為他更希望那個人是眼前人。

混沌間，江舫的聲音伴隨著故作鎮靜的呼吸，靠近了他的耳朵。因為一切皮膚都不可觸碰，南舟的聽覺比以往敏感萬分。這讓他更加清晰地捕捉到了江舫的話音。包括他聲音中的每一點起承轉合，都盡聞無遺：「想不想……更舒服一點？」

對於兩人的這番對話，李銀航完全沒聽到。那雙翅膀似乎天然有著隔音的音效，是專門用來為這魅魔的縱情聲色服務的。她只聽到呼的一聲，那破爛的骨翅橫生出了一丈的規模，直直抵住天花板。她嚇了一跳，忙貼著牆坐好。

正在她肩上受用地趴伏著的南極星也受了驚嚇，蹭地跳下來，拱起脊背剛要齜牙咧嘴，就被李銀航一把抓回，捂住了嘴巴……她的第六感告訴她，接下來的情節，不宜打擾。

不過，可不是所有東西都像她這樣自覺。

圍著南舟和江舫的無數攝影機沒頭蒼蠅似的東衝西撞，試圖從骨翅上裂開的破洞或是不甚緊密的交結處攝錄到什麼。但照到的淨是漆黑一片。

負責收集畫面的導播室裡，向來井井有條的資訊流難得陷入了一片紊亂。專門負責錄製「立方舟」這一組的員工，近來總是要忙於應付各種突發情況。

「……還是看不到嗎？」

「骨翅裡的骨纖維擋住了，還有垂下來的骨羽也太密了——什麼都看不見。」

「論壇上有觀眾在問，能不能將翅膀透明化？」

「做不到的，試過很多次了。這是道具的作用，還是S級的，一時半刻我們也干涉不了。」

「哪有不給人看的？」

「……等等，這邊的收視率漲了。」

「真的！真的漲了……」

「操，其他人真刀真槍幹的時候怎麼沒見收視率漲得這麼厲害？看個翅膀也行？」

「這不也挺好的……」

彼端的爭論，與此時的南舟和江舫全然無干。或者說，江舫早就預料到了。他不願南舟的模樣被無數雙眼睛同步收看，所以，這個問題必須解決。呈三角圍攏的翅膀，構成了一處小小的、滿溢著溫情的安樂繭房。封閉、安全，又可以清晰接收到彼此的每一聲呼吸。

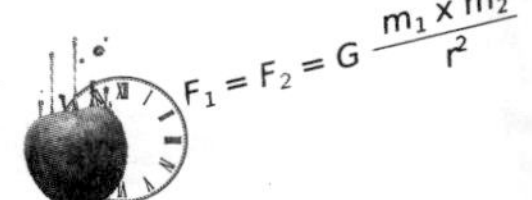

南舟仰面躺著，挪著腰想躲，但江舫取出了【光線指鏈】。他將南舟已經蹭到膝彎的西裝褲一路向上擼去。西裝褲的材質是純羊毛精紡的，格外光滑挺括，毫無阻礙地堆到了腿根處。只是這一路在皮膚上摩擦出細微的靜電，酥到了南舟的腰。

藉著漏篩下的一兩線燈芒，【光線指鏈】孕育出了薄而細的線，束縛住了南舟澄金腿環上的細環，另一端綁縛在內翅的羽尾上，逼他將腿高高向一側抬起，不許閉攏。

但這樣看似充滿侵略性的欺近，在兩人的溫熱呼吸即將交織在一處時，停住了。南舟知道緣由，因為他感受到了從江舫臉頰上擴散開來再明顯不過的熱意。

他藉著光，認真看著江舫。

桃花一樣的雙眼洇著紅意，卻也格外黑白分明，像是要把江舫接下來的一切動作都收入眼底、再用心記住似的。

江舫哭笑不得，「你……別這樣看我。」

南舟好奇發問：「為什麼？」

但他很快醒悟了，江舫一向是容易害羞的。

儘管不知道江舫想做什麼，南舟還是做出了體貼的讓步。

他摸索著，從床側撕下一截布料，抬起微微顫著的手，想替江舫把眼睛蒙住。然而，他也很快感受到了，江舫也在將一截布料蒙上他的臉頰，試圖剝奪他的視覺。

在察覺到對方的意圖時，兩人的手同時頓了一頓。

最終，還是南舟提議：「一起？」

達成一致後，他們同時阻絕了對方的視力。

當同時陷入黑暗中時，他們只能用指尖摸索感知彼此。在無形中，無措又曖昧的氣息次第延展開來。

確認南舟已經躺好，江舫屈膝下移，心甘情願地俯下了身去。

南舟像是一把上好的提琴。江舫的指尖就是琴弓，琴弓壓上散發著松香氣息的薄弦，不管哪一處，都能讓他洩出婉轉的低音音節。更何況，這一次，琴弓壓上了最敏感的 D 弦。那種覆蓋上一層霧水，似近若遠的歌音，極易引發人心的共鳴。

琴弦與琴弓每一段的肌膚之親，都帶來相當明晰的體驗。清冷的清冷，灼熱的灼熱。但情感只如白磷遇到空氣，嘩啦一聲燃燒起來，將原本獨立的兩者燒鑄成了渾然的一體。

從頭至尾，江舫都將自己的慾望隱藏得很好，一聲未洩。只在這把小提琴微微顫抖、即將流瀉出終音時，他的指尖也攥緊了旁側的床單，讓緊繃的床單形成了一個向心公轉的漩渦形狀。

他將自己藏匿多年的心毫不猶豫地投入了進去，任其沉淪。在最極致的瘋狂後，他蒙著眼，用濕潤的唇畔端莊地親吻了南舟的腳踝。

南舟又哆嗦了一下，引得不大安穩的床又發出了咯吱咯吱的細響。

這是南舟第一次嘗試去引導體內這種名叫「生殖衝動」的反應。他像是完成了一場艱難萬分的學習，倚靠在枕頭上，倦得厲害，思維卻還是異常明晰活躍。

有那麼幾個瞬間，南舟覺得這一幕似乎曾經發生過……一個人單膝跪在自己身前，溫熱的手掌包覆上來，含著笑點評：「大小挺不錯。」口吻輕鬆隨意，耳根卻是火紅一片。南舟定睛想去看那張臉，可無論如何都看不分明。

這一次，比那一次還要更加入骨出格。他幾乎要忍不住衝動，拉下覆眼的黑布，去瞧瞧那張臉和自己流失記憶中的臉有幾多相似。可想到江舫會害羞，他幾番忍住了衝動。

江舫扯下了覆眼的布條，按照自己對魅魔的理解，以及那半頁紙角上透露出的隻言片語的解咒資訊，將透明的水液溫柔地塗抹到了他腹部漂亮的紋路之上。這向來應該是魅魔所渴求的滋潤。

江舫的指尖滾燙，和他臉頰是同一個溫度，好在南舟現在看不見。他小腹肌肉上的紋路像是被水滴激蕩開的漣漪，涓滴滲入。鮮紅的痕跡淡了

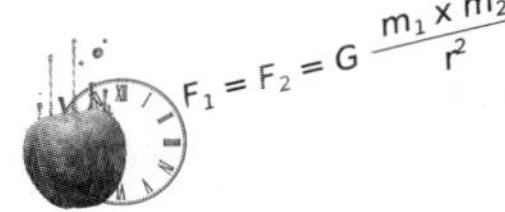

許多，只剩下像是被橡皮擦拭過的薄痕……反倒更帶了股欲說還休的別樣意味。

而受過安撫後，南舟的魅魔狀態也開始一點點褪去。先是他額頭上尖尖的小角一點一點收攏，緊接著是從他身體裡生發出來的骨翅。他體內的魅魔因數，成功被壓制了下去。

在翅膀搭建的遮蔽物完全消失前，江舫快速打理好自己和南舟的儀容……甚至為他整理好了褲腳和襪子。呈現在李銀航和次元之外的觀眾面前的，仍舊是衣冠楚楚的兩個人。

江舫出聲問他：「舒服一點了嗎？」

南舟發呆。

江舫伸手點一下他的額頭，「怎麼跑神了？」

南舟眼睫眨了眨，又眨了一下，才被叫回了魂：「……啊。」

他這種鈍感的樣子，讓江舫喜歡得入了心，入了骨頭，幾乎要忍不住俯身吻他。

回過神來的南舟提出的第一個問題是：「你也會對你的那些朋友做這樣的事情嗎？」

話一出口，南舟就覺得這句話很是熟悉。他好像對某個人，在類似的場合下問過相同的問題。只是那點寥寥的熟悉感不過是一點靈光，在南舟腦海中停留了片刻，便自動刪除了。

而聽到這樣的問句，江舫也明顯怔愣了片刻，垂下眸光，注視著南舟，也是在凝視他目光中，自己的倒影……他回答過一個同樣的問題。

那個時候，南舟不小心撞見了隊伍裡的一對小情侶歡好。他相當好奇，想要現場觀摩，被滿面緋色的男方塞了一本圖文兼備的小黃書，讓他自習。於是，江舫回到房間時，就有幸看到了一隻抿著雙唇，褪下了西裝褲，苦惱地研究著自己腿間的惹禍貓貓。

好一陣頭痛過後，江舫還是挽起袖子，進行了一場實地教學。

在他施工完畢後，南舟連褲子都沒有提上，就問了他這麼一個問題。

江舫記得，自己當初的回答相當隨意輕鬆。

「當然。」江舫笑說：「朋友之間就該這樣互相幫助的。」

而現在，江舫用沾有一點熱液的拇指，碰了碰皮膚溫度逐漸下降的南舟的臉。他已經不再那麼敏感了，但江舫的心對於「表達」，仍是一如既往的敏感和抗拒。

即使如此，他還是竭力面對了自己的心，說出了實情：「沒有。你是唯一的。」

相較於這片小小天地內的短暫蜜意溫情，九十九人賽中存活的人數正在急劇減少。

74。63。49。36。其中相當一部分是自相殘殺所致。

這次的境況，和「朝暉」第一次利用九十九人賽牟利有所不同。這些玩家，或多或少都有一定的副本經驗，也有一定的道具積累，和那些一來就被他們圈進來飼養的菜雞新玩家完全不一樣。

當他們真正認清了九十九人賽就是不死不休的事實後，反倒會馬上調整對策，絕地死戰。

因此，損兵折將後的「朝暉」並不是完全的志在必得。

經過一場殘酷的相殺，魏成化喘息著將一具吸乾了的屍身丟在地上。魏成化的身高已經拔高了近 15 公分，肌肉的線條清晰堅硬得宛如鋼鐵。在對方身體精氣的滋養下，他肩膀和大腿上猙獰的血口在快速自癒。

蘇美螢拿著小鏡子，比來比去地照著自己臉上的傷疤。她越照越是憤怒，將鏡子丟回了儲物槽，咬牙切齒道：「怎麼還沒找到姓江的？」

魏成化拍了拍她的肩，以示寬慰。只是他現在的模樣過於像個肌肉怪物，就連溫情的動作看上去也令人毛骨悚然。

魏成化現在的信心越來越強了。他的能力本來就是累積型的，短時間

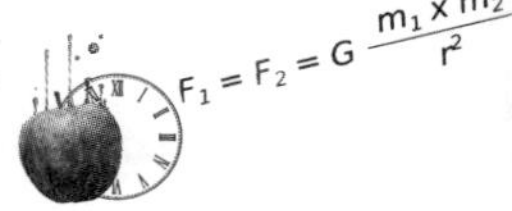

內殺死的人越多，本人就越強悍；江舫躲的時間越長，最後死得會越輕易，死相會越淒慘。他低沉著聲音說：「把他們留到最後，不好嗎？」

外間無間斷的殘殺，被隔離在小小天地之外。

江舫把南舟的腳放在膝蓋上，為他穿鞋，又仔細替南舟整理好襯衫下緣，將他稍稍被髒穢染汙了的白衣紮入褲腰中，權作掩飾。南舟則低頭，試圖用眼神安撫他指背上的傷痕。

江舫私心享受過南舟這點心疼後，便適時地將手垂下，不許他再難過：「再休息一會兒？」

南舟：「不了。」

南舟之前暗暗心急，也是擔心江舫一個人在外被人欺負。現在他好了些，就要儘快出去解決麻煩。儘管現在，苟起來等其他人自相殘殺，是理論上最好的辦法。但南舟能感覺到，自己身體裡那點火苗並未熄滅。

一點熱度正凝聚在小腹的淡淡紋路處，於暗處無聲燃燒。它隨時有可能像火山一樣再次爆發出來。

在那之前，南舟要盡可能多地為隊友掃除麻煩。

南舟伸手覆上小腹，輕輕安撫兩下那團隱隱沸騰著的燥熱，卻發現江舫在看到自己這個動作後，扭過頭去，輕輕笑了一聲。

注意到南舟惑然的眼神，江舫玩笑道：「只是這樣，不會有的。」

「我知道。我有生理常識。」南舟放下手，撐住床沿，用一種很見過世面的篤定語氣說：「只有進去才會懷孕。」

江舫沒想到會得到這樣可愛的回覆，悶低下頭去，肩膀輕微地抽動了兩下。

南舟不知道他為什麼會因為這樣普普通通的一句話發笑。他將視線轉回到懸著燈泡的塑膠線，心裡想著江舫剛才那句「你是唯一的」的確定回

答。他一張臉還是清清冷冷的，沒什麼表情。但那條箭頭尾巴卻啪嗒啪嗒地拍打著床沿……快樂流露得非常露骨。

李銀航簡直無法直視這種宛如事後菸一樣的氣氛。於是她選擇扭過臉去，弱弱插嘴：「要不，南老師你再躺一會兒，你太累了。」

就算不把南舟在車輪戰裡消耗的體力計算在內，李銀航也是親眼看著南舟被折磨異化、長出魅魔翅膀的。那翅膀像是撕開了他的皮肉，直接從脊柱上生長出來的。

即使現在從破爛的白襯衫上看不出傷痕和血跡來，想到那種異常生物的血肉是汩汩從他體內長出來的，李銀航就頭皮發麻，只覺得他受了大傷，恨不得把他摁在床上養精蓄銳個夠。

「我並不覺得……」倚靠在床側的南舟腰一抬，又立刻軟回了原位，「……累。」

江舫看著摸腰的南舟，笑道：「真的沒問題？」

南舟第一次體驗腰痠的感覺，很是新奇。他細心體會著這種微妙的痠澀感，又回想起了自己過去親手撰寫的《南舟觀察日誌》。他有些遺憾，沒能及時將這一條奇妙的身體變化更新上去。

不過也不要緊。

他可以從現在開始全新的記錄。

CHAPTER

02:00

這位同學，妳年齡還小，
不適合看這樣的書啊

南舟按著腰身，翻身從床上坐起，披上衣服，掩蓋住身後一片破敗的襯衣。

李銀航擔憂道：「還會發作嗎？」

「會。」南舟言簡意賅：「所以先把隔壁的收拾掉吧。」

李銀航一愣：「什麼隔壁？」

南舟：「有人。兩個。在隔壁聽我們說話很久了。」

與他們一牆之隔的一雙隊友：「……」

這他媽就很尷尬了。他們本來靠著可感應百公尺範圍內的熱影像儀，找到了隱藏在牆內的三人，正自因為神不知鬼不覺地埋伏在隔壁，豎著耳朵傾聽，籌謀著打他們一個措手不及。

結果，他們什麼都沒來得及做，反被打了一個措手不及。

男青年怒罵了一聲幹，知道最好的機會已經錯失，拉著身邊人就要退。然而，已經晚了。

轟的一聲巨響過後，他們眼睜睜地看著眼前的白牆以某點為圓心，向四周龜裂出大片大片的裂痕。牆磚向內突出了一大片。簌簌的白灰從天花板上篩下。

男青年一句「我操」繃也繃不住，脫口而出。

人還沒見到，他腿就給震軟了。與男青年年齡相仿的女孩一咬牙，甩脫了他的手，在牆壁被第二拳徹底破拆過後，甩手飛出一條錨鏈，恰好纏住那一隻關節上染了白灰的手。

女孩將錨鏈在手腕上纏過兩圈，抬手一抖，一道大盛的金芒便遞了過去。剎那間，她感覺自己氣力大增。

這條錨鏈，擁有一個挺武俠的名號，叫做【吸星】。功能也近似。如果對方實力強於自己，那錨鏈就能把對方的力氣迅速引渡到自己身上。

與力氣一起暴漲的，還有她必勝的信心。她反手一拽，便將那人狠狠越牆拽來，掌心再一翻，左手食指與中指就化成了兩柄細小的利刃。金屬一撞，發出讓人牙疼的泠泠聲響。

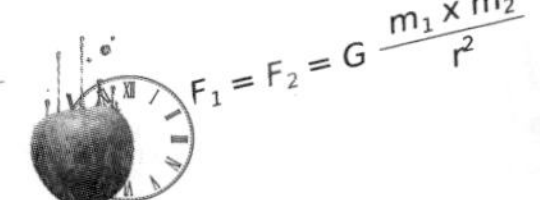

按照女孩 PVP 的經驗，正常人在發現自己的力量快速流失時，第一反應絕對是慌張失措，掙扎著逃離，把命門毫無保留地留給她。她在對手做出這樣本能的反應後，會立即用快速回收的錨鏈和利刃，給對方一個痛快。女孩靠這一套連招，已經反殺了不少力氣遠遠勝於她的強壯男性。

可這次，那人毫無反抗，非常絲滑地任她拖出牆壁。這過於反常了！毫無阻滯地將對方拉至近旁時，女孩心中的不安水漲船高。

早萌退意的男青年也察覺到了不妙，厲聲喝道：「慧君，放手！」

陳慧君當機立斷，立即鬆開錨鏈，打算收手。但被她勾出來的人絲毫沒有放手的打算！他一把反握住錨鏈，貼身被拉扯至她身前，一個尾狀物凌空一記抽射，拍打到了她的腕關節，打得她手腕一酥，麻得她當即放手。

陳慧君：「……」什麼鬼東西？

如今的陳慧君氣力有餘，但卻缺少運用這些過剩力氣的經驗和技巧，下意識地想要站穩，和來人摽勁兒。但來人手裡有了武器……還是她自己親手遞過去的武器。

他一把扯住錨鏈，信手一抖，縱身跳越過她的肩膀，一環、一套、一繞，冰冷的錨鏈順利纏住了她的脖子。

陳慧君登時窒息，一身剛剛到手的力氣像是被扎了一個空洞的氣球，盡數嗤嗤地洩盡了。

南舟在她身後，單手執握住錨鏈，輕輕嘆了一句：「不要隨便用別人的東西啊。」

話罷，他慣性地抬手扶上了陳慧君纖細的脖頸，正要發力擰動時，才想起了一件滿重要的事。

南舟的手扶著陳慧君的脖子，禮貌詢問：「我殺了妳，妳就不能復活了，是嗎？」

陳慧君一動不動，耳道中血液逆流，轟轟作響。她喉嚨發出了類似瀕死動物不成片段的嗚咽。在她以為自己死定了時，南舟竟然撤開了手。

暫時脫離了死亡風險後，她仍僵直了許久。直到肺部氧氣完全耗盡，她才大喘了一口氣……直到這時，她的熱汗才後知後覺地順著脊背大股大股流下來。

南舟披著長款西裝風衣，繳了她的械，站在雙腿癱軟的陳慧君面前。天光一照，他透了一層薄光的白襯衫腰身位置，隱約可見若有若無的淡紅指痕。

男青年是陳慧君的男友兼專職奶媽，發展的方向是醫療。剛才的電光石火、峰迴路轉，他完全幫不上忙。見女友脫困，他心尖一喜，剛想上前，一點涼意就抵住了他的後心。

李銀航用匕首抵戳住他的後背，聲音微微發顫，卻異常堅定：「抱歉。別動。」

他果然不再動了。他分得清什麼是虛張聲勢，什麼是真刀真槍。他敢確信，如果自己真的亂動，自己背後的女孩子是真有那個一刀宰了自己的決心的。

南舟甩了甩剛才碰觸到陳慧君頸部皮膚的手……還是有些酥麻的灼熱感。他著意看了一眼目前的遊戲進度。

九十九人賽當前存活人數：三十二人。

江舫最後一個從被成功破拆的牆壁中施施然走出，抱臂而立，把柔弱無助的人設形象貫徹到底。

陳慧君雙手撐在地上，仰望著沐浴在日光中的南舟，勉強穩住呼吸，輕聲詢問：「你是……南舟？」

她總算理解了，世界頻道裡那些曾和南舟打過照面的人為什麼會那樣形容南舟。

明明南舟和他們一樣，都是黑髮黑眼，沒有像漫畫裡那樣染個赤橙黃綠青藍紫的彩虹頭，也沒有特別明顯的標識，萬一碰上面認不出來，怎麼辦？可他們說，他就是不一樣。

現在陳慧君見了真人，才知道，他的氣質、長相，五官儘管和人無比

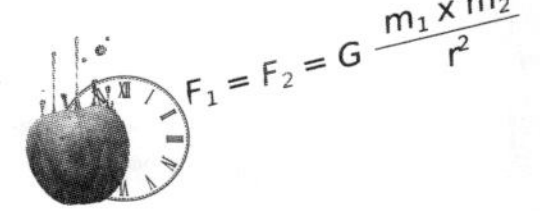

近似，卻都帶著一股和常人截然不同的味道。

他和光影相容度極高，一轉頭、一偏頭，都和光影協調無比。俗套點說，活脫脫就是從漫畫裡走下來的紙片人。

因為這份與眾不同，她抱了一絲希望：「你會放了我？」

南舟：「不會。我想問一些事情，然後還是會殺妳。」想了想，又補充了一個新的選擇：「或者你們自殺也行。」

陳慧君張口結舌：「……」操，太直接了吧？

南舟反倒很不理解她為什麼會這樣問：「你們不是也想要來殺我嗎？為什麼我說要殺妳，妳要這麼詫異？」

眼見南舟語氣篤定，陳慧君乾脆一屁股坐倒在了地上，破罐子破摔道：「你殺了我吧。我沒什麼好說的。」

南舟：「我也很想速戰速決，但你們道具不錯。」

陳慧君：「……」

男青年：「……」

因為南舟的訴求實在過於直白，她幾乎要笑出聲來了。

她說：「你要殺我，還要我們在臨死前把身上的道具給你？」

南舟：「可以嗎？」

陳慧君怒極反笑，「憑什麼？」

南舟認真思考起打劫的理由來：「因為……」

還沒等他說出緣由，他身後的江舫就平靜開口道：「因為我和我的隊友還沒有許願。如果你們把道具給我們，我們就多了一份籌碼。如果我們最終獲勝，我就可以讓死去的所有人都活過來。」

男青年不屑地嗤了一聲：「我們憑什麼相信你們？」

另一邊，李銀航也鼓足勇氣，開口道：「因為你們只能相信我們。這是你們唯一的機會了。」

「誰知道我們是不是助紂為虐呢？」男青年尖刻道：「你們中間可是有一個非人類，我憑什麼相信你們的立場？」

江舫放柔了聲音，循循善誘道：「助紂為虐，又有什麼不好呢？」

「反正你們現在必然會死，如果你們肯信任我們，就會有復活的希望，而且非常大。」

「現在，平心而論，你覺得我們『立方舟』的勝率是不是遠超其他人？你覺得，在『鬥獸場』裡，真的有能贏過我們的人嗎？這場系統發動的遊戲，我們獲勝的機率，是不是更大一些？」

「與其把希望寄託在其他人身上，不如寄託在我們身上吧。而且，就算你們說對了，我們真的圖謀不軌，只會有更多的人去到那個世界陪伴你們，到那時候，你們也不會孤單啊。」

「現在，把一切資源交給我們，你們就可以安心休息，等待復活、等待回家，這樣不好嗎？」

江舫的語氣放柔時，帶有十足的蠱惑性，像是魔的耳語。他甚至能把可怕的、勸死的話也說得異常動人婉轉。偏偏他的話中又帶有那麼一點怪異的道理。

男青年很想反駁他，但對於死的恐懼，居然被他那句看似強詞奪理的「不會孤單」沖淡了不少。

他有點不寒而慄，將視線投向女友，想要尋求一點精神上的依託。但陳慧君也像是被江舫的話蠱惑住了，目光中流露出了一點迷茫和動搖。

說到這裡，江舫話鋒一轉：「……而且，你也不用擔心我們的立場。」

「因為這位非人類先生，是我的戀人。」

南舟想說什麼，但終於沒有反駁。他只捏著自己歡快比心的尾巴尖兒，一心一意地往自己腰上纏。

江舫態度相當溫和，一句遞一句，語氣煽動性極強，偏偏又熨貼得驚人。他潤物無聲地將自己的觀點植入兩個已經陷入絕境的小情侶的腦袋。

為什麼還要掙扎？死後的世界是平靜安詳的，和現在的日日絕望、不安、煎熬相比，簡直是心靈的伊甸園。他們只要在那裡稍等一等，就能回

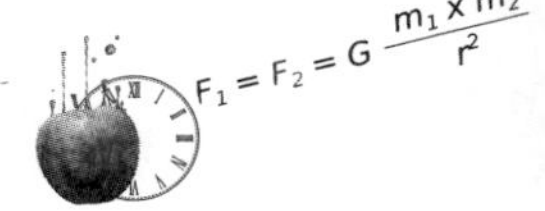

到正常的世界裡去了。在那之前，他們只需要把自己的道具交出去，就像把生之火炬交給接班人一樣。因為，現在，除了他們三人，陳慧君他們也不再有可以信賴的人了。

他甚至輕描淡寫地抹去了「他們還可以反抗」這個事實，無聲無息消解了他們全部的鬥志。

連李銀航都覺得他們的原地去世變成了一件極有意義的事情。

5 分鐘後，「立方舟」從緊閉的房門處走出。兩個相互依偎、容顏平靜得像是睡著了的男女，被他們並肩安置在了床上。

頁面中的存活人數減少到了三十。而他們獲得了三樣 S 級道具，十樣 A 級道具，十五樣 B 級道具。這樣一場收穫頗豐的趁火打劫，連李銀航都覺得自己走路帶著惡人的風。不過，如果這種話療加上臨終關懷真的有用的話……

李銀航心裡的小算盤又蠢蠢欲動起來，「我們以後抓到人，就這麼勸勸他們，是不是就能拿更多道具了？」

江舫微笑著搖了搖頭。江舫很懂因地制宜、因時制宜的道理。兩個人，相對來看是很好說服的，準確來說，更好洗腦。

一方面，他們的性命本來就拿捏在南舟手裡，眼前顯然只有一條死途可走，所以尚有談判的餘地。另一方面，也是相當重要的一方面。陳慧君他們只有兩個人。

人數越少，可溝通的、交換意見的人越少，越容易被誘導進入江舫預定的思維閉路中。一旦對方多於兩人，意見就極容易產生分歧，可說服的餘地便無限趨近於零了。

在江舫給李銀航上心理小課堂時，南舟則望著自己的掌心，沉默不語。注意到南舟神情的李銀航抿住了唇。她想，南舟的心裡恐怕不會好受，再怎麼說，他之前殺掉的玩家都是可復活的。在復活機制不可運作的賽制下，他剛剛終結的可是兩條實實在在的人命。

她正在想詞兒安慰南舟，比如他們一定會兌現諾言的，不算騙人，就見南舟的尾巴抬起來，勾住江舫的袖子，往下輕拉了拉。

「戀人是什麼？」南舟向江舫提問：「是『喜歡的人』的意思嗎？」

李銀航：「……」她就多餘操這份閒心。

剛才談笑自若地蠱惑人心的江舫，偏偏在這時紅了耳廓，他的聲音放得很柔：「就是我們這種關係。」

被補充了新知識的南舟恍然道：「……啊。」

江舫失笑，微紅著臉，抓住了南舟絨毛密實的尾巴尖兒，懲罰式地捏了捏，「『啊』，是考慮考慮的意思，還是同意的意思？」

南舟在心裡盤算了一會兒。根據上一個副本【腦侵】得來的資訊，舫哥是有初戀的。初戀的意思，望文生義，是他第一個很喜歡的人。也許是他的媽媽，或者一個給他糖的幼稚園老師。

現在他又想要自己做他的戀人。這不要緊。反正也很喜歡他。但舫哥已經親過自己了，臉也是、嘴也是。他剛剛還親過了自己的那裡，完成了一次很讓他舒服的單方面幫助活動。

戀人難道也是可以做這些事情的嗎？經過一番審慎的人際關係公式計算後，南舟皺起了眉……他弄不清了。

注意到南舟的神態變化，江舫低下頭，輕輕哂笑一聲。

果然，南舟問道：「你不是想要我做朋友嗎？」

江舫一顆心還沒來得及追下去，就聽到南舟失望地補上了下一句。

「為什麼只是戀人？」

江舫：「……」

他以前總影影綽綽地覺得哪裡有些不對勁。現在，他終於捕捉到了這絲不對勁的源頭——南舟對於「朋友」的定義，似乎和正常人不很相同。

過去種種和南舟相處的細節不受控地躍入腦海，讓江舫心尖苦甜交錯。他隱隱意識到，過去的自己，好像給現在的自己挖了個巨大的坑。但關於他和他的過去，南舟明明全部都淡忘了。為什麼關於「朋友」的定義，他會記得這樣清楚？

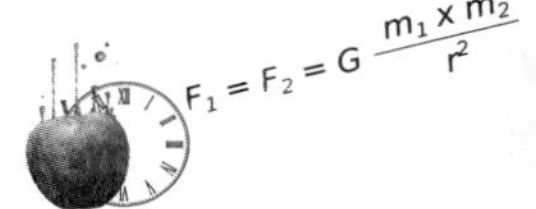

江舫試探著問他：「南老師，你覺得朋友是什麼？」

南舟想了想，剛要作答，就在江舫的眼睛裡看到了一點異光。南舟反應如電，剛想推江舫一把，江舫的反射神經卻也毫不遜色。兩人不約而同抓住對方胸口的衣服，幫對方護好心口，齊齊撲滾到了一側的房門內。南舟還不忘將乖乖立在一邊當背景板的李銀航也一起拖了進來。

當還沒反應過來發生了什麼的李銀航背部和冷硬的地板撞在一起時，她眼睜睜看著一道裹挾著強烈熱流的火光從屋外凌空掃來。目標就是剛才三人站立的位置。

橙紅火舌舔舐到牆壁外側，不消片刻，李銀航眼睜睜看著內側牆壁一點點透出了玻璃的質感。火焰高溫達到千度，幾秒鐘內，就將房間變成了一口足以致命的蒸籠。

當足以把人熔化的熱浪襲來時，江舫劈手將哆啦 A 夢的手柄拋擲向了一側牆壁。一扇門應聲而開。

南舟一手拉了一個，朝門內疾衝而去。江舫還不忘把南舟礙事的尾巴纏繞在掌心，怕絆著他。

當逃入安全屋後，有了兩層牆壁隔離，熱度驟降。這種程度的殺傷性武器，維持的時間不可能很長。南舟單手扶上安全屋靠走廊一側的牆壁，果然發現牆溫正在快速消退。

南舟攔住了想要用門把手開門的江舫，「不用，浪費。」

江舫：「我只是……」

不等江舫把話說完，南舟另一隻手在牆上略摸了摸，找準了牆磚之間的接縫處，轟然一拳，砸向了牆面。塵灰飛揚。

籠罩在簌簌的牆灰間，江舫瞇眼看向朝他們洞開的走廊，迎著倏然颳入牆內的冷風，無奈續上了後半句話：「……擔心你的手。」

李銀航：「……」

她腦海裡只有一個念頭：好傢伙，貓拆家愈發熟練了。

南舟挺利索地鑽了出去。但他總是會忘記，半魅魔狀態下，他還拖著

一條尾巴。

尖尖的尾巴留在牆內，對著江舫向日葵一樣一搖一晃，甚是可愛。

把尾巴不慎落在了牆裡的南舟仔細觀察四周。下手者不僅手段毒辣，且噴射的角度也極其吊詭——從火焰在牆上留下的慘烈灼燒痕跡，一路溯源的話，可以發現，這道烈焰在空中拐出了一個可以在牛頓棺材板上跳舞的匪夷所思的角度，從另一條走廊激射而來。

對方也相當謹慎，一擊不成，轉身便撤。

莽撞衝動又沒有相應實力的玩家、認不清現實還抱有僥倖幻想的玩家、空有道具卻不會合理運用的玩家、會心軟受騙的玩家，都在那已死的七十人裡了。經過千淘萬漉、還活著的三十人，就不是那麼好對付的了。

誰都不想死在這裡。

誰都覺得自己能是最後的贏家。

更何況，度過最初的慌亂期後，他們關注到了一件更加有價值的事情——他們還惦記著南舟身上背負著的高額賞金。

見識過南舟在單人賽和團體賽裡展現出的本事，一部分人無比清醒地認識到，合作對付南舟他們，有可能被別人摘了桃子，也有可能自己就是那個幸運兒；不合作，他們早晚在內耗中死得一個不剩，被南舟他們當桃子給摘了。

於是，有二十人在商量過後，悄悄地結下了臨時盟約。目標很簡單，先一致對外殺了南舟，再決勝負。這是件搏一搏、單車變摩托的好事。

手持【量子定位噴火槍】的玩家房永年也是其中一員。他並不指望這一梭子真的能把南舟這個紙片人 boss 給送進火葬場。他被交付的正式任務只有一個——設法把南舟勾過來。

聽到身後快速的腳步聲，房永年心間一喜：成了！

距離大家布下天羅地網的地方，只差一個迴廊，三十公尺左右！他可是國家二級短跑運動員，派他來做這個任務，實在是再適合不過，只要拐過眼前這個彎道——他有充足的信心，因為自己的隊友手持的道具相當強

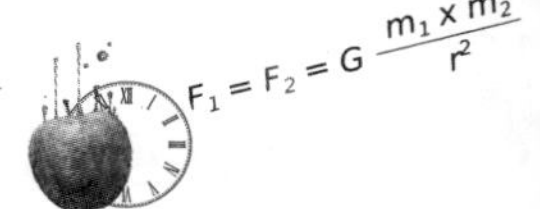

勁。南舟的人頭極有可能會落到他們手裡……

他邊跑，邊難以抑制嘴角的喜色，一張嘴幾乎要咧到了耳根。腎上腺素狂湧上頭，耳畔血液轟轟流動，甚至蓋過了某些猝然靠近的足音。

正陷在狂喜興奮中的房永年，突然感覺頭頂一緊。一隻修長的手以他的頭頂為著力點，腰腹一挺，翻身跳到他的身前。

——什……？

看清南舟那張漂亮的臉蛋，他一張臉青紅幻變，反應速度卻不算弱。他攢盡全身力氣，怒吼一聲，另一手死死攥著的保命符煥出耀目的光輝。在【勞動工人最光榮】的 S 級道具卡作用下，他健碩的手臂凝化成曲線分明的鋼鐵，朝南舟的面門狠狠揮去！

他咬緊牙關，迸發出一聲低吼：「去死吧！」

在他雷霆萬鈞、氣勢如虹的怒聲中，南舟頭一避，輕鬆繞過他的拳鋒，反手一巴掌搧到他的臉上，把人直接颳上了牆。房永年的肋骨頃刻間斷了七、八根，歪在地上直接起不來了。

南舟看著地上痛苦呻吟的人，看了看自己的掌心，又微嘆一口氣。手重了，人類真是很脆弱的生物。

南舟蹲在他面前，「你要去哪裡？」

房永年恐懼地望向他，肌肉因為過度緊繃，分泌出大量乳酸，再加上骨頭斷裂的劇痛，刺激得他渾身發木，動彈不得，連帶著舌根的肌肉也哆嗦起來，只能發出「嗚嗚」的口水音。

三十公尺開外，備下十數樣道具、信心十足地等著搶人頭的其他十幾名結盟玩家腳趾頭紛紛扣地，緊張得大汗長流……這他媽過於尷尬了！

南舟注視著地上重傷的房永年，突然開口說：「一個。」

其他玩家：「？」

南舟：「兩個。」

結盟玩家們面面相覷，用口型傳達疑惑。

「他在幹什麼？」

「不知道啊……」

南舟：「……五個、七個、十一個。」

隨著他清點資料的水漲船高，結盟玩家們終於反應過來了。

反應過來的瞬間，他們登時心態炸裂。南舟……居然在遠距離清點他們埋伏的人數？

他每點一個數，他們的汗毛就起立致敬一大片。眾人不約而同想著：南舟不會直接殺過來吧？！

當結盟玩家紛紛猶豫他們是不是該趕快撒丫子跑路的時候，他們看到南舟從爛泥似地軟在地上的房永年身前站了起來。結盟玩家們血液逆流，心跳失衡，一群旅鼠似地簇擁著往暗處退去。

十幾顆心臟咚咚咚咚地擠在一處亂跳，相當熱鬧。緊接著，他們看到南舟抬起長腿，轉身就跑。

結盟玩家們：「……」啊？？

結盟玩家們紛紛如夢方醒。等回過味來，他們為了錯失良機，恨不得搧自己幾個嘴巴子。幹他娘的！南舟不是只有一個人嗎？他明明是怕了！

一想到剛才他們被南舟點人頭嚇得瑟瑟發抖的樣子，一群玩家頓覺受辱，怒從心頭起，鑽出藏身處，簇擁著一起朝南舟奔襲而去。

殺了他！

這一衝，原本精心規劃好的路線，立刻變成了一場競速大賽。

這些人原本的目的是狩獵南舟。守株待兔的時候，大家在同一起跑線，當然還能穩得住心神、捺得住貪欲。結果，誘餌放出去了，南舟也引來了。但距離陷阱只差數步之遙的時候，獵物跑了。

這樣的落差，對人的心理形成了一個反射性的刺激。獵物一動，他們頓時陷入了「現在要各憑本事了」的錯覺。一旦開始追捕南舟，大家有前有後，自然拉開了差距，原先能合作布下的陷阱全部白費。這和他們一開始的計劃完全是背道而馳的！

中間有六、七個人，察覺情勢走向開始不對勁後，馬上懸崖勒馬。他

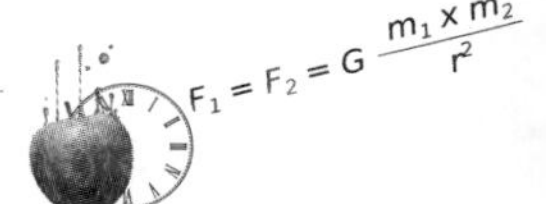

們至少是臨時的隊友，利益訴求相同，馬上有人喝止道：「先別追了！」

但不是所有的人都有這樣的知止能力。經歷過街巷追擊、「鬥獸場」的單人戰、團隊戰和九十九人賽的輪番洗禮，南舟現在的存活時間已經達到 30 小時以上，身上的積分也累計到一個相對可觀的數字。已經養肥了，可以殺了！

而且他們已經在南舟面前暴露了人數和目的，再隱藏下去，意義何在？龜縮起來、再埋伏一次，難道還會有這麼好的效果？既然效果必然大打折扣，那還不如大家一起上！

意識到這一點後，就連收回腳步的、性情偏為謹慎的幾個人，咬牙斟酌取捨一番，熱血也不禁湧上了頭。與其把機會讓給別人，不如爭一個亂中取勝！

當大家爭先恐後地衝出去後，大家就只看誰衝在自己前面，沒人注意到誰落在了後頭。他們選擇性遺忘了為他們做出了突出貢獻的房永年。甚至房永年的隊友也是。他們不是想放任房永年自生自滅，與其去救重傷瀕死的房永年，不如去搶南舟這個金餑餑。如果能成功殺死他，獲得他的積分和全部道具，讓「立方舟」剩下的兩人孤立，他們在九十九人賽最終獲勝的機率就無限接近於 100% ！

一個戴著半框眼鏡的男人抱臂站在原地，聽著宛如野馬出欄一樣的腳步聲，看著已經休克的房永年，不屑地扶了扶鏡框。他傲然地昂起下巴，用口型無聲地嘲諷：一群傻逼。他們難道看不出來，南舟完全把控住了他們的節奏嗎？

在成功打倒房永年後，南舟就已經察覺了「有人埋伏」這件事。比起硬槓，他選擇了一種更加有效的辦法——點清人數，表現出自己已經知道埋伏了的樣子，然後撒腿跑路。如果沒人追他，他自然能輕鬆跑掉，成功脫身。如果有人追他，那對方的伏擊計劃就宣告全盤粉碎。怎麼算，都是他占了主動權。

然而，跟著南舟起舞的這群人並不覺得自己有哪裡做錯了。不主動出擊，難道真放他走？那他們窩在角落裡的這群人豈不是全員傻逼？兩撥人互相認為對方是傻逼，這個矛盾顯然很難調和了。

至於南舟，逃命逃得一心一意，半分也不拖泥帶水，身形矯捷，影子如電。可惜那條尾巴總是在牆角拐角處一勾，洩露他的行蹤。在後面追的人看著他晃來晃去宛如釣魚一樣的尾巴，生生追出了一頭霧水。

「靠，這是他本體嗎？」

「屬貓的？貓妖？」

「他遊戲裡是這個設定嗎？」

疑問歸疑問，大家可是一點兒都不跟他客氣。一人射釘槍擦過他尾端的絨毛，篤的一聲釘在了牆上，刮下來了幾根細長的毛。

一人操縱著一頭通體雪白的毒蟒，借了蟒蛇行動靈活的優勢，昂首嗞嗞吐著血信，一馬當先，搶在了所有人前面。

一人向遠方拋出了一面鏡子，遁身鑽入，身形頓時消失在了空中。下一秒，他的身影就從拋出的鏡子中鑽出，穩穩落地，反手接住鏡子，再度拋出。鏡子輕便，讓他的行進速度顯著提升。

他們各顯神通，生怕落在人後。最終，鏡男和白蟒幾乎是同時轉彎，看到被堵在了走廊死胡同裡的南舟。

鏡男用餘光看了看被自己遙遙甩在身後的大部隊，欣喜之情還沒來得及泛起，就見南舟回過了頭。

南舟真心實意地誇道：「你們跑得很快。」

這句話，陡然把鏡男一顆自得的心生生打落了谷底……他剛才跑上頭了，所以直到現在才發現，自己好像落單了。而等他的身心一齊在刷刷而下的冷汗刺激中冷靜下來時，鏡男才隱約察覺了南舟的意圖。

等等，他是不是故意的？故意誘導追擊者們彼此之間拉遠距離，然後回身逐個擊破？

——好傢伙，你在這兒放風箏拉兵線吶？！

但好在，現在的鏡男並不是一個人。當他萌生退意時，他旁邊的白蟒

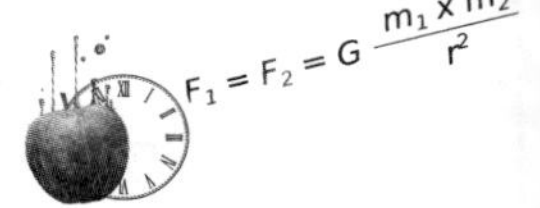

張開血盆一樣猙獰的赤口，一口蛇牙上黏連著帶血的毒液，讓人望之生寒。牠展現出了和牠肥碩身形截然不同的靈活度，凌空躍起，朝南舟直衝過去！

——好機會！

鏡男心上一喜，正想當回坐收利益的漁翁，就見南舟身形一矮，單手托住了白蟒的下巴，往上一推——咔吧。鏡男發誓他清晰地聽到了有東西的牙碎掉的聲音。

白蟒吃了大痛，瘋狂地在地上扭動起來。

南舟一手摁住牠碩大的腦袋，白蟒的尾巴就倒纏著他的手臂，一路攀援而上，妄圖靠肌肉的巨力絞斷南舟的手臂。

事不宜遲，南舟的指尖從覆蓋了鐵片一樣的蛇鱗腦袋上一路戳著，認真計算下去：「1234567。」

大致算好七寸，南舟一記俐落的手刀，把蛇一巴掌從中間拍成了一灘稀泥。試圖興風作浪的白蟒頓時被砸得挺起身來，不到頃刻，就成了一盤草繩，軟趴趴地從南舟手臂上滑落而下。

南舟面不改色，背地裡挺開心地一攥拳頭，「……」好誒，書上說得對。打蛇打七寸，真的有用。

鏡男將這一切看在眼裡，面如土色。那是個屁的七寸！南舟就是單純把蛇給打死了而已！

見識了南舟把蛇一拳活活捶死的畫面，鏡男腿都軟了。他能活到現在，靠的是對於背包裡的一切物品使用得遊刃有餘的自信。但他畢竟是人，和其他人類糾纏，他不在話下。因為他知道，對面是人，實力再強，也差不了多少，道具足以填補人與人之間的差距。

現在，橫在他面前的不是差距、不是溝壑，是他媽精衛當年要填的那片海。

近距離看到了南舟非人的反應力和壓倒性的武力值後，他搜腸刮肚，硬是想不出自己的背包裡還有什麼道具能用在南舟身上。想來想去，鏡男滿腦子只剩下四個大字——

跑他媽的。

南舟看著背身欲逃並慌慌張張抬手擲出鏡子的鏡男，面露疑惑——他不是要來殺自己的嗎？怎麼打都不打一下就跑了？

南舟滿腦子也只有四個字——閃現遷墳。

南舟就這樣疑惑著，在鏡男的半個身子跳入鏡中時，一把拎住了他的後頸，把人從鏡子裡生生拖了出來。

鏡男：「……」操！！

鏡男跌摔在地，連喘了幾口大氣，就感覺一隻手正在向自己的咽喉進發。他目光下移，恰好瞟到了南舟腰上隔著白襯衫透出似有若無的曖昧指印。那個掌印輪廓，不大可能屬於女人的尺寸。

鏡男把牙關生生咬出了血。既然橫豎都是死，與其窩窩囊囊的，不如爽上一把拉倒！他故意用一種扭曲的腔調，尖起聲音嘲諷道：「還以為是什麼了不起的東西呢，也不就是個被男人操得直不起腰來的貨色！」

南舟仔細想了想，反問道：「唔，可是我有男朋友，感覺不壞啊。你有嗎？」他又補了一句：「女朋友也行。」

鏡男：「……」操！

他陰陽怪氣的氣場在南舟連續兩句靈魂發問下整段垮掉。他想到自己母胎單身 25 年的經歷，想到今後再也不可能找女朋友了，一時感傷，眼淚都要落下來了。

南舟注意到他的神情，心中了然。他的手按上他的脖頸，鏡男即將脫口而出的嗚咽猛然一哽。那手溫溫熱熱，完全不像鏡男想像中冷膩如蛇的觸感。

南舟垂目看他，「你睡吧。睡醒了，回去就可以慢慢找。」

乾脆俐落的折頸聲，從南舟指尖傳來。當鏡男還未感受到疼痛，身體就軟軟靠在了自己身上時，在一人一蛇之後的第三名追擊者，終於姍姍來遲，出現在了南舟視野裡。

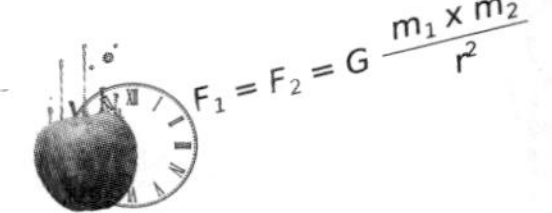

看到地上歪著脖子、死得不大安詳的陳屍，後來者馬上刹住了腳步。第一個犧牲者的出現，讓他不消幾個瞬間就意識到，情況不對。他們……好像是被南舟耍了？！

打頭陣的人相當識時務，見勢不妙，馬上掉頭，拉住即將要衝過頭的隊友，怒喝一聲：「跑！」

誰想，他們剛掉頭跑出沒兩步，就聽身後傳來了一陣足音。打頭陣的人往回一瞥，登時面色鐵青，毛骨悚然。

南舟居然開始默不吭聲地倒追他們了！他還在往外掏房永年的那把【量子定位噴火槍】！他什麼時候把那槍藏起來的？！

情勢當場逆轉。誰都曉得那把槍的厲害，遠程堪稱無敵。而誰都又曉得，南舟近戰無敵。簡而言之，誰不跑，誰腦子裡就有天坑。

後面跟上來的追擊者看著掉頭大步奔來的打頭陣的人，一時懵逼。打頭陣的人巴不得有人給他做墊背，哪裡還顧得上這些臨時的塑膠合作者，單扯著隊友，跑得飛快。後來者並不能適應貓鼠角色的互換，呆愣當場。直到他們看清南舟手裡的噴火槍。

而此時的南舟舉著槍，對準那些抱頭鼠竄的背影，陷入了困惑：他扣了扳機，卻沒有火……

南舟並不知道這把槍還要先開保險。但他很快就想開了，可以帶回去讓舫哥教自己。

這樣想著，南舟抄起噴火槍，快步跟上了一個落在最後面的人，用重達 30 斤的噴火槍，勢如千鈞地拍上了跑在最後的人的肩膀。

他身側是一扇窗戶，窗外即是萬丈深淵。本來以為自己會被熱浪活活噴死的人，當感受到自己正一頭撞破窗戶時，一張臉上寫滿了不可置信——你媽的，這玩意兒是這麼用的？

南舟看著玩家即將墮入深淵，細想一想，這樣的死法好像過於淒慘，便果斷一腳蹬上窗臺，把身體已經開始下墜的人一把拖了回來。他極有禮貌道：「抱歉，嚇到你了。」

說罷，未等對方在失重狀態下險些出竅的驚魂落定，南舟就很利索地擰斷了他的脖子。

聽著彼端的雞飛狗跳，跟這群人混在一起，半框眼鏡的精英男自覺自己身為人的智商都被他們玷污了。果不其然，不出他所料。

他帶著濃厚的優越感，微低下頭，問跟在他身側的一名小個子青年：「勞哥他們那邊有信了嗎？」

小個子青年手持通信器，笑咪咪地對他點了點頭。精英男頗瀟灑自信地抹了抹自己的背頭，嘴角緊跟著揚起一個笑容。

這些人的算盤，從一開始就打錯了。自己則從一開始，就看上了更有價值的東西。他們除了這個 Plan A，還有一個隱藏的 Plan B。

精英男和小個子青年套上了【刺客的自我修養】——一樣 B 級道具，材質和樣式都像極了進入微電腦室裡會穿的塑膠鞋套。但當玩家穿上它後，會在 15 分鐘內抹去一切足音，呼吸和心跳也會被適當掩蓋，是最適合用來潛行的道具。

他們就這樣離開了埋伏點，一路潛行到了自己的另外兩名隊友旁邊，他們埋伏在洋房走廊的拐角處，看樣子窺伺已久了。

精英男手持【心靈通訊器】，問他們道：「情況怎麼樣？」

被他稱作「勞哥」的男人一樂，「南舟一走，他們就沒有動！就站在原地等呢。兩隻小羊羔子。」

精英男蔑然一笑。

——想抓南舟，又有什麼難的呢？

他根據世界頻道裡的資訊看出，他和這兩名人類隊友感情相當不錯，人類隊友對他也是不離不棄，想必他們之間的關係一定不差。

從他這兩個隊友下手，是捷徑。只要能把他們抓來威脅南舟，絕對是一個有力的籌碼。

精英男問勞哥：「一人捉一個，有沒有信心？」

勞哥顯然信心滿滿：「要死的要活的？」

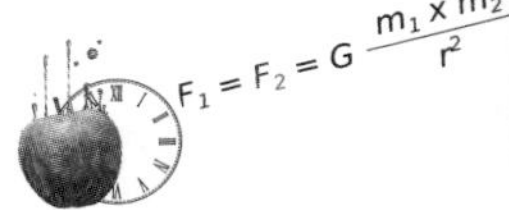

精英男：「男的弄死，女能抓活的就抓活的。」

縮在暗處有商有量的四人，絲毫不知，靠牆而立的江舫，一雙淡色的眼珠已經悄無聲息地轉向了他們的藏身處。

當小個子青年小心翼翼地從暗處探出頭，小心窺伺時，他早早便將頭和目光一道轉向了別處……只是眼尾微微瞇了起來，看起來心情不壞。

仗著有道具輔助，勞哥含上了一支香菸，另一隻手挾著一方火柴盒，悠閒問精英男：「現在動手嗎？」

儘管信心滿滿，出於謹慎，精英男還是將一隻手扶上半框眼鏡精緻的金絲邊，笑道：「別急。先讓我看一看。」

【在？看看未來？】，S 級道具，外形是一副平光鏡。

功能是將未來 3 分鐘之內發生的事情壓縮，以最低一倍速、最高六倍速的速度高速播放。

精英男點選了六倍速，快進的片段迅速從眼鏡男的鏡片上掠過。

在 3 分鐘的未來中，他們故意弄出了一點聲響。江舫瞬間警覺，對李銀航小聲說：「走。」

按照正常邏輯，他們自然會選擇從發出響動的反方向離開。

機會！他手一擺，勞哥就像以往每一次，將火柴在擦火皮上引燃，還騷包地借火，給自己順勢點了個菸。

他咬住過濾嘴，抓住兩人轉身欲逃時背後留出的空檔，往前速衝兩步，【爆燃火柴】脫手飛出。

【爆燃火柴】，一盒便攜的、製作成火柴形狀的手炮。使用流程和普通火柴一致，使用效果足以把一個人當場火葬。

——去死吧！

然而，和【爆燃火柴】同時飛出去的，還有他的手臂。因為手臂牽墜，【爆燃火柴】偏離了航向，撞在了牆上。

轟——以舔上天花板的灼熱火舌為背景，勞哥疾衝的身體就在精英男眼前，向四下裡分裂開來，被斜斜切成了數塊。

在四分五裂的屍塊中，精英男看到了勞哥微微張開的唇上黏著的過濾嘴，以及不可置信地睜大的雙眼。那雙眼像是空洞的玻璃球一樣，映出了走廊上縱橫交錯、鋼纜一樣橫在半空的光線。

如果不是濺染上了血，精英男甚至發現不了那死亡之網的存在。光線異常鋒利，分割肢體的絲滑程度，基本等於切開黃油。

——陷阱！！溫熱的血液像是徑直濺射到了他的眼鏡上，駭得眼鏡男下意識往後一仰，腦袋碰在牆面上，發出了沉悶的一聲。砰咚……

走廊彼端霎時一靜。

精英男滿溢自信的臉像是被迎面揍了一拳一樣難看。

勞哥回過頭來，詫異又責備地望他一眼。弄出動靜，怎麼不打招呼？

雖然納罕，他還是快速且無聲地抽出了火柴，預備動手。精英男一把摁住了勞哥的手，手背都和臉一起煞白了下來。

——等等，別動！先別動……

李銀航望向聲響傳來的地方，問：「什麼動靜？」

江舫悶笑一聲，「有老鼠吧？」

李銀航有點警惕，捉緊了手裡的匕首，「我們走？」

「不。一會兒他回來，會找不到我們的。」

江舫一瞇眼，爽朗反問：「還是說，妳怕老鼠？」

拐角處躲著的四隻老鼠：「……」

勞哥不爽地一皺眉，看向精英男：幹不幹這個小毛子？

精英男扶住沾了些汗水的眼鏡鼻托，他的手有點抖。

「……等會兒，讓我再看看。」

偷襲不成，那麼，強攻呢？四打二，怎麼樣也……不等精英男將強襲計劃構想完畢，他鏡片上就又濺上了新鮮的血光。

在選擇強攻的那個未來裡。他眼睜睜看著衝在最前面的小個子剛把手中的【爆燃火柴】扔出去，就被獨自向他們衝來的江舫一把接住，在火柴頭轉為代表「危險」的赤紅前，穩準狠地扼住小個子的脖子，將火柴餵入

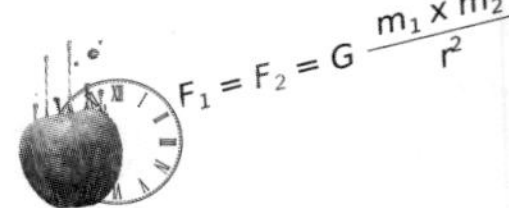

他的口中，隨即反躍到他身後，將他一腳踹入旁側房間。

伴隨著脊骨碎裂的聲音，小個子喉嚨裡卡著【爆燃火柴】，一頭撞飛了門板。

下一秒，一個燃燒著慘叫的人影，在牆上一側投下了猙獰的剪影。

勞哥的小跟班怒吼著掏出【超低溫氮氣槍】，試圖朝江舫噴射。然而，他扳機剛一扣動，槍口就被人一腳踹成了仰射角，天花板掛上了一層濃重的霜花。

小跟班鼻孔裡噴出的粗氣和噴射的氮氣響在一處，狂亂的心跳、短時間內高速向心臟集聚的血液，讓他遲了幾秒，才感受到手腕的折痛。

江舫反手幾折，將槍反奪到手中，拉下扳機，溫聲點評：「……下次果斷一點。」

言罷，槍已經被奪到了江舫手裡。他將可以將人急凍致死的細細槍口塞到小跟班的口中，猛然啟動。

嗡——血溫的驟然降低，讓小跟班登時休克。

短短幾秒鐘，連折了兩個兄弟，勞哥的眼睛籠罩上一層血色，將一口牙咬得咯咯作響。但那道銀色身影已經距離他們太近了，【爆燃火柴】再想使用，威力就會波及己方。

勞哥剛將一隻手變幻成剃刀狀，就見江舫拿出不知道何時從小個子掌心裡奪來的半盒火柴，指尖一頂，將盒身頂離內匣，任火柴嘩啦啦落滿一地。他邁前兩步，任火柴在牆上劃出暗灰色的痕跡，嗤的爆燃聲響起——伴隨著江舫的一聲玩味的彈舌音。他手持嗤嗤冒著星火的火柴，嘴角勾著一點笑意，腳下加速，朝勞哥衝去。

勞哥瞳孔頓時縮小，馬上放棄攻勢：「操！瘋子！！退退退！」

火焰燃燒的影響範圍起碼 3 公尺起步，誰他媽想要跟瘋子同歸於盡？

誰料，江舫也只是虛晃一槍，當火柴的燃燒時間抵達爆燃的臨界點時，他隨手一揮，將火柴吹熄了。眼睜睜看著那即將爆炸的火柴就被他這麼一口吹滅了，精英男臉都青了。

——這他媽也行？

這可是他們自己的道具，扔一根少一根，他們不捨得拿這東西做試驗，更是從來都不覺得這種殺傷力級別的東西是能被吹熄的。難道這個小毛子也有類似的道具？不然，他第一次用，就敢冒這種險？他不怕死？

精英男驚疑中時，被他手中的【爆燃火柴】駭得被迫轉身奔逃的勞哥，已經被江舫一把抓住頭髮，利索地從喉結處一刀。他扳著他吱吱冒血的脖子，優雅地輕聲耳語：「拜拜。」

精英男作為旁觀者，在幻境裡，他做不了什麼，也沒來得及做出什麼。他剛剛反應過來，江舫就已經來到他的身前。

他 S 級能力是他的一身西服。它能自動製造出一層理論上無法侵入的防護罩，但是這個防護罩無法移動。

在和隊友打配合時，精英男西裝革履，看似不好行動的樣子，是最好的誘餌。他負責吸引火力。但現在，當隊友都死絕後，精英男現在成了一座最安全的孤島。

江舫只多看了他兩眼，甚至沒有在他身上浪費哪怕一個 S 級道具，就從精英男極力掩飾發抖的雙腿上看出了他的窘境。他往後一退，倚靠在精英男對面，笑著看他，目光彷彿在看一隻把自己困進了米缸的老鼠。

精英男的冷汗好像倒流封堵進了毛孔中，惹得全身搐動發抖的筋骨麻癢難忍。

勞哥的話音傳入他的耳中：「喂！」

精英男喉頭一縮，下意識看向聲音來處，勞哥正滿心詫異地看著他。

【心靈通訊器】裡，還平穩地有著四個人的呼吸……這一切尚未發生。走廊另一端，仍是平靜異常。

精英男冷汗如瀑，抖著手用手帕印了印額頭。他眼前還有血的殘影，還有三個死不瞑目的隊友。無論強攻，還是偷襲，哪一種未來，迎接他們的都是死。他果斷咬牙道：「走！」

勞哥和其他兩人都把目光對準了精英男，面色疑惑。

但注意到精英男不妙的臉色後，勞哥當機立斷，對其他兩個年齡小的揮了一下手，「撤！」

出於一點不安的心思，精英男鬼使神差，再次打開了預知的開關。這次，因為過於心慌意亂，他忘記調節倍速了。

隔著眼鏡，他看到他們四人轉頭。

現實裡，小個子也恰好轉過頭去。

然後，精英男像是聽到了什麼，迅捷轉過頭去。

只見小個子的頸部釘上了一張薄薄的撲克牌——紅桃 7。一線鮮血順著他的咽喉緩緩滑落。

起先，精英男以為這是鏡片中的幻象。而當他意識到這究竟意味著什麼時，他的雞皮疙瘩悚然跳滿了一身。

數分鐘後。江舫在精英男那除了折磨他精神之外全然無用的防護罩對面，仰後靠著牆壁，看著對面瑟瑟發抖、汗透後背的精英男。他銀色的頭髮濺上了一抹血色。

他用舌尖頂了頂從勞哥那裡順來的香菸，嘗了一下菸草的味道，誇讚道：「菸不錯。」

精英男原本自以為刀槍不入的精神，被接連三次的刺激，已經折騰得搖搖欲墜。

他呢喃著：「饒了我吧……饒了我……」

被一群人的突襲打斷了和南舟談話進度條的江舫實際上心情非常糟糕。但他越心情不好，臉上的笑容越燦爛，這是他在賭場養成的職業習慣。江舫將指尖的十數張撲克牌攏在一處，「唔，我試試看。」

當精英男的精神稍稍鬆下來一點後，江舫走到他的防護罩外面，叩了叩「門」後，將撲克牌一字抹開。在走廊的光影下，他脖子上暴露出的 K&M 傷痕，就像一個凶惡的圖騰。

江舫對面色慘灰的精英男，用誘哄的語氣道：「挑一個花色吧。喜歡哪個呢？」

不遠處的走廊，其他人被南舟一個人包了圓，活活給追成了失了魂的兔子。

成功擰斷了落單的第十三個人的脖子後，南舟把他抱到走廊邊沿，免得其他逃跑的玩家不慎踢到屍身。

他從蹲姿起身，掃了掃膝部的灰塵，餘光瞥見了一個被慌不擇路的玩家撞歪了的小天使頭像腦袋。南舟順手幫銅雕把小腦袋擺正，正要起身時，南舟突然抬手摁住了小腹。

「嗯——」熟悉的燥熱和倦怠感捲土重來。

他顫抖著咬著牙，掀起了自己的襯衫下襬。淫紋重歸鮮紅，灼灼地在他冒出汗珠的小腹上綻開一朵骯髒的血蓮，那裡的皮膚，因為沾染了一層薄薄的液體，乾涸後的感覺異常緊繃。

——回去……要回去舫哥身邊……

當他的手勉強扶住牆壁時，突然聽到一陣陰冷的怪笑。走廊一端，款款走出一個少女。如果不是她臉上的傷口開裂、臉側又沾染了髒兮兮的汙血，這本來會是一個相當閃亮的登場。

蘇美螢的笑容透著股急不可耐的猙獰，「終於不行了？」

高如巨塔的魏成化低頭，看向比他足足矮小了兩頭的南舟，「比我們預想中可要慢了很多。」

蘇美螢：「只要結果好，不就不會浪費我們的布局了嗎？」

說著，她虛作憐憫地望向了牆角的那具屍體，「號召他們組隊，他們就真的組隊，一群傻逼。」

南舟扶在牆上的手指緩緩收攏。他想要集中氣力，但漂亮的背肌聳動了兩下，身體就軟了下來。

魅魔化發作得太急了，蝴蝶骨像是脆弱的蝴蝶翅膀，隨著他難受的呼吸，一起一伏。沒有……力氣……

二十人圍殺計劃的促成者正是蘇美螢。江舫加諸在她身上的狼狽和重傷，變相讓她增添了一層真實的偽裝。

當她沒有公開自己的身分時，誰也看不出，這個 20 歲剛出頭、面部被嚴重割傷的柔弱少女，就是「朝暉」裡心狠手辣的蘇美螢。她揣著一隻冷冰冰的【死亡變色龍】，在觀察之後，假裝傷重瀕死，跌跌撞撞地出現在一名玩家面前。

【死亡變色龍】通過傳感締造的死亡假象，再加上魏成化與她配合無間，在暗地裡徒手捏爆的一顆頭顱，讓她在另一群人面前演繹出了一場完美的死亡。那群玩家親眼看到存活名單人數 -1，因此深信不疑。

死得慘烈無比的妙齡少女的臨終遺言，是南舟殺了她。她提醒他們，「立方舟」才是他們要面臨的共同敵人。人類忙著自相殘殺，結果為怪物異類做了嫁衣，這樣真的值得嗎？

儘管這場多對一的爭鬥是她一力挑起的，可看到南舟只靠一個人，就把一群人包圍了，擰瓶蓋一樣追著人擰腦袋，隱於暗處的蘇美螢多麼心驚肉跳，自不必說。

可這種發自骨子內的畏懼，在看到南舟強弩之末的虛弱模樣時，全部化為烏有。

這種把強者踩在泥裡的暢快感，讓她只想痛快地扠腰大笑起來。

一滴汗從南舟下巴緩緩滑落，砸落在滿布奇異花紋的洋房地板上。南舟的身型柔韌，當他雙手扶牆，肩膀微微塌著時，後腰處就自然而然地凹下去，被西裝褲略微緊窄的邊緣一襯，更顯得身後一片渾圓曲線渾然天成，似乎是全靠這條曲線才把褲子撐起來的。

聽了蘇美螢一陣得意洋洋的高論，汗津津的南舟側過臉去。身體的燠熱孕育著一雙即將勃發的翅膀，頂得他後背肌肉一動一動，皮膚緊得發燙。他一開口，就洩出一聲微微的顫音，聽得蘇美螢嘴角愉悅的笑容又扭曲了幾分。

「你們……」

蘇美螢得意道：「沒錯，就是我們。」

南舟：「……是誰？」

蘇美螢：「……」

南舟從頭到尾都沒見過「朝暉」，只在江舫替他紓解後，聽他講了兩句剛才遇上的隊伍。雖然對方死了三個人，但他們把舫哥的手弄傷了，就很過分。

他的反應，無疑激怒了本來就喜怒無常的蘇美螢。

她跨前一步，獰笑道：「你聽說過『朝暉』嗎？」

「『朝暉』……」南舟想了想，豁然開朗：「啊。」

蘇美螢亮出一把小刀，已經開始設想要如何在這張美人臉蛋上作畫，才能讓姓江的在發現他的屍身時痛不欲生，同時問道：「想起來了嗎？」

南舟：「想起來了。排行榜上見過。」

說到這裡，南舟有些難以為繼，低低喘了兩聲，聽起來虛弱又難受。

「你們……」他虛心請教：「不是有五個人嗎？」

蘇美螢的笑容僵死在嘴角，「……」

一提到這事兒，蘇美螢就怒得渾身發抖。現在處於優勢的到底是誰啊？他都淪落到泥巴裡了，居然還沒有一丁點兒搖尾乞憐的自覺？

她不會覺得南舟是單純的好奇。她只覺得這是挑釁。

她竭力把自己的怒容扭曲成一個笑容，只是略有抽搐的嘴角洩露了她的內心，「這就得問問你隊伍裡那位姓江的好隊友啊。」

「舫哥……」南舟想了想，終於把面前這支兩人隊和江舫的描述對上了號。

同時，他也發現了一個矛盾點：「舫哥一個人就能殺了你們三個，你們為什麼還要說其他玩家傻呢？」

這個問題過於刁鑽，實在難以回答。蘇美螢勃然大怒，剛要上前，一雙粗壯宛如結實梧桐樹墩的手臂攔住了她。

魏成化：「別中他的計。夜長夢多。」

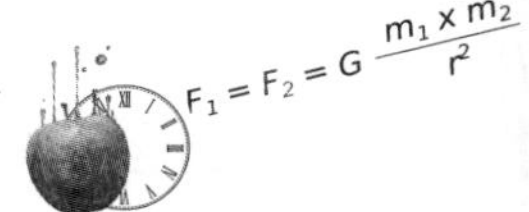

南舟微嘆了口氣。可惜，蘇美螢再近點，她的脖子就會斷了。

他反覆攥動著掌心，調動著身體裡殘餘的力氣，考慮該將它分配到身體的哪一個部位。

此時此刻，他的每一截肌肉和皮膚都痠痛異常，渴望撫慰。

在魏成化的安慰下，蘇美螢心性稍稍穩了下來，卻還是怒意難消。好在，盛怒之下，她還是做出了最妥當的決策。

她退入安全區，舉起自己那本因為卡了 bug 而無法使用的【魅魔的低語】，「老魏，留口氣，別讓他死透了，取他的血來，我要結束上一個詛咒，我要讓他生不如死！」

魏成化像是看自家任性的女兒一樣，笑著搖了搖頭。只是他現在的肢體在接收了過多的滋養和哺育後，已經生長得超出人類的極限，面孔也變得腫脹，頭骨甚至都在短時內發生了嚴重的形變——兩頰緊窄、顴骨奇高，顱頂膨隆，髮際線到眉毛的距離拉成了正常人的兩倍寬。

與其說是進化，更像是返祖，這讓他的笑容看起來異常可怖。不得不說，比起南舟，現在的魏成化更像是怪物。

轉過頭、面向南舟時，魏成化便把一張醜臉上的所有表情都收斂了起來……蘇美螢說要留命，但魏成化沒有這個打算。

死。必須要讓他死。給這個怪物留出的哪怕一線生機，都是為他們自己墳墓上添的一鏟子土。

南舟也側過身來，抵在牆面上的指關節緩緩滑落。他每呼吸一聲，耳膜裡就傳來悠遠的迴響和鳴音，讓他無法全然集中精神。

真的是……最糟糕的時刻。

魏成化不肯留給南舟任何一點喘息的機會。抓住了南舟吸氣的瞬間，他驟然發力，以與他粗壯身形全不相符的速度，向南舟爆衝而來。他一腳踏在地面上，震得一塊暗紅色地磚的邊角轟然粉碎！

南舟縱身往後一跳，卻險些跌倒在地。他雙腿打從芯裡發軟，四肢裡頭灌了鉛一樣沉甸甸，根本沒能退出魏成化的攻擊範圍。

眼看情勢退不及退，南舟索性抬起雙手，試圖格擋。他的骨頭密度和結構，與常人截然有異。但魏成化的拳頭裹來的罡風，更不是正常人類會有的。

骨頭與骨頭劇烈碰撞在一起，竟撞出一聲金屬悶響。這一拳，砸褪了南舟臉上剛剛聚集起來桃花一樣的血色。

南舟的骨頭沒斷，嘴角卻在重壓之下，硬生生迸出了一線鮮血來。

一滴血順著魏成化的拳風濺到了耳垂上，像是一枚過於鮮豔的耳釘。胸腔裡翻滾著的血氣讓南舟感到無比噁心，一時身軟，被死死壓制在魏成化的拳鋒下。

他的桃花眼一時失焦，呆呆抬眼望向魏成化的時候，即使魏成化的一張臉和心一樣如同鐵石般頑固，卻還是在某個瞬間心旌搖動了一番。

但魏成化並沒有沉溺於這種不合時宜的情緒。在察覺到異動時，他立即變了顏色。

當他的拳頭碰觸到南舟的手臂時，他駭然發現，自己體內的氣力正在急速流失！

——南舟的手上纏著東西！

然而，一瞬的慌亂，僅僅在片刻後就轉為了鎮定。因為魏成化迅速作出了判斷：那東西雖然和他身上的道具一樣，都是吸取類道具，可那東西要弱得多了。它頂多能讓人感覺無力。但自己那條吸取了數十條人命的、光芒四射的大金鏈子，正在他古銅色的胸膛肌肉上煥彩流光、奪目異常。自己的道具，是用九十九條人命換來的、最優質的獎勵。它煥發的可是源自生命的光彩。至於南舟的小伎倆⋯⋯

魏成化不退反進，一把攥住南舟雙手，把他雙腳帶離地面，生生向上提了起來！當南舟雙手被魏成化仗著身高優勢高高提起，他腕部的衣物被袖扣墜著，受重力影響，緩慢下滑。從陳慧君那裡收繳來的長鏈【吸星】，被南舟悄無聲息地纏到了小臂上。

魏成化笑了笑，「你就拿這種小玩意兒來保你的命？」

$F_1 = F_2 = G \frac{m_1 \times m_2}{r^2}$

說著，他戲謔地握上了南舟一路纏到胳膊肘的鎖鏈，用逗弄的神情，任南舟汲取自己源源不絕的氣力，同時不斷向鎖鏈施壓，將南舟的手腕和鎖鏈一起困在自己粗糙如砂紙的掌心，磋磨、碾壓、盡情玩弄。

咯——吱咯——被魏成化汲取的氣力，根本無法在南舟體內停留片刻。它只催發、加速了異變的誕生。一雙橫空生出的雙翅，將他一身西服風衣凌空刺破，劃割得破破爛爛。

生澀的骨響，讓南舟因痛蹙起了眉心。他不喜歡叫，所以抿緊了嘴唇，一聲不出。直到不堪重負，從中斷裂的鎖扣鏈環叮叮噹噹地落到了他的頭髮、肩膀、腳邊。

魏成化瞇著眼，上下打量著南舟。任何一個人類都會因為征服強者而滿懷快意，越是強悍的人，受辱時的美越是鮮明。魏成化不是什麼莽夫，他也是很有點審美觀的。同時，他也在等待南舟的反擊。

然而，直到【吸星】失去光輝，被他一雙手搓成了塵碴金沫，南舟還是沒有做出什麼有效的反抗手段……如果說用腿蹬踹他的關節也算的話。只是那雙柔韌的長腿已經失卻了該有的殺傷力，尤其是踢在他如鋼筋水泥的皮膚上，一下一下的，更像是撒嬌。

魏成化謹慎地等待了近半分鐘，蘇美螢已經急不可耐了：「血！我要他的血！」

魏成化笑道：「沒問題。」

他指尖一晃，兩把明晃晃的小匕首，在南舟身體上下游移一番，挑中了他的肩胛骨。

南舟一腳蹬上了他的小腹，背上的雙翅也虛弱地搧動著，試圖逃離。只是半魅魔化的狀態，導致這一雙翅膀是裝飾性遠勝於功能性的廢物。

魏成化眼睜睜看著那漂亮的肩胛骨被刀鋒緩慢刺穿，一聳一聳地將刀鋒全部吃了進去。

南舟的確是一種很能忍耐的生物。滴滴答答的鮮血落地聲，伴隨著他漸重的呼吸聲，就是聽不見一聲呻吟。他咬緊嘴唇，只用眼撩了魏成化一眼，就閉上了眼睛，似乎已經無力再睜開。

魏成化隨手一甩，幾滴血準確落在了蘇美螢翻開的【魅魔的低語】的書頁上。

不顧身後狂喜的蘇美螢，魏成化的眼神愈發冷了下來。他確定，到了這等地步，南舟還沒有後手。那麼……

過家家結束了。他把掌心貼在了南舟只盈一握的脖頸上，逼得他不得不仰起頭，把更脆弱的喉結完全暴露在狩獵者眼前。他看起來像極了一頭乾淨的白鹿，美麗又讓人想咬斷他的脖子，看他被鮮血塗滿身軀。

這樣好的養料，不能浪費了。

南舟就這樣擺出任他予取予求的脆弱姿態，任憑他體內的精氣一點點被抽取出來。

魏成化露出了滿意的笑容，脖頸上懸掛的金鏈不間斷地旋閃著金光。起先，那光輝還只是一明一滅的，再往後，就是持久的閃耀，像是一顆不滅的星辰。

可是，眼看著這豐裕的積分即將花落「朝暉」時，魏成化覺得不對勁了。他頸上的金鏈光芒，逐漸被另一道光掩蓋了過去。

那光來自南舟的身體。

南舟是光魅，他是光化成的怪物。他越是虛弱，身上的光芒越是盛大奪目，從他身上散出的雪白日光，竟然漸漸吞沒了金芒。

而南舟的力氣雖然被全方位壓制，但身上的精氣過於蓬勃，魏成化怎麼吸，也無法吸完。可魏成化的身體，畢竟是人的軀體。軀體要容納更多的精氣，就要生長，騰容出更多的空間。

金鏈的輔助，的確讓魏成化擁有了軀體生長的能力。然而，眼下，短時內高速注入的精氣，讓他的身體負荷不住這樣的生長了。他像是一株被粗暴揠起的禾苗。像是一個剛吃得半飽、一臉饜足的人被強行掐住脖子，填鴨一樣灌入大量的水和氣。他的胃和內臟，都像是被打了氣一樣充盈、鼓脹起來。魏成化甚至能聽到自己的骨骼被注入的精氣撐脹得咯嘰咯嘰作響的聲音。

魏成化的面色由青轉紫。不對……不對！他試圖甩脫南舟。

但南舟穩穩反扣住他的手腕，紋絲不動。

剛才，南舟將體內僅剩的力氣，都匯聚在了掌心。現在，走不了的是魏成化。

南舟睜開眼睛，靜靜望著被體內暴漲的精氣頂脹得直翻白眼的魏成化。這就是他的後手。

他的後手，就是自己。

他賭魏成化這種吸收型的玩家，不會捨得把自己一刀殺死，浪費自己這上好的食糧……他賭對了。看來跟著舫哥，賭運會變好。

本來還在喜滋滋翻著書頁、尋找詛咒之法的蘇美螢，聽到魏成化喉嚨裡發出咕咕嘎嘎的怪音，不覺奇怪，抬頭一看……

只見魏成化原本巨大的一顆頭顱脹到了原先的兩倍大，堅硬的頭骨怪異地開始了朝前生長，像是顱骨上生出了一根嚴重的骨刺，壓得他的腦袋幾乎要陷入粗短的脖頸裡，讓他根本無法維持肩頸的平衡。他一雙肩膀已經扛不住頭顱氣球一樣的漲勢，一雙眼睛被擠得近乎炸裂脫眶。

察覺情勢不對，蘇美螢頓時心急如焚，正要多翻兩頁，尋找那用血肉之咒可以交換來的最強詛咒，掌心的書就被驟然抽走。動作熟練得和班主任沒收課外書一樣乾淨利索。

蘇美螢：「……」

戴著帶有預知功能平光眼鏡的江舫，神情平靜地站在蘇美螢身後，就像他年輕時冒充督學巡查一樣優雅得體。

他的聲音辨不出具體的喜怒來。

普普通通的一句話，在蘇美螢聽來卻是字字生寒。

「這位同學，妳年齡還小，不適合看這樣的書啊。」

CHAPTER

03:00

習慣了自由的鳥，
可有再眷戀鳥籠的道理嗎？

看起來，江舫並不多麼生氣。

他很和悅，即使目光接觸到南舟順著肩胛骨往下滲血的傷口時，呼吸的節奏也還是保持了起碼的平穩。

只是原本在他口袋裡蹲著的南極星，像是感知到了什麼，逃命似的遠離了他，直跳到李銀航的肩上。

蘇美螢惶急，猛地閃開了身體。當她勉強站穩腳跟時，剛剛從江舫口中呼出的殘留熱意還讓她渾身起慄。她摸了一下透寒的脖頸，腿肚子微微抽了筋。

他是什麼時候靠近自己的？這根本不可能！蘇美螢雖然武力值在「朝暉」中算不了什麼，但她的反應能力並不差，各項官能也有道具加持，是遠超常人的程度。她不可能會出現被人貼身到這種程度還無知無覺的情況！情報不是說，南舟才是怪物，江舫是人類嗎？！

另一邊，強弩之末換了一個人。

魏成化察覺到了死亡的威脅。當瀕死的陰雲和求生的欲望將他整個人籠罩起來時，他的肌肉以更加恐怖的規模膨脹起來。

南舟用全副氣力扼住他的手腕，面容鎮靜異常。強作困獸之鬥的魏成化怒吼著，一次次把南舟往牆上摔去，試圖擺脫他的控制。

以南舟的身體為軸心，牆面向四面開綻出無數蜿蜒的裂痕。

南舟一聲不吭，只一心一意反扼住他的手腕。

李銀航被這暴力的摔砸聲激起了血氣和怒意。她從江舫身後小跑著繞過，抄起匕首，趁著魏成化把全副的精力都放在甩脫南舟上，用發汗的掌心握死匕首，縱身跳起來，直戳他的後心！

這一扎，她窮盡了自己全部的力氣。但她畢竟是偷襲新手，蹦得高了點，目標也偏離了不少。那匕首尖像是扎在了鋼鐵上，震得李銀航手臂一麻，鋒利的匕首尖端滑卡進了斜方肌，竟被魏成化繃緊的肌肉死死夾住了……李銀航就這麼被吊在了半空。

馳援一時間變得有些尷尬。

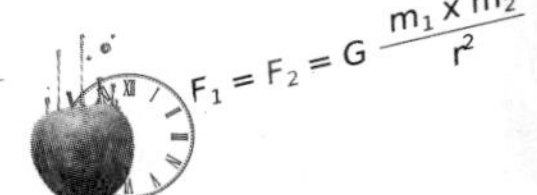

她眉心狠狠一跳，但心一橫，還是豁出去了。她沒有鬆手，而是藉了被鎖在他肌肉裡的匕首柄的力，一腳踏著他腰部的肌肉，往上一躍，用另一把普通匕首，直接從背後插了魏成化的眼。她就不信了，這人的眼睛還能是鐵球做的？！

魏成化悲嗥一聲，被插入了大半匕首的眼睛滾下一串熱騰騰的血淚來。然而，李銀航還是把事情想簡單了。她並沒能很好理解江舫不來幫助南舟合圍魏成化的用意。

疼痛並沒有讓魏成化頹靡，反倒更加激發出了他的狂性。他嘶聲嚎叫著，猛然將李銀航抖落在地。

他面對南舟，張開了一張被撐得方闊、像是黑曼巴蛇一樣的棺材狀嘴巴。看樣子，他竟是要生生撕咬下南舟的頭！

江舫盯死了蘇美螢，一動不動。

蘇美螢心中焦急萬分，她哪裡不知道，魏成化這樣做，一方面是為了求生，一方面也是想讓在場的三人都將攻擊的矛頭轉向他……他還想給她一條生路……

蘇美螢含著淚，嚥下滿口的酸澀，竭力用嘲諷惡毒的語氣道：「你的愛人要死了。」

江舫平光鏡下的一雙眼睛淡淡的，看起來沒有什麼感情，回道：「妳也是啊。」

那端，魏成化這一張嘴，居然成了他的末路。他的頭顱早已經擴張到了極致，面龐一路脹成了濃紫色，又因為過度的拉扯，肌肉和皮膚都透出了森森的、過度緊繃的白。就像是被拉扯出白色物質的絞糖絲。

在他張開嘴的瞬間，身體苦苦維持著的某個臨界點猝然崩塌。

啪喀。他高度變形的頭顱終於像是西瓜一樣爆裂開來。他巨塔丘巒一樣的身形前後晃蕩一番，轟然向後倒去。

從這具軀體裡逃逸而出的無數靈魂，宛如散落的螢火，無所憑依，大部分一個接一個飛出了窗外。

而從南舟身上水泵一樣抽取走的精力，大量附回了尚存活的南舟身上。它們是蝴蝶一樣的形狀，撲騙著翅膀，棲息在他染血的唇邊、傷口上，以及破損的衣邊上。

南舟隨著只剩下軀幹的魏成化一起跌摔在地上。

被摔了個七葷八素的李銀航勉強從地上爬起來，不顧他身上被濺射上的髒穢，急忙靠近了他，想檢查他的傷勢，「南老師？！」

等和南舟四目相接時，李銀航嚇了一跳。

遭到這樣強烈的連番撞擊，李銀航以為他會昏迷。可南舟還睜著眼，看起來要比李銀航還清醒。

他挺平靜地抬起未受傷的那隻手臂，一下下抹去臉上斑駁的血跡。只有在這種時候，他的冷靜才讓他擁有了一點讓人不寒而慄的非人感。

眼見魏成化已經無力回天，蘇美螢知道大勢已去。她結束了和江舫的對峙，飛速倒退，撞破身後的玻璃，身體朝後，向萬丈深淵底部跌去。

當跌落高度達到十公尺時，她的背後忽地生出一架滑翔翼，將她迎風送向了直線距離他們百公尺開外的一扇洋房窗戶。

李銀航見她逃了，忙衝到窗前，滿背包尋找他們有沒有遠端攻擊武器，能把她射下來的那種……可惜，搜尋無果。

看著蘇美螢就這麼逃了，她甚是懊惱：「就這麼放她走了？」

她以為江舫還有後手的！

南舟不知道什麼時候也湊到了窗前，向外張望，詢問：「我們不是也有翅膀嗎？」

李銀航轉頭看著他，「……」大哥，可不可以有一個剛剛死裡逃生的正常傷患的反應？

江舫摘下眼鏡，用拭鏡布力道溫和地擦拭兩下。

他說：「不重要了。都是死人了，人死為大，不要打擾了。」

南舟好奇：「為什麼這麼說？」

江舫不答，只是重新戴好眼鏡，溫和道：「讓我看看你。」

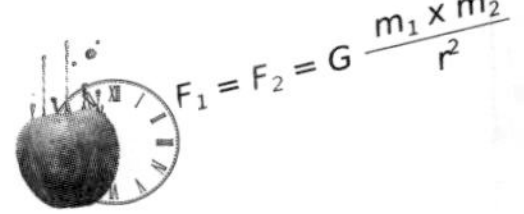

他從剛才起就淡然得不像話，好像不怎麼生氣的樣子。於是南舟放心地讓他靠近了自己，也任憑江舫解開自己愈發破爛的西服外套，把自己的傷口堂而皇之地露在他眼前。

所幸，剛才採到了自己血液的蘇美螢已經取消了魅魔詛咒，然而新的詛咒還未下達，所以南舟背上雙翅全部化消，頭上的角、礙事的尾巴也一應潰散。

在蘇美螢的反助攻下，困擾南舟的疲憊、燥熱、虛弱等負面狀態一掃而空。對比之下，就連肩膀上的傷口也不是那麼疼了。

南舟盤腿坐著，甚至還有閒心，心平氣和地發問：「你們怎麼知道我在這裡？」

他剛剛明明追著潰逃的合圍玩家跑出了很遠。

江舫望著他的傷口，眉眼上像是落了一層薄薄的霜雪。他一瞬不瞬地看著那裡，輕聲說：「眼鏡。」

南舟抬起手，充滿好奇地摸了摸那細而精緻的眼鏡框。

李銀航顧不得自己被摔得痠痛的肩膀，忙著從自己的倉庫裡取出傷藥，解釋說：「這個眼鏡有預知功能的。舫哥剛一拿到就去看了你的情況和狀態，馬上過來了。」

她沒說，要不是她有長跑經驗，恐怕能被江舫直接甩丟。

南舟「啊」了一聲，還想問些什麼，身體就被江舫擁入懷裡。

江舫說：「南老師，你嚇著我了。」

他的聲音極輕，輕得彷彿溫柔的耳語。

南舟的皮膚白得透明，白得像是要化成一道天光，和空氣一道融合了似的。江舫擁著他，就像擁著一道孤單的魂魄。

江舫認真發問：「要是你出事了，我該怎麼辦呢？」

「不用害怕的。」南舟讀不大懂過於複雜的情緒，抬眼看他，一板一眼地同他分析自己的計劃，「魏成化想要吸取我的精力，我有把握在死前帶走魏成化，最差也不過是同歸於盡。只要他死了，有你，再加上南極星，獲勝應該不會有問題。到那時候，規則會復活我的。」

江舫低頭，極快地笑了一下。

「你為什麼要聽規則的話呢？」他的話說得很柔、很慢：「我要你活著，你就不會死。」

表面如此，但江舫身體裡的怪物是如何橫衝直撞，只有他自己知道。當在眼鏡中看到南舟的肩膀被洞穿時，那疼痛一箭鑽心，穿透了他的心臟。現在還在尖銳地疼痛著，疼得讓他幾欲發狂。要不是南舟望向他的眼神一次次枷住了他體內的怪物，他不知道會做出什麼來。

江舫一手摟住還有些虛弱的南舟，另一手將能夠快速痊癒的藥粉傾倒在南舟肩膀上，寬容笑道：「不過，我們南老師的計劃向來都很好。你想做什麼，我都該支持的，是不是？」

南舟眨一眨眼睛，總算從他的話音裡聽出了一點別的意味。他抬起眼，看到的是江舫溫柔無匹的笑容。落在他肩上的藥粉也是均勻細緻，被一點點抹開，手法非常讓人舒服，甚至讓他覺不出太強烈的痛感。

但當南舟偏過頭去，看向撐在自己身後地板上的江舫的手時，他發現它正神經質地發著抖。江舫把全身的瘋癲都集中、壓縮在了那隻手上，強行克制著自己不發瘋。

察覺了南舟目光的落點，江舫用帶著藥香的手，輕輕捏住他的下巴，把他的臉揪了過來，「別看。」

江舫是一團燃燒在匣中的火。

他遺傳了糟糕的愛情狂熱患者基因。他向來討厭自己這種極有可能源自於他母親體內的愛情至上主義，他被母親灼傷過，因此更加不願灼傷南舟，不願讓他知曉自己的瘋狂。

他恨不得將南舟關起來，不許任何人觸碰、傷害到他。但他在和自己的控制欲作鬥爭，所以只能假作紳士。

他溫和地強調道：「別看。」

南舟體察到了他的心思，點了點頭，轉換了話題：「你說她死了，是

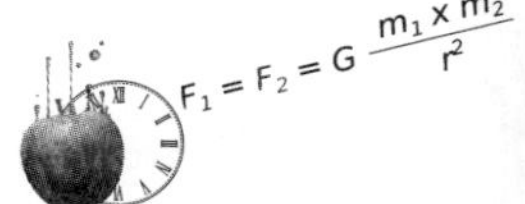

什麼意思？」

江舫說：「字面意思。」

他不願多談及自己的瘋狂，便談起了一個新的話題：「你們覺不覺得，『朝暉』這支隊伍，有點奇怪？」

從殺掉「朝暉」的三名隊員開始，江舫就發現了一個問題。他們似乎過於弱了。這種「弱」，和他們團隊賽排名第二的分數，並不相稱。

南舟微微揚起了眉毛，他也有這樣的感覺。

「朝暉」的實力其實已經優於大部分玩家了，這固然和他們帶血的原始積累過於豐厚有關，但是在真正和他們硬碰硬時，他們的計謀卻並不顯得多麼優越高級。

即使是有腦子的魏成化，他那點腦細胞，似乎也不能支撐他們取得如今的成就。

落荒而逃的蘇美螢像是一隻粉色的撲棱蛾子，一頭撞碎了玻璃，和著一頭一臉的碎玻璃渣子，滾到了洋房走廊裡。

她的身形剛一穩住，就忙不迭從口袋裡拿出了一個S級道具【一鍵求助場外觀眾】。她吧嗒吧嗒地按著紅色按鈕，呼喚著那頭的「場外觀眾」。每點擊一下，她倉庫內寶貴的道具就會隨機消失一個。有的是S級道具，有的是C級道具。可紅色的按鈕始終是黯淡的，不見一點光彩，呼應她的求救。

眼見只剩下自己一人存活，蘇美螢急得滿頭大汗，也顧不得顏面問題了，倉皇地點開了世界頻道。

世界頻道內的所有人，一直在密切關注著九十九人賽的賽況。他們看不到現場直播，只能根據不斷倒退減少的數字，判斷當前的賽況進程。為了避免錯過系統提醒，已經很久沒人在頻道內說話了。

九十九人賽裡的人忙著生、忙著死，除了部分絕望地留下遺言的玩家外，發言者甚是寥寥。因此，當蘇美螢發出的一句話跳入世界頻道時，所有關注此事的人幾乎是在第一時間看到了。

【朝暉 - 蘇美螢】SOS ！

所有人心目裡浮現出的同一個疑問：是不是哪裡搞錯了？這是那個蘇美螢嗎？那個「朝暉」裡傲慢至極的蘇美螢？她被打得叫 SOS 了？

而同樣一直密切關注著這場突如其來的亂局的「青銅」，向來寡言少語的副隊長周澳問了賀銀川一個關鍵的問題：「……她在向誰求救？」

即使葬送了自己在所有玩家面前好不容易樹立起來的逼格和人設，蘇美螢所在意的那個「場外求助觀眾」，也始終沒有給她一絲半點的指導。

蘇美螢死死咬著牙關，煩躁地抓亂自己一頭粉色的頭髮。但她的髮絲深處好像藏著一個糾結的髮團，無論如何也理不順。

她心浮氣躁，急得幾乎要將自己的頭髮揪下。可她也沒有將更多心思放在那東西上，抓撓幾下，就垂下了手。或者說，冥冥之中有一股力量，讓她下意識地不去碰觸那個東西。

她焦慮地咬住了大拇指，神經質地囈語起來：「只要我們『朝暉』贏了，我們就能回到正常的世界去喝啤酒、吃火鍋……」

「我們會有數不清的錢，每人平均分一份。還有我爸、老魏的媽、四眼的妹妹，也都可以在現實世界裡活過來。」

「我們一開始就說好了……說好了……」

她的額頭冒出大片大片的汗珠，順著她的脊骨、大腿、臉頰滑落。這種程度的出汗，已經超出了緊張、焦慮的範疇。

她像是置身在火海中，煩惱地拉扯著衣領，咻咻地喘著粗氣。

只是現在的她，過分沉浸在隊友全滅的情緒中，一時沒能察覺到自己的狀況有異。

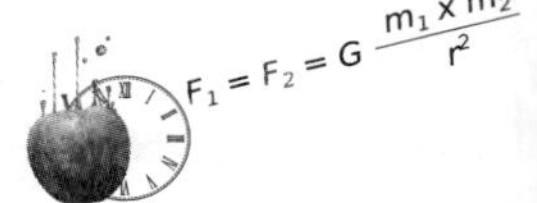

另一側的走廊上，在魏成化的屍身上下翻找了一陣，卻沒能找出什麼有價值的東西後，李銀航不免失望：「什麼都沒有啊。」

她一扭頭，發現體力稍微恢復的南舟，正蹲著研究魏成化爆裂開來的腦殼。

看著地上那一團紅白之物和糾纏在一起的黏稠黑髮，儘管剛剛體驗過一場大腦旅行，李銀航還是忍不住乾嘔了一聲。

她的心態就像是看著自家寵物在馬桶邊緣探頭探腦一樣。剛要阻止，她就見南舟毫不避諱地探出食指和拇指，在地上一頭烏糟糟的頭髮上搓撚了一番，拉出了一絲枯萎海草一樣連著頭皮的頭髮。

李銀航：「……」

她恨不得拉過南舟的手裡裡外外搓他個十七、八遍。

可下一秒，看清那「海草」末端牽縛著的東西時，李銀航呆住了……一個食指指節大的、掛件一樣的東西，生長在頭皮和頭髮中間，像是一顆小小的腫瘤。細看之下，這腫瘤生著小小的手腳、細細的五官。竟然是一個七竅流血的、縮小版的魏成化。

看著那掛在頭皮上、人參果一樣縮手縮腳的小人，李銀航頭皮嗡的一下透了麻。看著魏成化這零碎一地的狀態，他基本上是死了，爭議不大。李銀航的想像力一時間發揮到了極致，不可控地聯想到了各種可能。剛才和他們對峙的，究竟是什麼玩意兒？

南舟並沒想那麼多。

他覺得頭有點沉，蹲在地上，身體就有點要往前倒的意思，眼前霧幢幢的發著幻夢。這種身體輕微失控的感覺對他來說有些陌生。

被滿月澆頭的時候，他要比現在難受百倍。《永晝》曾造出過一個專有的浪漫名詞來形容他對月亮的恐懼，「醉月」。

他以前鮮少體驗過這種症狀輕微的「醉月」症，難免新奇。南舟甚至仰頭確認了一下，外面是白湛湛的日頭，並沒有滿月。

李銀航正以為他在思考小人的來源，不欲打擾，就見南舟搖搖擺擺地起了身，小企鵝一樣往江舫的方向走出兩步。

江舫似乎是察覺了他的異狀，主動向他迎來，將他的身體接了個正著。兩人略有落差的身高契合度，在此時達到滿分。

南舟將帶有血污的手垂在身側，自覺主動地將腦袋埋上了江舫的肩膀，無意識蹭了兩下。

李銀航：「……」

她別過頭去，乾咳一聲，摸了一下頭髮。如果不是守財奴的本性作祟，她此時此刻就很想把那個【存在感歸零器】套在自己頭上。

江舫沒有說話，先將手背靠在了南舟的額頭上，意料之內的一片火燙。南舟周身精力被魏成化吃掉了一半多，儘管現如今算是物歸原主了，對他來說也是極大的損耗。再加上魅魔狀態光速上線又光速下線、肩膀被人刺穿，他能撐到現在才示弱，算是很能忍了。

李銀航湊了過來。她很快弄明白，這不是秀恩愛。眼見南舟這麼難受，她不由得又想到了逃走的蘇美螢，半惱道：「便宜她了。」

江舫很輕地說：「不便宜。」

李銀航還想問點什麼，眼見他平靜雙眼下醞釀著的風暴，立刻識相地閉了嘴。

江舫兜住南舟的膝彎，將人整個橫抱在自己懷裡，一間間地挑選起了休息和通風環境良好的臥室。

這間洋房其實裝潢一流，各樣裝飾物都帶有十八世紀巴洛克風的優雅厚重，實用性很強，舒適度也不差。只是實在沒人有心情思考，在吃雞的場地裡哪裡可以睡個好覺。

好在江舫在漫長的揮霍和遊蕩生涯中，懂得什麼是享受。他在細心地為他的童話朋友選擇一個可以暫時休息的港灣。

躲在他懷裡的南舟：「我能走。」

即使在「醉月」狀態下，他都是能行動的，還能掰人脖子。

江舫：「我知道。」

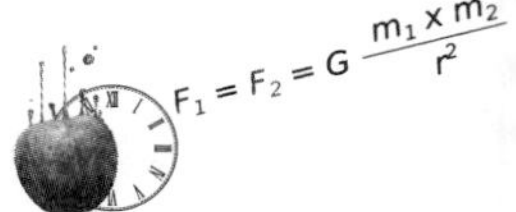

即使知道，他也沒有什麼要鬆手的跡象。

南舟也不是討厭被他這樣抱著，便保持著這樣的姿態，繼續和他搭話：「蘇美螢……」

江舫看了南舟一眼，溫煦的目光裡潛藏著一點冷感和神經質：「我們不提她。」

南舟也不怕他，大大方方地問：「我想知道你在她身上做了什麼。」

江舫：「一樣詛咒類道具而已。和她對你做的事情差不多。」

就在南舟將一干人等追得雞飛狗跳時，他們在【腦侵】當中獲得的道具獎勵到帳了。

江舫只是在欺身的片刻，將那詛咒的刻印打在她身上罷了。在那之後，蘇美螢不管做什麼，她都只會是個死人了。

那為什麼自己一定要在南舟面前做出不得體的事情呢？江舫的偶像包袱，要比他懷裡的南舟乘以三加起來還重。

一路走，一路喁喁說著話，江舫終於挑到了一間不錯的套間。不僅舒適度一流，而且可供休息的柔軟大床位於套間深處的另一間房。

如果有玩家想要從門侵入，其中有很大一片緩衝帶。如果玩家不走尋常路，打算破壁而入，從江舫快速在心中勾勒出的房屋結構判斷，套間內的兩邊都是緊貼走廊的。到了那種時候，他們也有破拆逃跑的餘地。

實際上，膽敢來找南舟他們麻煩的人，基本沒了。目前洋房中已經達到個位數的倖存者，無一例外，全部被南舟給追殺出了心理陰影。他活體演繹了什麼叫「你們二十個人已經被我一個人包圍了」。

江舫垂下眼睛，靜靜看著懷中南舟泛紅的臉頰，「到家了。」

南舟迷迷糊糊地想，他好像早就到家了。江舫花了點工夫，才把燒得溫溫熱熱的南舟從身上剝下來，為他蓋好被子。

被從自己幻想的美好家園強制趕出來的南舟有點不高興。

江舫體察到南舟的情緒及時補救，將自己的手塞進被子裡，勾住他的指尖。

李銀航去臥室內自帶的洗手間裡擰了兩條涼手巾，先一氣兒把南舟的一雙手擦了個乾乾淨淨，又是給南舟物理降溫，又是在商店裡尋找常規的退燒藥，忙得不亦樂乎。

現在的這點難受還不至於戰勝南舟的好奇心，「你不關心那個小人兒的事情？」

在南舟發現潛藏在髮絲內的小人時，他注意到，江舫的眉心擰了起來。然而，對於這樣怪異的、值得探索的東西，他卻沒有細看，只是靜靜站在血泊之外，想他的心事。

注視著南舟的臉，江舫內心的漩渦也逐步復歸平靜。他用指尖溫柔地按摩著南舟的掌心，「我只關心你。」

南舟還是回望著江舫，目光很乾淨，雪一樣直接落到了江舫心裡去。

江舫受不了被他這樣看著，無可奈何地俯下身去，親了親南舟的唇角，「等你休息好，我再告訴你啊。」

南舟不死心：「可以當是睡前故事。」

江舫笑了：「那是不是我只要講了，南舟老師就可以認真休息了？」

不得不說，江舫是個講故事的好手。得到南舟的首肯後，江舫說出的第一句話，就輕易釣起了人的探知欲：「我知道那東西是什麼。因為曾經用過在我的身上。」

李銀航傻了眼，「啊？」

南舟眼巴巴地看著他，等待下文，眼睛一眨一眨。明明是張冷冷清清的臉，卻讓江舫從中看出了無盡的趣味和歡喜來。

江舫坐在南舟身側，溫聲對他說話：「記得易水歌說過嗎？我是《萬有引力》遊戲出現事故後唯一的倖存者。」

「但那個時候，被困在遊戲裡的，至少有上百個人。」

「為了活下去，我有了一支自己的隊伍。」

「我們不間斷地被拋入各個副本。」

「最開始，那些副本是《萬有引力》自帶的副本，我們有人死亡，也

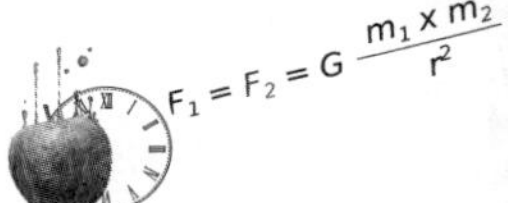

有人受傷，但因為對副本劇情和相關情況很熟悉，所以死亡率並不高。」

李銀航頷首。《萬有引力》遊戲事故甚囂塵上，國服內三百多名玩家同時深度昏迷，早已成了著名的社會事件。她哪怕不玩遊戲，作為網路深度使用者，也能在各類平媒、網媒上看見連篇累牘的報導和討論。

在事故初期，陷入深度昏迷的玩家不斷在醫院中死去。呼吸器拔了一臺又一臺。

很快，去世玩家就攀升到了 172 名，直接過半。但在這往後的相當一段時間，死亡率的統計線開始逐漸變得平滑。隔三差五，還是會有一兩名玩家去世，但死亡的速度明顯放緩。

她記得，死亡的高峰大概是在事故發生的兩個月後突然再度攀升的，在此之前，所有昏迷的玩家的生命體徵都趨於平穩。換言之，死亡是在沒有任何徵兆的時刻突然來臨的。對此，任何醫學方面的專家學者都束手無策，甚至根本找不出一個合理的解釋。

而事件的親歷者，正在對現實世界裡看似怪力亂神、毫無邏輯的事情娓娓做出解釋：「……直到後來，我們開始遇上原創副本。」也即類似【小明的日常】、【沙、沙、沙】、【腦侵】這樣的原創副本。

南舟精準概括：「所以說，這是遊戲的測試？」

幕後操控這一切的人，先將這三百名玩家，試驗性地投入《萬有引力》正常副本這樣的「溫水」當中，緩緩加熱。

無法適應水溫的「青蛙」死在了水裡。活下來的是進化出了爪牙和堅硬皮膚的「青蛙」。等「青蛙」們適應了這樣的水溫，操縱者們就又提高了水的溫度。

江舫點頭，對南舟的判斷表示認可。

「最開始的時候，遊戲的規則和現在完全不一樣。」

「首先，組隊不像現在一樣有人數限制。」

「我的隊伍有十九人，後來加上戰損，慢慢變成了十二個人，之後相當長的一段時間裡，再也沒有過傷亡。」

南舟和李銀航默契地不去問這「十二個人」的去向。因為他們在遊戲裡遇到江舫時，他已經是孑然一身。答案不言而喻，且過於傷人。

江舫繼續道：「人多當然是有壞處的，容易發生意見矛盾，而且生死關頭，總不能兼顧全部。」

「但在那樣的環境裡，大家的首要目標都是活著，這就是抱團最大的好處。」

「人越多，能拿到的道具越豐富，存活下來的可能性越大。」

南舟想了想，微微嘶啞著聲音說：「所以後來，他們在目前的遊戲裡推出了最高五人的團隊人數限制，還設置了『許願池』？」

李銀航：「……」

她覺得自己的思維還沒有一個發燒患者敏銳。可當她細細反芻了一遍南舟的話時，李銀航頸後的寒毛瞬間倒豎。

這用心不可謂不險惡了。除了「活著」之外，他們限制了遊戲玩家數量，並為參與遊戲的玩家提出了別的可能性。

當「活著」不再是唯一的目標，就從根本上杜絕了玩家之間建立深度合作的可能性。畢竟人生在世，誰沒有欲望和遺憾呢。當願望產生了衝突時，除了競爭之外，就沒有更好的解決辦法了。

江舫說：「第二。遊戲剛開始的時候，並沒有 PVP 模式。」

「我們習慣了打 PVE，所以，當我們第一次匹配到真人玩家的時候，大部分人都很激動……直到系統提示我們，我們要殺掉對方。」

江舫在作出陳述時，態度相當平靜，誰也不知道他是否曾為這件事崩潰或是痛苦過。

李銀航不寒而慄時，南舟捉住江舫的手，讓指尖貼在了他的脈搏上，靜靜讀他的心跳。

江舫報以溫和的一哂，繼續提供訊息：「第三，在保留了《萬有引力》原有的道具系統之外，他們引入了新的道具。」

「【回答】，就是我在一次 PVP 裡，碰到的第一批自創道具。」

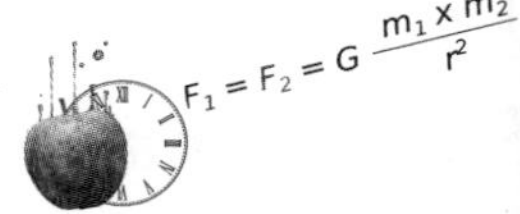

江舫印象相當深刻。

魏成化頭髮裡藏著的怪物，應該就是【回答】的衍生產物。這個名字，看似和它的功能關係不大，但【回答】其實演化自一首知名的詩。

「卑鄙是卑鄙者的通行證。高尚是高尚者的墓誌銘。」

與此同時，在洋房的另一端。

蘇美螢身體燥熱的情況不減反增，漸漸竟到了無法忍耐的地步。她渾身如遭火焚，體內水分大量蒸發。

漸漸地，開始有皮膚碎屑從她的臉頰簌簌滑落。

向來愛美的她，看著玻璃上自己像是消沙一樣逐漸凹陷變形的臉，本以為那只是一場糟糕的幻覺。直到她摸上了自己的臉頰，摸下了一手雪白的碎屑。

在意識到究竟發生了什麼後，她頓時陷入了絕頂的瘋狂。

江舫詛咒了她！他平靜地望著自己、任憑她逃走，就是在放任她一步步遠離生機！

意識到自己即將到來的可怖命運，蘇美螢恨不得肋生雙翅，飛回到江舫身邊，一刀殺死他，終結詛咒。可她所有的道具，都因為剛才向場外瘋狂的求助消耗得差不多了。包括那架救了她一命的滑翔翼，現在也已經消失無蹤。她只好攥著【一鍵求助場外觀眾】，發了狂一樣，按照自己的記憶，朝來處徒步狂奔而去。

只是她的身體，已經等不了人了。

她的皮膚迅速失去了水分，變得像是沙皮，慢慢掛在她的顴骨上。她像是一顆被塞進了榨汁機裡的蘋果，一陣粗暴的旋打後，徒留被從濾網上篩走的蘋果渣。

而這種痛苦的沙化並未停止。蘇美螢能清晰地感受到腐蝕鑽入骨殖深處的痛楚。她癲狂地奔向來處，迎面掀來的風，將她一點點蠶食、剝落。她回過頭，清晰地看到自己的身體正被自己一點點落在了身後。

這種視覺上的衝擊和恐懼就足夠逼瘋任何人，蘇美螢也不例外。她已經迷失了方向，嘶聲奔逃著，像是一頭絕望且喪失了目的地的小小困獸。

當她已經被沙化了大半的身體從一扇開啟著的窗戶旁跑過時，崖間的一陣山風，將她粉碎成齏粉流沙的雙腿瞬間吹飛，化作一場細碎的、小型的沙暴，撲打到了她的臉上、身軀上。

一切事物，在她眼中彷彿都添上了一層慢放的效果。

直到她的軀幹重重摔倒在地，騰起一片粉塵。她痛得翻滾，想要慘叫，但她失水的聲帶已經無法支持她發出任何聲響。

她徒勞地抓撓著地板的夾縫，渾身水分快速洩出。蘇美螢後知後覺地意識到，她似乎是真的要死了。

就在她瀕死之際，她眼前影影綽綽地出現了一個粉毛少女，扠著腰對魏成化大發雷霆。

「老魏！」她扠著腰對魏成化吼：「養了這麼多張嘴，我們要下多少副本？！說了多少次，要帶看起來有價值的新人回來啊！」

魏成化也不是現在她看慣了的巨塔模樣，只是個當過兵的、好脾氣的大個子。他垂著頭，無奈看向大發脾氣的蘇美螢，像是在看自己早夭的妹妹，「新人大多都沒經驗的。多練練，總會有價值的啊。」

倒伏在地上的蘇美螢，沾滿自己皮膚碎屑的睫毛輕眨了眨。最開始……是什麼樣子的呢？蘇美螢隱約記得，雖然自己的脾氣不好，好像也沒有那麼不好。

作為最早被拉入《萬有引力》的一批人，「朝暉」建立了伊甸園，把新人一點點拉攏起來。他們專門蹲在幾個常用的玩家接送點上，將那些被接引人恐嚇過，又經歷了缺氧、少食的絕望的新人玩家帶走。

老魏腦子活，他說，系統雖然規定必須要五個人才能組隊，但是他們可以拉起二十個五人組，組團行動。

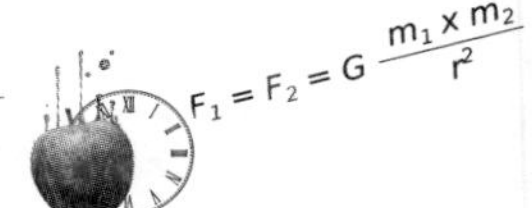

當然，他們的好心也不是全無目的。這既是人之常情，也是恰當且實在的感情投資。大家建立良好的關係，就可以互通有無。誰要去做任務，就可以從公共倉庫裡挑選更多好道具，提升存活的可能性。

就算最後獲勝的只能有一支隊伍，但只要大家齊心協力，把關係打好，建立信賴關係，那麼，哪怕最後勝者只剩下一人，他也能許願，將所有在遊戲中死去的人帶回來。

蘇美螢有著小女生的天真和私心。她偏心長得好看的新人，喜歡跟他們說話，和他們調情，不論男女，她都喜歡對他們開兩句玩笑。那時候，大家都很喜歡她。她站在一手建立的新人庇護基地裡，朝氣蓬勃，滿懷期望。就像他們的隊名，「朝暉」。朝暉夕陰，氣象萬千。

雖然《萬有引力》裡的日出，是經過精心設定與渲染的最完美的日出，但誰都清楚，這是假的。她想，等大家一起出去後，大家一起去看日出……所以，究竟是在什麼地方出了問題呢？蘇美螢睜大眼睛，使勁兒想、使勁兒想。

在一個難度不低的副本中，蘇美螢幫助了一個瀕死的玩家。為了表示感謝，他把自己身上所有的道具都掏了出來，讓蘇美螢任意挑選三個。

拖家帶口的蘇美螢表面謝過之後，把他僅有的兩個 S 級道具和一個 A 級道具全部順走，一點兒不帶客氣的。

事後盤點的時候，她才發現，其中一樣 S 級道具，名叫【回答】，外觀是一瓶和維生素差不多的藥片，不多不少，一共五片。功能描述非常奇怪，只有兩句語焉不詳的話。

「你們，想要屬於你們自己的勝利嗎？」

「請給出你們的回答。」

她拉起她的智囊團，來為她參謀。五人組恰好沒人愛讀詩，不知道《回答》是一首詩，更不知道這背後的寓意。

見藥正好是五顆，這描述看起來也非常正面，蘇美螢便提議吃下去試試看。如果吃下去，就能獲得最終的勝利，那為什麼不呢？每當有這種好

東西的時候，蘇美螢還是下意識地更偏向自己人。

魏成化留了個心眼，不讓其他人吃，自己先送水吞服了一片，說要下個副本，看看情況。結果是，他們抽到了一個極其簡單的副本，以 95% 的完成度完美通關，魏成化的身體看起來也沒有出現任何問題。其餘四人便放下了心來，懷著美好的期望，紛紛吃下了藥片，哪怕這是長期的幸運道具也好啊。

就這樣，出於一點貪念、一點對於願望的執著，他們嚥下了【回答】。就像亞當和夏娃在蛇的誘惑下吃掉了蘋果。誰也不知道真正的代價是什麼？

他們心中的善念被縮成了乾巴巴的小人，蜷手蜷腳，藏在頭髮裡，成為了孤獨的、不為人所知的墓誌銘。而想要獲勝的強烈渴望，被無限放大，成為了卑鄙者的通行證。

這樣的變化，是無聲的且無法阻攔的……就如同蘇美螢現如今的潰散。直到身體即將消亡，她隱於髮間的、原本屬於她的善良，才回歸到了她的身體。然而，她已經什麼都來不及做了。

她瀕死的視野中出現的那個心懷善念的粉毛少女，站在那個滿懷惡意、提議「伊甸園」的新人們去「鬥獸場」看看的少女身後，竭盡全力地呼喊著，想要勸阻那些天真的新人——不要去，不要相信我啊！

可她卻無能為力。被施以援手的新人們，都是無條件信賴蘇美螢，信賴「朝暉」的。她只能縮在陰暗、見不得光的頭髮深處，用盡全力，發著抖，落下了一滴眼淚。主宰著她身體的人對此毫無覺察，只以為天上落下了一滴雨。

當身體在詛咒的作用下完全消散前，閃入蘇美螢腦中的最後的一個念頭是：為什麼呢？為什麼那個曾被自己救助的男人，手裡的【回答】，不多不少，剛剛五顆呢？

「朝暉」全員死亡。

他們的姓名，在排行榜上消失了。

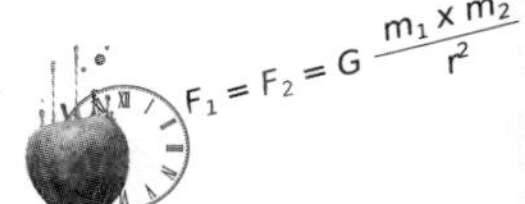

而當這一變化落入其他玩家眼中時，世界頻道陷入了可怖的寂靜。

厭惡「朝暉」的絕不在少數，論起他們那些「豐功偉績」，很多玩家甚至恥於將他們當做同類。

然而，人的心理是一件相當奇妙的玩意兒。他們並不希望「朝暉」贏。因為以這五人公認的毒辣、野蠻、無情，一旦他們拔了頭籌，他們只會更加不把人當人。可他們同樣也不希望「立方舟」贏。

最理想的狀態，當然是「朝暉」和「立方舟」鬥個兩敗俱傷，讓一支善良、純粹的人類隊伍從中漁利得勢，一舉奪魁。正義戰勝邪惡，可謂皆大歡喜，老少咸宜……儘管這可能性並不大。

但是，真正看到「朝暉」的名字就這樣輕易消亡，玩家們難免戚戚然。再怎麼說，「朝暉」至少算是人類吧。

九十九人賽尚未結束，可對大多數能認清現實、不抱僥倖的人來說，「立方舟」的獲勝幾乎成了板上釘釘的事情。這支隊伍裡可是實實在在混入了一個非人類的。還是一個遭到大家集體針對、追殺的非人類。

當追殺結束，南舟又會怎麼對待他們呢？難道他們接下來什麼都不做，一直追殺南舟，直到他死為止？然而，就在大家心中各自悵然糾結時，誰都難以預料到的異變陡然發生。

「紙金」城內一角，易水歌裹挾著一身水氣，清爽地從浴室內走出。

剛剛被他收拾整齊、塞進被窩的謝相玉，不知什麼時候已經起身，皺眉望著空中一點，該是在翻看遊戲介面。

一隻傀儡娃娃正為他按摩著後腰。

謝相玉本來就在易水歌這裡吃了大虧，要是連這點餵到嘴裡的甜頭也吐了，就實在是苦到心了，他索性由得娃娃伺候他的腰。他微妙且彆扭的側臥姿，讓易水歌會心一笑。

謝相玉聽到他發出笑音，異常狠厲地瞪他一眼。

片刻後，他卻又是一副欲言又止的樣子。他發現了一樁天大的事情，急於和人交流分享，但可分享的對象此刻只剩下易水歌一個能喘氣的。

謝相玉氣悶半晌，想著能看易水歌驚疑破功的樣子也不壞。

他剛要勉勉強強地開口，就聽易水歌開口道：「『亞當』是誰？」

謝相玉想看易水歌失態的計劃再度落空，氣得直揪被單。

世界頻道裡，所有人都瘋狂了。

所有人都在問，「亞當」是誰？

這個在「朝暉」全員死後，積分排名瞬間上升到榜單第二，僅次於「。」之下的隊伍，是誰？

玩家之中不乏資料流程愛好者。

只是，等他們翻出排名前 50 的名單，才愕然發現，裡面根本沒有「亞當」的名號……居然連前 50 都不是？

好在，真的有人努力記錄下了所有排名順序，一日一更新，是而終於為大家找到了「亞當」的來歷。

「亞當」，一支由兩名男性玩家組成的隊伍，原排名第 337 名。堪稱中游裡的中游，不起眼中的不起眼。

誰都不會去留意這樣一支隊伍。除非他們像現在這樣，從第 337 名空降正數第 2，否則，它勢必會永遠默默無聞。

奇怪的不只是他們空降榜二的身分，還有他們的名字。

唐宋、元明清。

世界頻道裡迎來了這個意想不到的王炸，造成的混亂效果，甚至比知道玩家中混進了一個職業 boss 更加拔群。

「是誰？究竟是誰？！」

「這名字是現編的吧？應該是化名吧？怎麼會有兩個人剛好能連上的名字？」

「怎麼會？我們都是實名進入系統的，怎麼會有例外？」

「各位，我算了一下，發現了一件事。」

「快講快講？？」

「操，這種時候還他媽賣什麼關子啊！？」

被人一罵，那說自己有發現的人也不嘚瑟了，乖乖給出了結論：

「『亞當』現在的積分，正好是他們原先的積分，再加上『朝暉』死前的所有積分！」

「也就是說，『朝暉』所有的積分，現在全都加在了他們的身上！」

這無疑是又一陣軒然大波。

「操操操？！」

「為什麼？！也就是說，『朝暉』這麼拚死拚活的，其實是在給他們打工？」

「也不一定，說不定他們是編外人員呢。比如『朝暉』是一隊，『亞當』是二隊。就算『朝暉』出了什麼事兒掛了，積分就通過某種道具自動轉移到『亞當』頭上，也算有個兜底的。」

「我怎麼沒見過這樣的道具？！」

「『亞當』在嗎？說句話啊？」

讓眾人失望的是，接收了「朝暉」所有積分的「亞當」，自始至終，一句話都沒有說。他們只是安靜地躲在某個角落，暗暗觀視著這難以言喻的混亂。

然而，眾位玩家們不知道的是，這一對怪異的名字，實際是中國區服裡，押贏排名始終位列正數第一的隊伍——在那些擁有了絕對上帝視角的觀眾眼裡，看似平淡無奇、始終在中游處擺蕩的平庸隊伍「亞當」，才是最有可能獲勝的那一支。

將《萬有引力》遊戲實況中發生的一切轉輸出去的導播室中，資訊織

就的光流因為過於稠密，色彩逼近了淺淺的藍灰色，偶爾夾雜著猶豫載入過熱而微紅如火的駁光，像是燃燒的彗星之尾。

迷亂的星輝間，交迭著員工們滿腔的喜悅，宣布：「收視率衝破歷史新高了！」

這條埋伏已久的暗線引爆開來的爽感，是難以言喻的。

如果「朝暉」能夠活著看到「亞當」中唐宋和元明清的臉，就會發現，這兩個人都是熟面孔。

唐宋，正是當初將【回答】交給他們的瀕死玩家。元明清則是被他們搶走了【一鍵求助場外觀眾】的一名「倒楣玩家」。

準確來說，「亞當」根本不屬於地球區服。他們是被遊戲主系統派出去的優秀 GM，是可以準確執行一切指令的員工，也是被《萬有引力》提前內定好的第一。

導播室將大部分鏡頭從正在敘著無謂閒話的「立方舟」身上轉移開來，對準了現在正瘋狂刷屏、滿懷恐懼的世界頻道。

他們還在反覆重播蘇美螢搖搖擺擺地在走廊上逃跑的一段畫面剪輯，類似於綜藝裡的精彩片段重播。果然，這取得了不俗的回饋。

「論壇裡目前是什麼情況？」

「吵翻天了。」

「主要是什麼話題？」

「質問蘇美螢為什麼會死的，問『亞當』究竟是誰的，說『朝暉』死得好不希望他們占鏡頭的，要求看『立方舟』的……除了最後一個話題，其他問題基本都在我們的計算範圍內。」

「問『亞當』是誰的，應該不是深度觀眾吧？」

「是的，看後臺資料，問這個問題的觀眾，收看時間普遍沒有達到 500 宇宙時，而且都在『蘇美螢』這個角色上投入了很大一筆金錢，大概是新人鐵粉吧。」

「看到自己的錢就這樣一點一點蒸發掉了，這些人肯定會感到不爽

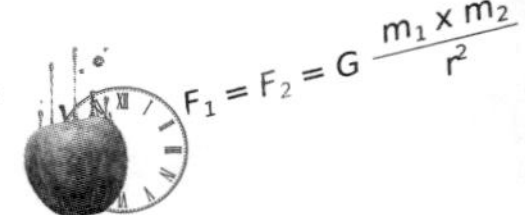

的。不用理會。」

「是啊，幾個廣告商本來就不喜歡『朝暉』，他們過於沒有審美趣味了，而且真的很蠢。要不是有那家公司……」

如果不是一個重要廣告商特別喜歡蘇美螢的臉，甚至要求遊戲官方開綠燈，送上了【一鍵求助場外觀眾】這樣的神級輔助道具，直接打通了兩個緯度之間的壁壘，甚至專門一名員工照著遊戲攻略給出簡單的提示，讓他們在碰上困難副本時能逃過一劫，「朝暉」可能早就死了。

「朝暉」的死，也不是因為別的。只是因為最近這名廣告商有了新的投資項目，從項目中撤資了而已。儘管各家廣告商都有私心，遊戲策劃還是在客戶需求和遊戲目標之間，爭取到了最大限度的平衡。

他們一方面應下那位原金主的要求，大方地予以「朝暉」格外的優待，另一方面，將經過十幾次改良的道具【回答】交給了唐宋，叫他設法送到「朝暉」手中，誘使他們服下。

事實證明，唐宋做得很到位。

經過一代代的修正改良，【回答】的作用，早就和初版不同了。它成為了一種操縱型的道具，能夠擴大欲念，且永不易主。

也就是說，它如果一開始屬於唐宋，就永遠屬於唐宋，哪怕【回答】被搶奪、被贈與，藥物的主人也還是唐宋。他們之間，締結了一種隱祕只有單方知曉內容的協約。

想想看【回答】的功能解釋吧。

「你們，想要屬於你們自己的勝利嗎？」

「請給出你們的回答。」

這是一個惡毒的文字遊戲。一語雙關。

在「朝暉」看來，他們拿到了【回答】，就是【回答】的主人。【回答】的功能，看起來是只要服下它們，就可以更接近勝利。【回答】也的確做到了這一點——他們的善念被從體內剝離，靠著卑鄙的欲念，一路走到了如今的地位。

而在【回答】真正的主人「亞當」這裡，它同樣解釋得通。「亞當」的確可以藉由【回答】不費吹灰之力地奪取屬於他們的勝利。

只要「朝暉」不滅，求勝之心不死，他們就會永遠頂在前頭，拿著廣告商內定給他們的道具，卻以為這是自己的運氣，一路替「亞當」頂雷，積攢積分……

直到他們死去，用他們的屍身肥沃了「亞當」種下的蘋果樹。

這項計劃很早就開展了，稍微聰明些的觀眾早就看破了這一層，只有新人玩家才會因為看臉加上慕強，傻乎乎地把自己的錢扔到「朝暉」這個早已朽爛不堪的深淵賭盤中。

遊戲官方對於《萬有引力》來說，就是可以操控一切的神。包括這次針對南舟的「千人追擊戰」，也是因為廣告商爸爸和遊戲官方，在「希望南舟死」這個問題上達成了一致。

長期投資商【腦侵】公司看上了這對組合，希望「立方舟」儘快退出遊戲，為他們打長期工。遊戲官方希望保住「亞當」第一的位置，因此，需要砍去橫生的枝蔓。

但眼看「立方舟」即將靠「朝暉」發起的九十九人賽奪得勝利，他們的如意算盤顯然是打劈叉了。可這又有什麼關係呢？即使拿不到好處，為了繼續活下去，其他玩家也會持續不斷地追殺南舟的。

哪怕南舟是個聖人，表示自己並沒有惡意，不會追究，其他玩家會相信他嗎？一旦疑慮產生，就再也無法修補了。人與人之間的信任，本來就是如此脆弱，不是嗎？

外間的一切騷動、陰謀、內定、嘈雜，都被隔離在此刻的「立方舟」之外。

南舟第一次服用退燒藥，效果相當不錯。儘管他很在意接下來的故

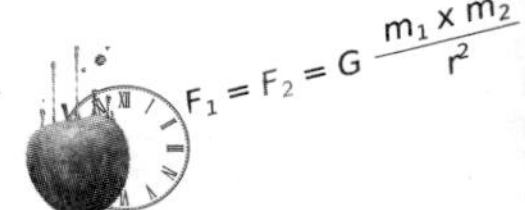

事，可和藥力強行拉鋸戰一會兒後，他便抵抗不住睡意的來襲。

睡著前，他還帶著一點責怪的意味，不滿地扯了扯江舫的衣袖，似乎是察覺了他的某種意圖。

江舫不言不語，溫柔地親了一下他的眼睫。溫熱的觸感，輕易將南舟的意識推入了沉沉的黑與靜謐當中。他的肉體強悍，但精神始終是脆弱的……用一個吻就可以擊潰的那種。

江舫側身看向呼吸趨於均勻的南舟，看他略紅的一張唇呼出輕微的氣流，別開視線，不准自己吻上去。

而同樣確認南舟睡熟後，李銀航看向了江舫。她能感覺到，江舫故意將故事講長，就是在等待南舟藥效發作……看起來，江舫特意規避開了自己是如何服用了「回答」的具體經歷。

她覺得，自己現在大概起碼算是江舫的半個自己人了，或許她可以大膽一點。於是，她提問道：「舫哥，你剛才說，【回答】曾經用在過你的身上？」

江舫看她一眼，挪開了視線，並點了點頭，「嗯。」

在和南舟之外的人說話時，他的淡漠和溫和掌握得恰到好處，既叫人舒服，又無法讓人想入非非。他說：「那是一種像是維生素一樣的藥片，看起來很普通，沒什麼特別的。」

聽到他這樣說，李銀航有種想扒開他的頭髮看看有沒有小人的衝動。

江舫用餘光瞄她一眼，平靜道：「並沒有那種東西。」

李銀航大鬆一口氣之餘，問道：「你沒有受藥物影響嗎？」

「有。不多。」他說：「我想，大概是因為我當初服用的量很少。至少我的腦袋上沒有長小人。」

李銀航感到詫異。江舫在遠遠看到魏成化頭皮上長出的小人時，他可是一眼就認出來了，那是【回答】作用下的產物。如果他的腦袋上沒長小人，那他又是怎麼知道……

李銀航剛想發問，就見江舫面朝上盯準了天花板，一副不欲深談的樣子。她敏感地不再繼續提問，而是說：「你怎麼會吃那種藥的呢？」

江舫這樣性格的人，會隨便吃來路不明的東西嗎？

江舫並不急於作答。

他腦中的思維宮殿內，正在有條不紊地根據自己的已知資訊，搭建起一個新的框架。

無數工蟻搬運著他的思維碎片，交錯往來，拼湊出一段過往。

那是在 PVP 模組測試正式開啟，而他和南舟的隊伍和遊戲裡其他尚存活的玩家遇見後發生的事情。

在第一場 PVP 裡，兩隊玩家面面相覷，有些抹不開臉。人類是有共情能力的，結合這些日子以來自己的經歷，他們誰都知道，對方活下來有多麼不易。所以，他們並沒有按照遊戲規則的安排，立刻操起武器拚上個你死我活，而是達成了暫時的合作，試圖尋找一種不殺掉對方也能通關的、兩全其美的模式。

【回答】，就是另一支隊伍的領隊抽到的新道具。對方領隊大方地把藥拿給江舫看，並誠邀江舫吃上一顆試試看，並說自己隊伍中的人都吃過了，沒有問題。

江舫拿到了【回答】，細細觀察研究了一番，但他並不打算服用。他擅長仰望星空的父親教會了他讀詩，世界各地的、天南海北的。他的母親教會了他是藥三分毒。他後天則習得了對任何人的不信任。

三管齊下，江舫願意吃下【回答】，那才是活見鬼。

但出於謹慎，他還是在把那一瓶藥還給對方前，偷偷藏下了一顆，這對於混跡賭場多年的江舫來說不算難事。

聽到這裡，李銀航難免疑惑：「那你是怎麼……」

江舫簡明扼要道：「我被人下藥了。」

江舫遇到的首場 PVP，和當下的情形是頗相似的，場景都是一間洋房。只是對比之下，那間洋房面積偏小，頂多千來平方公尺。

那裡不是戰火紛飛的戰場，對手也不是這些經驗豐富、能瞬間進入戰

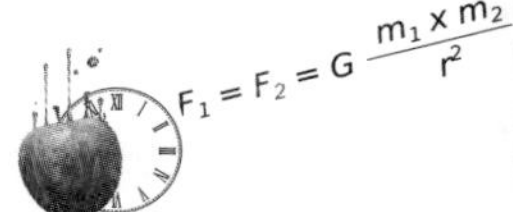

鬥狀態的老手熟手。

遊戲規則也很簡單。兩支隊伍，有三天的時間進行搏殺，最後兩隊各自進入一間特殊房間，輪番對一樣鑲在牆上的、外形類似塤的樂器吹氣，證明自己還活著。

如果有人想要作弊，一氣多吹，當他的嘴第二次碰到塤口，就會殞命當場。一人一次機會，相當公平。到最後，哪一支隊伍能喘氣的人多，哪一支就能獲勝。

獲勝者將獲得人手一件 S 級道具，並且享受全員復活的福利。落敗者的隊伍，全員都必須永遠留在這間洋房裡……當然，是以屍體的形式。

大家都是第一次進入這種不是你死就是我活的 PVP 模式，臉對著臉時，彼此都意意思思的，不怎麼捨得下臉直接開幹。大眼瞪小眼地互看了一陣，兩支隊伍維持了表面上的和氣，說了不少要精誠團結的場面話。最後，大家打著哈哈，達成了一致：至少還有三天，不急，可以一起想想辦法，共渡難關嘛。

這當然是說說而已。因為江舫帶領的隊伍人數比對方多。這樣的尷尬局面，當然只能是那幕後的遊戲策劃者特意為他們設置的困境。目的也很明確：誘導和逼迫人少的那一方趕快動手，不然的話，拖一時，就多一時的危險。

江舫有想到，另一支隊伍會比自己更著急。不過他沒想到會這樣著急。急到兩支隊伍在一起吃的第一頓晚餐裡，就對他下了藥。

洋房內有足夠的食物儲備，甚至還有酒。

當江舫繫著圍裙做飯時，對方隊長，那個持有【回答】、約摸 40 歲剛出頭的敦厚男人盛宜民，拿起酒架上的一瓶酒，觀察一番，主動跟江舫搭話：「這白蘭地不錯啊，70 年的。」

江舫看他一眼，露出了些感興趣的神色，「70 年？」

見他有興致，盛宜民再接再厲：「你有毛……咳，俄羅斯那邊的血統吧？聽說你們都特能喝？」

江舫垂下眼睫，很有點端端正正的紳士氣度：「還行。」

接過酒瓶，驗明了好酒的正身後，江舫如盛宜民所願，說：「勞駕，倒一杯給我吧。」

江舫向來是個行走的酒桶，一杯酒下去，臉色不紅不白，繼續穩穩當當的切菜。他裝作自己一點兒都沒有察覺到酒裡的異常。他的舌尖是在各樣的酒裡浸泡過的，酒液裡摻雜的那一點微妙的果甜，可不屬於任何一種白蘭地。可惜了這樣的好酒。

不得不說，這次和他對戲的對手稍有拙劣，演技只能勉強打上個 70 分。不過，畢竟在被《萬有引力》囚禁前，大家生活中都是老老實實地做自己，鮮少有江舫這樣把半永久的親切面具焊在臉上的異常人類，倒也可以理解。

對於對方下藥的行為，江舫也並不感到意外。這是他們與另一隊倖存者充滿希望的邂逅。然而糟糕的是，邂逅的地點和時機都並不美好。狼人殺的時候，首刀最會玩、威脅性最大的那個，算是常識。

唯一的問題，就是這藥究竟有什麼效果？江舫基本可以確定，他吃下的就是那種名為【回答】的藥物。盛宜民這支隊伍，恐怕並沒有任何一人服用過【回答】，他在撒謊。

他一直繞著彎子想讓江舫試吃【回答】，恐怕是因為他既捨不得扔掉這個功能描述不詳、吉凶難辨的 S 級道具，又擔心貿然服用會有什麼後果，所以想誆江舫做小白鼠。

如果江舫吃了，沒有什麼毒副作用，甚至大有裨益，那就是替手握大量【回答】的盛宜民免費試了藥。如果江舫中毒身亡，自己的隊伍群龍無首，必然混亂，盛宜民更是能在這場 PVP 中占據先手優勢。所以，無論是哪一種可能，盛宜民都穩賺不虧。

想通這一點後，江舫微笑著，欣然接受了這樣的坑害。在晚餐時，他笑盈盈地坐在熱鬧裡，端著酒杯，看著盛宜民虛情假意、宛如花蝴蝶一樣穿梭在兩方隊員之間，噓寒問暖，甚是熱情，偶爾在與別人的談話中，向

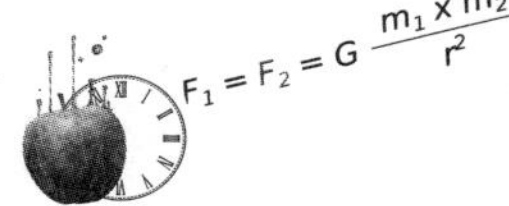

自己投來緊張的一瞥，觀察他的反應。

每當這時，江舫都毫不避諱地對他一舉空杯，欣賞老盛在那一瞬間流露的不自然和慌亂，屢試不爽，心中也對可能會到來的死亡毫不介懷，甚至頗覺有趣。

江舫看上去謙卑溫和，但向來輕視一切，包括自己的生命。他不介意陪盛宜民賭一把。前提是，當時的江舫自己擁有一種可以解除 debuff 狀態的 A 級藥物。當然，他也不知道 A 級道具能不能對 S 級道具起到作用，所以他要觀察【回答】究竟有多少毒性。

在這種 PVP 規則下，哪怕自己死了，有南舟在，他們總會贏的，哪怕對面的人數比現在還要多上一倍。所以，毒性多少，決定了盛宜民會怎麼死。

不知道是幸還是不幸，盛宜民這支隊伍裡，恰巧沒有刷過【永晝】副本的玩家。因此，即使南舟在他們面前招搖過市，他們也認不出來。

何況南舟除了長相著實和低調不沾邊外，性格相當內向沉靜，和大家一起吃飯時，坐在最尾端的凳子上，一邊吃飯、一邊仰著頭，耐心傾聽對面一個前來搭訕的、油頭粉面的男人說話。

不知道怎麼回事，江舫風流恣意的視線每每轉到南舟身上，連片刻也不願意多停留，就迅速移開了。

江舫對這點異象追根溯源，發現大概是在察覺自己對南舟會起反應後，他就有意和南舟淡了關係。彷彿是在害怕什麼。

江舫把堅硬冰冷的玻璃杯抵在唇邊，笑著想，荒謬。他怕什麼？又要躲什麼呢？有了那樣的前車之鑑，他是瘋了才會去愛人，何況是南舟這樣虛擬的紙片人。

只是他在想這件事時，眼光卻不肯停留在南舟身上分毫。

他望著和南舟完全相反的方向，口中白蘭地的果香味道卻越來越濃郁，好像是蘋果味的。

結束了一場孤獨的飲宴後，江舫簡單收拾了殘羹冷炙後，獨自一人先

回了房間……順道拿出了錄音筆。這是他的習慣，每當進入一個副本時，他都不忘開啟錄音筆，記錄資訊，事後重播，以免錯過某些細節。

江舫並不寄希望於能獲取什麼有效資訊。對方並不是傻子，當然不會大聲密謀，暴露自己內心的猜忌、籌謀。他只不過是習慣作祟，聽來打發一下時間罷了。

在等待毒性發作的時間裡，他趴在柔軟的大床上，聽著錄音裡每個人無甚意義的插科打諢，心裡卻在思索另一件事。

他記得【回答】這首詩。於是他在筆記本上簡單寫下了那段關於「卑鄙者」和「高尚者」的經典詩句，他順手在「卑鄙者」上畫了一個圈，旁邊落下了一個「？」。

江舫漫無邊際地猜測，難道【回答】是可以改換性情的？埋葬人心中的「高尚」，讓人成為「卑鄙者」，從而獲得勝利？

彼時，江舫當然不知道自己直接觸及了【回答】的實質和真相。

他用筆端在筆記本上敲擊兩下，繼續推測下去。這樣說來，這就是喚醒內心「卑鄙」的靶向藥物？不，「卑鄙」這個概念似乎過於單薄了些，或許可以將其理解為「欲望」。

如果是放大人內心的欲望，就像是在人心的天平上一點點地添加籌碼，讓其沉淪且不自知，更加合理且可怕。在這樣的環境下，「活下來」的欲望自然是最大的。為了活下去，自然可以無所不用其極。

推想到這一步，江舫不禁感到好笑。那這麼說來，自己還未必能死得了。而且這藥對自己的藥效幾何，開始變得難以估計了，因為江舫想來想去，都不知道自己的欲望會是什麼？

他並不缺錢，不沾菸酒，在吃喝住用上也沒有特別執著。賭博只是他謀生的手段之一，所以他也不好賭。甚至人人都有的求生欲，他也欠缺，他活下去、回到現實的欲念也不很強烈。

江舫想要的東西，早就不存在了。

這麼多年，他都在放飛自我，遊蕩人間。而習慣了自由的鳥，可有再

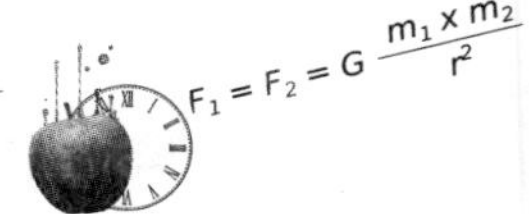

眷戀鳥籠的道理嗎？

既然一時間想不到答案，江舫也就不想了。他又用筆在「回答」這兩個字上打了個圈，他的思考更深入了一步。

迄今為止，江舫也不敢完全確定，此【回答】是不是彼《回答》。如果負責撰寫遊戲文本的人，只是隨便起了一個名字呢？

如果不是《回答》這首詩的前兩句過於有名，江舫也不會往這個方向想。換其他人來，或許只知道「卑鄙者」和「高尚者」這兩句流傳度最廣的，未必能和《回答》這個詩名對號入座。

是他想多了嗎？最好是。否則的話，這背後透露出的訊息，就過於讓人毛骨悚然了——遊戲的策劃者，在一點點摸透他們的文明，並運用他們能夠理解的文明，設計道具和副本。這種感覺真是又奇妙又恐怖。

在江舫的神思一路走遠時，他竟從錄音筆裡聽到了南舟的聲音：「舫哥，晚上吃什麼？」

江舫的注意力瞬間歸位，望向了手邊的錄音筆。

這段對話就發生在約一個小時前，是以江舫印象很深。他甚至無聲地接了下一句：「你想吃什麼？」

南舟說：「蘋果餡餅。」

江舫：「我們還有蘋果嗎？」

南舟：「我帶出來的不多了。」

南舟：「……唔。那我們就先不做了吧。」

那時的南舟不死心的小眼神應該是相當可愛的。

因為江舫聽到自己發出了一聲溫和的笑，「對不起啊。以後到了有蘋果的地方，我們再補充庫存。」

這段對話很是尋常，但江舫皺起了眉。他聽過許多遍自己的聲音，卻從沒聽過這樣讓人起雞皮疙瘩的溫柔。

更讓他不能理解的是，他鬼使神差地將這段沒有絲毫意義的錄音動手倒了回去。倒回了幾十秒前後，江舫鬆開了手。剛剛好，他聽到了南舟叫他「舫哥」，冷冷淡淡的語氣，卻不知添加了什麼樣的助燃劑，讓他的心轟然一下燃燒起來。

江舫把指尖撫在錄音筆出聲口的位置，上上下下地摩挲，用指端感知他的聲音，彷彿這樣就能觸摸到那人開合的唇。

意識到自己在做什麼後，江舫霍然鬆開手，將錄音筆掃到了床下。錄音筆在柔軟的地板上蹦跳兩下，甚至連稍大一點的聲音都沒有發出，就輕而易舉地在江舫的心裡激蕩出了讓他頭皮發麻的回音。

江舫愣了片刻，立即為自己的怪異行徑找到了可解釋的藉口。

這是「吊橋效應」。

現在，在他們腳底下的是不見底的萬丈深淵，是難以預計的未來，是吱吱作響、隨時會斷裂開來的吊橋。兩個人走在當中，只能緊緊相擁，誤將恐懼的心跳當成了對彼此的愛戀。這對向來恐高的江舫來說，更是最危險不過的事情了。

江舫閉眼捺緊眼角，強逼著自己從這無端且無用的情緒中走出。

他沒有等來不適感的結束，倒是先等來了南舟。

發著燒的南舟，碰巧在和江舫做同一段夢。

他戴著一頂隊員為他買的嶄新的絨線帽，走入一間房間。窗外的天色是灰的，那點灰遍布了天空，直透到人心裡去。

床上坐著舫哥，他好像不大舒服，單手緊緊陷入柔軟的床墊，另一隻手掐著眉心。

南舟無聲無息地走到他身邊，詢問：「頭疼？」

江舫肩膀一緊，這才察覺到南舟的到來。

他只和自己的目光短暫地一碰，便轉移了開來，「走路都沒有聲音，屬貓的嗎？」

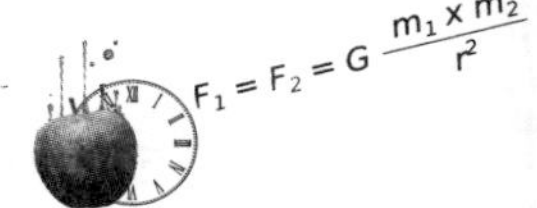

語氣雖然是玩笑的，但他的喉音和他的肩膀一樣發著緊，好像在刻意躲避什麼。

南舟有些好奇，偏著頭去追他的視線，「你怎麼了？」

江舫虛虛閉著眼睛，睫毛微微發顫，不回答他的問題。這著實是罕見的，更勾起了南舟的好奇心。

南舟在江舫面前蹲下，胳膊分開壓在了他的雙膝上，「舫哥？」

這樣普通的肢體觸碰，卻像是倏然開啟了某個按鈕。江舫一把扼住他的手腕，將他狠狠摔到了床上，一擰腰，整個人就凌駕在了南舟身上。

由於這樣的行為實在很不江舫，南舟反倒忘記了反抗，由得他欺在自己身上，新奇地望著他。

相對於江舫暴力的動作，他是面無表情、異常平靜的。

房內氣氛一時凝滯，又被一聲響亮的鑰匙聲打破。鑰匙是從南舟的風衣口袋裡取出的，上面帶著甜膩的男士香水的味道。

江舫將鑰匙在他眼前嘩啦啦晃了一圈，無聲地詢問鑰匙的來歷。

這鑰匙是晚餐桌上和他搭訕的油頭粉面男贈送給他的。

南舟也很痛快地交代了來歷，並道：「他說，晚上我如果無聊，可以去找他。」

江舫：「你收下了？」

南舟有些納罕。他當然收下了啊，但他沒打算去，反正他陪著江舫，也並不覺得無聊，所以必然不會去找那人的。

他不大理解江舫為什麼要問，所以就連回答也帶了點猶豫：「嗯。」

這聲「嗯」之後，南舟感覺，江舫抵在自己臉側的手掌驟然緊握成了拳。緊接著，那串鑰匙嘩啦一聲被扔出了窗外。

南舟的眼睛追著那串鑰匙跑了，但很快，他的臉就被江舫擺正了。江舫的神情很怪，他輕輕拉下南舟柔軟的絨線帽，蓋住了他的眼睛和大半個鼻子，只留下一張唇。

南舟：「唔？」

在一片漆黑中，南舟聽他緩慢地開口，說了一句怪話。

「……別上別人的橋。」江舫輕聲道：「走我這條。」

南舟：「啊？」

橋？他想了想，不記得洋房中哪裡有橋。但一頭霧水的南舟還是把絨線帽掀起，望著江舫的眼睛，認真答道：「嗯。不上別的橋。」

江舫意味不明地輕聲笑了起來，喉結微動，盯著南舟問道：「你知道我在說什麼嗎？」

南舟望著他喉結滾過處留下的那一道動態的平滑曲線，以同樣認真的態度搖頭。

江舫問：「那你在答應什麼？」

南舟想了想：「不知道。可你看起來想要讓我答應什麼。」

CHAPTER

04:00

因為有一個他會對自己笑，所以南舟不討厭人類

外頭的世界被薄雨和淺霧弄濕了，灰蒼蒼的。

冷意隔著窗戶的縫隙透入，卻無法融進這一片逐漸升溫的氣氛中。

江舫捉住他的手腕，舉壓過頭頂，清淡繾綣又熾熱的情慾像是流水一樣，沿著他的掌溫流入南舟的脈搏中。

他離南舟很近，唇上沾染著上好白蘭地的殘香。南舟對酒敏感，一呼一吸間，一時間也有點醺醺然。

另一邊，江舫哪裡會不知道，自己的身體和思想出了大問題。他一顆心原本冷得很，偏偏在看到南舟時，呼的一下燃起潑天野火，把他的理智做薪，燒得他面頰滾燙，神思多綺。

他想要挪開視線，可心如火灼，火舌落到哪裡，那些他慣性用來約束自己的鎖鏈就被盡數燒斷，片瓦不留。他越是心急，越是管不住自己怦怦亂跳的心。

在焦灼情緒的衝擊下，江舫聽見自己笑了。

「我想讓你答應什麼？」江舫的語速明顯加快：「你很瞭解我嗎？你又知道什麼呢？」

南舟抬目看向他。

因為極力壓抑著自己的情緒，和自己的內心拉鋸，江舫的聲音透著一股罕有的壓抑和暴躁。那是他內心的雜音，那聲音在叫囂：鎖住他、綁住他，別讓他離開你，你分明愛慘了……

不等那聲音將他的全副心神攫取，江舫抬手捉住南舟前襟，手臂肌肉驟然發力，將南舟整個人從床上拉了起來。

驅趕的話幾乎是從他的牙縫裡生生擠出來的：「走！你走！」

南舟低頭，看向了他緊緊握住自己胸前衣服不放，神經質地輕微痙攣的指尖。他明白了江舫的意思。

他雙手繞過江舫的脖頸，把他往自己懷裡摟了摟。

南舟冷淡著聲音，拿自己偏冷的額頭抵住江舫的額心，小動物似地蹭了幾下，「嗯。我知道了。我留下。」

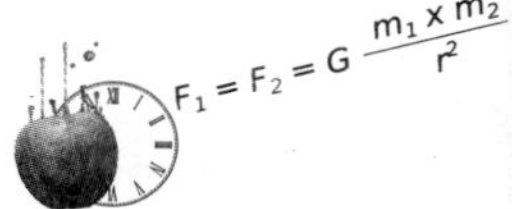

有了南舟的保證，再加上他穩定沉實的心跳帶動，江舫的情緒逐漸從極端中走出……

或者說，他暫時壓制住了藥性，再次套上了一層成功的偽裝。

總之，當他主動和南舟拉開距離時，他臉上那些失控的情緒已經收拾得一乾二淨。

南舟也信守了承諾，沒有離開房間。

兩人並肩坐在床頭，聽著雨滴打在枝葉上細碎的沙沙聲。

江舫早猜到，自己的異常是【回答】的藥效所致。他一聲不吭地取出了那可以消除負面狀態的藥物，不送水，徑直吞服下去。他含著藥片，想著要如何挽回自己剛才說的話。

南舟則在思考江舫剛才的話。

靜得詭異的氣氛，是由南舟率先打破的。

南舟不大曉得什麼是尷尬，索性沿著剛才談崩了的話題繼續下去：「你說我不瞭解你，這是對的。可你從不對我講和你相關的事情。我其實很想知道。」

喉嚨裡的藥片像是堵住了。江舫將脖子後仰，吞嚥數度，卻仍感覺喉頭塞著一樣灼熱的東西，正正好卡在他的喉間。

他並不看南舟，敷衍道：「沒什麼好說的。我這個人很無聊。」

南舟：「我也不知道你喜歡吃什麼。」

江舫：「我沒什麼喜歡的。」這倒是實話。

南舟：「可你很瞭解我。你讀過我……」

「我其實一點也不瞭解你。」江舫徑直打斷了他，吐字清晰，將一句句冷硬的話砸向了南舟，好抵消那曖昧的一抱所帶來的溫暖。

「我只知道你喜歡吃甜食，但你喜歡吃什麼菜，我不會去問。」

「我不知道你除了畫畫還有什麼興趣愛好，也不想帶你發展什麼新的愛好。」

「你的那些故事，我有意不去過問；我也不想讓你知道我的一切。」

「我們這個樣子，我認為已經足夠了。」

聽過江舫的一番宏論，南舟頓了頓。他倒不怎麼生氣，只是詫異：「你今天，和以前的你很不一樣。」

「我吃錯藥了，或者我瘋了。」江舫面無表情，冷冰冰道：「或者，現在的才是我。」

南舟輕輕「哦」了一聲，怪異的酸澀感沿著心尖漫上來。但旺盛的求知欲還是讓他問出了聲：「為什麼？」

是啊，為什麼？

【回答】藥性上湧，再次讓江舫的心自動給出了答案——

如果知道了他除了甜點之外的飲食愛好，你會捨不得給他變著花樣做菜嗎？不願他發展別的愛好，是因為你根本不敢想。

你恨不得帶他出去，野餐、跳傘、潛水、練滑板、開著房車周遊世界，可你做得到嗎？你根本不用瞭解全部的他。

僅僅是現在的南舟，你就已經喜歡得快要發瘋了。

江舫霍然起身。他無法容忍與心中那一個擁有自己聲音的低語者共存，他要設法殺死這個聲音。

南舟看向抬步向外走去的江舫，問：「你去哪裡？」

江舫扶住門框，鎮定道：「我去殺個人。」

看來，用A級道具是壓制不住S級道具【回答】的。那麼，只要殺死道具的持有者，就能終結藥效對他的影響了。

在江舫即將踏出門時，南舟為剛才自己的問題找到了一個勉強可以符合的答案。

他問：「是因為我不是人嗎？」

他問這話時，語氣也沒有多少難過或是不安，和他平時提出的任何一個問題一樣，吐字清晰，略帶好奇。

江舫背對著他，垂首靜立很久，掌心在門把手上留下了一層熱霧。熱度讓江舫的思維陷入了潮熱的泥淖。

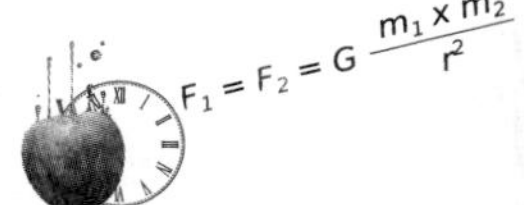

他自言自語：「是啊，如果你是人⋯⋯」

但他馬上察覺了這話有多傷人，及時修正了自己的說法，並立即道了歉：「對不起，我不是這個意思。」

可究竟是什麼意思，江舫說不出口。為了避免造成更多的言語誤會，江舫匆匆離開。

南舟獨自一人坐在床畔，一顆心麻麻脹脹。

他想，他明明想讓我留下，但他先走了。

這樣想著，南舟抬手撫住心口，無法理解那種從內部像是被加熱的棉花糖一樣、逐漸膨脹而起的不適和酸脹。

他也有心跳也有呼吸，為什麼不能算是人呢？不是人，就不能繼續做舫哥的朋友了嗎？

不論南舟怎麼想，那場 PVP，終究是南舟他們贏了。

為了回敬給他下藥的盛宜民，江舫不顧他的哀求乞饒，把整瓶【回答】都倒入他的嘴中。

在急性且強烈的藥效作用下，盛宜民的臉脹成了豬肝紫。千般激烈的情緒和欲望在他腦中衝突，讓他的精神迅速崩潰。最終，他像是自殺的旅鼠一樣跳下了窗戶，把自己的一顆腦袋摔成了爛西瓜。

江舫扶著窗框，冷眼往下看去。

他的視力卓越，親眼看到盛宜民亂七八糟的血髮裡，孵化出了數個腫瘤似的小人。小人手腳細細，在淒冷的風雨中被拍打得東搖西晃，像是一個個稚拙又可怖的不倒翁。

隨著盛宜民墜樓身亡，那困擾著江舫的藥效也隨之解開，可謂立竿見影。他的那些追隨者根本不知道老大為什麼發瘋，只能從滿地散落的藥片可知，大概是嗑藥磕死的。

在群龍無首的猜忌和恐慌中，江舫主動站出來，提出了一種行之有效的作弊手段——他將盛宜民的手下直接兼併到了自己的隊伍裡。瞬間壯大到了二十人的隊伍自然獲得了勝利。

當然，這種走捷徑的手段只能使用一次。

在後來的 PVP 裡，通過把對手直接變成隊友來獲取遊戲勝利的方式被禁止了。對此，江舫並不感到多麼意外。

遊戲是不斷變化的，在一點點進行完善。他們這些人只是用來檢測各種 bug 和作弊手段的測試工具罷了。

江舫想，就算測試工作有結束的一天，那隱藏在幕後的策劃人，真的會放他們出去嗎？到時候，他們或許也會像南舟一樣，永遠留在遊戲裡嗎？那樣的話，他是不是可以想一想未來呢？

好在擺脫了藥物的控制之後，江舫重新獲得了掌控自己理智和思維的能力。他主動叫停了這種失控的思想，逼自己不去細想，不去細聽自己心中真實的回答。

事情塵埃落定之後，南舟也並沒有對江舫展露出任何戒備、失望或是抗拒的負面情緒。一切皆如常，兩人同吃同住同睡，一點沒有受到那場爭執的影響。這讓江舫即使想要化解和彌補那天的尷尬，也無從下手。

在從副本裡出來的第三天夜晚，江舫和南舟依然同床而眠。望著沉在黑暗中的南舟的背影，江舫鬼使神差地接續上了先前沒有繼續下去的討論：「我將來要是離開了，你要怎麼辦？」

南舟抿了抿唇，答得簡練：「你走了，我就回小鎮去。」

江舫問：「如果回不去呢？」

南舟：「我就到處走一走。」

聽著南舟一個又一個不能讓人滿意的答案，一句話抵在了江舫的舌尖——要不，你留留我。我就不走了。

這回答沒能很好地傳達給南舟，反倒驚住了江舫自己。江舫匆匆背過身去，斂起被子，閉上眼睛，指尖抓緊冷冰冰的床單，仔細思考【回答】的藥效是不是沒有盡除。

而南舟在他身後睜開了眼睛。他望著江舫浸在黑暗中的側影，像是望著一個註定會離開的背影。和那些他看慣了的、一個個將他拋諸背後的背

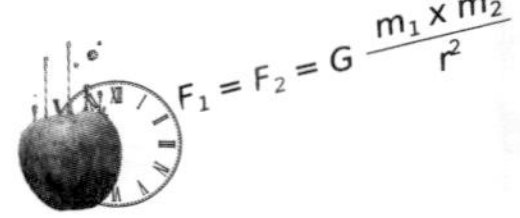

影一般無二。即使自己認真許諾，不會上別人的橋、不會走，但江舫還是會留給自己一個背影嗎？

南舟望向月光映照下的窗邊。白天的時候，江舫為他摺了一個風車，月下的微風將它吹得軲轆軲轆轉著圈。它像是一個車輪，滿心歡喜地以為自己會奔赴月亮。

但那只是風的謊言罷了。

江舫並沒有對李銀航講述太多。

他只是結合那次的 PVP 經歷，簡要敘述了自己是怎麼知道【回答】會導致人的腦袋上長小人的。

在兩人的耳濡目染下，李銀航已經可以一邊嚼著餅乾恢復體力，一邊面不改色地聽江舫講盛宜民的腦殼在地上摔散一地的慘狀了。

她本來還想多問問之前江舫的遭遇，因為這實在太像遊戲副本模組測試了，她下意識覺得，這件事的參考價值很高，對於他們最終脫出掌控是有幫助的。

直到她眼角餘光掃到旁邊的南舟。

發燒的南舟看起來不是很舒服，面頰水紅一片，眉頭微微擰著……像是發了噩夢。

李銀航心裡一驚，剛想叫他的名字，時刻關注著南舟神態的江舫就坐到了他的身側，貼一貼他的臉、摸一摸他的掌心，動作溫和，再不躲避。

「不走了。」江舫同他輕聲說話：「我留在這裡了，你每天睜開眼睛，就能看見我。」

隨著江舫的話音，南舟的心緒和臉上的神情都慢慢平和了下來。

「走不了了。」江舫含笑，一下下溫柔拍撫著他的肩膀，自語道：「我在你身上下了太多注，所以我願賭服輸。」

小憩一覺的南舟醒來後，就沒什麼事了。

李銀航好奇圍著他觀察了好幾圈，終於承認，紙片人不愧是紙片人。剛剛明明燒得面頰通紅，現在不僅退燒了，被貫穿的傷口也已經長出淡粉色的肉痂。果然，在漫畫設定裡，沒有什麼病是睡一覺治不好的。

江舫摸摸他的額頭，確認無事後，又取來藥粉，在他半癒合的傷口上薄塗了一層。他專注地望著南舟的傷口，輕聲問：「剛才夢見什麼了？」

南舟實話實說：「忘掉了。」

他的夢往往都是漏斗狀的，任何影像和言語都無法停留，只能殘留淡淡的餘味。剛剛那個夢的餘味，有點像咖啡奶凍。咖啡粉在口中剛剛融化時有些苦，但後面，他聽到了什麼，就像是在苦澀中突然加入了一點煉乳，就隱隱約約地甜了起來。

江舫在他的肩膀上用藥粉畫了個桃心。縱貫的、淡紅色的創口自然而然地成了箭的形狀，穿過自己那顆寡淡、無趣又經年損傷、泛著藥味的心，隔空刺得他胸口微微發麻。猶豫了猶豫，江舫還是讓自己這顆心蝴蝶一樣停留在了南舟的肩膀上。

有了外敷，也要配套的內服藥。剛剛的傷藥，是江舫趁南舟發燒迷迷糊糊之際哄著灌下去的。現如今南舟清醒了，好甜的本性發作，聞一聞那包裝和氣味都類似雙黃連口服液的傷藥，就沒了喝的興趣。

看南舟坐在那裡，沉默地和一管苦藥較勁，李銀航忍俊不禁。南舟向來清冷得滴水不漏，只有身上偶爾展露出的一點天真執拗的孩子影子，才讓李銀航產生「他原來是他們中最小的那個」的實感。

江舫接來嗅了嗅，就自己取了一支，往南舟手裡放上一支，說：「你一個，我一個。」

南舟有點懵：「你又沒有傷。」

江舫不答話，只是拿著掌中用棕色玻璃小瓶盛裝的藥，往南舟握著的

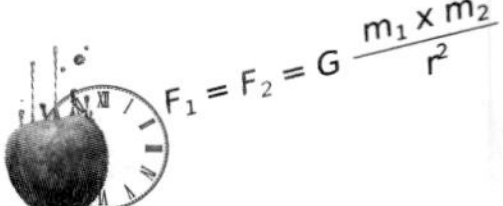

小藥瓶上輕碰一下。

——叮。伴隨而來的是他帶著點半溫和半撒嬌的語氣：「乾杯啦。」

江舫一口口認真地喝下苦藥。見他這樣，南舟也叼著吸管，順著他吞嚥的節奏乖乖喝了。南舟一邊啜飲，一邊好奇……很奇怪，真的沒有那麼苦了。他們只是對坐，看著對方，就感覺心裡平靜，十分要好。

喝完藥後，江舫還想多問問他關於朋友的事情，可惜南舟精力過於旺盛，不等他將話題引入正軌，便要下床繼續出去找人，儘快結束這場九十九人賽。

李銀航不大贊成。按李銀航的意思，他們既然已經搞定了最難搞定的「朝暉」，最好還是留在這裡養精蓄銳，把精神養好了，確保把積分穩妥地捏在手裡，再論其他。

南舟卻說：「我想早點出去，看看『亞當』的情況。」

李銀航一頭霧水：「誰是『亞當』？」

南舟示意她看看自己的操作介面。

李銀航一眼掃過去，這才發現了團隊排行榜上驟變的格局。

李銀航：「……」

她想不通。南舟明明又是打架又是受傷又是發燒又是忙著和江舫打情罵俏，為什麼他能比自己更快注意到榜單上的變動？這就是傳說中的時間管理嗎？

她瞪著這個陌生的隊名，在心裡快速加減乘除一番，也很快發現，它是把原先「朝暉」積攢的積分一併吞下了，才平地坐了火箭，升了天。

李銀航提出了和世界頻道裡大多數人一樣的疑問：「『亞當』是『朝暉』的預備隊嗎？」

他們或許是關係良好、彼此信賴的盟友，早就在暗地裡達成了協約？只要一方死了，就無條件將一切積分轉移到對方身上？

對於李銀航的推測，江舫和南舟統一地搖了搖頭。

李銀航想了想，覺得的確說不通。外人不知道，但他們是剛剛才和

「朝暉」玩過命的。「朝暉」那種窮途末路的表現，可一點兒都不像有這樣一個穩妥的保命符拿捏在手的樣子。

江舫說：「如果真的有道具，能讓兩支獨立的隊伍締結盟友關係，那只能證明，『亞當』比『朝暉』更具有價值，有價值到『朝暉』全員都有為他們衝鋒陷陣、犧牲擋槍的覺悟。」

「朝暉」有這樣的覺悟嗎？答案是或許有，但不符合正常的人性。他們不管是靠踩著別人屍體做階梯，還是靠豐富的道具補給，能走到今天這一步，也是有自己的本事在的。

當他們拚命時，另一支盟約隊伍卻優哉游哉地在中游踏步，默默無聞，毫無進取之意。而已經穩穩身居高位的「朝暉」，不僅沒有絲毫想要和這兩條鹹魚解約的意思，還甘願為他們賣命頂雷，站在不勝寒的高處替他們遮風擋雨。

要麼，「亞當」裡有他們的親人、愛人、友人，能讓「朝暉」心甘情願地為他們奉獻犧牲，毫無怨言。要麼，「亞當」擁有恐怖的實力，「朝暉」不過是他們的馬前卒。要麼，「朝暉」是被人算計了，在不知情的情況下，替旁人做了嫁衣。

而第二、第三種可能，在某種情況下，是可以共存的。

南舟則想得更深一步，他的質疑是因為：「這樣不合理。」

他的思路還是一如既往的劍走偏鋒。

「……如果有這樣一個可以結成聯盟的道具存在，隊伍之間不是早就可以互相聯合起來了嗎？」

而這顯然和遊戲製作者的初衷不符。

遊戲規則裡，積分只能以道具的形式等價交換，即使遊戲裡存在曾經的孫國境三人組一樣喜歡攔路打劫的道具獵人，他們靠武力值能搶掠到的，只有道具而已，而不是積分。

從這些看似不引人注意的細節可以看出，如果積分這東西可以隨便繼承、交出、轉讓，那遊戲官方將數萬名玩家碎割成最多五人一組的小團

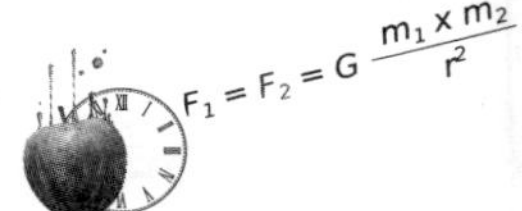

體、不讓他們抱團行動的行為，就毫無意義。

然而偏偏，這個遊戲裡出現了這樣的結盟型道具。

這是極其矛盾的……所以，為什麼會有這樣的矛盾呢？

南舟咬著口服傷藥帶有細細稜角的吸管，若有所思。

轉播室內，由無數資訊流構成的細長人影都停下了手中的動作，從各個角度望向叼棒棒糖一樣叼著藥管的南舟。

其中一個，滿懷驚異地問出了在場所有人心頭的疑惑：「……他怎麼回事？」

看似矛盾的道具，當然是為了讓「亞當」這支由遊戲主辦方拉起的雙人隊伍更好融入比賽，更順理成章地獲取勝利而開的綠燈。「亞當」是他們早在私下裡就預定好的冠軍。

對遊戲的走向如何把控，導演組一開始是有兩種態度的。

一方想要讓「亞當」從一開始就呈碾壓之勢，豎立起一道天花板，讓玩家在不斷挑戰、征戰高峰中反覆體驗恐懼和絕望，最終只能眼睜睜看著他們獲勝。簡而言之，是壓倒性的爽文劇本，方便觀眾代入，享受這種佛擋殺佛、人擋殺人的快感。

一方則拿出了遊戲內測時期積攢下來的海量觀察資料，從那三百餘個試驗玩家的腦電波波形圖、恐懼峰值點等等實際情況出發，詳細論證，人類是一種習慣待在安全區和舒適區的生物。如果不給他們營造一種「公平競爭」的假象，而是直接在他們面前建立一道不可逾越之壁，他們中的一小部分當然會殊死相拚，越挫越勇，但也有相當一部分在嘗試無果後，會直接躺平，自殺了事。

最後，導演組採取了第二種節目劇本。「亞當」一開始不能過於出挑。這樣，既方便他們利用資訊差，從觀眾那裡操盤漁利，也有反轉的樂趣，且過渡合理，順理成章，能讓這些普通人類玩家產生「我能贏」的錯覺，讓他們疲於奔命，最後一無所獲。

結果，比人類還要更低維度的卑賤生物，居然是第一個伸出手即將觸碰到這一層真相的？只是他們無法操控南舟的思想，更無法控制他的行動，只能任由他越來越接近真相。

無形的眼睛，像是巨蟲的複眼，密密麻麻地對準了這個由人類創作出來的小怪物，冷冷地觀察著他的一切。

南舟把嘴裡帶著苦味的吸管咬得咯吱咯吱響，對這一切渾然不覺。

大約 10 分鐘後，南舟他們離開了這個精心挑選的藏身地，開始在洋房內遊蕩。

不管他們走到哪裡，身後都山呼海嘯地跟著大量的鏡頭……排場十足。如果這些窺探的鏡頭全部暴露在陽光下，南舟他們此時受到的關注，不亞於全球最當紅的明星。

而導演組當初設計的第一個方案，恰和眼前的情境呼應上了。對於如今九十九人賽僅剩的個位數玩家來說，南舟就是那座不可逾越之壁。

九十九個玩家已經死得差不多了。20 人組成的合圍小分隊被南舟一個人包圍，衝得七零八落。最強悍的組局者「朝暉」全員死亡。

接二連三的事實造成了強烈的心理衝擊，讓兩支精神崩潰的隊伍都選擇了集體自殺，以求從等死的、無窮的恐懼和不安中解脫。

僅剩的有勇氣挑戰南舟的幾人，也放棄了主動出擊、虛耗實力的打算。他們耐心地蟄伏，寄希望於南舟他們放鬆警惕，等待著一個可以一擊翻盤、逆風輸出的時機。

因此，即使南舟他們大搖大擺地在走廊裡行走，即使他們路過了這些隱藏起來的人，也沒有任何一個人敢多喘上一口氣。可以說是途經之處，

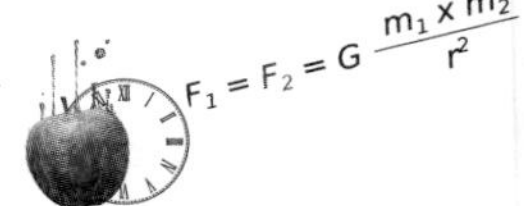

無不噤聲。

南舟就在這樣毫無阻攔，全員目送的遊蕩下，成功在某條走廊裡找到了蘇美螢的殘骸。更準確的說，是骨灰。

地上散落著蘇美螢的髮卡、衣物、鞋襪。遍布了半個走廊的塵灰，是窗外山風的傑作。屬於蘇美螢的身體灰燼被風均勻抹平，落在地板上微微鏤空、栩栩如生的動物圖紋間，迤邐十數公尺，構成了一副充滿生命力的圖騰長卷。走廊一側被磨損得發白的聖母像慈悲垂目，看向蘇美螢鋪開一地的屍身。

南舟看著一地的蘇美螢，「這就是詛咒道具的作用嗎？」

江舫聳一聳肩，無辜道：「誰知道呢。」

彷彿眼下的場景和他一點兒關係都沒有。

南舟也沒有多問，因為他發現了一件有趣的東西。他從蘇美螢的衣袖下方，取出了【一鍵求助場外觀眾】。

轉播室是最先看到南舟的動作的。

他們的資料流程動作都被唬得慢了，有人影甚至不自覺罵出了髒字：「操？！」

那是一個帶著圓圓紅色按鈕的通訊器，除此之外，沒有任何多餘的裝飾。極簡的風格，和遊戲裡向來精緻的各類道具格格不入……倒是有點像【腦侵】裡，他們進入最後的房間交付任務時的通訊臺。

南舟將上面的細沙抖去，好奇地觀視一番後，嘗試想將道具收入背包。操作面板上卻跳出了一個鮮紅的 X，這是「禁止收容」的意思。

這是當然的。因為和綁定了「朝暉」和「亞當」積分的道具一樣，【一鍵求助場外觀眾】也是專門為「朝暉」量身訂製的特殊道具，和持有者蘇美螢直接綁定，不可轉讓，所以它才沒有跟著蘇美螢一起消失。

轉播室內，無數雙眼睛死死盯著南舟的動作，希望他趕快放下這個道具，當作無事發生。

然後，南舟就當著轉播室所有人的面，坦坦蕩蕩地按下了通話按鍵。

蘇美螢已死，但玩家死後，道具庫還是存在的，只是處於鎖死狀態，其他玩家再也不能開啟。情況就和南舟在試玩關卡撿走的三具蘑菇屍體一樣。她的道具被這個已經無法得到任何回應的玩意兒消耗得差不多了。但瘦死的駱駝比馬大，作為一個囤道具狂魔，她還是有不少存貨的。

南舟什麼都沒有付出，僅僅花費了蘇美螢的一個C級道具，就直接連線到了場外。

正在埋頭苦幹的策劃組內，有原先贊助「朝暉」的公司安排專門負責給蘇美螢他們進行「場外提示」的工作人員。此刻，工作人員手邊，那個按理說應該永遠不會響起的按鈕乍然亮了起來。

「……喂。」

遊戲策劃組內，響徹了南舟清冷淡然，又帶著一點點好奇的聲音：「你們是誰？」

策劃組：「……」日了狗了。

【一鍵求助場外觀眾】是單線的，由持有者單方面呼起，被呼者不可回呼，為的是避免出現連線錯誤。形式則類似於電話答錄機。

回答與否的主動權，盡數捏在策劃組掌中。蘇美螢臨死前的慘叫、咒罵、乞求，策劃組這邊都聽得一清二楚。這些都是優質的素材，適合做成同期聲，在事後的遊戲錄影中使用，適當增添緊張感和趣味性。

可當絕望的、歇斯底里的哭嚎，被南舟平靜的、從另一個次元裡傳來的質詢聲取代時，體驗到從骨子裡透出的驚悚和恐怖的，就換成了策劃組。以致於有個工作人員呆愣提問道：「……接嗎？」

「接個屁啊！」策劃組的頭暴躁發話了：「讓它就這麼響著！和蘇美螢一樣，等著自然掛斷！」

南舟的指尖按秒讀，準確叩打在通訊器按鈕邊緣。

嗒、嗒、嗒。

直到呼叫30秒後，「場外求助」時間到，通訊自動掛斷。

江舫和李銀航都圍到了他的身邊。

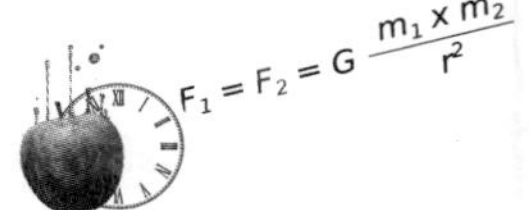

江舫：「沒人接？」

南舟：「嗯。」

這反倒讓他更加好奇了。從這個按鈕落下的位置可知，這可是蘇美螢臨死前還死死攥在手裡的東西。所以，為什麼？

蘇美螢所在的「朝暉」，位居榜二，她身上更是牽縛了其餘四名隊友的性命，她的求生意志之強烈，必然非比尋常。在生命瀕臨消亡的時候，被這樣一個人牢牢握在手裡、至死不放的，會是這麼一個全然無用的東西嗎？可惜，蘇美螢已經無法回答他們的問題了。她靜靜在這山間屋宇內，化成了一地灰色的雪。

於是南舟他們又出發，去找尋「朝暉」其他隊友身上的攜帶物。

遺憾的是，玩家的個人倉庫只能由玩家親自開啟，否則他們應該還會有更多發現。

頭顱被炸開的魏成化性情是很謹慎仔細的，在戰鬥時從不在身上攜帶過多的物品，因此褲兜衣兜比臉還乾淨。

具有蜘蛛毒性的任良驥就不同了，口袋裡零碎眾多，掏了好幾把都掏不乾淨。內容物包括菸、打火機、吃剩下一半的口香糖、用過的衛生紙、風乾的橘子皮。有些令人啼笑皆非的是，在這一眾零碎中，居然還有一罐除蟲噴霧……他居然是討厭蟲子的。

不過仍是沒有什麼有價值的東西就是了。

隱身者艾實愛喝酒。大概是擔心九十九人賽耗時過長，酒癮難解，他就用銀色便攜酒壺打了滿滿一壺酒，隨手揣在了褲子口袋裡。他恐怕也沒想到，自己還沒來得及喝上一口，屬於他的比賽就徹底終結了。

唯一讓他們有所發現的，是能夠複製生物體的王華藏。他是他們當中唯一有些書卷氣的人。他隨身攜帶了一本小冊子、一枝圓珠筆，細心記錄了他們進入《萬有引力》後每一日發生的重要變動。

有事發生的話，他就寥寥寫上兩句，沒有的話，就只寫上日期，例行寫下「平安無事」。他口袋裡的這本小冊子記錄內容不多，應該是之前

的本子記滿了，另換新本不久。時間是從半個月前開始的。大約有 7、8 天，筆記本上寫的都是「平安無事」。

然後，「朝暉」通關了一個為期 5 天的 PVP 副本，遊戲規則同樣被記錄在案。簡單說來，那個遊戲的核心要素就是「抓內奸」。「朝暉」和另一支隊伍將會在一間約有 200 平方公尺的封閉公寓中共同相處 5 天。

在比賽開始的第一天，「朝暉」中的一個人會被替換成對方隊伍中的一個人，擁有對方的面孔、道具、全部記憶，同時也知道自己是「內奸」。遊戲中不能使用物理攻擊手段，只能通過「內奸」投票，確定今夜每支隊伍的出局者是誰。

出局者的結局，當然是當場暴斃。

「內奸」要做的就是儘快適應當前角色，隱瞞自己的真實身分，並誘導對手隊伍的人，讓他們在每晚 21 點的組內不記名投票中，投死自己人，讓自己這個「內奸」得以存活。

第二天，每組的「內奸」數額會增加 1 名。以此類推，誰先投死對方全部的人，誰就獲勝。

如何博弈、如何誤導、如何打配合、如何假裝內奸而釣出真正的內奸，在那短短 5 日內盡數上演，精彩紛呈。

「朝暉」很輕易地搞定了比賽。就在兩日前，他們剛剛回到休息點不久，就接到了追擊戰的任務。對這次任務，王華藏簡略地評價：很有油水，贏了就穩了。

但這些平實普通的流水帳中的某一條，引起了南舟的注意。

時間是他們在 PVP 遊戲副本裡的第一天。在規則之外，王華藏記述：今天小蘇丟失 A 級道具一個，3 天之內不能惹怒小蘇了。

南舟想，為什麼道具會丟失？

對正常玩家來說，「丟道具」這種事情，只可能是被人打劫，或是地圖太大、逃命的時候不小心遺失的。而按規則來看，「朝暉」和他們的對手所在的遊戲區間，是一處面積不大的封閉區域。

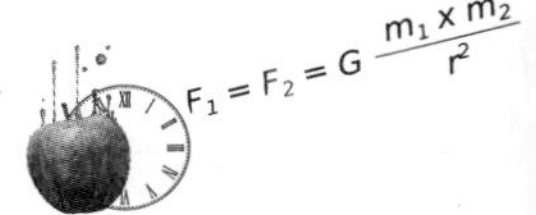

究竟發生了什麼，才會讓蘇美螢在一場偏智力的博弈中丟失了一個 A 級道具？

南舟望向自己手中的紅色按鍵。智力賽、按鈕、會丟失的道具⋯⋯

隨著南舟視線在【一鍵求助場外觀眾】上停留的時間越長，轉播室裡的資訊愈發焦躁紊亂地纏繞在一起，幾乎擰成了一團麻花。

「他手裡的東西能回收嗎？」

「普通道具都不行，更何況是這種特殊道具？這可是即時轉播，要是隨意回收，不就坐實了我們在插手和干預遊戲嗎？」

遊戲策劃組向來推行的就是「真實還原、自然發展」。

打個比方，如果貿然回收一個角色手裡的道具，就像是在一篇本來行文還算流暢的文章中，一名重要配角忽然毫無道理地丟失了一樣寶物。且這樣寶物存在感很強，具有相當的價值和伏筆。

當讀者都想看這東西是如何發揮價值時，它就從配角手中突然蒸發，此後也再沒有出現的機會。那麼，作者的存在感和私心，會在這種時候暴露無遺。

這並不是策劃組樂見的效果，他們至少要維護表面上的公平吧。

轉播組的副組長安慰其他精神明顯受到了打擊的成員們：「沒事兒，怪就怪南舟太有存在感了⋯⋯」

話音落下，全場更加寂靜。一群由資訊流構成的人影大眼瞪小眼，他們不約而同地想，南舟的存在感，到底是誰給的呢？

要不是剛才貪戀南舟帶來的收視率，把大部分的鏡頭都對準了他們，讓大部分遊戲觀眾都看到了南舟拿到道具的全過程，他們現在還至於這麼騎虎難下嗎？

不能細想，想了臉疼。

無數雙眼睛直勾勾盯著南舟抵按在紅色按鍵上、將按未按的手指。彷彿他握著的不是求助按鈕，是個一按即炸的引爆器。

另一邊，輿情分析組的狀況也是同樣的雞飛狗跳。

「遊戲論壇上炸鍋了！」

「在問那個道具究竟是什麼的人占 1%；宇宙時內新發帖量占 34%；要求把鏡頭對準南舟，想看全程直播的占 53%；質疑遊戲策劃組有意插手的占 7%，這部分已經在努力刪除了，但質疑聲還是源源不斷……」

「南舟不是主角，受歡迎的玩家又不止他一個，全程直播不可能，但可以適當提高鏡頭比重。請把我們的需求傳達給轉播組。」

「好的。」

「……」

「轉播組那邊說做不到，他們讓咱們動動腦子，萬一南舟真的發現了什麼，再幾次三番地嘗試聯繫我們，直播事故只會越來越嚴重！」

誰說不是呢。要知道，蘇美螢一直覺得自己聯絡的是某個智腦，觀眾們也一直是這樣認為的。

蘇美螢死了，一了百了，死前呼叫無應答，也可以解釋為「智腦判定蘇美螢已經死定了，所以沒有給出建議」。可要是南舟後續也一直撥打進來，這算什麼？「智腦」還要不要應答？

在虛空記憶體的無數雙眼睛的注視下，南舟的手垂了下去。他沒有再次按下場外求助按鈕，而是將通訊器揣入口袋。

諸組見狀，大鬆一口氣。

旋即，在意識到自己居然被一個原本被他們玩弄在股掌之中的小怪物拿捏到這種地步，他們紛紛難堪得恨不得以頭搶地。

李銀航見南舟不繼續研究這怪異的通訊器後，問道：「怎麼辦呢？我們接下來幹什麼去？」

南舟看了一眼江舫。

江舫笑著接過話來：「我們贏遊戲去啊。」

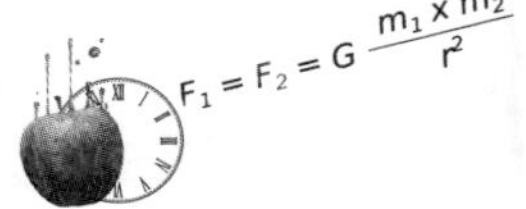

與此同時，「青銅」五人組站在「鬥獸場」外的一片圓形廣場邊緣，不知道在等待什麼。

賀銀川百無聊賴，剛躲到一邊，偷偷地叼上根菸，就被周澳的繃帶迎面捲走，當場沒收。

賀銀川還保持著指尖夾菸的動作，「……」

回過神來，他笑嘻嘻地撲上去，從後玩鬧地扭住周澳的手臂，「副隊私藏東西，被我抓現行了啊。快交出來。」

周澳冷若冰霜的臉微微紅了，反手繃帶捲出，勒緊他那一把細腰，將他與自己纏得更緊。

賀銀川馬上受不住了，嘶了一聲，啪啪地拍周澳的背，「腰腰腰！腰斷了！」

周澳只是警告，很快將繃帶放鬆了些，還特意用兩根繃帶擰成一隻小手的模樣，替他揉了揉布滿陳傷的腰身。

賀銀川被他伺候得還算舒服，扶著腰小聲哼了兩聲。

周澳輕聲嘟囔著說：「從以前就是這麼不省心。」

賀銀川只顧著享受，轉頭問：「什麼？」

周澳抿一抿唇，「沒什麼。」

陸比方、梁漱頗無奈地看著正副隊日常掐架，而林之淞則遠望著圓形廣場彼端，兩個正並肩而立的怪人。

在「鬥獸場」外徘徊的玩家不少，但那兩個人相當扎眼……原因很簡單。其中一個身高稍矮，面容陰鬱的人，正和另一個高大俊美的青年的手腕緊緊鎖纏在一起。

後者唇帶微笑，鎖住了前者一身蠢蠢欲動的戾氣和惡意。

謝相玉要是知道自己被一個毛頭小子評價為「陰鬱」，怕是要氣到吐血。他向來是在乎自己形象的，最喜歡把自己粉飾成無害又開朗的陽光少年樣子，要不是腰痠腿軟，那尷尬的地方還一陣陣難過得緊，謝相玉也不至於連最愛維持的人設都崩了。

他並腿坐在臺階上，沉聲問易水歌：「你帶我來這兒幹什麼？」

自從看到「亞當」出現，易水歌就立刻拉著謝相玉，一路從「紙金」跟了過來。

易水歌答得爽快：「等南舟他們出來啊。」

「你想和他們合作？」謝相玉的話音裡帶了些惡意：「你不怕我暗地裡設陷阱弄死他們？」

「想什麼好事兒呢。」易水歌笑微微地戳他的肺管子，「你連我都殺不了。」

謝相玉一張俊美臉龐氣得脹成了豬肝色。

易水歌不欲和他談論自己的真實目的，目光四下游移，同樣發現了氣質非比常人的林之淞等人。當視線接觸到彼此時，他挺乾脆地抬手，和他遙遙打了個招呼。

林之淞衝他一點頭。兩個現實世界裡的電腦天才就這樣簡單致意過後，隨即各自挪開視線。但他們心中不約而同地浮現出了一個猜測——對方，好像是在等南舟。

他們都堅信，南舟一定是能從那九十九人的血肉地獄裡走出來的。在那之後，他們都有話要和「立方舟」商量……

而等待南舟的還不止他們兩組。

虞退思坐在遠離人群之處，指尖輕輕敲打著輪椅的邊緣。陳夙峰站到他身邊時，依舊是乖順溫馴的弟弟模樣，像是隻懂事的大狗狗，沒有絲毫在外凶蠻咬人，以命相搏的野狗相。

他說：「虞哥，你要是覺得那支突然冒頭的新隊伍——就是那個『亞當』——不對勁，你告訴我就行，我去找南舟他們談……」

虞退思搖頭。今天的他穿了一件黑襯衣，愈加襯得他面孔蒼白，唇色淡淡，英俊得幾乎帶了幾分薄命相。

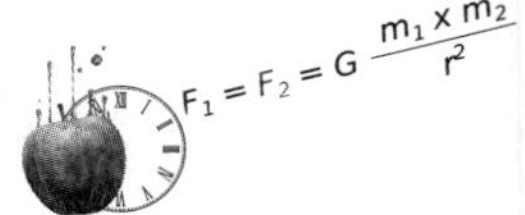

「這些話，我當面說最好。既然把希望寄託在了他們身上，那我們就要盡全力幫助他們。」

在「鬥獸場」外的青銅雕塑下，則站著另外一支三人小隊。

健身教練叼著一根草，不確定道：「沈姐，妳說立方舟他們還記得我們嗎？」

沈潔若有所思，「誰知道呢？」

瘦猴：「咱們跑這兒來幹麼呢？我覺得他們仨穩贏的。」

沈潔托住下巴，向來精明的臉上，流露出一絲惑然，「我覺得這事兒不對勁。『亞當』的出現，還有突然開始的針對南舟的追擊戰……我說不上來，但就是不對勁。我們不該是這個樣子的，遊戲似乎想帶著我們走向一個他們希望的結局。」

沈潔懷疑這個遊戲背後有人操盤很久了。所以，她想來找南舟，這個她曾經想要拉攏、現在卻早已和他們天差地別的隊友，問一問他們是怎樣想的。

而就在距離沈潔百公尺開外的地方，孫國境三人組猥瑣地從巷子裡探頭探腦一陣，又縮回巷子裡。

以他們簡單的頭腦，是完全沒發現「亞當」有什麼不正常之處的。他們就是想親眼來看看，救了他們一命的「立方舟」究竟能不能活到最後。他們是沒有那個膽子進去跟別人 PK 的，只能遠遠看著，默默替他們鼓一鼓勁兒。

就在一干人等目的不同的焦急等待中，世界頻道裡姍姍來遲地刷新出了一條賀電。

【恭喜「立方舟」，一騎絕塵，披荊斬棘，獲得九十九人賽冠軍！】

當南舟的雙腳重新踏上「鬥獸場」地面時，他身上的創口全部自行痊癒，就連破破爛爛的西服風衣和上面的血跡也一併修復。長風將衣襬托起，洗去了上面附著的腥氣。

【冠軍隊伍「立方舟」，獎勵積分 44444 點！】

【恭喜「立方舟」隊在九十九人賽中全員存活，達成成就「不死的傳說」，各獎勵積分 10000 點！】

【恭喜「立方舟」隊拾取 S 級道具「在？看看未來？」、「魅魔的低語」、「爆燃火柴」、「心靈通訊器」、「一鍵求助場外觀眾」、「氪運法杖」、「火線磁力王」，A 級道具「跳躍傳送鏡」、「戒盾」、「尋人啟事」，B 級道具「刺客的自我修養」、「居家必備雲南 X 藥」……】

【恭喜「立方舟」隊獲得兩項個人綁定技能，B 級「天氣之子」、B 級「南丁格爾的箴言」。】

叮叮噹噹的獎勵聲不絕於耳，那是最讓人感到心滿意足的豐收的聲音，像是金幣嘩啦啦傾斜入口袋，只是聽著就讓人渾身舒爽。而積分獎勵的發放，也對所有人造成了強烈的視覺刺激——

經歷過高難度副本【腦侵】後，「立方舟」的隊伍排名原先是第七十二名。

他們像是踩著臺階，將一個個代號踏在腳下，一步一步，往上走來。

66 名

50 名

37 名

12 名

遊戲裡的玩家人數，大概在他們從【圓月恐懼】副本裡出來前後，就不再增加了。正如他們推測的一樣，遊戲開始不再收入新的玩家。

因為遊戲和現實世界的時間流速完全不同，南舟他們已經算是非常後期入局的玩家了。李銀航坐上那輛命裡的大巴車、加入遊戲的那一天，是失蹤事件爆發的第五天。按照時間比例計算，其實那也是《萬有引力》從外抓捕玩家的最後一天。

進來得早的人，不客氣地說，算是吃盡了紅利。比如「朝暉」，在新人最多、最迷茫的時候，率先用新人的生命給自己做了墊腳石。再比如曲金沙，精心籌謀，搭建起了「紙金」中供人逃避享樂的「斗轉賭場」。

更多的人，拿到了新遊戲裡的開荒獎勵。第一個完成 PVP、PVE 副本，第一個達成 95% 以上的探索度，第一次全員存活，第一次殺死對方……都會有豐厚的獎勵。

南舟他們進來時，能挖掘的、能取得的成就，也就只剩下許願池裡沒什麼價值的彩蛋【幸運女神的金幣】。

他們拿到的獎勵，更是遠遠不如第一次奪取九十九人賽勝利的「朝暉」。尤其和魏成化的那條金鏈子相比，他們那兩個 B 級的輔助型技能，簡直不夠看，但這也是極其豐厚的獎勵了。

只是一想到這些獎勵究竟是用什麼換回來的，稍微長了點心的人都不可能喜形於色。

李銀航低頭不語。江舫雖然心冷淡漠，根本不會因為必要的犧牲動搖，但因為他腦子夠用，願意禮貌性地保持沉默。南舟則沒有對那些死難者表達任何形式的哀悼。

他在世界頻道發問：「……誰還來？」

無人回答。南舟彷彿是站在了寂靜的世界中心。

他心平氣和地再次提問：「誰還要來？」

依舊是一片沉默。

如果沒有「朝暉」突然發起九十九人賽，如果不是這個比賽結果太具有衝擊性，大家可能還不會這樣心灰意冷。事實上，以隊內一人不死的戰績通關九十九人賽，任何人都沒有這樣的自信能做到。

「立方舟」靠實力，給所有人一記當頭棒喝，附贈了一桶涼水。再加上突然橫插一杠的「亞當」，更是打亂了所有人的思路。他們不知道該怎麼辦才好了？

可仍是有玩家不甘心，難道就這樣放手讓南舟贏？要把這近十萬的積分讓給南舟？

南舟作為攻擊型 boss，被這樣針對過後，難道還能和人類站在同一戰線嗎？

他們接下來的日子要怎麼過？

難道要持續不斷地迎接南舟的打擊報復？

按理說，除惡務盡，他們已經走到了這個地步，不管怎麼樣，今天都應該把南舟摁死在這兒，以免後患。可是……

見每個人都在猶豫，南舟沒有廢話，直接進入了單人賽的自動配對模式——新的一天開始了，又可以刷十場單人賽了。

玩家們馬上發現了不對，所有掛線上尚待配對的玩家，統一做出了一個動作：

他們如潮水一樣，嘩啦啦集體退出賽場，把一個真空的賽場丟給了南舟。場景蔚為壯觀，同時甚為丟人。

這樣毫無尊嚴地被驅趕來、驅趕去，終於有玩家爆發了。

【飛熊－范吉】已經有那麼多人因為你們死了，你還嫌不夠？還要打？還要殺？

【逐日－全睿思】是啊，都已經拿了這麼多好處，還非要對我們趕盡殺絕不可嗎？

看到這樣的言論，李銀航頓時氣得炸了鍋。

誰趕誰啊？誰殺誰啊？！南舟有傷害過任何一個對他不懷惡意的人嗎？哪怕是為了積分，他也盡可能保護了他遇到的副本裡的人。除了在九十九人賽裡，處於不是你死就是我活的境地中，南舟沒有殺害任何一個想要殺死他的人。

現在打不過，就開始賣慘？潛臺詞就是，你們怎麼就不好好站在那兒給我殺呢？憑什麼啊？

所幸大多數人雖然懊惱，腦子還是正常的。那兩句質問即使是作為人類立場發出的，其他人也覺得虧理又虧心。因此呼應者寥寥，把這兩個人生生晾在了那裡，一時間氣氛殊為尷尬。

南舟歪歪頭，但看上去並不生氣，在世界頻道內給出了回應。

【立方舟－南舟】你們這話很沒有道理。

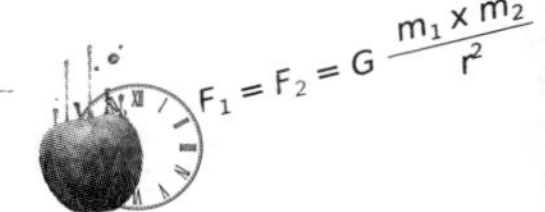

【立方舟 - 南舟】九十九人賽不是我們發起的，所以那些人不是因為我們「死」的，只是被我殺了而已。

【立方舟 - 南舟】還有，他們並沒有死。

所有人都為這段詭辯瞠目結舌。少頃，剛剛沉寂下來的頻道內就又炸鍋了。

「少狡辯了！」

「就是，要點臉吧！」

「遊戲規則擺在那裡，如果他們這些人沒死，你們是怎麼出來的？裝什麼無辜呢？」

南舟一句一句地看著、等著，直到頻道內的詰責聲半分鐘也刷不出來一條，才慢慢地輸入了一行字。

【立方舟 - 南舟】他們只是暫時留在那裡。我答應會接他們回來。

質問的人嘴裡像是被塞了塊抹布，誰也沒想到南舟會給出這樣的回答。靜默半晌，又有人問：「你打算用什麼接他們回來？」

南舟坦然回答：「用這次追擊戰的積分接他們。這能讓我們更接近最終的勝利。」

所有人：「……」好傢伙。

他們無言以對，因為南舟直接一步登上了道德高地。

南舟對所有人發出了靈魂的拷問：「所以，你們還要殺我嗎？」

一腔熱血被一盆潑涼，被打服的其他人，也終於有了和南舟好好對話的打算。

有人問：「你拿什麼證明你贏了就會救回他們？相信你，我們不如相信『亞當』。」

南舟肯定道：「那你們就是傻瓜。」

南舟這句話實際上沒錯。

「亞當」一躍成為榜二，如果值得相信，或是有足夠的擔當，應該馬上站出來表態，哪怕餵大家一顆定心丸也好。然而他們並沒有。不過，他們就算想出來振臂一呼，大家也不會輕易信任他們。

之前位居第二的「朝暉」，誰都知道他們坑害新人的惡劣行徑。和他們鉤連的「亞當」，要麼是能和「朝暉」這種無所不為的惡人同氣連枝的預備隊，要麼是利用「朝暉」、無聲無息附著在他們身上的吸血水蛭。

有人依舊提出質疑：「雖然我們不能信任『亞當』，但憑什麼就一定要信你呢？」

南舟坦然道：「因為我們有李銀航。」

李銀航突然被南老師當眾點名，一時無措。

世界頻道內的其他人看到這個回答，不約而同地冒出了同一個想法。自然有人把大家的困惑問出了口：「……李銀航是誰啊？」

不就是一個胳膊肘往外拐的普通人類女人？難道是有什麼不為人知的本事？或者說，她其實也是非人類？

在無數雙眼睛的注視下，南舟坦誠說：「她是我的隊友。是一個願意許願救下所有人的普通人類。」

李銀航臉頰頓時燒紅，不只是因為這種彷彿在全校慶典上被校長點名表演的氣氛，還因為她意識到，南舟在保護她。他對所有人強調，她很重要，甚至有可能是這個隊伍裡唯一的良心。

站在一旁的江舫不由地笑說：「明明還有我。」

再怎麼說，他也算是個人類吧。

南舟看看江舫，一句話就點破了他的心思：「你不一樣。你不大想復活他們。」

江舫聳聳肩，並不否認。他面上向來帶笑，可惜心中涼薄，這些人復活與否，他的確不關心。

他笑問：「那南老師知道我想要什麼嗎？」

南舟肯定道：「你只想要我。」

江舫：「……」

用心看過江舫含笑的嘴角和微紅的耳垂後，南舟繼續看向了充滿質疑

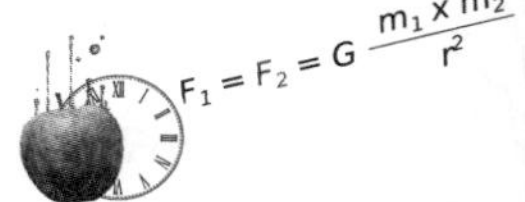

聲的世界頻道。

其中有一個人的觀點得到了最多的贊同。

【飛燕 - 石高寒】遊戲規則裡說你是入侵的怪物，我是信你，還是信規則？

【飛燕 - 石高寒】相比規則，我們為什麼要相信你的保證？

南舟虛心提問：「所以這場《萬有引力》遊戲，就不是『入侵的怪物』了嗎？」

「你們習慣了它吃人，所以它就不算吃人了？」

「一直以來，你們到底是在玩遊戲，還是在被遊戲玩，你們已經忘記了嗎？」

這話一出，眾人語塞。南舟一句句的問話，沒什麼特別的情緒，卻在所有人腦中敲響了一遍洪鐘，震得他們耳膜嗡嗡作響。

或許，他們真的在遊戲裡待的時間太久了，久到已經忘了《萬有引力》就是怪物本身這件事。

面對沉寂一片的世界頻道，南舟平靜道：「這一點我也記下來了。到時候銀航許願的時候，也許會抹消你們關於遊戲的全部記憶。」

「不然，你們可能沒辦法在現實裡再活下去。」

這一番話，將大家僅剩的一點鬥志消磨殆盡。難道他們真的可以相信他嗎？就要這樣讓他贏下這場追擊戰嗎？

如果不相信他的話，那他們要繼續製造更多無謂的死亡，或是繼續跟南舟無休止地鬥下去，親手打包送道具嗎？

與此同時，轉播室內所有的工作人員瞠目結舌……為什麼前一刻還針鋒相對、立場相悖的雙方，會有這麼和諧的對話？

即使退上一萬步，理想狀態下，南舟真能贏得這次比賽，也會因為這次追殺，和正常玩家徹底撕破臉，立場對立，不死不休。

針對南舟的追殺是永遠不會停止的。這將為後續增添無數的看點，也能讓「立方舟」這支異軍突起的隊伍陷入策劃組預設的絕境中，孤立無援，和普通玩家們不停內耗，直至毀滅。

然而，事實是……

「還有沒有人來？」南舟問：「不來的話，我就走了。」

他等待了約 10 分鐘，也沒等來新的匹配對象。

南舟關閉了操作介面，「走吧。」

江舫已經緩過了那陣臉紅，溫和地一點頭。

李銀航對於「鬥獸場」之外的世界感到有些不安，「可以嗎？」

明明追擊戰的時間還沒結束……

南舟：「嗯。」

江舫自動為他這聲「嗯」添加了詳細的注解：「九十九人賽，已經把他們打清醒了。」

南舟說了那麼多話，然而真正擊潰那些追殺者的理由其實只有一個——南舟之前沒真正動手。

現在，死了九十多個人的事實，讓他們的膽嚇破了。這也是他們肯靜下心來聽南舟說話的原因，骨子裡的慕強罷了。

李銀航有點不爽，「那些人又不都是南老師殺的。」

江舫聳肩，「他們恐怕不會這麼覺得。」

見南舟抿著嘴，靜立在一邊，李銀航小心翼翼地問南舟：「南老師，你不生氣？」

客觀上，南舟和他們不屬於同一種族。被另一個種族這樣追殺，泥人也得有三分火性吧。

南舟平靜道：「我很生氣的。」

恕李銀航直言，她完全看不出來。

其實，李銀航一直覺得，南舟很奇特。

按理說，他不是在正常環境中成長起來的。在他成長時，四周就充斥著怪物和按作者設定程式運行的 NPC。成年前的南舟，根本沒有見過真正意義上的人。而在成熟之後，他作為一個天然和玩家立場對抗的

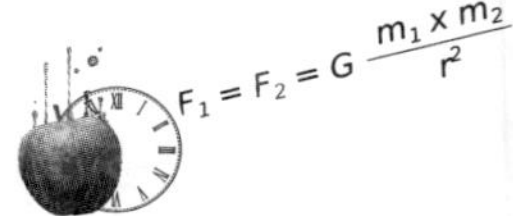

boss，遇到的人，鮮少對他懷有善意。

在副本裡，就算是把隊友當作積分才保護他們，李銀航也覺得，南舟並不仇「人」。和他的經歷對照來看，這簡直是一件匪夷所思的事情。

當李銀航把自己的疑惑問出後，和她一併往「鬥獸場」出口走去的南舟沉吟了一番。他答道：「因為……這是正確的事情。」

李銀航學著他的口氣追問：「為什麼？」

南舟的答案卻前言不搭後語：「因為他會對我笑。」

李銀航費了些心思，才明白他的意思——因為有一個「他」會對南舟笑，所以南舟不討厭人類。

她頓時好奇心爆炸：「『他』是誰啊？」

是那個為他種了蘋果樹的人嗎？

南舟回憶半晌，答：「不記得了。」

李銀航落下了兩步，對著江舫無聲地八卦：哇。

江舫將手抵在胸前，試圖把不安於室的心臟按回原處。

可惜，屢戰屢敗。

南舟邁開步伐，踏出「鬥獸場」大門。

「鬥獸場」上，此刻集結了不少之前欲除南舟而後快的玩家。其中還有對南舟放狠話，說他和自己必有一個見血的。他們猶猶豫豫的，還沒來得及撤離，如今見南舟真的大搖大擺從「鬥獸場」裡出來，當場尬住。

進「鬥獸場」前，大家追得南舟滿地圖跑，並以為這真是自己的本事。事實證明，南舟不搞死他們，不是能力，而是誠意。難道他們要現在反悔動手，然後重演一次九十九人賽屍橫遍野的慘狀？

在其他人猶豫是戰是和、默默觀望南舟態度時，在門口等候南舟許久的五撥人見南舟出現，不覺眼前一亮。除了孫國境他們，其餘四組人都主動站直了身體，想選擇一個最好的時機，讓他注意到他們。

南舟帶著江舫和李銀航，穿越過重重目光，向某個方向徑直走去。

沈潔三人組恰好在南舟將要經過的路上。

沈潔略緊張地嚥了一下口水，終於在南舟一行人走近時，主動打了個招呼：「嗨。」

誰想，她剛發出一個氣音，南舟就一步從她身邊跨過，可以說是目不斜視。

沈潔：「……」

她略尷尬地收回了打招呼的手，想，也挺正常。自己這種小隊伍，在南舟看來，大概就和浮萍沒什麼區別……

不等她自嘲完畢，她就眼睜睜看著南舟在眾目睽睽下，快步走向了「鬥獸場」圓形廣場旁的一家甜點店。甜品店門上的風鈴叮噹一響，伴隨著身穿羅馬長袍的肌肉小哥服務員的一聲「歡迎光臨」遠遠傳來。

沈潔：「……」

她依稀記得，南舟嗜甜……所以，他心無旁騖地趕路，就是為了趕快去補充糖分？

甜品店裡。

南舟的到來，起到了完美的清場效果。原本還在甜品店這個相對安全的最佳觀景地帶看戲的玩家見勢不妙，訕訕地作鳥獸散。離門近的走門。離窗戶近的恨不得就近跳窗戶走人。

南舟似乎沒什麼被討厭和疏離的自覺，一口氣點了幾個最貴的甜點，還沉默地用目光詢問管帳的李銀航：可以嗎？

李銀航正心疼硬生生一路拚到了現在的南舟，聽他有要求，立時點頭如搗蒜：點，都可以點！

不過她這樣的衝動消費僅限南舟。她給自己要了一杯白開水，蹭了免費的白砂糖，對著日頭舒舒服服地捧杯喝起了糖白開水。

南舟則埋頭認真吃東西，將熱透的酥皮和冰淇淋質地的奶油小口嚥

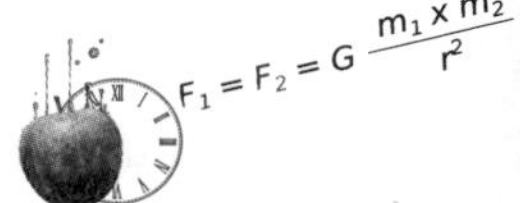

下，用唇齒充分體驗每一分甘甜。

他把補充糖分這件事當成殺人一樣仔細。

江舫則在研究他們得到的各種道具，其中當然包括那個假裝若無其事地混進了 S 級道具的【一鍵求助場外觀眾】。

經過系統對參數的緊急修改，它現在可以收放自如了。但點擊進入後，只有一句簡單的道具描述：想知道秘密嗎？按下它吧，雖然它不一定會給你回應。

當然，在這行似是而非的文字內，沒有說明「按下它」的代價。

江舫取出了自己所有的道具，分別轉移給南舟和李銀航，只在自己的倉庫裡保留了一粒吃了會發瘋的【我說這個是禁用品但你還是會吃的吧】。

他嘗試按下了【一鍵求助場外觀眾】的紅色按鈕。果然，那粒藥從他的倉庫裡消失了。

這和江舫的猜測完全一致——使用它的代價，是倉庫裡會隨機消失一樣道具。啟發了他的，正是「朝暉」隊員王華藏的日記本。

在【抓內奸】副本裡，只要通過這個【一鍵求助場外觀眾】，在第一時間鎖定內奸是誰，接下來想要釣出其他人，操作就相當簡單了。但這按鈕按下去，會丟失什麼東西恐怕是不可控的。

同樣也是【抓內奸】副本裡，蘇美螢向場外求助，結果隨機丟失了一個 A 級道具。她的肉疼和憤怒，從王華藏的記錄上可見一斑。

對家底豐厚的「朝暉」來說，這可是一樣優秀的作弊神器。不過，對於剛剛回收了一波 S 級道具的「立方舟」來說，這是典型的雞肋道具。

且不管自己這邊發起呼叫後，那邊會不會再有回音，江舫並不認為自己或是南舟需要開這種作弊器才能過關。總之，這玩意兒的字裡行間都寫著「這是廢品，快賣出去」。

轉播室裡，所有工作人員都緊盯著江舫的動作。只要他露出一點嫌棄和動搖的神情，那就算是他們勝利了。

對一個高等級，同時又高消耗的燙手山芋來說，交易出去是最合算

的。這麼一個 S 級道具，怎麼也能換個 2000 到 5000 的積分。只要進入交易介面，就方便遊戲官方暗箱操作，直接回收了。

但江舫什麼也沒有做，只是平靜地將所有道具，連帶著【一鍵求助場外觀眾】一併揣回了倉庫。

轉播室內發出了一陣失望的噓聲。

此時，叮噹一聲，甜品店的門再次被從外推開。「青銅」隊長賀銀川徑直走到南舟面前坐下，大馬金刀地跨腿坐下，

他的旁邊跟著周澳和梁漱。林之淞和陸比方則被他們留在了外面。

現在，南舟和江舫仍被無數來自天外和身邊的目光盯視著。

就算是沈潔或是易水歌，他們也只是打算讓南舟注意到自己而已。

在這種時候，有膽子坦坦蕩蕩走到南舟身邊，和他交談的人並不多。也只有「青銅」作為在整個遊戲裡都相當有名的救援隊，有義務也有立場去確認「立方舟」是否存在危險性了。

至於他們的交情，就是不為人所知的事情了。

CHAPTER

05:00

我以後不輕浮了，
只有你一個朋友，再沒有別人了

南舟把最後一口香草覆盆子布丁嚥下，才把目光對準了賀銀川。

賀銀川爽朗道：「嘿。」

南舟：「你好。」

賀銀川相當熱情：「今天你隨便吃，我買單。」

李銀航一聽「買單」，立馬精神抖擻，後背條件反射地打得筆直。等她意識到自己這個舉動似乎有點掉份兒時，江舫轉手把甜品單塞給了她……這就是示意她再點幾單的意思。

有人撐腰，李銀航理不直氣也壯。她剛伸手接過甜品單，神情就是微妙地一凝，但她很快收斂好了表情，邁步往前臺方向走去。

賀銀川面不改色，笑盈盈地看著南舟，同時身體往後一仰，跟他的副隊周澳咬耳朵：「你付一下款。」

周澳：「……我？」

賀銀川拿胳膊肘碰他，「別小氣，我的不就是你的？」

這話倒也沒錯。賀銀川經常拿道具去幫那些身處絕境，連呼吸權都隨時會被剝奪的玩家。但問題是，他過於慷慨了。

在他給一個倒在陋巷裡，快要窒息的賭徒買了氧氣和食物，而對方謝過他，果斷拿著這些東西兌換成了積分，回到「斗轉賭場」妄圖翻盤後，周澳毅然決然沒收了他的所有積分。他在副本中剛拿到的積分，往往還沒捂熱乎，就被周澳拿走了。所以周澳也只能替賀銀川付帳。

在周澳無奈，準備起身付款時，他清楚地聽到賀銀川在他身後大放厥詞：「我家小周啊……」

周澳沉默回頭。

賀銀川乖覺地修改了說辭：「周哥、周哥，就是賢慧。」

周澳一抿嘴，「……」隨他去吧。

即使「千人追擊戰」要提前落下帷幕，硝煙氣息已經散了個七七八八，轉播室裡的工作人員，此時也並不清閒。原因無他，南舟、江舫和「青銅」，都算是人氣隊伍。遊戲進行到這個程度，觀眾們已經有固定的

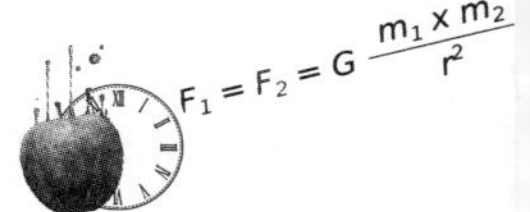

欣賞對象了。

儘管「青銅」顯然和第一名無緣，但因為他們的表現過於不符合殘酷的人性，反而很有觀眾緣。他們賭盤中的其中一項，就是賭「青銅」什麼時候會人設崩塌，為自己的生存反殺其他玩家。

觀眾們也對他們的談話很感興趣……這就形成了兩百萬名觀眾線上看南舟搞吃播的奇異局面。當然，正被 360 度無死角觀摩著的當事人看起來對此一無所知。

賀銀川是個爽快人，開門見山道：「我們早就知道你的身分可能不是人類。」

這個開場白讓南舟挑了挑眉。

賀銀川解釋道：「之所以不說，就是擔心會有這樣的大規模騷動情況發生。」

但終究還是發生了，還是由遊戲官方一力主導的。

賀銀川身體前傾，「你認為官方為什麼會突然推你出來？」

南舟：「要麼想殺我。要麼想得到我。」

「對嘛。」賀銀川的推理和他本人一樣，透著股大大咧咧的爽利勁兒，「反正不會因為是突然發現你和我們不同，想要維持遊戲公平，才特意開啟了這麼一場比賽的。畢竟你和我們所處的……那個叫什麼來著……哦，次元不一樣，作為遊戲官方，《萬有引力》一開始就應該知道你的存在才對。」

在兩人對話時，江舫一直支頤看向落地窗外。聞言，他將視線轉了回來，輕輕一笑，「賀隊長，這推論是您做出來的嗎？」

賀銀川也不避諱：「是我家小林推測出來的。他在外頭待著呢，這小子年輕，說話衝，我就沒帶他來，代為轉達一下。」

談話間，李銀航和周澳已經點了新的餐點回來。

聽到「我家小林」幾個字的周澳面無表情，「……」誰都是你家的。

李銀航則放下茶點，「我去個洗手間。」

梁漱問了一句：「需要我陪嗎？」

李銀航搖搖頭，「不用啦。」

這只是一場沒人留心的小插曲。

畢竟人類方和南舟剛剛宣布休戰，如果有人敢在這時候對李銀航不利，一來是會打破好不容易得來的和平局面，二來是純找死——因為南極星還在她身上睡覺。即使她暫時離隊，也不會有太大的風險。

李銀航暫時離開後，賀銀川撿起了剛才未完的話題。

「你還記得，你是怎麼進入這場遊戲的嗎？」他問：「原來的《萬有引力》裡總共有一百多個 boss，為什麼偏偏是你進來了？」

南舟：「我不知道。」

賀銀川雙手交叉，抵在了下巴上，「唔，你不願意說也沒關係。不管遊戲背後的那個官方為什麼拉你進來，它對你的不友好，我們都清楚。」他說：「從圓月恐懼的副本開始，它就在針對你了。」

林之淞最初懷疑上南舟的身分，就是因為他在雪山巨月面前表現出的不符合常理的孱弱無力。

賀銀川猜測：「……是因為你們從副本裡綁架了一個 boss，還在『松鼠小鎮』裡威脅了系統，才惹得他們針對你的？」

「立方舟」先前綁票 boss、威脅官方的行為鬧得滿城風雨，還直接導致了系統的大更新。

作為代價，他們馬上被分配到【圓月恐懼】這種針對性極強的副本。緊接著的下一個，他們又遇到【腦侵】這種高難度副本。再然後就是他們剛經歷過的、人數多達千人的追擊戰。

肉眼可見，他們接下來經歷的副本只會更加刁鑽古怪。

賀銀川作出了簡單的總結陳詞：「所以，我們現在仍然要面對共同的敵人，更應該好好合作了。」

江舫淡淡拆穿了他的目的：「你是來遊說的？」

賀銀川雙眼炯炯，「不是遊說，事實而已。」

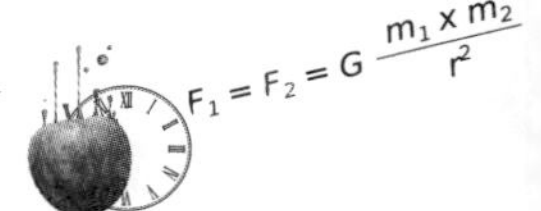

說來說去，「青銅」來找南舟的目的非常明確。

他們擔心南舟經歷過追殺，會對人類產生強烈惡感，遂來擺事實講道理，讓南舟認識到，當務之急不是對那些追殺過他的玩家進行打擊報復，是要一致對外。

「青銅」想要竭力避免人員傷亡。因此他們在千人追擊戰時，不斷在系統中勸阻被獎勵沖昏了頭腦的眾人，又在爭鬥結束後，第一個找上了南舟，想穩定他的情緒。

南舟想了想，說：「這話你不應該對我說。」

賀銀川對他的意思心知肚明，卻只能無奈苦笑。人心是最難控制的。

當有關部門把「青銅」這樣的隊伍送進來時，他們和曾經的「朝暉」一樣，試圖將新人隊伍拉建起來，庇佑新人，互通有無，從而最大限度減少傷亡。

可惜，已經被「朝暉」摧毀的信任再也無法重新建立。所以，「青銅」只能保護普通人民群眾的生命，卻不能約束他們的恐懼。他們沒辦法保證其他玩家不會繼續對南舟他們下黑手。

「實在不行……」賀銀川湊近南舟，壓低了聲音：「合理自衛，也沒問題。只是你們能保證在最後獲勝後，真的用願望復活所有人嗎？」

「我們有李銀航。」南舟還是那一套說辭：「況且，你們現在除了相信我，還有別的辦法嗎？」

「有啊。」賀銀川笑彎了眼睛，「我們也會找『亞當』談談。」

他又補充道：「……只要我們能找到他們。」

江舫靜靜聽著兩人的談話，把臉轉向落地窗外，任由日色將他淡色的皮膚妝點上薄薄的淺金色。誰也不知道他在想什麼。

此時，一度成為話題中心的李銀航，悄無聲息地推開甜品店的後門，裝作去找洗手間的樣子。

當江舫把甜品單遞給她時，同時遞來的還有一張餐巾紙，為她簡單指示了下一步的行動方向。

於是，接到了指示的她做賊似的探頭探腦一陣，邁步離開甜點店的後巷。一個小小的影子則從她懷中悄無聲息地躍下，和她分頭而行。

她要找的人並未走遠。李銀航只花了 1 分鐘，繞過兩條小巷，便和那三人撞了個面對面。

沈潔：「⋯⋯」

見到李銀航，沈潔神情一喜，主動和她打招呼：「小李，我⋯⋯」

「沈姐！」李銀航特熱情地主動迎上，「剛才我就看到妳了，真的是妳啊！」

說話間，她握住了沈潔的手。

沈潔一愣，下意識地接收。她的倉庫裡，倏然多出了一樣 S 級道具。

沈潔心裡一緊，剛要說什麼，李銀航就快速鬆開了她的手，「我想去個洗手間。」

她露出了一點羞赧，道：「姐，妳有那個嗎？我想借一個⋯⋯」

沈潔反應極快，抽回手來，關切道：「我和妳一起去。」

這兩人的一舉一動毫無問題，即使落在瘦猴和健身教練眼裡也是這樣——女人結伴去洗手間，很合理。

吩咐兩人在原地等待自己後，沈潔和李銀航並肩向前走去。

李銀航加快步速的同時，一手捺住胸口，小幅度調整著呼吸。

李銀航既然不說，沈潔也不多問。

兩人在洗手間裡各自靠牆而立。

不多時，李銀航從隔板那邊遞來了一小包衛生紙，「姐，需要嗎？」

沈潔接過來。她並不知道李銀航為什麼要這麼鬼鬼祟祟？但既然她覺得有必要，那十有八九就是南舟或者江舫的指示。她壓低身體，頗有做賊風采地抽出了第一張紙。

而隔間另一側，李銀航從口袋裡掏出江舫交給她用筆在膝蓋上默寫出內容的衛生紙，看也不多看一眼，直接沖入馬桶。但她仍然記得用餘光讀到那行字時不寒而慄的感覺。

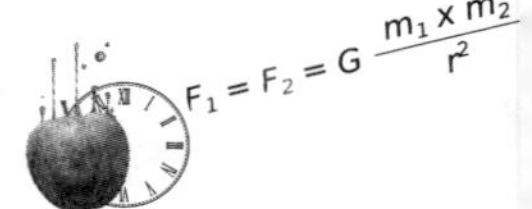

「有眼睛在看我們。兩份【心靈通訊器】送出，轉交易、林。不可見面，託人轉交。沈、虞、孫，均在廣場周邊。」

「易」當然是易水歌。「林」大概是林之淞。「沈」是沈潔。「虞」是虞退思。「孫」應該是孫國境。

李銀航對號入座，算是猜了個大概。不過，讓她驚訝的是，江舫一直不聲不響的，居然將廣場上有誰都看了個一清二楚。要知道，她只瞥見了試圖和他們打招呼的沈潔，因此她第一個找上了沈潔。

在李銀航的認知裡，沈潔雖然是個利己護犢子的隊長，但總體而言還算可信的。而孫國境他們因為有攔路打劫的前科，可信度只能委屈委屈，排到最後。

而沈潔也就這麼莫名其妙地領到了一個奇怪的支線任務——她需要把李銀航給她的 S 級道具，轉交給甜點店附近的一個年輕男人「林之淞」。

至於南極星，則被李銀航派去給虞退思送信。她覺得虞退思既然有心和他們合作，讓他們幫助自己一下也好。

誰想，南極星跑到半路時，有些迷路了。嘴裡叼著【心靈通訊器】，以及李銀航匆匆寫下了任務內容的紙條的南極星，直起身子，在巷內左顧右盼尋找方向時，恰和三雙眼睛對上了線。

孫國境三人組靠牆叼著菸：「……」

孫國境把還未點著的香菸夾在指尖，往南極星的方向走出幾步，「這個老鼠……看著挺眼熟啊。」

南極星歪頭，「……」這三個人類甜點，看著也很眼熟。

此時，林之淞守在甜點店正門旁，和陸比方互為門神。他一張無機質的冷臉繃得緊緊的，在旁人看來，他的姿態相當高深莫測。

然而瞭解他的陸比方在他身側好心提醒：「……別聽了。你就算把臉貼在門上，還是聽不見的。」

林之淞的唇角一抽，「……」低聲抱怨道：「就應該讓我進去。」

陸比方誠實道：「剛才我們舉手表決，除了你投票給自己外，誰都不希望你進去。」

賀銀川拒絕讓他繼續破壞警民關係。

林之淞不理他的拆臺，自言自語：「隊長會問嗎？南舟到底許了什麼願望？」

林之淞始終執著於這件事。

陸比方嘆氣：「他就算說了他許的願望，你會信嗎？」

林之淞偏過頭去，「……不信。」

按邏輯推算，南舟這樣接收了人類過多惡意的NPC，一旦獲得可以任意許願的機會，不想報復世界的可能性太低了。

理智反反覆覆地這樣告誡他，但林之淞卻不可遏制地想到南舟在世界頻道裡說的那些話。

「我們有李銀航」？而李銀航會「許願救下所有人」？

林之淞對這個雪山上的姑娘有點印象。盤著丸子頭、清清秀秀的一個女孩子，識時務，不唧歪，遇到危險，喊了讓她跑就會跑，就是一個再普通不過的人。

在看到南舟的話後，林之淞就曾對隊友們提出疑問：「她有那麼厲害嗎？」厲害到能約束住南舟對人類的恨意？

「不是她厲不厲害的問題，傻小子。」梁漱卻說：「你沒發現，他那句話裡帶了三個人嗎？」

更擅長和冰冷的資料打交道的林之淞，閱讀理解並不是很好。他反芻著梁漱的話，研究了又研究，終於被他咂摸出了點味道來。

對哦，「我們有李銀航」裡，那個「們」是誰？南舟是說，約束著他的，能讓他不會對人類下手的人，其實是江舫？

在他後知後覺地恍然大悟時，一個看外表就足見精幹強悍的女性，正帶著兩個高矮胖瘦形成鮮明對照的隊員，款款向這個方向走來。她穿著高跟鞋，鞋跟敲打在雕刻有細緻紋路的地面上，篤篤作響。

林之淞正在想，這樣的鞋會不會卡在磚縫裡，就見到女人的鞋跟準確

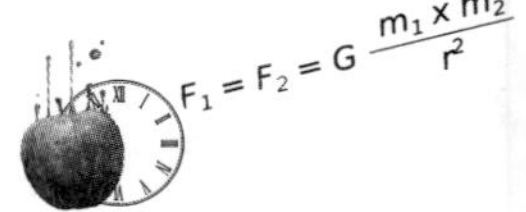

無誤地別在一條磚縫裡。

她身體一歪，眼看就要跌倒。兩人距離很近。

——這麼寸？

林之淞下意識地伸手一扶。她的指尖微妙地擦過了林之淞的手。

林之淞身體一僵，眼前刷過一條提示。

【道具名稱：恭喜您獲得S級道具「心靈通訊器」。】

【用途說明：問：遇到一個心靈相通的人是種什麼感覺？】

【答：就是現在了。】

在攙扶下，沈潔站直了身體，端莊道：「謝謝。」

道過謝後，她就若無其事地向前走去。

林之淞愣過片刻，緊追兩步，「……等等！」

沈潔站住了腳，回頭望向他，微微皺著眉，滿眼都寫著「你還有事情嗎」。和她這樣的眼神相碰，林之淞心念一動，已到嘴邊的疑問變了內容：「以後不要穿著這樣的錐子鞋出來，很傷腳。」

老職場人沈潔：「……」幹，是直男。老娘能穿著這玩意兒上樹，不勞操心。

當然，她臉上的笑容維持得非常到位且體面，撩一撩額髮，微笑致意，旋即轉身離去。

有女友人士陸比方：「……」

他如果敢把女朋友漂亮的高跟鞋統稱成錐子，會被揪耳朵的。

林之淞則根本不覺得自己的話有什麼問題，重新倚靠上了牆壁，作若有所思狀，同時默默研究著這個天降的道具。

S級？沒人會把這種好東西送給隊伍以外的人。而林之淞很確定，自己先前從未見過沈潔……所以，是誰？為什麼？

想要回答這些問題，倒也不難。

林之淞嘗試著按下了通訊按鈕。

另一邊。

被「青銅」捷足先登的易水歌正帶著謝相玉找餐館。

他並不想光明正大地和南舟他們見面，只要確認他們的大致動向就好，自己需要先餵飽身邊這頭被自己欺負得沒時間吃飯的小狼崽子再說。

易水歌正在想自己的心事，忽然，從巷道斜刺裡衝出來的一個身影，把他撞得一個趔趄，他的茶色眼鏡都從鼻梁上滑落了幾寸。謝相玉在旁嗤笑一聲，反正現在任何能讓易水歌狼狽的事情，他都開心。

孫國境穿了件破破爛爛的牛仔服，把那一身猙獰的肌肉疙瘩勾勒得線條分明。他野蠻地倒打一耙：「走路小心點！」

碰瓷找事兒的事兒，孫國境幹得多了，因此極其輕車熟路。

本來，確認過南舟安全後，兄弟們打算抽根菸就撤，沒想到緣分還挺足，他們遇到了那隻迷路打轉的南舟的小老鼠。

蹲下來和牠人同鼠講了一會兒，牠就嘴巴一張，呸呸吐了兩樣東西出來……孫國境他們還以為自己眼花了。這小東西從哪兒把東西噦出來的？不過他們以為這老鼠也是道具，很有可能是遙控的，因此並未深想。

被南極星吐出來的，是一張便條紙和一個道具。李銀航摸了甜品店前臺的便條紙和筆，用手蓋著，盲寫了一封委託信。

信的大概內容，是希望他們去找一個現在還在「古羅馬」廣場附近、戴茶色眼鏡的人，把一樣東西轉交給他。

雖然這事兒原本應該是委託給一個姓「虞」的人去辦的，但孫國境他們琢磨了琢磨，想著自己反正也沒啥事兒，又恰好和他們碰上了，捎帶手把事兒辦了也行。

不過，等把那玩意兒收入倉庫並發現那是 S 級道具時，三人組還是吃了一驚，說他們沒有產生私吞的貪欲，那才是咄咄怪事。但孫國境三人組很快調整好了心態。

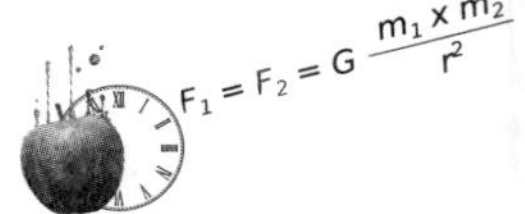

救命之恩沒還完是一方面，主要是這事兒根本禁不起查。他們深知，要是他們真有那個昧了道具的狗膽，最有可能的後果就是被南舟追上來直接掰頭。

好在易水歌茶色眼鏡的特徵還是很好把握的，他們三人沒費什麼工夫就找到了正主。

本來，孫國境還擔心自己的戲過了，可等看清易水歌旁邊那個嘴角上揚的人，孫國境一下熱血上了頭。

孫國境還記得這個小子。在【沙、沙、沙】副本裡，這傢伙主動找上他們，差點坑死了自己！

他咬牙切齒道：「是你？！」

被受害者抓了現行，謝相玉也不掩飾，笑道：「原來還記得我呀。」

孫國境氣得咬肌往外擴了一圈，臉頰上的肉棱都鼓了起來。他越是憤怒，謝相玉越是得意。他甚至主動往易水歌身後一藏，將指腕上的鎖鏈拉扯出叮叮噹噹的細響。

謝相玉：「現在是他罩著我，你要打打他。」

易水歌側過臉來，挺和顏悅色地瞄了他一眼。

謝相玉對他一笑，熱絡又曖昧——你給我死。

「哎哎哎。」

眼看著孫國境恨不得擼袖子直接上，孫國境的兩個兄弟忙衝上前，按肩膀的按肩膀，搭脖子的搭脖子。活兒都幹完了，別給自己找事啊。

見三人組拉拉扯扯地走遠了，謝相玉把踮腳壓在易水歌肩膀上的下巴撤回，嘲諷地望著他們的背影，「廢物。」

一隻手輕輕攏上了他的腰，「我罩著你？」

謝相玉被他摸出了一身的雞皮疙瘩，「滾！」

易水歌循著他的視線望去，「這又是你造的什麼孽？」

謝相玉咬著牙齒，是個抵死不說的樣子。

易水歌相當寬容地拍了拍他的後背，「沒關係，你會說的。」

謝相玉一聽，反射性地雙腿一軟，警惕道：「你想做什麼？」

易水歌垂目，笑道：「明知故問。」

一邊把謝相玉氣得雙耳通紅，易水歌一邊按下了剛剛進入他倉庫的【心靈通訊器】。

他的話音裡甚至還帶著和謝相玉調情時的笑意：「誰在那裡？」

他聽出，頻道裡有兩個人的呼吸聲。

一個偏年輕冷淡的聲音頓了一下，問道：「你是誰？」

坐在甜品店裡的江舫正望著和賀銀川一來一回對話的南舟側顏，同時挺和氣地在心中笑答：「林工，跟你介紹一下，這位是《萬有引力》的外聘遊戲顧問，易先生。易先生，這位是林之淞，電信工程專業高材生，前途無量。」

頻道內的林之淞：「……《萬有引力》？」

江舫垂眸，攪著杯中咖啡，坦然道：「兩位不要著急，可以先互相介紹認識一下吧。事情可以在我們稍微熟悉一點之後再談啊。」

南極星和李銀航在甜品店後門成功匯合。

李銀航殷殷垂詢：「任務完成啦？」

南極星直起上半身，尾巴一豎，不無得意，「唧！」

李銀航獎勵地摸了摸牠的腦袋，餵了牠一點餅乾，完全不知道南極星把信送錯了人。

然而，南極星的迷路，反倒補全了李銀航的計劃。她原本計劃讓虞退思去做這件事的，但其實這樣的計劃並不很周密。

現在的「立方舟」和「青銅」，還有虞退思和陳夙峰的「南山」，以及謝相玉和易水歌的組合，都是相對比較有人氣的隊伍。

「立方舟」是因為實力和臉好。

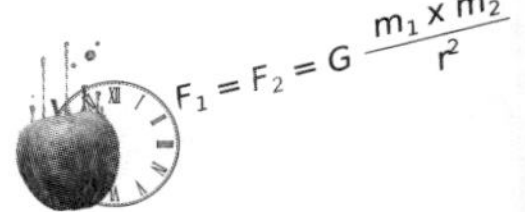

「青銅」是因為守序善良的表現，以及觀眾想看他們墮落的心態。

「南山」是因為複雜的家庭倫理關係，很吸引目光。

謝相玉和易水歌人氣高，則是因為黃暴元素過高。

如果讓「南山」去接觸易水歌，更妥貼是真的，更加引人矚目也是真的。相較之下，沈潔他們是中下游玩家，孫國境更直接是在下游裡撲騰的垃圾隊伍……觀眾多看他一眼都嫌掉逼格那種。他們可以說是從一開始就被判定為沒有奪冠可能的隊伍，觀眾不會對他們寄予希望，因此根本不會記得這樣的人。

所以由這些不重要的小人物製造出來的小摩擦，根本不會被人掛懷。

李銀航渾然不知。自覺自己的表現演技可以打個 80 分，心裡還有點小驕傲。

但在這一點上，她的認知還是出現了偏差。

江舫之所以派李銀航去傳信，是有理由的。

江舫清楚，即使南舟再三強調過李銀航的重要性，但觀眾並不會在乎。他們都在看「青銅」和「立方舟」交涉，想看他們是會達成合作還是當場談崩，誰會關心一個去洗手間的李銀航呢？

所以，當她跟南舟和江舫分開後，根本分不到一點鏡頭。她偷偷寫信、送信、和南極星悄咪咪分開、在洗手間裡緊張地和沈潔隔空交涉，其實觀眾根本沒去看……和現實裡的綜藝一樣，小透明總是沒有存在感的。

而成功和兩人搭上線後，賀銀川和南舟的談話也接近了尾聲。

賀銀川站起了身來，「以後我們可以多聯繫。不管遇到什麼情況，有什麼問題，都可以跟我們說，我們大多數時候都在『鏽都』裡，需要我們的時候，在世界頻道裡叫我們一聲就好。」

末了，他也挺有自嘲精神地補上了一句：「當然，我們未必也能幫得上你們。不過聊勝於無，有總是好的。」

這的確是賀銀川他們能力範圍內能做到的極限了。在無序的世界裡，他們的威信雖然不及以往，但總還是有的。

他敢讓南舟隨便在世界頻道裡 @ 自己，也是拿自己的信用給南舟背書。這等於無形地告訴其他玩家，南舟是可以信任的，而哪怕是為了投桃報李，南舟也應該做對得起他的信任的事情。

江舫笑著接過了話來：「可以，我們合作過，也算是朋友嘛。」

正要去拿叉子的南舟的手一頓，「……」

江舫笑顏燦爛。他其實還是很在意南舟對「朋友」的定義，稍稍試探一下，應該也是可以的吧。

多個朋友多條路，這是賀銀川人生的信條之一。對這個稱呼，賀銀川自然是沒什麼異議，爽快應道：「好啊。」

南舟用銀質叉子將盤子上的奶油統統搜刮起來，送入口中。他想，這奶油壞了，有點酸……這讓他的心情更加不好了。江舫的笑容是相當官方和客套的溫柔，然而落在他眼裡，卻像是窗外晃眼的陽光，刺得他眼睛發花發澀，眼角發緊。

他的齒關不自覺發力。咔。餐桌上的所有人，包括還沒離開的「青銅」小分隊，都保證自己聽到了一聲不尋常的脆響。

叼著被咬斷的叉子的南舟，「……」

他怕嚇著人，索性保持著叼住叉子斷柄的動作，一動不動，眼睛直直望著賀銀川。

賀銀川被他一雙冷淡的眼睛看得有點毛。不過他向來有話就說，也不拘著會得罪誰，哪怕眼前是個殺神也是如此。

他問：「南舟，你是不是還有話想對我說？」

南舟點點頭，他含著叉子，含混說：「他已經有朋友了。」

賀銀川：「……嗯？」

南舟仰頭看著賀銀川，認真道：「是我。」

賀銀川一頭霧水：「啊？」

梁漱心思細膩，是第一個察覺氣氛不對的，她碰了碰周澳的手背。周澳的心思也還算縝密，他看得出來，南舟在不開心。他雖然臉上素來沒什

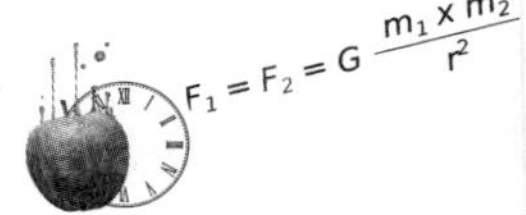

麼特殊的表情，但現在顯然正醞釀著一場不祥的山雨欲來。

周澳從後捏了捏賀銀川還想打破砂鍋問到底的手，主動解圍道：「嗯，賀隊的朋友也只有我一個。」

他不解風情的賀隊長不服道：「我朋友多著呢。」

聞言，南舟眸光一動，再看向周澳時，就帶出了三分憐憫來，目光彷彿在同情一個被妻子插了一身彩旗的丈夫。

周澳被他看得後背發寒，指尖繃帶沿著賀銀川手腕攀援幾圈，強行把他拉起，起身告辭。

叮。推開甜品店的風鈴聲，和南舟口裡咬著的銀質叉頭落到盤子裡的聲音巧妙地重合了。

李銀航瞳孔放大，「……」靠，液壓機。

嗅著空氣裡那點說不清道不明的意味，她自己都覺得自己周身散發著燈泡電路超載的焦糊味。

她特別自覺地帶著南極星起身去了前臺。辦完了一件大事，她肚子也有點餓了，想順道點一盤店裡最便宜的蘑菇意麵填填肚子。

李銀航剛走出幾步開外，南舟就突然動了。他反手抓住了江舫的右手，身體欺向前來，將他的身體壓逼在落地窗上。

砰。李銀航聽到一聲悶響，回首一望，守財奴本性一時間急性發作，險些脫口而出祖宗輕點兒窗戶弄壞了是要賠的。

但她馬上醒過神來，快速遠離戰場，順便身體力行地堵住了那個聽到動靜，試圖前來查看的 NPC。

日光透過江舫的肩膀，撣落在南舟臉頰兩側，讓他的眼裡聚了一層薄薄的影。

「你不要看他。」他的力氣控制得很好，以致於手指是微微抖著的，「你要看著我。」

江舫的視線從剛才起就不在賀銀川身上。他只望著南舟，看著他的反應，心裡洋洋地透著暖和癢，還有一點點溫柔的酸澀。

江舫知道這樣的試探有些過分。可這是他早就習慣了的溝通方式。儘管惡劣，但也是他的自我保護機制，像是一層堅硬的盔甲，即使無限軟化了，它依然還在。

江舫嘗試著哄南舟道：「我一直在看你。」

南舟有點委屈：「可你有很多朋友。剛剛又有了一個。」

江舫有節奏地步步深入：「我不可以交朋友嗎？」

南舟：「可以，但你要考慮清楚，你最後只能交一個。」

江舫將語氣中的七分好奇誇張到了十分：「為什麼呢？」

南舟：「因為『朋友』是很重要的。」

江舫終於問到了重點：「所以，我為什麼不能和賀銀川做『朋友』？」

「他不行的。」南舟喁喁細語：「因為他都不能為你去死。」

江舫原本放鬆的肩膀猛然一緊。他望著南舟的眼睛，眸色裡逐漸浮起了一顆星星，「你是這樣認為的嗎？」

南舟沒能看出江舫神態微妙的變化，認真分析道：「賀銀川有他自己的朋友周澳，你就不能做他的朋友了。」

雪山上，周澳拚了自己的命也要救他。他們倆牢不可破的友情，南舟是親眼見證的。只是賀銀川居然敢在周澳面前堂而皇之地說自己有朋友，未免有些不檢點。

舫哥雖然也在自己面前說過他有很多朋友，但那都是過去式了。南舟努力努力，還是能做到不特別介意的，只是今天，舫哥居然當著他的面發展新友情，就有些過分了。他需要努力糾正。

「我們已經親過了，躺在一起睡覺了，你對我有生殖衝動，我願意為你去死。」南舟歷歷數過一遍後，輕聲道：「我們這樣還不能算是很好的朋友嗎？」

南舟的學習能力向來很強。

他能輕易將許多概念銘記於心，儘管他已經淡忘了是誰給他植入這些想法的，但他就是篤定地覺得，朋友就該是這樣的概念。因為好像曾經有

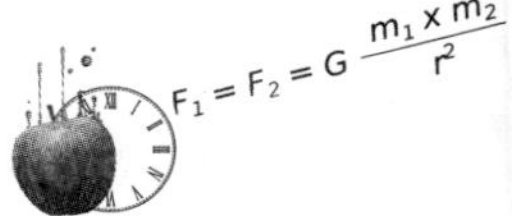

個人，明明說著他們是朋友，卻又那麼喜歡自己。

南舟還想說什麼，嘴角就被輕輕碰了一記。

江舫望著他的眼神很深很暗，浸在陰影裡，像是一潭不見底的深湖。湖裡只映著眼前人的影子。

江舫就用這樣被人控制的姿勢，探頭啄了一下南舟。

南舟沒有躲，只是困惑地望著他。

少頃，他也試探著湊過去，將一個溫度偏涼的吻壓在了江舫唇畔。

禮尚往來，卻一觸即燃。江舫用那隻騰出來的、未被他抓住的左手，將南舟用力箍在自己懷裡。他單手壓住南舟略長的黑髮，指尖分開了他的髮尾，隔著衣服，用嘴唇輕輕去碰南舟後頸處的咬痕。

南舟身上只屬這個來歷不明的傷口最敏感，被強行觸動後，引發了一陣陣同樣來歷不明的戰慄。

他聽到江舫對他說：「既然是這樣，我們從今天、現在，就開始做朋友吧。」

南舟不喜歡他這樣的說法，抗議說：「明明做了有一段時間了。」

江舫的笑聲在他耳邊響起時，很是悅耳愉快：「什麼時候？」

南舟想了想，確定了一下時間：「十四個小時前。」

江舫跟著他給出的時間節點回憶一番。這個時間，是在南舟半魅魔化狀態解除後，他發了燒，自己照顧他。

江舫：「我好像也沒有做什麼特別的事情啊。」

南舟：「的確沒什麼特別的。」

南舟：「可我想和你做朋友很久了。」

南舟：「在十四個小時前，我覺得差不多了。」

江舫很聽他的話，溫情地蹭蹭他的耳朵，「好啊。聽你的。」

廣場周邊，察覺到南舟和江舫劍拔弩張氛圍的玩家已經三三兩兩地偷看許久了，他們等待著一場轟轟烈烈的內訌。結果，這一幕讓眾多滿懷期待的玩家們眼睛當場瞎掉——媽的，是 gay。

他們訕訕作鳥獸散狀。

在李銀航默默就著狗糧吃完了整整一盤蘑菇意麵後，天已擦黑。他們就近去了「古羅馬」中一間通天塔狀的旅館，住入了最頂層的豪華套間。

這是「古城邦」中的規則：凡在「鬥獸場」中獲得十場以上勝利的玩家，可以免費入住一日。獲得九十九人賽勝利的，將獲得通天塔頂樓房間的永久居留權。正如「鬥獸場」廣場前青銅刀劍上所言——贏即真理。真理永生。

這是獨屬於勝者的優惠。

李銀航獨占了一間房，把自己和南極星都洗乾淨後，一人一鼠一起上床睡覺。

南舟的體力早已達到了極限，簡單洗漱後，就脫了外套，窩在床上沉沉睡去。

而將南舟哄睡著後，江舫獨自去了洗漱間。他打開水龍頭，水順著指尖流下的時候，他順手打開了倉庫裡的【心靈通訊器】。

易水歌和林之淞都還線上。在江舫和南舟約定、互相締結下珍貴的友情時，他們已經互通身分，對彼此的能力、性格都熟悉得差不多了。

於是江舫開門見山：「你們認為我們在經歷什麼？」

易水歌爽快接話：「一場高維對低維的入侵。」

這基本是大家潛意識裡的共識了。能拘禁上萬玩家，能製造一個完全封閉的遊戲環境，玩弄、凌辱，必然是一個不屬於這個世界更高更強的力量。就像那個遮擋了太陽的【sun.exe 未回應】，現在想來，也應該是高維人在用人類能夠理解的方式來預告危險，好讓他們提前做好心理準備。

只是身在遊戲中的玩家總會逃避，不肯面對這個事實。他們單是需要考慮明天怎麼活、考慮怎麼通關副本，就已經竭盡全力了。如果還要花心

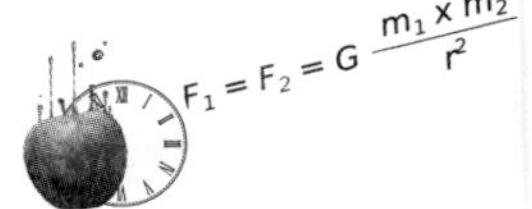

思去想這背後的布局，恐怕會因為無法排解的壓力鬱卒而死。

江舫：「真無聊。」

易水歌附和地笑了，「是啊。有這樣的能力，幹什麼不行，非要拉我們進來玩遊戲？」

林之淞年紀是三人中最小的，想像力就更天馬行空一些，「這是不是意味著某種『進化』？或者是『育種』？」

比如，天外的高維人注意到了有智慧生命存在的地球，想要從中選擇優秀的種子，進行測試後，好納入高維之中？

聽過他的想法，江舫笑道：「遴選優秀的種子，卻不選擇 18 歲以下的天才少年？不選擇 60 歲以上、經驗豐富的老科學家？」

林之淞想想，覺得也是。高維人在篩選《萬有引力》的進入者時，似乎只在「年齡」這一項上設了卡。不要小孩和老人這種行為，與其說是「擇良種」，不如說是「選擇了更年輕、更適合玩遊戲的人」。更簡單地說，小孩和老人的體力不及年輕的成年人。由此可見，遊戲發起方對於娛樂性的考慮，遠大於實用性。

林之淞想來想去，也想不到更好的解釋了。

他問江舫：「那你覺得，他們的目的是什麼？」

江舫反問易水歌：「你們當初立項《萬有引力》這個全息遊戲，目的是什麼？」

「賺錢啊。」易水歌相當直白：「也能娛樂大眾。還有，有些人是真心熱愛遊戲，想要探求第九藝術的極限的。」

江舫輕輕巧巧地一彈舌，「說不定高維人也是衝著這些來的呢？」

資本家、娛樂家、藝術家。世界上大多數的遊戲，不就是都由這三者操控？所以，他們當前所處的這個遊戲，很大機率也不能免俗。

這個猜測讓林之淞有些難以接受：「你是說，他們只是想拿我們……遊戲娛樂而已？」

他們白白死了這麼多人，有這麼多人和至親至愛天人永隔，卻僅僅是為了娛樂而犧牲的？

面對這樣的殘酷事實，江舫神色如常，「我們通過《萬有引力》，把漫畫《永晝》中的『南舟』還原出來，也不只是為了遊戲娛樂而已嗎？」

林之淞仍是不信。高維人，總得有一點高維的樣子吧。他們這些人作為任人魚肉的低維人，又怎麼能真正理解得了高維人的想法？這難道不是另一種形式的自以為是？

江舫卻說：「就算高，又能有多高呢？」

他將自己在「鬥獸場」內出售的冰淇淋杯子上看到上個副本裡【腦侵】公司的標識的事情告知了兩人。

易水歌吹了聲口哨，迅速 get 了江舫的意思：「……贊助商？」

有贊助商，或許意味著存在商業活動？高維也有商業活動，那麼，是不是說明，高維人的社會體系也和地球有近似之處？

然而，林之淞向來頑固，天生過分喜歡追根究柢，所以和他交流時，他的表現往往只能用一個「槓」字形容。

「未必。你為什麼會認為你們經歷的【腦侵】是高維世界，而不是一個普通的副本？說不定只是設計出了差錯，讓副本和安全點內的配飾花紋撞車了。」

江舫笑笑。

「其實我早就覺得不對勁。」他說：「從我們誤打誤撞綁架了那扇門開始。」

在【沙、沙、沙】副本裡，南舟本來已經破解了教學樓的祕密，卻因為要救孫國境，臨時採用了非常規手段，把那扇門直接暴力收繳，他們算是鑽了系統設計的空子。那時候，江舫就發現了他們的弱點——高維人居然要通過更新系統來回收這扇門。

一旦南舟拒絕更新舊版本，他們就拿被綁架的 boss 毫無辦法。即使「立方舟」短暫地擁有能夠徹底攪亂遊戲規則的能力，官方也只能耐著性子，和他們交易斡旋，贖回 boss。

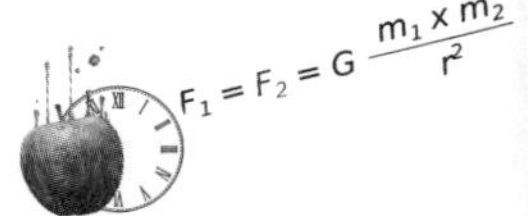

他們在「松鼠小鎮」逗留的八個小時，既是為自己舊版本裡僅剩的氧氣消耗留出時間，也是為「松鼠小鎮」裡的玩家撤出留出時間。同時，這也是給遊戲官方留出時間。

事實是，8 小時過後，官方無所作為，最後是靠利誘「立方舟」，才讓他們主動退了一步。

表面上看，這只是一點點積分損失。但實際上，官方完全在江舫面前暴露了弱項——祂們並不像玩家想像中的那樣強大。

江舫對這一點的體驗，比其他玩家都更加直觀。他作為強制入服的測試人員，是無比清晰地感受到遊戲系統的逐步完善的。

經過江舫的描述，易水歌和林之淞第一次知道，在半年前那場小規模的第四天災中，江舫這個唯一的倖存者在陷入昏迷期間，究竟發生了什麼事情。

「最開始，我們一直玩《萬有引力》裡的副本。我們經歷的副本存在重複性，有的時候會碰上相同的副本，也得重新打一遍。」

易水歌擁有企業級的理解能力，不消多說，就理解了江舫的表意：「高維人在收集人類的相關資料。」

江舫點頭，「所以，這些高維人士，不能直接分析每個人類的體能資料，而是需要人類來『測試』，好從中採集資料樣本。」他頓一頓，又補充上一句：「他們收集資訊、完善系統，足足用了半年。」

林之淞心內一動。以現如今日臻成熟的遊戲科技而言，人類已經基本實現了生物技術和電子技術的完美融合。思維之劍所指之處，便有一個小世界欣欣向榮地建立起來。

原版的《萬有引力》，從正式立項，到公測，再到開服，時間只有 3 年。而那群高維生物，是在這個成熟遊戲打好的地基上，另建起了一棟高樓大廈。這同樣是了不起的偉業。

但聽到江舫的話，林之淞感覺眼前隱匿於迷霧的龐然巨物，身形好似縮小了一點，沒有那麼猙獰可怖了。

是啊，如果這些天外來客真如自己想像的那樣強悍，擺弄他們，就應該如同擺弄籠中蟀、甕中蛙一樣。

林之淞甚至感覺，如果把《萬有引力》真正的開發團隊和這群高維生物放在一起，讓他們同時以《萬有引力》為藍本，延展打造出另一個新遊戲，他們的完工速度或許不相上下……可能人類的開發團隊還會因為 007 禿頭爆肝，更快一步。

但經過一番細想後，林之淞的心再次沉甸甸地往深淵裡墜去。

「不對。」林之淞說：「沒有這麼簡單。」

高低槓選手林之淞又開始了他的表演：「如果他們的時間，和我們不是同步的呢？」

比如，就像中國古代神話中，天上一天，地上一年。「高維」這個概念，本來就是他們無法理解的存在。

地球的半年，於高維來說，說不準只是彈指一瞬間，倘若是這樣的話，那他們的科技，人類是拍馬都追不上的。

他越說，心頭越涼。高維的陰影越發濃烈地籠罩在他的身上，讓他感受到前所未有的冰寒徹骨。

那起初並沒有多少人當真的【sun.exe 未回應】，早已經成為了獨屬於林之淞的噩夢。那是一種冷冰冰、無機質的恐怖。背後的潛臺詞，讓人細思極恐。

高維在窺視他們、高維在刺探他們。高維早早向人類發出了警告，還特地用了人類能夠理解的語言和形式，然而沒有一個人讀懂了這種警告。

或許，祂們也知道，人類其實並不能理解這背後的含義。就算理解了，地球就在這裡，人類也無處可逃。這不過是他們提早出好的恐怖謎面，靜等著大規模失蹤事件發生後，才讓人們後知後覺地自行得出謎底，自行恐懼戰慄……這不過是一個惡劣的遊戲彩蛋罷了。

「還有，大規模失蹤在全球各地都有爆發。」林之淞澀著聲音說：「他們是有能力直接控制地球的。」

對於林之淞的悲觀，江舫給出了回應：「然後，這樣一群時間流速極快、有能力控制地球的高維人士，卻花了八個小時也沒辦法從我們的背包裡移除掉一個 boss。」

林之淞：「……」

的確。這中間存在矛盾。但因為雙方資訊實在不對等，他們只能在讓人喘不過氣的陰影之下，進行最極限的揣度。

把對手想像得堅不可摧，其實並沒有什麼用處。更何況，遊戲官方似乎的確存在力不能及的情況。

終於意識到自己一直在長對手志氣的林之淞微喘了一口氣，將跑偏的話題拉回正軌：「你也是在遊戲過程裡遇上南舟的嗎？」

「南舟」兩個字，似乎又穩又輕地觸動了江舫的一顆心。

江舫笑了，「是。最幸運不過的事情。」

易水歌、林之淞：「……」好好好，是是是。談正事、談正事。

江舫繼續講述了自己昏迷後的他的精神大冒險。從《萬有引力》的自帶副本，到了全然陌生的新副本。從一開始的只有 PVE 模式的遊戲，發展到了 PVP。對體力、智力、人情、人性的考驗，步步升級，不斷更新。

的確，如江舫所說，遊戲官方在不斷汲取訊息、完善關於人類的認知。然後，當一切成熟之後，遊戲正式開服，將上萬的人類綁架，投入不重複的遊戲副本當中。

想到這裡，林之淞給自己人潑冷水的苗頭又開始蠢蠢欲動：「他們的遊戲副本從來不重複。」

易水歌卻意外地發表了意見：「我認為，這些遊戲副本，是早就被開發出來的現成副本，我們只是被扔進去了而已。」

江舫贊同這個觀點。

他們在【圓月恐懼】中撿到的那截蛙臂，還有【腦侵】裡因為遊戲失敗而被困的錫兵、天鵝、小人魚海域裡支撐著燈塔的、密密麻麻的浮偶……那些都是曾經的玩家。只是和他們隸屬不同的種族罷了。同樣經歷過【圓月恐懼】副本的林之淞想了一想，也認同了這樣的觀點。

江舫又說：「這場遊戲是具有明確競爭機制的，也對遊戲人數進行了限制。所以，你們認為，在高維人眼中，我們這場遊戲究竟是什麼形式？」

專業人士易水歌給出了一個相對靠譜的答案：「我們每個人在遊戲中的自主性很強，沒有強烈的被操縱感，遊戲中的一切生存選擇都是我們自己做下的決定，外界的參與感並不強。所以，我猜遊戲形式是直播，下盤押注的那種。」

談到現在，局勢逐漸明朗。他們的對手，這個高高在上、施予他們能力、技能和氧氣的「神」，或許並非全然的堅不可摧。

江舫問林之淞：「你把我們私聯的事情告訴你們賀隊了嗎？」

林之淞答：「沒有。」

如梁漱所說，林之淞還只是學生兵。他雖然和隊友一樣，願意為了責任而死，但他的缺點是過於「個性」了，組織紀律性相對鬆散。

江舫又問易水歌：「你呢？告訴謝相玉了嗎？」

「我想他不會希望知道這件事的。」易水歌側目，望向身側露著半副瘢痕駁駁的肩膀，脫力昏睡的人，替他把被子往上掩了掩。

他含笑道：「要是他知道了自己被人睡了這件事被這麼多人看到，他這麼愛面子，恐怕會當場瘋掉。」

易水歌聲音中的笑意越來越明顯：「……那麼，他一定會很努力地配合我們解決高維，這樣，他就不會有心思出去搞事了。」

夢中的謝相玉：「……」

他似乎感應到了什麼不妙的事情，皺起眉頭，不大舒服地挪了挪腰。

相比於易水歌的奇怪目標，林之淞顯然更加務實。

「他們現在也可能在監控我們，他們說不定能聽到我們說的一切計劃，我們要做什麼，都會被他們聽到。」他理智道：「我們現在遮遮掩掩的行為，很有可能沒有任何意義。」

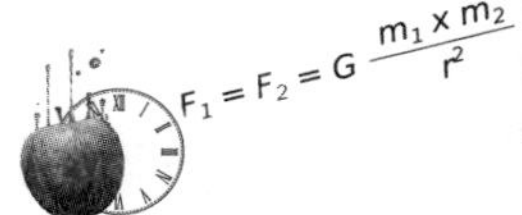

江舫粲然一笑，「是啊，還有可能到最後，贏家也不可能實現願望。這所有的一切，都是鏡花水月。」

林之淞聽出了他的弦外之音，不免沉默。

江舫說：「與其相信一切都是沒有意義的，不如相信意義存在。」

是。他們應當抱有一點希望，一點僥倖。不然，留給他們的，將只剩下任人宰割的絕望。

林之淞：「我們能做出什麼有效的反制措施嗎？」

江舫和風細雨道：「他們是怎麼控制我們的？如果是靠資料的話，我們為什麼不能反制回去？」

高維人也用 C 語言和 go ？林之淞好不容易提起的氣一下洩了下去，他覺得江舫在扯犢子。

易水歌卻說：「不是不可能。無論他們後來怎麼發展，這場遊戲的基礎和發源，始終是《萬有引力》。」談到自己的專業，易水歌的語氣裡添了幾分難以言說的狂熱：「……是我們自己研發的《萬有引力》。」

不過，他也很快恢復了正常的思維能力，說：「但我們沒有電腦。我沒法徒手捏一臺出來。」

林之淞：「……我有。」

被傳送進來時，他攜帶了許多高精尖的電子通訊工具，只是進來之後沒有信號，和手機一樣，形同廢鐵。

他指出現實存在的問題：「沒有網路。」

「我聽銀航說，你能製造手雷。」江舫輕描淡寫地提出了了不得的要求：「那你可不可以搭個基站？」

林之淞：「……」

江舫：「我早就聽說國內的基建能力，世界一流。在安全點裡，這些建築的原材料應該也不難獲取吧。」

「哪怕撬開一條縫隙，看看他們的世界，看看那些注視著我們的東西長著怎樣的一張臉，也很不錯，不是嗎？」

這簡直堪稱天方夜譚。

林之淞瞠目結舌半晌，才想起來反詰：「那你要幹什麼呢？」

江舫口氣和煦：「啊，這和我又有什麼關係呢？」

易水歌：「……」

林之淞：「……」

易水歌率先醒過神來，笑問：「所以說，這不是合作，而是誘惑？」

江舫從一開始，就在用自己掌握的資訊一步步透露出來，蠱惑他們兩人為他做事。這兩人，都是萬裡無一的技術人才。既然是人才，總有一些莫名其妙的狂熱，只要誘發出這點狂熱，他們什麼事情都願意做。

就比如說，年輕的林之淞閉眼躺在「青銅」四名隊友身側，佯作熟睡，身體卻一陣陣興奮地發著抖，指尖也滾燙地發著熱。

江舫望著鏡中自己眼裡亮著的狡黠的光，「你們也可以不去做啊。」

易水歌笑了，語調變得悠閒：「只靠我們兩個可不行啊。」

他看似漫不經心，但是熟悉易水歌的人都知道，這是他鬥志被點燃的表現。

江舫說：「我記得，安全點裡有很多連飯都吃不飽、連氧氣都快要沒錢買的閒人。他們在進入遊戲之前，總不會也是這樣的無所事事吧。」

在那些平平無奇的隊伍裡，說不定也埋藏著金子呢。譬如說，那個在猜鬼遊戲裡毫無建樹的建築師趙光祿。再比如在【小明的日常】裡，貢獻出自己一分力量的電腦高手瘦猴。

他們在副本內，可能會拖後腿、可能會膽怯、可能會搞事情，但他們是有價值的。

每一個人，都應該是有價值的，只是他們可能不適合副本而已。

這樣的認知，林之淞無意識攥緊了拳頭，後背上騰騰地冒出了熱汗。彷彿他們真的能捅破這陰霾的天空，看到高維人的面容一樣。

易水歌則問江舫：「你什麼都不做嗎？」

「我們也在幹活啊。」江舫的語氣如春風一樣和煦，笑道：「我們會

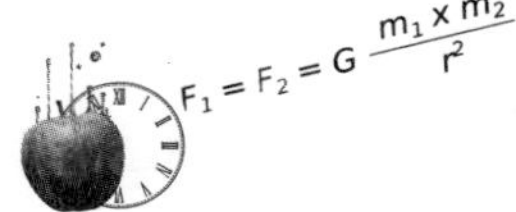

贏，我們奪得第一，我們去做許願的人，而你們是我們的後盾，是第二層堡壘。」

「一臺電腦，只要有一張S級的複製卡，就能複製出十臺、二十臺、上百臺。」

「不把高維者賦予我們的能力內鬥，而是反過來影響他們，也不賴。就算你們所做的一切都是無用功，但總不至於讓那些人在死前覺得自己毫無價值。不是嗎？」

「不錯的演講。」易水歌笑道：「雖然是用來說服別人給自己賣命用的，但非常管用。」

經過一番拉鋸，三人總算達成了初步的合作意向和對彼此的認同。

細節還需要磋磨。以後，這條心靈線路，想必會非常繁忙。

臨掛線前，林之淞問：「我還能問個問題嗎？」

江舫：「我嗎？」

林之淞問：「為什麼最後活著的玩家，會只剩下你一個？」

易水歌善意提醒：「小弟，這樣說話容易被打。」

但江舫難得坦誠地給出了一個答案：「因為所有人都死了。」

林之淞：「……」啊這不是廢話嗎？

他剛要刨根問底，就聽江舫說：「包括我，本來也應該死了的。」

林之淞一凜，嘴一張，準備再問……

江舫那方即時傳來了斷線的嘟嘟聲。

林之淞：「……」

易水歌大笑，覺得江舫這個人吊人胃口的本領一流，真是惡劣透了。

林之淞抿住嘴唇，生悶氣。

即使江舫是在胡說八道，可他今晚也必然會因為江舫這一句意味不明的話被折磨得不能入睡了。

掛了線的江舫緩步走出了洗手間。

在他踏出洗手間時，「古城邦」內的一口銅鐘錚錚地報響了時。

與此同時，世界頻道正式宣告，千人追擊戰結束。

贏家，「立方舟」，南舟。

就在一片祥和的氣氛中，本來應該充滿硝煙的千人追擊戰迎來了一個相當平淡的終結。許多夜不能寐的玩家即使知道結果必然如此，還是難免意難平地咬緊了後槽牙。

82000 積分，讓「立方舟」再次踩著那些提早進入副本、拚了命往上爬的玩家，優哉游哉地前進了 6 名，他們終於邁入了團隊排名前 10 的大關。而加上試玩關卡，他們滿打滿算，只玩了五個副本。

江舫關掉了控制臺，不去理會那些從四面八方湧來的無形的嫉妒和不甘。他走到床側，單膝跪了上去。

床墊細微的下陷感，讓已經被鐘響聲驚醒了小半的南舟低低「唔」了一聲，他瞇起眼睛，看向江舫。

已經處理了一件重要的事，還有另一件事……更重要的事。

在南舟面前，江舫褪去了剛才散發著古怪的、蠱惑人心的語言魅力的模樣。他不再巧舌如簧、不再虛言進退。

「騙你的，其實我沒有那麼多朋友。」江舫湊到他耳側，輕聲說：「我只有你一個。」

南舟眨了眨眼。

說完這句話，江舫彷彿只是道了一句再尋常不過的晚安，背對著他躺下，「睡覺了。」

南舟爬了起來，「你等等。我醒了。」

江舫背對著他。他習慣了矯飾虛偽，口不對心。真誠對他這樣的人來說，反倒是件困難無比的事情，比和易水歌、林之淞這樣的人周旋還要費勁兒。

江舫的呼吸有點沉，指尖無意識地抓緊了床單。

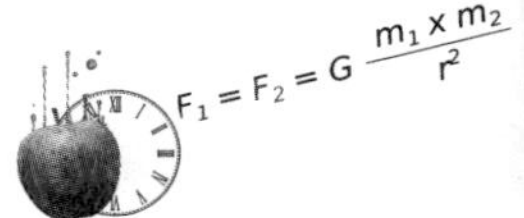

南舟爬在他身上，有點開心地問：「之前為什麼騙我呢？」

他沒問真的假的，就把江舫的話當了真。

室內的光源全部斷絕，只有溫潤的弦月光隔窗投入，將床上的南舟與江舫從中劃出一道無形的楚河漢界，分割成明暗雙影。

南舟的身體在明晃晃的月光下，白襯衫也泛著光。他帶著這一段光，攀上了身藏陰暗中的江舫，因此江舫可以放心大膽地面紅耳赤。

江舫堅持地背對著南舟，努力解釋：「因為，稱呼對方是朋友，這是人類社會中的一種⋯⋯」他尋找著合適的詞彙，好能讓南舟理解：「⋯⋯表達友好的『外交辭令』。」

南舟結合了一下自身經歷，發現有理。當永無鎮對外開放後，很多人都找上了他。一部分人不由分說，上來就要殺他。另外的相當一部分人都想和他談朋友，被他拒絕後，就毫無道理地惱羞成怒了。

南舟直率道：「我不懂。」

他從來不懂人際關係，自南舟降生在那個不正常的世界裡時，他身邊就沒有真正意義上的人。

南舟在書裡讀過朋友，讀過父母、家庭、夫妻、愛侶，可他無法準確理解，這些都是冷冰冰的名詞。他從沒有擁有過這些。

南舟想要知道什麼是朋友，但世界從沒有給他過一個像樣的朋友。

直到天降一棵蘋果樹，和一個漂亮的蘋果樹先生。

南舟只知道，在他混混沌沌出現在大巴車前排座位上時，腦中就根深蒂固地烙下了關於「朋友」的概念。他心裡不會特別用力地去想，但當有人提到「朋友」兩字時，南舟就會認為，「朋友」就該是他心中的那個樣子。他猜想過，自己或許曾經遇到了一個像流星一樣的人，但星星走得太快，他甚至不記得他曾經來過。

「為什麼要使用『朋友』作為外交辭令？」南舟合理質疑道：「人類這麼輕浮的嗎？」

在一開始，就想和人親親抱抱，發誓可以為對方去死嗎？這難道不是

一種欺騙？

江舫試圖解釋：「其實，人類世界裡所說的朋友……」

南舟求知若渴地望著他。

江舫輕咳一聲，「對。有的時候，人類是比較輕浮。」

……說不出口。

江舫能為南舟做一萬件事。他可以為他殺人，為他做飯，做一切讓他舒服的事情。他甚至能為了安慰南舟，把自己的幼年過往都講給他聽。但那是遙遠的傷疤，撕開了，底下也還是痂，早就不見血了。

如果讓他當著南舟的面，把自己那些隱祕的愛戀、喜歡和謊言和盤托出，那不亞於讓他當眾活體解剖自己的心。江舫對「坦露自己」這件事，仍然懷有藥石難醫的不安。

南舟顯然是接受了他的說辭，鄭重道：「那以後你不能這樣了。」

江舫輕聲笑答：「是，我以後不輕浮了，只有你一個朋友，再沒有別人了。」

南舟說：「我不是說這個。」

江舫：「嗯？」

南舟的手順著江舫的腰際滑過，最後落在他看似隨意地搭放在床單上的手指。

「為什麼不說呢？」南舟說：「你難過、你害怕，你想要有朋友喜歡你，又害怕被朋友喜歡。」

他摸到了江舫掌下帶有細微皺褶的床單，探手替他抹平。

「你跟我說，我聽著，不笑話你。因為我知道你喜歡我的。」

「哈。」江舫輕笑了一聲，用來掩飾自己跳得愈發激烈的心，「你知道什麼是喜歡嗎？」

南舟肯定道：「我知道。」

「抱著你的時候，我有生殖衝動，還想和你繁衍後代。」南舟直率道：「這就是喜歡。」

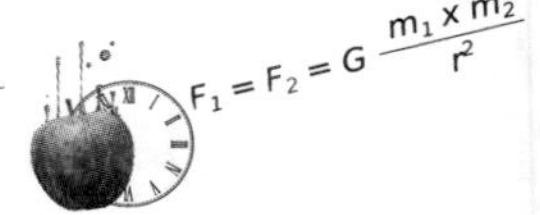

江舫身體燥熱，一把心火靜靜燃燒，漸具燎原之勢。他故作鎮靜：「這是書裡說的？」

南舟摸了摸心臟，誠實道：「不是。是我的身體告訴我的。」

江舫心臟猛跳著，回過身去，吻了一下南舟的臉頰。他用無奈隱忍的口吻討饒：「好了，我們睡覺了。」

南舟也不是一定要江舫現在就給他一個態度。因為他確信江舫喜歡自己，所以一點兒也不著急。

他態度認真地回吻一記，又碰碰他的額頭，這就算是道過了晚安。

可他正要躺回原處，回撤的指尖就碰到了一點火燙。

南舟低頭看去，頓時了然：「啊。」

儘管不止一次看到江舫這個樣子了，但每次看到那規模，南舟都很覺新奇。

本來撤身欲走的南舟又回到了他的身上。他上床的時候就脫下了西裝褲，渾身上下只有一件略長的白襯衫稍作遮擋，在月光下爍爍泛著金色的腿環摩擦過江舫的皮膚，觸感微涼。

南舟低頭研究一番，把微長的頭髮別到耳後，審慎地觀察並問道：「需要我說明嗎？」

就像江舫在九十九人賽幫助自己時一樣……

還沒等南舟在腦內把那段場景複習完畢，江舫就翻身坐起，抱了抱南舟，沒頭沒腦地道了聲謝，邁步再次向洗手間走去。

南舟在後面道：「不用客氣的。」

江舫走得太急，險些絆在門檻上。

江舫任由蓮蓬頭裡噴灑下的冰水在灼燒的四肢間流淌，幫助大腦降溫，更好思考。

他和易水歌不同。

易水歌思維特異，再加上和謝相玉的關係特異，這兩重疊加起來，讓他即使知道他們的日常在被外人偷窺，也毫無心理壓力。

而江舫沒有把南舟展示給所有人看的興趣。魅魔事件，實際上已經越過他的底線了。要不是想給那些在背後玩弄他們的人找點事做，江舫也不至於這樣繁瑣地開啟一場暗戰，費盡心思地和別的隊伍聯合。

儘管接觸不多，但識人無數的江舫相信，易水歌和林之淞都準確地咬住了他拋出的香餌。接下來的一段時間內，安全點內，一定會發生什麼變化。只要他們把其他玩家動員起來，讓玩家忙起來，他們自然沒有心思來對付「立方舟」了。

「立方舟」在「古城邦」裡休息了一段時間。

在此期間，並沒有什麼特殊的事情發生。

如果硬要說發生了什麼的話，那就是「古城邦」內的玩家流量降到了歷史新低。在千人追擊戰期間，不少玩家都和南舟當面打過架，然後被擰了脖子。

即使運氣好，沒有匹配上南舟，也有大批人曾在世界頻道裡跟南舟實名高強度對線，要是南舟死了，那自然沒什麼問題。現在他活色生香、招搖過市，要是他們還主動往南舟面前湊，那就很他媽尷尬了。

虞退思倒是和他們見了一面，吃了頓飯，和和氣氣的，沒談副本也沒說任務，就像多年老友見面，淡淡地打過一次招呼，就分開了。

出於好奇，加上閒著沒事兒做，南舟又一次去了「鬥獸場」。

當南舟在「鬥獸場」上線的消息通過世界頻道傳遞出去時，正在「鬥獸場」裡摩拳擦掌的玩家，呼啦一下，全部跑光。

南舟孤獨地在場中央站了很久，硬是連個人毛都沒匹配上。他深感寂寞如雪，吃了個香草冰淇淋，就又出來了。

南舟倒是不介意他受到的冷遇，他還是更在意自己的願望。目前，他們的排名雖然宛如火箭升天，但距離實現他的願望還有一點距離，還是腳

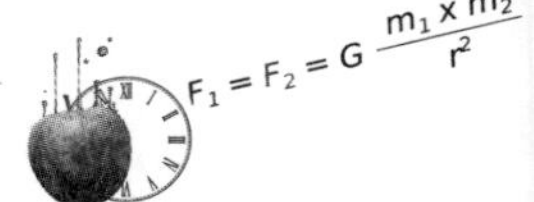

踏實地地下副本比較適合他們。

三人迅速達成了一致。負責管理選關卡的李銀航照舊選擇了 PVE，並第一時間進行了傳送。

久違的黑暗籠罩了他們。

【親愛的「立方舟」隊玩家，你們好～】

【歡迎進入副本：邪降】

【參與遊戲人數：6 人】

【副本性質：奇幻恐怖】

【祝您遊戲愉快～】

現在「立方舟」的一舉一動，不管是在遊戲內外，都受到了高度關注。所以，當留在安全點的玩家們第一時間發現「立方舟」的名字後面掛上了代表「遊戲中」特有的四葉草 logo，頓時群情翻湧，喜大普奔。終於走了！

雖然不知道是哪個倒楣蛋會和他們配上對，但反正不是現在還留在安全點裡的他們。

只要能把瘟神送走，那就萬事大吉！

CHAPTER

06:00

為什麼你蹭我可以，
我親你就需要商量？

「古城邦」內的一家餐廳內，兩個年輕人相對而坐。

兩人都是英挺俊秀的長相。

按理說，這樣的兩張臉相映成趣，該是很招人的。然而，凡是從他們身邊經過的人都不會刻意多看他們一眼，彷彿他們的存在感天生稀薄。因此誰也不會知道，他們就是現在處於風口浪尖上的「亞當」二人組。

作為高維人的同伴，他們是能看到空氣裡那些懸浮宛如米粒的鏡頭的。而現在，策劃組有意關閉了他們周遭的大量鏡頭，留給他們一些自主活動時間。

畢竟玩家不管在副本內外，都需要吃喝拉撒睡，這些都屬於關注度極低，播了也沒什麼作用的垃圾時間。

所以策劃組在某些時間關閉鏡頭時，觀眾也不會特別起疑。因此，兩個人能在這裡放心大膽地說話，而不用擔心被外人看到。

看著死氣沉沉地自閉了好幾天，終於重新活躍起來的「世界頻道」，唐宋嘖了一聲。

元明清抬一抬眼，「怎麼，還覺得虧？」

唐宋的眉心擰著，不爽道：「多好的機會，就這麼白白浪費了。」

元明清故作輕鬆地笑了笑，喝了一口咖啡，可嘴裡也嘗不出什麼滋味兒來。所有玩家中，最恨「立方舟」的莫過於並未和他們交過手的「亞當」了。

唐宋抑聲恨道：「『朝暉』這步棋，就這麼被他們廢了！」

被策劃組投進來的隊伍，其實本不止「亞當」一組。

一組是純粹的玩咖，特別愛玩遊戲，人菜癮還大，拒絕一切提示和幫助，現在還在樂此不疲地刷副本。他們美其名曰努力工作，從正規途徑攢積分，實際上就是特地報名來玩的。

畢竟《萬有引力》現在是最火的真人遊戲直播，幾乎所有遊戲副本設計師都願意將自己新設計的世界副本對《萬有引力》無條件開放，讓這些免費苦力替他們充分展示副本的精彩程度，好搏一個關注度。

當然，也有意外出現。比如那個著名的精英遊戲設計師，精心構建出了一個具有高度延展度和自由度的、最終可以發展到全球災難級別的恐怖副本。

唐宋還有印象，那個副本叫【沙、沙、沙】，在它被躊躇滿志地投入使用的第一天，他們就迎來了「立方舟」……然後就沒有然後了。

寄生在不存在的「門」後的 boss 初出茅廬，還沒熱身，甚至連個正經玩家都沒來得及舔上一口，居然毫無尊嚴地被人從牆上強拆了下來，扔進倉庫。那名設計師和遊戲官方瞬間成了全網的笑料。

聽說那扇門雖然回收成功，但因為離開原生系統太久，boss 也就這麼廢了。設計師一怒之下回收了所有給《萬有引力》的副本授權，並宣稱再也不會和《萬有引力》有任何形式的合作。

二組是碳基生物研究專家，根本就無志取勝，一心沉迷於觀察人類在極限生存條件中展露出的眾生相。當然，這算術業有專攻，他們也是帶著任務來的，「亞當」無權置喙。

三組則是純粹的廢物。他們在 PVP 的時候，由於過於輕敵，被人類設計強殺，丟人至極。聽說殺了他們的，是當初單人行的玩家，叫易水歌。三打一還被反殺，根本不會玩。

最搞笑的是第四組。他們去嘗試了曲金沙的「斗轉賭場」，一不小心輸光積分，當場出局。

第五組、第六組是花瓶 CP 組。他們特意按照地球人的審美，捏了兩張漂亮的臉蛋，好對觀眾進行一定程度的感官刺激。他們的確收穫了不少關注度，但關注度還沒有虞陳那對頗有爭議的叔嫂高，就很尷尬。

「亞當」是第七組。沒有任何一組能走到「亞當」這樣的高度，在半年的內測時間中，他們深刻研究了這群碳基生物的性格，也詳細擬定了如何獲勝的計劃書。他們選中「朝暉」，用【回答】控制了蘇美螢等五人，來做他們的倀鬼。「朝暉」作惡越多，他們最後親自殺死「朝暉」時，就會獲得多少碳基生物們的信任和讚美。

在他們原本的計劃裡，他們就是要立下這麼一個平民反殺惡霸的人設。據他們分析，和其他區服的玩家相比，中國玩家格外吃惡有惡報，以眼還眼這一套。

這些人還格外慕強。到時候，他們拿到了「朝暉」的積分，大可以振臂一呼，把自己粉飾成可以帶領玩家奪取最終勝利的救世主模樣，這些人自然會狗一樣地貼上來。甚至有些讀作熱血、寫作弱智的玩家，會無償把積分交出來，幫助他們登頂。

結果，「朝暉」想要一步登天，跑去參加了九十九人賽，給「立方舟」怒送人頭。「亞當」精心籌謀的計劃也付諸東流。

原本的計劃裡，他們親手殺了「朝暉」是為民除害，積分的轉移也變得更加順理成章。大不了可以說他們使用了某種道具，讓他們可以吸取戰敗者的積分。反正「朝暉」作惡多端，積分白扔反而可惜，轉移到更有價值的人手裡，碳基生物們也不會有什麼太過強烈的質疑。

誰能想到，「立方舟」半路殺出，徹底讓「亞當」對「朝暉」的積分繼承變得名不正言不順了。

看到「朝暉」被「立方舟」全滅的那一瞬間，「亞當」二人組看到自己一路高升到第二的積分，當場尬住。他們這時候還怎麼出來振臂一呼？有了這樣難以解釋的污點，還怎麼做精神領袖？

現在的他們，不僅沒能實現預訂的計劃，還被乾巴巴地架上了火爐，烤得手足無措。無法，遊戲還得繼續下去。

見唐宋神色不豫，元明清只好說起別人家的倒楣事兒，聊以自慰。

「聽說【腦侵】公司很不滿意這次追擊戰的結果。」

「本來他們想要『立方舟』死，好把他們的精神體接管過去，也好把這個容易產生變數的隊伍剔出去。」

「結果不僅沒有成功，南舟他們在吃打有他們公司徽章的冰淇淋時，還沒有做產品 logo 的露出，注入的那批宣傳資金等於打水漂了。」

「聽說現在《萬有引力》打一次廣告的價格，每秒能達到 20 萬點星幣。【腦侵】這下算是賠慘了。」

唐宋撇了撇嘴，嫌棄道：「碳基生物就是麻煩。非得死一次才能重新編碼，為我們所用。要不然直接把『立方舟』拉去強制編碼，哪裡還有這麼多事兒？」

「你當觀眾傻子呢。」元明清笑道：「他們就是想看又精彩又激烈、充滿戲劇性，又真實不摻假的綜藝節目。哪裡能這麼大張旗鼓地作弊？」

唐宋嗤笑，「世界上哪裡有這樣的節目？」

「所以啊。」元明清說：「我們當然要做得不動聲色一點，好讓他們滿意啊。」

唐宋敲了敲桌子，疑惑道：「可為什麼不讓我們去副本裡對付『立方舟』呢？」

「還不都是因為劇本嘛。」元明清說：「如果我們現在就碰上了，還有什麼戲劇性可言？」

他又說：「原來的劇本，應該是我們殺死『朝暉』，再殺死玩家們害怕的『立方舟』，獲得更多玩家的擁護……」

說著說著，元明清把自己也給說噁心了──「立方舟」對他們計劃的摧毀程度，遠比他們想像中要徹底。更糟心的是，他們完全是無意的。

元明清又食之無味地嚥了一口咖啡。

唐宋：「所以，下一步我們幹什麼？」

元明清：「我接到的指示是正常生活、正常下副本，並觀察安全點內玩家的動向和想法。」

唐宋鄙薄一笑，「他們能有什麼想法呢？低級的碳基生物，還有活著的勇氣就很不錯了。」

「我想也沒什麼。」元明清道：「策劃組只是想看看，安全點內發生這樣大的變故後，玩家們自相殘殺的機率會不會增加。他們每日要處理的資訊流很大，不可能面面俱到。」

「我沒興趣做社會調查問卷，也沒有這個必要。」唐宋冷道：「我只

等著殺『立方舟』。」

元明清剛想要說什麼，就有一顆米粒狀的鏡頭緩緩向兩人的方向飄浮了過來。兩人雙雙警覺，坐直了身體，不再討論這些危險話題，但這鏡頭並不是特地跟拍他們的。

虞退思被陳夙峰推著，從餐廳門口一路過來。路過他們身側時，虞退思溫和地對他們點了點頭。

元明清一愣，馬上儒雅地予以回禮——這是他和唐宋在鏡頭前的人設。他是溫文儒雅、心狠手辣的智囊。唐宋則是高傲冷淡、善於謀劃的武力擔當。很有時髦值，更方便博取觀眾緣。

唐宋瞄了一眼虞退思，靠他的輪椅和周圍高密度分布的鏡頭，辨認出了他的身分……應該是遊戲裡那對很有噱頭的叔嫂 cp。但他卻不記得自己有見過跟在虞退思旁的那個女人，還有一壯一矮的兩個男人。

他把排名前一百的隊伍在心中快速過篩一遍。查無此人。他又以虞退思為關鍵字，終於成功定位了這籍籍無名的三人組是誰。

「南山」，一個團隊排名 450 名的垃圾小隊伍……曾經和虞退思他們搭檔玩過一個副本。

唐宋無聲嗤笑，關閉了搜索介面，誰都不會記得這個快掉到 500 名開外的隊伍有什麼特殊的。

元明清卻皺起了眉，「他們和『立方舟』搭檔過。」

唐宋輕蔑地一挑眉，反問道：「搭檔過又怎麼樣？如果你是南舟，你會在意這種垃圾隊伍嗎？」

至於被「亞當」心心念念惦記著的南舟、江舫和李銀航，此時此刻，正身在一輛充斥著淡淡菸草氣和甜辣咖哩味道的……旅遊大巴車上。

空氣燠熱，環境嘈雜，周圍充斥著嘰里呱啦的外語。

坐在南舟正前方的東南亞面孔的女人正捧著一張雞蛋餅大嚼特嚼。

這回和「立方舟」搭檔的共有三個人。

其中，有一對小夫妻主動找上了他們。兩個小年輕還挺興奮，人也活潑，和車上的 NPC 乘客一個個交談著過來，很快就定位到了南舟和江舫他們。

男人自來熟地介紹道：「我叫曹樹光。這是我媳婦兒馬小裴。」

姑娘很是開朗，和三人點頭致意，笑容甜美。據曹樹光說，倆人剛領證沒幾天，就被傳送到這倒楣地方來了。不過挺好，兩個人都在，要是一個在外頭的繭房，一個在遊戲裡受罪，都擔驚受怕的，還不如像現在一樣，還能和彼此搭個伴。

介紹完自己，男人挺熱情道：「你們也自我介紹一下吧。」

李銀航張了張嘴，面對著過於殷切的目光，她第一次覺得自己的名字燙嘴。

李銀航：「李 y……妍。」

曹樹光沒有聽明白：「啊？」

李銀航清了清嗓子，「……李妍。」

反正 PVE 裡從來不會主動去介紹搭檔的情況，名字他們大可以信口胡謅。說完，她滿心虛地望了一眼南舟和江舫。

江舫對她點了點頭，這是正確的。

現在的遊戲局勢並不明朗。這對小夫妻顯然沒摻和進「千人追擊戰」裡，也沒見過三人的臉。但他們的名頭實在是如日中天，為了不在弄清形勢前就陷入無聊的內耗和猜忌，報假名才是最妥貼正確的舉動。

江舫笑著用不大嫺熟的英文加中文介紹：「我叫諾亞。」

這個名字和他混血的外貌很是相配，小夫妻並沒有起疑。他們又熱情地把視線轉向了南舟。

南舟望著窗外閃過的充滿異域風情的建築，目光深沉地編著自己的名字。少頃，他回過頭來，對著熱情的小情侶說：「南極星。」

李銀航：「……」

花了這麼長時間，編了個寂寞。不過，還別說，「南極星」這個名字，放在南舟這類長相的美人身上，也並不違和。

南極星聽到有人叫自己，以為開飯了，熱情地搖頭擺尾，要從他的口袋裡擠出來。

南舟垂下手，無聲無息地捏緊了口袋縫。

南極星：「……」唧？

小情侶回想了一下，表示對這一支隊伍印象不深。他們通覽過排名前500的隊伍，要是有「南極星」這麼特殊的名字，他們都該有印象的。

男生問道：「這是你們第幾次副本任務啊？」

南舟在心裡統計了一下，如實答道：「第五次。」

如果不算「千人追擊戰」的話。

小夫妻對了個視線——哦，還是萌新。

男人大包大攬地一拍胸，豪氣道：「我做了七次任務，也算是你們的半個前輩了。你們跟著我，我罩你們啊。」

南舟問兩人：「你們接到任務資訊了嗎？」

小夫妻對視一眼。

「誒，你們不知道嗎？」曹樹光說：「有的副本的相關資訊是不會第一時間發放的，需要觸發才行。」

——這還真是第一次知道。

江舫不好意思道：「……這個我們還真不大清楚。對不起了。」

年輕小夫妻對視一眼，嘆息一聲，大有「果然是小雛鳥」的慨嘆之意。曹樹光抬手搭上了江舫的肩膀，很有大哥罩小弟風範地安慰道：「也不要妄自菲薄嘛。」

窗外陽光明媚，四周洋溢著過於生活化的味道。在這樣的環境下，李銀航哪怕想緊繃神經，也下意識覺得這樣草木皆兵沒有必要。

他們還是第一次在副本裡碰上這樣好相處的人，這和第三個副本裡遇上「青銅」的感覺不盡相似。「青銅」給人的感覺是可靠，曹樹光和馬小裴給人的感覺則是「放鬆」。

馬小裴東張西望一番後，小聲對曹樹光說：「這裡有一二三四五……五個人，我們是不是還差一個人？」

曹樹光耍賴地往她身上一蹭，「又讓我找人啊。不幹了，罷工了。要給報酬才行。」

馬小裴也不避人，笑咪咪地親了一下曹樹光，「老公，去找。」

曹樹光變臉如翻書，「得嘞。」

曹樹光正要起身，忽的，一個冷淡的聲音從幾人身後的座位幽幽飄來：「我在這裡。」

他唬了一跳，「哎呦媽呀！」

南舟回頭。隔著微微發霉泛黃的車墊巾，他看到了一張……第一眼，南舟並沒能看清這位新隊友的臉。

坐在他們身後的是個穿著深藍色立領風衣，戴著黑色口罩，頭戴絨線帽的人。全身上下，他只剩一雙眼睛還露在外頭，把自己蠶蛹似地牢牢包裹起來，在約莫攝氏 18 度、空調還在持續不斷呼呼製冷的車溫內，也顯得過於熱了。

曹樹光看著他這造型，瞠目結舌半晌，才憋出一個疑問句：「……你冷啊？」

那人抬起眼睛，冷冷審視他一眼，又垂下了頭。

從他絨線帽下露出的一點頭髮，可以看出他頭髮質感有些像鋼絲，硬茬茬地透著亮。他眼角有一道細細的疤痕，配合上三白眼，氣質非常近似於悍匪。

他耷拉著眼皮，輕聲自我介紹：「邵明哲。」

李銀航在有意識地提高了警惕後，倒也沒多少意外。畢竟她也是見識過謝相玉和曲金沙這種獨行俠式玩家的人了。

約莫從原始時期開始，人類就是習慣群居的動物。對大多數人來說，在極端環境中，有個人聲人影在旁邊，心裡才能安定。所以，在《萬有引力》這種極端中的極端環境裡，凡是不肯扎堆行動的，多多少少都有點本事，也有點不能為外人道哉的原因。

比如說曲金沙靠賭場在遊戲裡發家，沒必要和其他人搭夥做事。

比如謝相玉那喜歡在背後暗戳戳陰人的愛好，也不需要其他人來拖他的後腿……哦，謝相玉不算了，現在有人把他的後腿全給綁了。

對於眼前這個怪人，大不了在這個任務裡維持一下面上的和氣，不深度合作就是了。

周邊同車的人也有注意到他們這邊的動靜，不過只當是他們先前就相熟，多看兩眼也就作罷。

在被人觀察的同時，南舟也靜靜地在觀察四周。

他們所在的大巴功能不難判斷。

南舟他們的座位在大巴後方。前面的乘客大概有二、三十名，其中有三、四個人同時佩戴了同一款式、顏色的帽子。質地廉價、顏色鮮豔。有一面綁在竹竿上的紅色小旗被捲在竿子上，草草搭在第一排的椅背上。

離他們不遠的垃圾桶裡扔著去大皇宮的門票。上面沾著些污垢和菸灰，但能看出來門票的日期是昨天，門票上打著「團體票」的標識。

車裡的各項設施都偏於陳舊，不夠潔淨，車墊巾起碼有 3、4 天沒換過了，空調裡的氟倒是新充不久，氣味濃烈，風力強勁，嗡嗡地吐出讓人起雞皮疙瘩的冷氣。

種種線索，都指向了一個結論。他們現在在一個異國的廉價旅遊團裡，奔赴向一個未知的景點。他們要去哪裡？「邪降」又指什麼？任務指示遲遲不來，南舟也無法做出判斷……而且，除了這些，他還有一件事，非常在意。

另一邊，成功鎖定了所有隊友的曹樹光和馬小裴也挑了一對臨近的空座坐下。

曹樹光眼角瞄著怪異又自閉的邵明哲，把頭枕在媳婦肩膀上小聲嚶嚶嚶：「嚇死我了。」

馬小裴推他腦袋一把，嗔怪道：「撒什麼嬌。」

曹樹光繼續把臉埋在她肩上。

馬小裴忍俊不禁，對與她一條走道之隔的南舟解釋：「別介意，我老公性格比較幼稚。」

南舟點一點頭，注意看著兩人的互動。在他不甚成熟的人際關係概念體系裡，還沒有出現過這麼生活化的稱呼。

江舫見他若有所思，問道：「在想什麼？」

南舟看向江舫，小聲發問：「『老公』？」

江舫被他叫得一怔，明白過來後，不禁失笑，「這是丈夫的意思。」

南舟：「啊。」

默默完善了概念體系後，他又提問道：「丈夫也是可以接吻的嗎？」

他看過的那些書裡，童話故事裡的王子和公主到「結了婚，過上了幸福快樂的日子」後就戛然而止；現實向小說裡，丈夫和妻子在締結了婚姻關係後，經常吵架，大半出軌，也看不出有什麼幸福快樂。

這已經夠讓南舟矛盾了。其他種類的小說裡，也鮮有描述夫妻婚後生活的，即使是有，也多是一些他看不懂的描寫。

比如他不能理解為什麼兩個人在一起睡覺時，星星會刺破長空，滑入夜的深淵，或者是海棠搖動，生命的大和諧什麼的。

小時候，很有求知精神的南舟還揣著筆記本，躲到父母房間門口偷看過他們睡覺。結果兩個人只是直挺挺在床上躺著而已。白陰陰的床，黑沉沉的夜，兩人並肩而臥，像是兩具同榻而眠的殭屍。

因此南舟對「夫妻」這種關係毫無實感。

江舫很難向他解釋，正規出版品裡很少有直接的肉慾描寫。因此他只回答了南舟的提問：「是的，夫妻也可以接吻。」

南舟：「啊。這樣的話，我們也可以做夫妻。」

對於這樣合併同類項的行為，江舫強掩窘迫，咳了一聲。他意識到，他的確有必要開始慢慢糾正南舟對各種人際關係的錯誤認知了。

車上的乘客睡覺的睡覺，玩手機的玩手機。

一時間，氣氛寧和得不像話。

馬小裴和曹樹光頭碰頭說著悄悄話。前者被後者逗笑後，還忍不住用肘彎懟他的胸口，後者立刻裝作一臉內傷，扶住胸口往她身上賴。

李銀航見江舫和南舟也有自己的小話說，自己實在百無聊賴，就主動走到了小夫妻一側，開展了一場小型的外交，「你們不緊張嗎？」

曹樹光渾不在意：「任務還沒正式下達呢，到那時候再緊張吧。」

似乎是看出了李銀航的不贊同，他笑道：「你們沒經驗不懂了吧，現在愁眉苦臉的，毛用都沒有，不如放鬆一下。」

馬小裴則拉過李銀航，用小姐妹談私房話的語氣，對著江舫和南舟的方向悄悄一努嘴：「唉，他們兩個，是不是……那什麼？」

李銀航打了個哈哈：「怎麼看出來的啊？」

「這還用問怎麼看？諾亞超喜歡他的啊。」馬小裴豔羨道：「……看眼神都看得出來。就是南極星看起來冷冷淡淡的，不知道什麼想法。」

李銀航抿嘴笑了笑，「他其實也超喜歡諾亞的。」

有了話題作切入口，他們很快攀談了起來。馬小裴八卦了李銀航在進入系統前有沒有男朋友，還無比熱情推銷起了自己老公的哥們兒，惹得李銀航哭笑不得。

然而，輕鬆的對話時間沒有持續太久。

大巴車駛入一個停放了大量同款大巴車的停車場，兜了大半圈，才找了個空著的泊位，悠悠地剎住了車。

坐在最前排的導遊晃晃悠悠地站起身來。他是個中年發福的男人，嘴角還泛著一層口水乾涸後的白屑。他象徵性地擦了擦嘴巴，口吻看似提氣，其實還是透著股沒睡醒的惺忪：「各位，到地方了，我們下車啦！」

六個人混在熱鬧的旅行團隊伍中，熙熙攘攘地下了車。無數燦爛的、豐富的聲色迎面而來。

南舟踏在了這片熱鬧的土地上，暖意比例充分的陽光遍灑在肢體上，讓人自然地從骨頭裡分泌出一股懶洋洋的物質。

客人下車後，不少開著嘟嘟車的小司機們機敏地圍了上來，在一聲地道的薩瓦迪卡後，紛紛操著不甚嫻熟的漢語問他們：

「您想去哪裡啊？」

「20 泰銖可以帶你們去碼頭。」

「碼頭有海鮮，便宜，還有夜景……」

在這樣通徹、溫暖而明亮的天空下，四周圍繞著的人散發著熱騰騰的氣息……這種氛圍，絕不是適合孕育危機感的溫床。

一輛載有客人的嘟嘟車從南舟身邊擦過。他倒退一步，神情困惑，彷彿一不小心踏入人間世界的小怪物。在他略微感覺一顆心無所憑依時，一雙手從後面接住了他的肩，溫柔地摩了摩。

江舫垂下頭，以無所不知的輕鬆口氣問道：「有什麼想知道的，都可以問我啊。」

而就在這樣讓人麻痹的溫暖快樂中，導遊麻利地動手驅散了那些兜售自己嘟嘟車的小年輕們……聽取罵聲一片。

宛如趕雞崽子一樣把那些人轟走後，導遊又轉向他們，舉起了那根粗劣的導遊旗杆，尖起嗓子宣布：「大家不要隨便亂走啊，跟著這杆旗，不要隨便上別人的車，記住咱們車的位置，到時候走散了記得來這裡集合！今天我們不僅是來購物的，我還會帶你們領略泰國最神祕、最有趣的祕術……」說到這裡，導遊也配合著氛圍，頗有神祕意味地頓了一頓，說：「……降頭！」

導遊的話，終於觸發了曹樹光所說的、延遲發放的副本資訊。

這次的副本介紹，久違地給出了一段相當詳盡的背景描述。

【你和你的朋友來到了風光明媚的泰國，想要享受難得的年假。】

【但是因為經費有限，你們報名參加了一個廉價的旅遊團。】

【雖然導遊不養眼，路線裡的購物點也有些過多了，但有朋友陪著，

這些小小的不愉快也並不那麼讓人頭疼，對吧？】

【拜一拜四面佛，逛一逛大皇宮，你以為這難得的假期可以就這樣愉悅地消磨過去。】

【直到導遊宣布，要帶你們前往一個有趣而神祕的地方。】

【你和你半路結交的驢友欣然前往，卻在欣賞完那段詭譎的降頭儀式後的當天晚上，遇到了讓人頭皮發麻的怪事⋯⋯】

【遊戲時間為 12 天。】

【在你們的時限結束前，盡可能地活下來吧。】

像極了每個劣質恐怖故事那充斥著故弄玄虛氣氛的開頭。

江舫掏出他的 S 級道具【命運協奏曲】，那兩枚可以測算副本性質和難度的骰子。骰子滴溜溜地落入碗中，搖出了一個命定的、無法更改的數字——寶劍 3。

江舫將掌心骰亮給其他兩人看。李銀航探頭一望，吃了一驚。這是個需要依靠智慧的副本，但是難度居然比他們的第一個正式副本【小明的日常】還要低。

李銀航慣性地撥拉起了心裡的算盤珠子。時間跨度長，難度又低，意味著收益和時間投入不成正比，他們很有可能幹了 12 天，拿到的獎勵和道具卻寥寥無幾。

出現這樣的情況，雖然噁心，但並不意外。「立方舟」早在前面的幾次副本中，把背後的操縱者得罪了個遍。

他們意外把 boss 當肉票綁走並成功交易後，遇到的下一個副本就是專門針對南舟的圓月虛弱症和江舫恐高症的雪山副本。

再然後，是難度前所未有的複合型副本【腦侵】。

而在緊鑼密鼓的【千人追擊戰】之後，他們又被扔進了這個難度極低、耗時又長的低級副本。

李銀航小聲埋怨：「是不是玩不起？」

江舫搭住南舟的手，「看情況吧。儘快結束。如果不能結束⋯⋯」他挺爽朗地一笑，「就當休假。」

在副本裡休假，聽起來就很氣人。不過這樣去想的話，被背後那股看不見的勢力肆意玩弄的鬱悶感就減弱了很多。

李銀航一顆心剛鬆弛下來，就聽南舟冷冷道：「有問題。」

簡簡單單的三個字，她剛歸位的一顆心噌的一下頂到了小舌頭。她警惕地環伺四周，發現曹樹光和馬小裴正頭碰頭地討論著什麼。而那個叫邵明哲的凶相年輕人則不知道什麼時候已經融入人海，消匿了蹤影。

李銀航心臟撲通撲通亂跳，緊著壓低聲音道：「……你說得對。那個人不見了。」

南舟輕聲說：「不是這個。」

李銀航心裡更沒底了，眼巴巴地盯著南舟，逐漸出汗的拳頭打了好幾下滑，才勉強攥緊了……到底是哪裡出了問題？

「為什麼這裡會有這麼多車？」南舟認真道：「這不正常。」

李銀航：「……」

這不能怪南舟。他生平見過的汽車，除了書上的插圖，也就只有那輛把他載向命定之處的大巴車了。

他自幼生活著的永無小鎮裡，沒有任何搶眼的工業痕跡。他騎著自行車，用不著半個下午，就能轉遍整個小鎮。

至於《萬有引力》的安全點內唯一和汽車相關的載具，就是「松鼠小鎮」裡每天下午 4 點定期遊園一周、嘟嘟地冒著白煙的湯瑪斯頭小火車。並且，他們目前經歷的副本裡，還沒有這樣高度城市化的場景。

南舟還是第一次看到這樣車水馬龍的景象，一時間眼睛都不知道該放在哪裡。

於是，他警惕地鎖定了四周橫衝直撞的嘟嘟車，並跨前一步，主動護在了兩人身前……好像那群敞篷電動車都是一群蓄勢待發的洪水猛獸。

這讓李銀航不自覺想起了他們初識的那輛大巴車。南舟當時也是被從未知之地傳送來的，他觀察到了周邊所有的細節，迅速為自己編造出了一

個身分，並把所有人都哄得一愣一愣的……但他居然不認識離他相當近的行車記錄器。

當時李銀航還覺得大佬的知識短板長得有點歪。現在知道了原因，李銀航只覺得他有趣可愛。

江舫笑著摸了摸南舟的頭髮後，轉向了李銀航，「對了，銀航。」

李銀航的嘴角還帶著笑，「怎麼啦？」

江舫的笑容讓人如沐春風，提醒的話也說得輕緩溫和：「除了我們之外，不要相信任何人啊。」

李銀航：「……啊？」

等她意識到江舫指的是什麼後，臉上的笑容開始慢慢消失。江舫的話指意很明顯，邵明哲一開始就表現得很可疑，所以李銀航自然不會相信他。所以，是那對夫妻有問題嗎？可江舫只提點了她一句，就不再多言。李銀航只好絞盡腦汁地自己去想，這對夫妻到底是哪裡露出了破綻。

江舫則攬著南舟的肩膀，輕聲和他對答案：「你看出來了嗎？」

南舟嚴肅地觀摩著一輛離他們最近的嘟嘟車的發動全過程，「看出來了。」他平靜道：「邵明哲就在我們身後，可他們兩個一開始根本就沒注意到他。」

邵明哲那個絲毫沒有身處亞熱帶樣子的在逃犯造型，無論怎麼說都過於搶眼了，一看就知道他的身分不普通。

但小夫妻兩個一來就跟他們搭話，因為壓根兒沒瞧見邵明哲在哪裡，還特地詢問了他們。

曹樹光和馬小裴的傳送點是在旅遊大巴前排，他們這一路走過來，視線居於高點，會完全注意不到古怪的邵明哲嗎？但凡邵明哲的裝束平庸一點，南舟或許都不會這樣快懷疑他們。他一邊思考著這點不合理，一邊繼續研究著那輛嘟嘟車。

那名開嘟嘟車的小哥渾身肌肉被曬得黝黑透亮。他騎著車，拖著一路黑煙，從南舟面前開過。

南舟還是用一種審視的目光打量著他。

這小哥從剛才就被南舟看得發毛了，索性用粗劣的中文罵了一句：「gay 佬，看什麼看？」

南舟被罵得一愣，目送著小哥遠去很久，才望向江舫，對著小哥的背影指指點點，「……罵我。」

江舫笑出了聲。他喜歡南舟這個樣子，喜歡得不行。

江舫暫時不想去管沒有什麼動作的小夫妻，也不想去管失蹤的邵明哲，他想管管身邊這個迷茫又精神過敏的紙片男友。

「不是說在看完降頭儀式後才會出現靈異事件嗎？」江舫握緊了他的手，柔和地徵求他的意見：「南老師，我帶你去看看世界啊。」

雖然這個世界的人類剛剛才罵過他，貌似不很友好，但南舟望著江舫的眼睛，還是鄭重地點了點頭，「嗯。」

一旁的李銀航馬上提出了一個無比現實的問題：「可我們沒有錢。」

江舫眨眨眼，笑容愈發溫和燦爛。

另一邊，曹樹光和馬小裴一派愁雲慘霧。

曹樹光抓著頭髮，小聲逼逼：「完犢子，我覺得我們暴露了。」

馬小裴安慰他：「不至於吧。」

曹樹光：「不要盲目樂觀了啊，他們剛才瞅我們的眼神都不對！」

他們兩人，和「亞當」一樣，都是被投放到這個世界裡的高維玩家。但他們和「亞當」這種被賦予了重要使命的隊伍又不同。他們只是兩個單純的玩咖，想來這個相對陌生的世界玩玩、看看、長長見識罷了。

其實他們能看清「立方舟」，卻看不到邵明哲的原因，簡單得不能再簡單了——他們的眼睛，是能看到空氣中懸浮著的鏡頭的。而圍繞著「立方舟」的鏡頭，簡直跟馬蜂窩炸了營一樣，把他們身後的邵明哲給掩了個結結實實，從物理上徹底隔絕了他們的視線。「立方舟」就是那輛車裡最搶眼的崽，不然他們也不會被鬼似的邵明哲嚇一跳。

「追擊戰剛剛結束……」曹樹光暫時驅趕走了他們身旁所有的鏡頭，苦著臉跟媳婦分析道：「把我們和他們分在一起，上頭這不就是讓我們整死他們的意思嗎？」

上個副本和他們搭檔的是個東北大哥。結束後，曹樹光被傳染了一口東北腔。

小夫妻倆面對面，一個抖著左腿，一個抖著右腳，抱著胳膊，痛苦地陷入了糾結的沉思。

「唔……」

思考半晌後，馬小裴抬頭，提出了一個頗具建設性的問題：「所以，他們要搞南舟，又關我們什麼事？」

曹樹光如夢初醒：「對哦。我們玩得開心就好啊。上頭又沒給我們下達殺他們的命令。」

馬小裴篤定道：「對，沒下就是沒有。」

兩人本就不大的心結豁然解開後，天地都跟著晴朗了。

馬小裴一拍手，對曹樹光攤開雙手掌心，「來來來，掏錢。我要去買點好吃的。」

曹樹光二人組的重要道具之一，是一個可以從裡面掏出任何貨幣的錢包，每天上限都是所在遊戲副本裡的 1000 塊通用貨幣，掏完即止，倒是非常符合小夫妻兩人享樂主義的風格。

曹樹光從錢包裡摸出了 1000 泰銖，點了點後，猶豫道：「是不是不夠用啊？」

正當他抓著錢，試圖從記憶中搜尋關於泰國這個國家的貨幣購買力相關資料時，一隻手無聲無息地搭在他的肩上。

曹樹光驚了一跳：「媽耶！」

他悚然回頭。江舫笑盈盈的，彷彿一隻白日鬼，靜靜站在他的身後。

「勞駕……」他客客氣氣道：「你們有錢，對嗎？」

曹樹光手裡拿著真金白銀，也不好抵賴，只好乾巴巴應道：「……啊，有啊。」

江舫也不避諱什麼：「借我們 200 好嗎？」

據情報，曹樹光知道自己眼前站著的是頭不折不扣的笑面虎，能笑著把人的骨頭全嚼了還不帶吐的那種。

現在他還能客客氣氣地管他們要，如果不給，他搞不好就要明搶了。

——破財消災、破財消災。

他有些肉疼地抽了兩張印有拉瑪九世頭像的鈔票，遞了過去，同時隨口問道：「200 夠嗎？」

問題一出口，他就想鐽自己一耳屎——你多什麼嘴？

「200 就夠了。」

江舫卻沒有得寸進尺。他禮貌地將錢收下，同時頗紳士地一欠腰，「我會還 400 泰銖的。」

南舟的手被江舫團在掌心裡，被牽過了車流如織的馬路。

南舟的每一步都邁得小心翼翼，隨時提防那些鋼鐵怪物的偷襲。

江舫也不笑話他，輕聲教他怎麼看斑馬線和紅綠燈。

高維小夫妻倆出於好奇，乾脆做了小尾巴，綴在他們後頭。

馬小裴小聲問丈夫：「哎，200 泰銖，夠幹什麼的？」

這是個好問題，李銀航也想知道。她在銀行工作，因此對各國貨幣的匯率算是有些瞭解。200 泰銖，折算下來也就 40 多塊人民幣，坐趟嘟嘟車去碼頭，可能都不夠付往返車費，得走著回來。

南舟問他：「要去找賭場嗎？」

江舫向他科普新知識：「泰國禁賭。就算在家裡打撲克牌也會有被抓

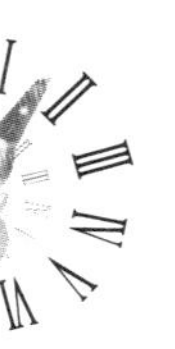

的風險的。」

所以此路不通。聞言，李銀航憂心忡忡地將目光投向了一旁還沒開張的人妖酒吧，衷心希望江舫沒打算去那裡跳鋼管舞。

而他們還沒順著人流融入中心街，南舟就看見路旁一家賣椰子冰淇淋的店鋪。清爽的椰香從大冰桶裡熱熱鬧鬧地飄出，輕易就勾得人食指大動起來。

江舫看他一眼，「想吃？」

南舟張望，「多少錢？」

江舫就笑了，走到店鋪前，比了一個手指，用流利又偏俄式的英語道：「三個椰子冰淇淋，多加椰青絲。」

泰國人的英語大多不錯，更何況這裡是魚龍混雜、來客天南海北的旅遊街區。

臉膛通紅的老闆笑咪咪道：「三個，共計 100 泰銖，請多惠顧。」

他們的賺錢之路還沒開始，啟動資金就先折了一半。

南舟倒沒什麼心理負擔，江舫給他，他就大大方方地吃。反正江舫掙得回來。

李銀航默默舔著冰淇淋，覺得全世界只有她自己一個人在為他們的財政狀況犯愁。她不想讓江舫去跳豔舞。

進入小巷不久，南舟再次止步。他被一個套圈小攤吸引了目光。

攤位上整齊陳列著一排排泰式風味濃厚的小飾品。佛牌、陶瓷杯、鍍金的佛像、銀質鑰匙扣、純錫雕花的小酒壺、黃梨木雕的大象擺件，還有一些小象造型的棉花娃娃。

大獎則被眾星拱月地擺在正當中，是一臺最新款的手機，起碼值個 4、5 千塊人民幣。

這套圈遊戲的形式搞得相當隆重，一旁的硬質殼板上用中英日泰韓足足五國語言歪歪扭扭地標注著：100 泰銖，二十個圈。

老闆新支上攤，還沒開張，正優哉游哉地東張西望，恰好和南舟充滿探知欲的眼神對視上了。

他眼神一亮，把剛剛拿到手裡的蒲扇放下，熱情招徠道：「玩？套中哪個就歸你嘍。」

李銀航一看這騙人的玩意兒，差點翻白眼。儘管世界科技已經進步，但還有一些東西是一成不變、常騙常新的。她 8 歲去遊樂場玩的時候，花了整整兩個小時蹲點旁觀套圈遊戲。根據精密的機率計算，年幼的李銀航就判斷出套圈遊戲是一種肉包子打狗的行為。

剛才南舟看冰淇淋攤的那一眼，就看掉了 100 泰銖。她本來想即時勸阻南舟。

然而，讓她絕望的是，江舫似乎根本沒意識到他們在上大當的路上一去不回頭了。

他問南舟：「玩？」

南舟：「嗯。」

老闆還在旁邊操著一口不流利的泰式中文煽風點火：「小哥，陪男朋友玩吧。」

江舫笑笑，從善如流道：「好啊，先來二十個。」

李銀航腦子嗡的一下大了兩圈。要是大獎是錢也就算了，就算真套中了大獎，拿到一個手機，他們人生地不熟，語言更不通，這手機未必能馬上變現，要是拿著一支手機去賣，找不到合適的門路不說，搞不好還會被當成小偷抓起來，能頂什麼用啊？

一旦碰到錢的事情，李銀航比誰都較真，膽氣十足地瞪著江舫：你就慣他吧。

江舫開懷一笑，彷彿完全失去了解析她眼內情緒的能力。

他溫柔詢問：「銀航也想玩嗎？分妳一個？」

李銀航：「……」算了。

誰讓對面一個是不食人間煙火、對錢一點概念都沒有的小仙男，另一個是個小仙男至上主義者呢。

她只好抱臂在旁邊扮演一個孤獨患者自我拉扯。

南舟挑選了二十個環，卻不扔，只瞧著江舫。

江舫：「看我幹什麼？」

南舟：「都讓我扔嗎？」

江舫：「一人一半？」

兩人有商有量地分配好了玩具，相處氣氛倒真像是一對出來公費旅遊的小情侶。

江舫：「你先？」

南舟：「嗯。」

說罷，南舟一把把十個圈全部撒了出去。

李銀航：「啊？」這東西不是這麼玩兒的啊哥！

可別說，南舟這種看似毫無遊戲體驗的廣撒網的行為，還真的套中了兩樣小東西。一隻小象棉花娃娃，還有一個鑰匙圈。當然，都是些不值錢的小玩意兒。

老闆笑咪咪地取了東西，交到南舟手裡，又望向了江舫。

江舫笑一笑，按照常規流程，拿起了第一個圈。他將竹圈在掌中轉了幾圈，估了估重量。竹圈的連接處綁了沉甸甸的鉛絲，讓竹圈的重心發生了相當明顯的偏移。

南舟也是看穿了這一點，知道一個個扔的話，在短時間內很難習慣這種手感，索性來了個天女散花，反倒收到了一定效果。

但江舫並不打算這樣做。

江舫修長的手指反覆按壓在竹圈和鉛絲的交合處，不知道是在做什麼？他指節抵在圈邊細緻碾磨時的弧度，奪走了南舟全部的視線。

他很想握握那隻手。沒什麼特別的目的，就是想捏捏看。

曹樹光和馬小裴也在一旁駐足觀看。

曹樹光小聲嘀咕：「完蛋，我的錢拿不回來了。」

馬小裴卻很想得開：「花 200 泰銖，看排名第六的大佬給咱們表演套圈不行嗎？」

曹樹光：……操，很有道理。

他興致勃勃地等著看大佬吃癟。

江舫手腕下壓，斜著將竹圈拋了出去，圈穩穩套住了距離他不算近的佛牌。

這並不是什麼值錢的玩意兒，老闆正要去給他拿，就聽江舫用英語客客氣氣道：「一會兒一起拿吧。」

老闆突然有種不大好的預感。

江舫不緊不慢地掂起第二個圈。比劃和測量過角度後，竹圈打著旋兒飛出去，穩穩套在佛像的脖子上。

江舫挺有禮節地對佛像行了個禮，「冒犯了。」

接下來的第三個圈，準準地套在了黃梨木雕的象鼻子上。

老闆有點沉不住氣了，率先道：「這個沒把整個套進去，不算哈。」

江舫也不生氣：「好啊。」

緊接著，他瞄也不瞄，擲出了第四個圈。第四個圈撞在第三個圈上，三號圈從象鼻子上滑脫，將小象的四蹄穩穩套牢。而四號圈受了一個反彈的力道，打著轉，將旁邊的錫酒壺穩穩收入彀中。

老闆略微緊張地站起了身來，在旁背著手踱步，細緻地觀摩著江舫的動作。

江舫一點也不著急，也沒有被人圍觀的焦慮。他又扔出了兩個圈，分別套住一個手工藝木盒和一個紋著彩色猴神頭的便攜清涼膏。這些東西，都擺在大獎手機的周圍。

當江舫把手探向臂彎上挽著的第七個圈時，老闆立即換了一副面孔，堆著熱絡的笑意走來，搭著江舫的肩膀，低聲同他用英語商量了兩句。緊接著，老闆往江舫手裡塞了些花花綠綠的鈔票。

南舟看得分明。在那堆票子裡，有一張面額為 1000 的泰銖。

江舫捏著鈔票，沒有多看，在指尖揉了兩揉，就點出了具體的數額。

他笑容可掬：「我不玩，當然沒問題。可是，我要是把我現在套到的東西都拿走，您不好補貨吧？」

他的語氣全然是為對方考慮的，但實際上還是赤裸裸的威脅。

老闆的笑臉有點僵，但還是飛快掏出另一張面值 1000 的泰銖，果斷拍在江舫掌心。

江舫體體面面地收了錢，當然也是不再糾纏，見好就收。他將手中剩下的四個環隨手放回原位，將 2000 泰銖的整票放入口袋，捏著一把零錢，走到了瞠目結舌的小夫妻倆面前。

江舫笑道：「本金。」他放下 200。

「利息。」又放下 200。

支付完畢後，江舫帶著南舟和被這波社會操作秀到了的李銀航，向人聲愈發鼎沸處走去。

南舟跟在江舫身側，好奇問道：「他為什麼給你錢？」

江舫語焉不詳道：「請神容易，送神就有點難了啊。」

南舟：「你是神嗎？」

江舫一握他的肩，溫和垂目道：「我是你男朋友。」

曹樹光：「……」

馬小裴：「……」

兩人在原地呆立片刻，曹樹光眼巴巴地看向了馬小裴，「媳婦，我也想玩。」

馬小裴和他配合無間，果斷把剛到手的 200 塊泰銖甩了出去，「來 40 個。」

其結果當然是血本無歸。

他們看江舫扔圈，覺得我上我也行。結果，江舫扔圈，是在套東西。他們扔圈，是圈了自己。偏偏兩人愛玩，都不肯信邪，直到 500 泰銖流水似的花了出去，才意識到什麼叫買的不如賣的精。

兩人戀戀不捨地離開攤位時，「立方舟」已經不知道走到哪裡去了。

曹樹光蔫巴巴道：「媳婦，我不中用。」

馬小裴心態一流，笑道：「小賠、小賠。」

兩人毫無芥蒂，相視大笑。

遠在另一個空間內的高維直播組：「……」兩個憨批。

還清了債務後，留下的2000泰銖進項，足夠「立方舟」一路輕輕鬆鬆地玩過去。

他們買了紅毛丹、小鳳梨、手搖冰棒和香蘭葉雞蛋燒。江舫還為南舟挑了一方很適合他氣質的小絲巾。

至於李銀航，也沒有閒著。她的英文就是六級臨場突擊，堪堪擦邊過的水準，她也不是外語服務專線，英文功底早丟了個七七八八，能還的都還給老師了。不過這不影響她的還價技能在異國他鄉的可持續發揮。

當老闆用泰語報出一個價格後，李銀航不管聽沒聽懂，上來就說：「no。five。」

她什麼東西都從5泰銖殺價開始。

老闆：「nonono。」

兩個人對著no了好一陣子後，鑑於李銀航彷彿只會說「no」和「five」這兩個單字，偶爾會視情況上升到「ten」，老闆只能無可奈何地敗下陣來。南舟脖子上的漂亮小絲巾就是10泰銖買下來的。

時間自然而然地被消磨殆盡，太陽慢慢隱沒入雲的邊緣。牛奶一樣乾淨雪白的雲朵，也漸漸被鍍上了一層鉛灰色的邊緣。熱帶的天氣就是這樣難以揣摩，下午5點左右，有靡靡的雨滴落了下來。

「立方舟」還是幸運的，沒有受到這一場計劃外的小雨的影響。

雨開始下時，他們正坐在一家名叫「滿福茶室」的飯店，分食一盆粥。一大盆粥，裡面熬了鮮生蠔、螯蝦、白鯧魚和佐鱸。200泰銖，算得

上物美價廉了。

煙雨中，一切都變得朦朧難辨了起來。淅淅瀝瀝，雨勢讓天地都變得碧綠生動起來，這場雨下得有滋有味，彷彿天地有靈。

南舟坐在這片雨幕之外，靜靜望著外面陌生的天空。當熱粥流入食道的時候，他的心也跟著安靜下來。

既然這樣停駐了下來，南舟也有空閒去實踐自己的心願。他主動捉住了江舫搭放在膝蓋上的指尖，一下下按揉著他的指骨。

江舫被他握得明顯一愣，等回過神來時，他鼓足了心中所有的勇氣，才敢輕輕地回握回去，回應了這點沒有來由的依戀。兩個人在桌子邊上，牽著手，微微晃著，像是兩個在課堂上偷牽手的小情侶。

江舫垂著頭，認真吃粥，臉頰滾熱。永晝的陽光，再加上熱帶季風氣候的作用力，對他一個習慣了東歐的陰冷天氣的人來說，著實太熱了。但他不討厭。很喜歡。

老闆是華人，見他們面善，臨走前送了「立方舟」一把舊傘，讓他們擁有了在細雨間漫步的機會。

不過，這樣的浪漫並沒有持續多久。

天色漸暗，漸漸有繽紛旖旎的彩燈亮起，擺放在風月店和人妖酒吧的音箱送出曖昧的音樂，勾兌出了令人心猿意馬的放蕩氛圍。

他們也越走越偏。空氣中潮濕的黃泥氣，漸漸讓呼吸變得滯重艱澀。街巷越走越窄、越走越荒，地面不再鋪設水泥板，泥地直接裸露在外，在雨水的作用下，被浸成了泥塘。

導遊早就來到了這條夜市街的終點，口裡嚼著檳榔，右手挾著劣質土菸，在道旁有一下沒一下地晃著旗幟。並沒有遊客願意遵循他的指示，乖乖跟他去看那神祕的「降頭」儀式。

正常遊客早就一哄而散，要麼去碼頭吃海鮮，要麼去按摩店裡體驗風流一夜。只有領受了任務的玩家，必須將遊戲進行下去。

而導遊身邊，正靜靜站著那把自己周身遮擋得滴水不漏的怪人邵明哲，他應該是省去了一切遊玩過程，緊跟著導遊，一路來到了這裡。

他們的目的地很明確。在導遊的不遠處，佇立著一個灰蓬蓬的大帳篷……和李銀航以前在公園裡見到的那些「美女蛇」、「花瓶美人」、「水晶球算命」的帳篷完全同款，一般無二。簡而言之，充斥著一股騙傻子的氣息。

在「立方舟」來後不久，小夫妻也姍姍來遲。

導遊撣了撣屁股，站起身來，感嘆了一句：「呿，還有六個人想看降頭儀式吶。」

邵明哲冷冷道：「快點。」

顯然，他已經等得相當不耐煩了。

導遊作為 NPC，脾氣也不小，不屑地斜睨他一眼後，朝幾人攤開了蒲扇似的手掌，晃了晃。

邵明哲一時沒能理解：「幹什麼？」

導遊理所當然道：「每人 200 泰銖入場費啊。」

身無分文的邵明哲：「……」

因為揮霍而身無分文的小夫妻倆：「……」

邵明哲的神色風雲變幻一陣，丟下一句冷硬的「稍等」，轉身便要走，毫無向其他幾人求助的意思。

導遊在後頭叫他：「喂，你還看不看了？」

邵明哲回過頭來，「看。」

對他們來說，不走劇情，十成就是個死。

導遊不耐煩地叮囑道：「7 點啊。7 點之後不進人了！」

邵明哲匆匆看一眼不遠處一間客流寥寥的麵包店，門口掛著一面鐘……還有 15 分鐘。

他沒有多停留，整個人便投入了傍晚灰黃色的雨霧中。

李銀航則開始計劃把自己放入倉庫。省錢辦事，從我做起。

她正要拉著南舟他們離開，找個偏僻的地方好把自己裝進去，就聽導遊冷冰冰地問她：「你們也不玩了？」

李銀航想要解釋：「不是，我們……」

江舫卻攔住了她，「沒事，我們錢應該還夠，是不是？」

李銀航悲憤地瞪了他一眼。她何德何能，能值 200 泰銖？今天還有餘錢，可他們明天不過啦？

小夫妻倆卻非常能屈能伸，聽到江舫鬆口說「錢應該還夠」，對了個眼色後，馬上蹭上了「立方舟」。

曹樹光性格相當爽朗討喜，也不亂兜圈子，直接道：「哥們兒，行個方便嘛。」

似乎是擔心一借不成，馬小裴也很上道地豎起了四個手指，「我們借 400，明天連本帶息還 800。」

等錢包刷新過後，他們就有錢了。大不了他們明天待在賓館裡不出去了，吃泡麵。

江舫倒也不介意，笑著一指李銀航，大方道：「錢在我們小管家手裡，管她要去。」

這樣一來，李銀航的門票錢也算是用預訂的明日利息抵扣了。她的心疼也稍稍抵消了一些。

李銀航一面乖乖掏錢，一面偷偷觀察江舫。按常理推斷，這些額外的旅遊項目收費，完全是情理之外、意料之中的事情。李銀航懷疑江舫早就猜到了這一層，就是故意不提醒沒經驗的小夫妻兩人，放縱他們慢慢把錢花光，好光明正大地促成這一項借貸業務。

五人交過了 1000 泰銖，導遊就先領他們進去了。

帳篷是厚實的灰帆布，掀開外簾後，撲面而來的卻不是帳篷內長久積蓄的熱意。一股陰冷感拔地而起，毒蛇一樣帶著薄薄鱗片摩擦感的陰風順

著腳踝扭曲著攀爬而上。

李銀航打了個寒噤，剛才一路玩鬧而來的好心情剎那間煙消雲散……她終於有了一步踏入詭異深淵的實感。

南舟則沒什麼神色變化，四下張望起來。

帳篷大概是一個三十人班的小教室大小，屋內除了他們，還有七、八名別團的遊客早就候在了這裡。

屋內沒有燈，光源和神祕感全靠五步一根的蠟燭維持。在帳篷裡點明火本來是一件非常危險的事情，但細細觀察下，這樣看似荒謬的安排卻很是有理。

燭色是紅的，燭光卻是白的，燭身上刻著繁複的咒符。奇異的是，當外面潮熱的雨風隨他們的進入而灌入時，燭火仍是豎直向上，八風不動。

前方設了一座方方正正的宣講臺，大概是用木頭架子臨時搭的，上頭奉著一座不知名的神像。神像膚色澄金，三臂三足，鳥喙鵠面，箕坐於地，雙腳彎曲，臉上金、紅、綠三色獸面橫紋交錯，堪稱濃妝重彩。六條手足上，影影綽綽地供奉著針、蛇、藥、花、蟲、符六物。

面前供奉著四個金盤，盤子上供奉著死蛇、乾蠍、蜈蚣，以及一捆散發著奇異香氣的茅草。

宣講臺下，四處都蒙罩著一層潔淨的白布，在燭光輝映下，添上了些紅紅白白的淒冷顏色。如果有不知道帳篷具體功能的遊客誤入這裡，恐怕會認為他們闖進了一場白事。

神像和供臺之下，擺著供遊客休息的蒲團。每排三個，共有七排，擠擠挨挨地從臺下一直排到了帳篷門口。

帳篷旁有一小塊白橡木板，上面以中英泰三語寫著幾條注意事項。

不可袒胸露背。

不可喧嘩。

不可隨意走動。

不可觸摸神像。

不可攜帶佛牌。

不過，這些好奇地等待儀式的 NPC 遊客們，對這樣的警告毫無敬畏之心。帳篷內的肅穆氣氛，被他們解讀成了故弄玄虛。200 泰銖不算昂貴，他們也樂意被人當做冤大頭，熱熱鬧鬧地看一場他鄉的猴戲，但這不能妨礙他們玩手機。於是，帳篷裡處處亮著人工的螢光。

在那不知名神像滿面肅殺的注目下，下面的人各玩各的，很不把祂放在眼裡。還有遊客離開了蒲團，彎腰去看那不會被風吹動的蠟燭，並嘬著嘴巴一下下吹，同時小聲點評這一定是魔術。

至於南舟他們，還是決定要老實一點。

依照指示交出佛牌後，小夫妻坐在最後一排。用他們的話說，萬一出了點什麼事兒，跑也好跑。

南舟和江舫顯然沒打算跑，因為他們直接坐到了第一排。

剛剛落坐，李銀航就低聲問了江舫，是不是早就知道看降頭儀式要掏錢，才故意不提醒，想賺他們的利息。

聽到這樣的質疑，江舫居然眨著淡色的眼睛，把下巴枕在南舟的肩上，「我冤枉啊。」帶著三分撒嬌的意味。

南舟向來不怎麼笑，只是把目光從旁邊筆直燃燒著的蠟燭上撤下，低頭看著江舫。

南舟用商量的語氣輕聲問：「你這樣，是要我親你嗎？」

江舫的神情稍稍一凝，看樣子想跑。南舟主動湊上去，用嘴唇碰一碰他的臉頰，不給他這個機會。

江舫被他親了一下，心尖微動，嘴角也跟著翹了起來，「南老師，下次可以先商量一下嗎？」讓他起碼有個反應的時間。

「為什麼你要蹭我可以，我親你就需要商量？」南舟非常理直氣壯：「你過來了，我就是想親。」

南舟面上不顯，對感情也是懵懵懂懂，不大懂得好壞，心裡卻很清楚他這位朋友的性格。

江舫需要一段關係中掌握絕對的主動權，什麼時候進、什麼時候退，都要牢牢捏在他自己手裡不可。一旦失去主動，他就無所適從，想要躲避。這是壞習慣，需要糾正。南舟就是要打亂他的節奏，因為朋友之間應該享有這點為所欲為的特權。

李銀航：「……」

她看著距離他們只有咫尺之遙的六臂神，嘆了一口氣——什麼叫當面瀆神啊。

邵明哲恰在這時候趕回來了。他徑直往前排來了，微微有些氣喘，藉著光，一下看到南舟和江舫兩個人親親熱熱說話的樣子，還沒喘勻的氣一口嗆到了嗓子眼裡，捂著嘴小聲嗆咳起來。

李銀航當局外人已經當出了自覺性，甚至有心思關注了一下邵明哲進帳篷的時間。6 點 59 分，好在沒有超時。

見本來打算在第二排落坐的邵明哲站在他們身後，站也不是、坐也不是，李銀航發揮了一下好心腸，回頭提醒道：「快點坐下吧，要……」

她的目光停留在了他的掌心。那裡正捏著一個錢包，錢包上帶血……明顯不大可能屬於邵明哲。李銀航的善心有限，不再和他搭話，若無其事地轉過頭去。

邵明哲口罩下的嘴動了動，似是想要解釋，但還是閉上了嘴。

「在泰國，7 是煞數，代表苦海無邊。而降頭這種事情，最要聚煞氣，所以選在夜間 7 點……」

江舫懂的的確不少，輕聲給南舟講解答疑。

而南舟捏著身下蒲團的經緯，依舊在盯著旁邊的蠟燭看。

就在這時，7 點的鐘聲在帳篷外敲響。一身麻布長袍，面色莊嚴的降頭師鬼魅似的飄了進來，準時上鐘。

他個子很小，也就一米四剛出頭的樣子。如果不是在路過南舟身側時，南舟看到他下垂雙手上縱橫的皺紋和青筋，這名降頭師恐怕在平時很容易被誤認成是一隻被包裹著麻布、營養不良的小猴兒。

帳篷內一片安靜。那些遊客也不是毫無眼色，既然正主來了，也就各回各位，以放鬆的心態，準備欣賞這一場價值 200 泰銖的表演。

帳篷右側緊依著一叢蔥蘢長草，風過時，就將帆布帳篷自外摩擦出刷拉刷拉的細響。雨淅瀝瀝淋在帳篷上，因為隔了一層帆布，那聲音就不很真切，彷彿在人的精神外包覆上一層薄薄的蘚膜。

在這樣的雨聲中，司儀用泰語混合著英語，簡單介紹了降頭師的名字和身分。那身材乾癟的降頭師就蜷在長袍內，垂著頭，靜靜聽他介紹。

南舟小聲對江舫：「聽不懂。」

江舫：「不是讓你聽懂的。」

他們要的就是這種神祕感。真要找個中文翻譯來，如果翻譯水準過於蹩腳或是過於熱鬧，那神祕感都必將大打折扣。

前排說小話的兩人被司儀瞪了一眼後，宛如被老師抓包的學生，各自安靜了下來。

做完一番冗長的介紹，降頭師邁步向前，足腕上綁縛著的銀鈴泠泠地一響，他端起一碗水念念有詞後，便用枯瘦的指尖沾了水，輪番點在來賓們的額頭中心。

司儀在旁解釋這水的用途，就連李銀航也聽出了一個「peace」，是代表平安的意思。大概的用途，就是保護在座的人不受本次降頭儀式的任何影響。

當平安咒輪番下達過後，降頭師的表演正式開始。他讓司儀取出了一打雞蛋，就近點了幸運觀眾南舟，讓他隨便挑選一枚。

雞蛋大小一致，都是普通雞蛋。南舟一一上手掂量後，擇了一枚，降頭師讓他把雞蛋捧在手心，用草灰在雞蛋上畫了一個松樹形狀的長符，隨即乾癟的嘴唇再次一開一合，快速吐出了意義不明的文字。

南舟盯著降頭師乾癟的嘴唇蠕動時的幅度，神情認真。

降頭師也未曾見過這麼仔細地觀摩降法儀式的賓客，不自覺便提起了氣，將那些符文念得清晰、準確又快速。

李銀航感覺身體漸冷……隨著這咒法布施開來後，這帳篷裡就彷彿進入了什麼東西。某種詭異的邪祟，在步步欺近了。

南舟眉頭一抬，感覺掌心的雞蛋重量增加了。這並非他的錯覺。

在降頭師停止誦念後，司儀又用銅盆捧出了一盆清水，示意南舟將雞蛋放進去。原本的生雞蛋，居然和熟雞蛋一樣，晃晃悠悠地沉了底。

司儀非常滿意南舟眼裡浮現出的困惑。在冷白的燭光下，他將這枚蛋撈起，磕在銅盆邊緣，做菜似的將蛋打勻在了清水裡。但蛋殼破碎後，流出來的不只是蛋液。裡頭有一片銀亮亮的東西，在燭光和水光中煌煌地散著寒光。

等李銀航看清那是什麼東西後，頭皮登時一跳一跳地發起了麻……和著蛋液、漂浮在水面上的，滿滿的都是針。起碼上百根針，就這樣無端出現在了生雞蛋內。她想像著這些針如果神鬼不覺地出現在自己腦袋裡，會是怎樣一幅畫面。

司儀用中文彆扭地說出了這種降頭術的學名：「這是，『針降』。」

他端著銅盆，將這詭異的奇跡一一展覽給其他觀眾看。所到之處，無不引起一陣小聲的、滿懷驚歎的歡呼。

當然也有人質疑，覺得南舟和降頭師是一夥的，是聯合作局蒙他們的槍手。可這質疑聲還沒有傳播開來，他們就聽見那個槍手發了聲。

「對不起，我沒看清楚。」南舟說：「能再來一次嗎？」

司儀是能聽懂中文的，但他沒打算理會南舟。他們憑什麼聽一個客人的話？表演了第二次，神祕感和效果肯定大打折扣。他置若罔聞，在黑暗裡翻著白眼，走回了降頭師身側，打算把用廢了的蛋殼丟掉。

南舟也沒有繼續追根究柢，只是坐在幢幢鬼火一樣的黑暗裡，嘴唇無聲地開合，在自己的大腿上靜靜寫畫著什麼。

CHAPTER

07:00

他不懂什麼是戀愛的心情，
只覺得邁過那道心檻後，
天地都廣闊了許多

司儀走到了放垃圾的托盤前，習慣性地打算把兩半雞蛋殼捏碎再扔。

他掌心一合。在蛋殼發出咔嚓一聲碎裂聲時，他卻差點痛叫出聲來。

他捂住了自己的手，在黑暗裡咬牙切齒。要不是不敢太失態，怕驚到了降神，他恐怕要大罵出聲了——蛋殼裡什麼時候還留了一根針？

長了針的雞蛋被收下去了，換上一隻用玻璃罩子倒扣起來的老鼠。這是一隻擅偷家糧的普通經典款老鼠，長得肥碩壯實，和可愛半毛錢關係也沒有，鬚鬚挺長，一路耷拉到地上。

牠這副尊容，很難讓人產生同情心。所以除了身處任務，很容易跟這樣任人宰割的小動物共情的玩家之外，其他遊客看得興致勃勃。

降頭師抄起銀質小剪子，刷地裁下一縷鼠鬚來。鼠鬚綁在三根特殊的茅草上，用燭火引火燒了，散發出一股奇特的味道來。

在煙霧騰起的瞬間，降頭師就將燃著的茅草尖尖，順著玻璃罩子上一個半枚指甲蓋大小的通氣孔插了進去。降頭師的嘴唇一翕一張，誦念著複雜難解的咒語。

老鼠在透明的玻璃罩子內，被稀薄的煙霧隱隱遮蔽住身形。牠小幅度抽動著尖細的鼻子，漸漸，牠的眼神內聚起了貪婪狂熱的光，直起上半身，細小的雙爪蜷縮在胸前，瘋狂地抽動著鼻子，宛如一個人類世界裡的癮君子。

當吸入了足量的煙霧後，牠居然舉起了雙爪，開始在玻璃罩子內……跳舞。那種舞動沒有絲毫意義，只是單純的狂熱。牠像是古代祭祀中的一員，以舞蹈努力傳達出對這謎之煙霧的崇拜。牠瘋狂地轉著圈，直到一頭撞到玻璃罩子上，咚的一聲，再沒了聲息。

司儀介紹道：「這就是奇幻降。」

奇幻降，顧名思義，能夠讓生物導致幻覺的降頭。

南舟舉手提問：「那麼，會看見什麼呢？」

南舟猜牠可能看到了乳酪之神。

司儀的心情被那根突然冒出來的針搞得極差，看到又是這個多話的年

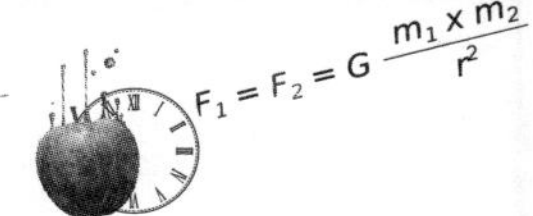

輕人找事，他眉頭一皺……他自有對付這些不信邪的刺頭遊客的辦法。

他低頭用帶有濃重本地口音的泰語對降頭師說：「他不相信您施展的本事，他覺得是假的。」

一旁的江舫微妙地蹙了蹙眉，但想了想，沒有說話。

那乾癟枯瘦、裹在斗篷裡的降頭師抬一抬眼皮，看向南舟。

這時候，南舟才看清他的眼睛。

他的眼白泛著紅褐色，眼珠則像是枯木珠子僵死在了眼眶內。

南舟坦然地與他對視。可惜，降頭師很快轉開了視線。

認真學生的南舟仍然沒有等來他的答案，被便宜老師冷落了的南舟也不介意，仰著頭繼續聽講。

降頭既然是帶有娛樂性質的，當然是挑見效快、效果突出、群眾喜聞樂見的來表演……比如和合術。當兩撮貓毛和著一種被搗碎的蟲脂在紅泥小匣裡燃燒起來時，兩隻中咒的小貓當場媾和起來。

這個的確熱鬧有趣，贏得了滿堂掌聲，對這個降頭感興趣的觀眾不在少數。司儀很滿意這場的效果，慣例的推銷環節當然也是少不了的。

凡是想要大師協助施和合術的，每人 12000 泰銖。

如果覺得價格太貴，也可以自學成才，在本次表演結束後，將有降頭師親筆撰寫的指導手冊販售。因為大師覺得和在場各位遊客有緣，所以只要 3000 泰銖就能拿下。

其他遊客倒是有真動了心的，開始窸窸窣窣地掏錢包，數有沒有兌換足夠數額的泰銖。

坐在前排的三個窮人因為沒有錢，心平如鏡，無動於衷。

看到他們仨一毛不拔，但是樂於找茬挑事的樣子，司儀更加堅定了要整他們一番的決心。

終於，演示過用頭髮插在土裡，可以讓杯子裡長出花朵的鮮花降，以及能把金鐵腐蝕出一個窟窿的金蠶降後，表演推進到了最高潮的環節。

司儀放棄了那用泰語和英語混合的神祕式介紹方法，用曲裡拐彎的中文腔調介紹：「現在，我們要挑選一位客人，來體驗我們最神祕、也最恐怖的——飛頭降。」

「我們需要一位充滿勇氣的客人來參與這個環節。」

因為他的中文也頂多是四、五分的水準，再加上憋不住得意的笑，尾音四處劈叉，聽起來非常陰陽怪氣。

他看向南舟，笑道：「請這位……好奇的客人，上來體驗一下？」

李銀航聽話風就知道不妙，南舟八成是被這個司儀當成那種故意找茬的人了……這是要給他下馬威呢。因此，當南舟起身時，她忙抓住了他的西裝褲邊，連連搖頭。

江舫卻輕輕用剛才攤位上買的摺扇壓住李銀航的手背，溫和道：「讓他試試。」

李銀航有些著急：「可是……」

江舫：「妳覺得他會怕嗎？」

李銀航：「……」對喔。

司儀能聽懂他們在說什麼。

他不說話，就笑嘻嘻地看著這三個人裝逼。

他見過太多不信邪的客人了。反正，當那形態各異的腦袋飛起來，作勢叨向人的面門時，沒有一個找事兒的人不當場慫蛋，嚇得失聲尖叫或者破口大罵的，甚至還有被嚇得當場失禁的。場面必然十分精彩。

南舟並不關心司儀的那些小九九。

他走到大師面前，低頭同大師對視。

降頭師對南舟平伸出枯瘦如猴爪的手掌，手心上托著個烏黑油亮的平凹口的小石盅，嘰里咕嚕地說了個短語。

南舟看向司儀。

司儀在旁幸災樂禍地翻譯：「大師請您給出身上的一樣東西。頭髮、指甲、唾液……如果您想要更好的效果，一滴指尖血最好。」

這也是司儀隨口一說。畢竟他沒見過哪個正常遊客，為了驗證一個無

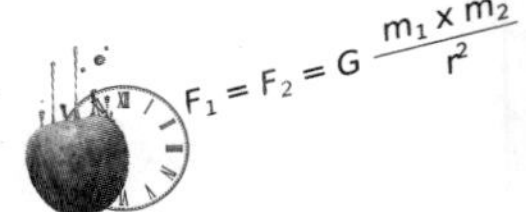

關緊要的收費表演的真假，就真敢拿針往自己指頭上戳，給自己放血的。但很可惜，他今天沒碰上正常人。

南舟想了想，跨出幾步，走到臺後，取走最初表演蛋內藏針時漂在水面上的一根針，又折返回降頭師身前。

他舉著針尖，平靜地指著降頭師掌心裡的小盅，「就滴在這裡？」

司儀：「……」

他略略站直了身體。人都說無知者無畏，可對未知的東西毫無敬畏，那就是純粹的作死了。他愈發期待南舟被嚇得屁滾尿流的畫面了。

就連司儀沒見過以血召喚的飛頭降有多恐怖，只聽說相當凶悍，如果操縱不當，完全可以咬死人。

不信邪的人前後情緒反差越大，就顯得降頭師越強悍，表演效果就越好。司儀已經開始期待今天可以賣出去多少書、拿到多少提成了。

南舟滴血滴得毫不吝惜。反倒是降頭師，木頭珠子似的眼珠渾濁地滾了一滾，露出了些猶疑的神色。

南舟感覺有點疼，把指尖含在了嘴裡，一邊止血，一邊靜靜盯住眼前的降頭師。他眼神裡透出的那股怪異的壓迫感，讓降頭師乾癟的喉結都止不住上下滾動了一下。

他開始動手了。降頭師從布袍內取出一根銀色的尖針，在黑色的盅底畫出一個頭骨狀的符咒輪廓。

在勾勒符咒輪廓時，他開始慢吞吞地誦念咒語。

這次降頭咒，要比他之前任何一次念的時間都長、都複雜。他似乎在猶豫顧慮著什麼，將咒念得格外清晰……謹慎得像是怕念錯課文的學生。慢而清晰的怪語，從降頭師枯焦的唇中徐徐湧出，像是從森冷地獄裡傳出的鬼聲。

他因為神經過於緊繃，居然沒有發現，南舟垂在身側的指尖，正跟著他手底下尖針游移的走向，勾勒出一個一模一樣的符咒。而南舟沉在黑暗中的唇際，也緊跟著他的唇，幅度極輕地動著，準確地複述著每一個晦澀

的音節。

南舟心性很簡單。那些複雜且毫無規律的字元，記憶起來並不難。因為這世界上的一切知識，對他來說都是模模糊糊的一大團大霧一樣的文字。他都是先囫圇記住，再一條條理解，這是他獨特的學習習慣。至於跟著他畫符就更是簡單了，在《萬有引力》沒有開放前，他就是一個平平無奇的美術老師。

隨著咒語推進到高潮，人群中驟然發出一聲尖叫。這聲尖叫讓全神都貫注在降頭師一舉一動的李銀航悚然一驚，她調頭看去，看到了讓她的心跳驟然斷拍的東西……

一顆懸浮在半空的頭顱，不知是從帳篷的哪個縫隙鑽出，無聲無息地出現在南舟的頭頂後上方。它五官俱全，一雙褐色的眼睛自上而下，幽幽審視著南舟，像是準備伺機進攻的禿鷲。而當尖叫聲出賣了它的存在後，它豁然一閃，張開血齒，咬向南舟的頸項！

誰也沒注意到南舟是什麼時候抬起手來的。他們只看到，當頭顱的進攻之勢被止住時，南舟已經微微偏過頭去，右手後押，拇指和無名指鐵鉗一樣抵住頭顱兩腮，像是握住保齡球一樣，死死卡住了那顆怪頭。

人頭：「……」

它打死也想不到這裡有個玩頭專業戶。

人頭見勢不妙，想要後撤。

南舟的指尖發力，把那顆頭的頭骨攥得咔喳作響，白眼都翻了起來。

司儀早被這顆突然出現的腦袋嚇得滾趴在地，以前他見過的多是腐爛的雞頭、狗頭，哪裡見過這樣一顆活靈活現的人頭？降頭師也沒能料到這樣的突變，一張猴面更見鐵青，口中開始催念咒語，試圖送人頭降離開。然而已經晚了。

南舟握著這顆人頭，尾指的殘血在它微微凹陷的臉頰上迅速勾畫出一個符咒。人頭被攥得頭骨亂響，雙眼翻白，不自覺地流下眼淚來，淚水徐徐滑過了它臉頰上的符咒。

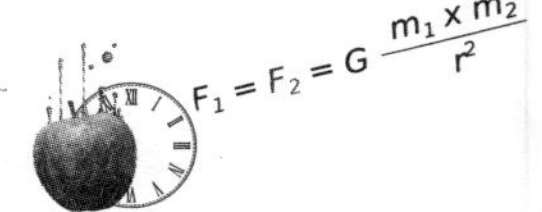

南舟已經通過觀察降頭師幾個表演之間的共通性，知道了所謂「降頭」到底是什麼。

一「動」一「名」，缺一不可。

「降」，指的是畫符、念咒、用藥等等特殊的術法。「頭」，就是用人體的某些部位形成的「類比物件」，也即詛咒物件。

南舟已經用自己的血，在人頭的臉上畫出了「降」所需的咒紋。

人頭流下的血淚，成了最天然的詛咒介質。

在低聲且快速準確的誦念聲中，一個最簡單的鮮花降在南舟手底誕生了……噗。細微地響過一聲後，激烈掙扎的人頭不再動彈。

從人頭的眼睛、鼻子、耳朵、嘴巴裡，迅速鑽出一串一串無比絢爛的舟形烏頭——這顆憑空飛出的人頭，變成了一個斑斕的大花盆。

南舟四下裡看了看，把斑斕的人頭花盆隨手端給司儀。嚇破了膽的司儀捧著這顆人頭，呆望片刻，發出了殺豬似的慘叫，手腳並用地躲到一邊去，用泰語不斷祈求著神佛保佑。

人頭花盆即將滾到李銀航身前時，李銀航剛下意識地想躲，就見一隻腳探出來，半途攔截了那顆人頭……邵明哲默不作聲地將人頭搆到了自己腳下。注意到李銀航投來的眼色，他偏了偏頭，不去看她，自顧自低下頭去研究那顆人頭的臉。

其實，其他觀眾們對這場表演都是半信半疑。在看到飛翔的人頭時，他們其實已經快要相信了。現在看到南舟輕而易舉地把這顆人頭料理了，他們自然認為這是假的了，是南舟這個年輕的降頭師在和老降頭師打配合，用一顆玩具頭顱給他們進行了一場精彩而無害的表演。

目瞪口呆半晌後，他們中爆出了一陣歡呼和經久不息的掌聲，後排的小夫妻倆喊得最響。

曹樹光：「牛逼！」

馬小裴比他還嗨：「娶我！！！」

曹樹光去捂興奮過頭的媳婦的嘴，「行了行了，人家有主了，妳就想

想吧。」

所有人的感受都是，這 200 泰銖的門票錢花得太值了！

尤其是李銀航。南舟等於花了 40 塊錢，現學了門獨家手藝活？還有比這更划算的買賣嗎？

帳篷內燈火飄搖，光線昏暗。

興奮的觀眾自然注意不到，降頭師藏在麻布袍底下，不可置信地顫抖的雙手，和從他鼻孔裡大滴大滴下落的黑血。

而在帳篷外不遠處的一條骯髒的小巷裡，一個男人悄無聲息地倒了下去。他的脖子以上全空了，斷裂的腔子裡正跳躍地往外噴著血。

當然，更沒人會知道，閃爍在直播間的、讓直播間的所有高維生物都頭皮發麻的一句提示。

「通知，通知。」

「【邪降】副本尚未開啟正式故事線，重要 boss 已死亡，請問是否通知玩家終止遊戲？」

節目組：「……」劇本不是這樣的。

在這個副本的設定裡，導遊是和這個降頭師的徒弟兼司儀有私交的，負責給他們拉客。他不止拉客，還做二道販子，賣的是遊客信息。

導遊本來是能輕鬆掌握所有遊客身分資訊的人。而且凡是來泰國的人，大多都會去拜佛燒香，少不得會把自己的生辰透出去，讓廟裡的大師測測吉凶，算算未來。

導遊會把這些看似無關緊要的身分資訊隨手發出去，好給自己換點兒菸錢。至於司儀他們打算做什麼用，他不關心。反正每次把客人送到位後，導遊就功成身退，回大巴車上打遊戲去了。

而這次旅遊團裡，有六個人的生辰八字，恰好是本地降頭師煉「長生降」所需要的。這六人的命盤，暗合了六煞星的「鈴星、火星、地空、地劫、擎羊、陀羅」。南舟他們，好死不死，就是這六個命定的倒楣蛋。

南舟的命盤是浪裡行舟、一生漂泊的地劫。

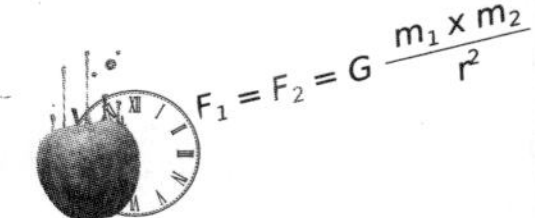

江舫是陰狠冷漠、拖延擅欺的陀羅。

李銀航代表一意孤行、敢於嘗試的擎羊。

邵明哲則是剛硬倔強、頑固不化的火星。

曹樹光是急躁膽大、性情怪異的鈴星。

而馬小裴是做事虛浮、不切實際的地空。

地劫之腦、陀羅之心、擎羊之膽、火星之腎、鈴星之肺、地空之肝，提煉出來後，以命盤演化，遂成「長生降」，能夠助人長生。這是萬年難遇的好機會，也是副本刻意給出的「無巧不成書」。

面對這群一無所知、靜待宰割的冤大頭，降頭師樂不可支，拉了本領高超的自家師兄，和他一起做這場大事。所以，接下來的劇情應該是，這群傻蛋被誆到了降頭現場，花錢找死。他們會以為自己看到了一場精彩紛呈的降頭表演。實際上，施加在他們身上的「平安咒」，才是降頭師為他們設下的套，能讓降頭師隨時定位到他們的存在。

接下來的 14 天，他們要飽受生活中各種怪象的糾纏折磨。他們要在語言不通、求助無門的他鄉，通過不間斷的調查，知道有人在謀算他們的心肝脾肺腎，並試圖從這奇幻難解的恐怖中存活下來……一切本應該是這樣的。假如南舟現在沒有把重要 boss 之一，也就是降頭師師兄的腦袋做成一個花盆的話。

實際上，當南舟主動提出要滴血的時候，施法的降頭師是懵逼的。他沒有見過主動把脖子洗乾淨送上來的雞。因為有人血加持的「降」是最凶蠻的，可以直接對想要暗害的對象施受最高級強勁的術法。

譬如飛頭降。只要操縱著飛頭，在南舟肩膀咬上他一口，被咬破的地方第二天就會潰爛、化膿。第三天，他的骨頭會爛穿、液化。第四天，他會爛到心臟，在痛苦中斃命。最後，南舟會爛到只剩下一顆頭。

這恰合他們的心意。能提供飛頭支援的只有周邊的師兄。降頭師便用連心的咒術聯絡了師兄。

師兄斟酌一下，欣然同意……然後，他腦袋沒了。

不僅如此，飛頭降作為高級降頭術，中途失敗，對降頭師的反噬也是可怖的。

降頭師的鼻血已經滴滴答答淌成一條小溪，頭痛欲裂，腦袋裡像是有幾萬條毛毛蟲熱烘烘地爬來爬去，滿耳朵都是窸窸窣窣的耳鳴。他搖搖晃晃走到臺前，已是強弩之末，背對著觀眾，像是一灘垃圾，頹然跪坐在地。他氣若游絲，連心跳的力氣都快沒有了。

至於司儀，其實就是個想利用降頭賺錢的普通年輕人，是降頭師收的小徒弟。他眼見了白天還跟師父謀劃大事的人就這麼生機盎然地成了花盆，師父也快要衰弱而死的樣子，還以為自己是惹到了什麼高人。

南舟看向他，「你……」

淡漠的眼風掃得司儀一個激靈。他雙股顫顫一陣，在地上留下一片便溺的痕跡後，才後知後覺地狂叫一聲，倉皇地手腳並用爬出帳篷，消失在暮色中。

眼前的情節，對普通觀眾來說，雖然看不大懂，但看上去很精彩的樣子。在他們的視角裡，先是降頭師逞凶，然後遭到更強悍者的反殺。峰迴路轉，跌宕起伏，節奏合理。大家都以為自己看到了一場事先安排好的降頭師鬥法，掌聲愈發雷動。

李銀航回首四顧。她發現，這間帳篷並沒有其他工作人員，只在門口臨時支著一個擺了十幾本書的小木桌……想必賣書的錢也本該是由逃跑的司儀收的。

觀察出這一點後，李銀航勇氣陡增。她臉皮向來很厚，果斷拿出當年大學時去天橋練攤，以及在遊戲開始時毛遂自薦抱南舟大腿的氣勢，噌地一下站起來，單手合在胸前，深鞠一躬，「各位觀眾，對今天的表演還滿意嗎？」

曹樹光、馬小裴：「……」

馬小裴：「……她幹什麼呢？」

曹樹光把頭搖成了撥浪鼓，表示不知道。

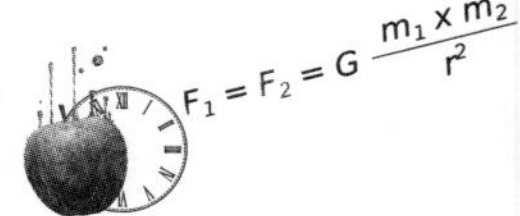

在場的基本都是同胞，聽到李銀航字正腔圓的中文，原本興奮的情緒又更上了一個層次。

有人帶頭喝采：「好！」

南舟：「啊？」

他詫異地望向江舫，對李銀航的行為表示不解。江舫笑盈盈地將食指豎在唇邊，示意南舟耐心看李銀航表演。

李銀航爹著膽子，厚著臉皮，用客服的經典款甜美聲線道：「大家開心，那我們今天共同度過的這個晚上就是有價值的。」

「如果各位對古老的泰國降頭術感興趣的話……」

「請跟我到門口，只需要 3000 泰銖，就有機會接受這份神祕的、異國的饋贈哦。」

李銀航吆喝過後，就一臉坦然地走向門口……就是剛起步的時候，緊張得有點同手同腳。

曹樹光、馬小裴：「……」

操。他們明白了，這波是趁火打劫。

司儀跑了，降頭師無力反抗，李銀航索性李代桃僵，直接幫他們把錢掙了。最操的是，降頭師還沒走，神智還算清楚，正在臺邊趴窩，然而他連出聲阻攔的力氣都沒有了。

誰都沒有拆穿李銀航的小伎倆，包括默默望向李銀航背影的邵明哲。

觀眾們被取悅後，自然格外大方。帳篷內除了六人之外，總共有三撥客人。一撥人共同買了一本。另一撥客人想多帶些回去送給朋友，慷慨地付了 15000 泰銖，帶走了五本書。李銀航空手套白狼，無本萬利，淨賺 18000。

南舟自己也順走了一本書，藉著路燈的餘輝，翻閱了幾頁。這本書寫得很淺，只有符咒的繪法，卻沒有相應的口訣，也沒有對「降」所需的原材料的詳細講解。只是一本表面熱鬧，故弄玄虛的偽作罷了。

有個獨自前來觀賞降頭術的男人，是最後一個來到李銀航身前的。

他蠢蠢欲動地注視著李銀航，說：「我想要控制一個姑娘，讓她永遠愛上我，請問，方便讓大師施術嗎？」

他願意為此出價 12000 泰銖。

李銀航看向他，笑眼彎彎，來者不拒：「好的，沒有問題。請在這邊留下那位女士的基本資訊，比如生日、身分證號和電話號碼，有隨身物品當然最好啦。」

男人還真的有。他從包裡摸出一支潤唇膏，放在李銀航手邊，又低下頭，在便條紙上窸窸窣窣地寫起女孩的個人資訊。

李銀航湊近了些，笑問：「先生這麼瞭解她，是您的戀人嗎？」

「現在還只是同事。」男人嘴角揚起一個「懂的都懂」的噁心表情，「這不是……要麻煩大師了嗎？」

李銀航撐著下巴，「喔～這樣子啊。」

交完錢後，李銀航叫來了南舟大師，把男人的要求告知了他。

南舟打量了男人一番，又拿起女孩的個人資訊和物品細細審視一番，冷淡道：「嗯，可以。」

男人大喜過望，充滿希望地握緊了那支潤唇膏，和南舟一起往帳篷一角走去。

李銀航把男人的錢隨手塞進口袋，拿起寫有女孩個人資訊的紙張，用食指在「電話號碼」的位置輕彈一記……憨批。有了電話號碼，李銀航挺樂意跟這個倒楣姑娘聊聊她這位變態小偷同事。

她也相信，南舟不會給他施降，不給他當場使個飛頭降都算他客氣了。不過，看著電話號碼，李銀航突然想起，自己的手機是不能在副本裡使用的。她四下張望起來，現在想要打跨國電話的話，只能……

這時候，邵明哲低著頭，插著口袋，慢慢從帳篷門側的陰影內踱了出來，像是個把自己密密包裹起來的影子。

李銀航突然有點心虛……

也不知道他是什麼時候到門邊的，聽到了多少？

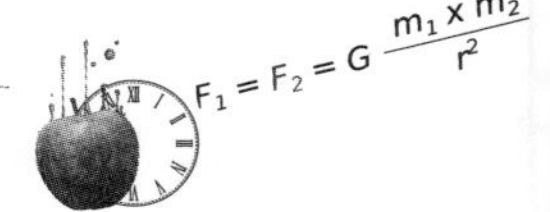

他用那雙冷冰冰的三白眼看了李銀航一眼，探手進入口袋。在口袋底部掃蕩一番後，他掏出了……十來枚面值為 10 銖的硬幣，輕輕放在李銀航面前粗製濫造的降頭書封面上。

藉著路旁昏黃的燈色，李銀航注意到，他指尖的血還沒擦乾淨。

李銀航：「哎……」

但邵明哲顯然沒有要和她說話的意思。放下硬幣後，邵明哲便整了整口罩，投身轉入帳篷邊的晦影中。

李銀航眨眨眼，再次看向了剛才自己盯著看的投幣式電話亭。他的意思，是不是讓自己用這些零錢去給那姑娘打電話？還是自己多想了？

李銀航一邊想，一邊動手把那些硬幣一枚枚撿起來。硬幣上還殘餘著他溫暖的掌溫，圓圓的硬幣，讓李銀航想到剛才那顆本來應該向她滾來，但最後被邵明哲中途攔截了的腦袋。應該說……是個「怪人」嗎？

南舟在降頭師帶來的雞蛋裡挑了五個，用潤唇膏亂塗亂畫了五個符咒，贈送給變態同事，讓他回家後生吃這五個雞蛋，就能獲得女孩的心。變態男千恩萬謝，捧著他的痢疾套餐，美滋滋地走了。

送走了他，南舟來到了降頭師身前。

降頭師已經半昏迷在了臺邊……或許是被氣暈的。

顯然，南舟並沒打算放過他。

小夫妻倆目睹南舟對他展開了一場正大光明的搶劫，悅耳的物品入庫提示音綿綿不絕。

南舟順走了降頭師身上一整套器皿，其中包括缽、盅、針、線、匙、杵、瓶、罐，一小包朱砂、兩包用蛇和蠍磨成的粉末、兩包蟲脂，還有三袋金蠶粉。

【恭喜玩家南舟獲得 A 級道具，「降頭師的法器 N 件套」！】

南舟扒了降頭師的布袍，內裡密密縫製著各種可防禦外來降頭的咒法——當然，這無法防禦因為自身能力不足引發的反噬。

【恭喜玩家南舟獲得 A 級道具，「咒術免疫」！】

他順便從內襯裡摸出一本線都掉了大半的線裝書，翻過兩頁後，也揣走了。

【恭喜玩家南舟獲得S級道具，「謎之書籍」！】

最過分的是，南舟對著那一打雞蛋裡剩下的幾顆雞蛋，陷入了沉思。

他問立在身側的江舫：「舫哥，你會做它嗎？」

江舫笑：「當然。炒、蒸、煎、做蛋糕都可以。」

南舟當機立斷，把雞蛋全掏了。

【恭喜玩家南舟獲得無等級道具，「雞蛋」6顆！】

曹樹光和馬小裴看得瞳孔地震。他們總算知道排名第六的隊伍有多麼恐怖了，如果一不小心死在他們手裡，有可能褲衩都會被他們扒走……堪稱死得頭大，死得丟人。

打秋風完畢後，南舟將目光落到了降頭師的脖子上。他蹲著托腮，認真思考要不要把他脖子給擰了。但江舫把手指搭在了他肩上，揉按了一番，似是在做某種提示。

南舟會了意，拿出了剛才那本【謎之書籍】，略捲了捲，單手握緊，壓在自己的後腦杓上，閉目消化。等他再睜開眼時，他就探出手，從倉庫裡取出一根銀針、蘸了些朱砂，戳在了降頭師的頭皮上，一筆一劃、工整地用朱砂畫起符咒來。此時，曹樹光真切體會到了什麼叫「待敵人如秋風掃落葉一樣殘忍」。

作為實際身分和南舟完全階級對立的高維人，曹樹光看得頭皮發涼，忍不住感同身受地拿指尖刮了刮頭皮，顫聲問：「這是……幹麼呢？殺了他就好了。」

南舟認真地畫符，同時道：「不能殺。要留著他，才能引出他們背後的人。」

曹樹光瞄了瞄地上絢爛的人頭花盆，「不是都有個人掛了嗎？說不定這個腦袋就是他們背後的人呢。把這個降頭師也殺了，遊戲搞不好就能結束了。」

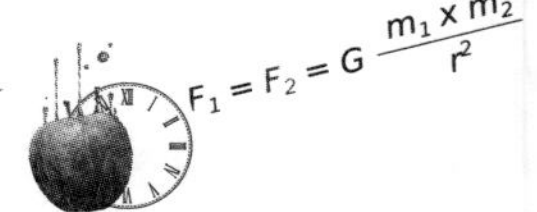

南舟回過頭，舉著銀針，誠懇反問：「怎麼會這麼簡單？」

直播間裡的高維生物：「……」這他媽就很尷尬了。

除了這些從降頭師的身上扒下來的道具外，三人的小金庫也瞬間充實到 30000 泰銖。

確定降頭師身上的確沒有什麼可搜刮的了後，「立方舟」出了帳篷，卻並未急於離開。很快，在附近的一條骯髒小巷的側壁上，南舟發現了未擦淨的大片血跡。

南舟探手一摸，摸到那血尚溫，還沒全乾。地上斑駁的血跡間，有半個清晰的旅遊球鞋印。

南舟記得，主持降頭儀式的司儀就穿了雙球鞋。

南舟下了結論：「那個降頭師要害我們。有人和他裡應外合，但外面的人的屍體被人帶走了。」

「是逃走的那個司儀幹的？」李銀航詫異道：「他不報警嗎？」

死人可是件大事兒。他冒著風險帶走一具沒有腦袋的屍體，豈不是更容易惹禍上身？

江舫笑了一聲：「他倒是敢。」

抱著具無頭屍體上警局，說他們打算聯手用降頭坑人，沒想到技不如人，坑了自己？

按正常人的邏輯，碰上這種完全超出能力範圍之外的事情，一般只會有三種選擇。正面剛、求助秩序、求助強者。

從司儀腳底抹油的速度來看，他並沒有正面剛的勇氣。

他如果要報警，找到屍身後，直接打電話就可以了，沒有必要帶屍體一起走。這樣看來……

江舫說：「他還有別的地方可去。」

他帶走了屍體，想要求助更強者。

南舟轉頭看了一眼小夫妻，解釋道：「所以，你們看。遊戲不會這麼簡單的。」

小夫妻倆雙雙抱著胳膊，默默地摳著自己胳膊上的雞皮疙瘩。

「那南……」曹樹光差點叫出南舟本名，咬了一下舌頭才控制住，「……極星先生，我們接下來怎麼辦？」

南舟沒有立刻答話，靜靜盯著血跡斑斑的地面，沉靜的目光裡帶著一點審視。

曹樹光險些叫錯南舟的名字，心裡本來就虛。見南舟擺出若有所思的表情，他一瞬間腿肚子都軟了。他哭咧咧地看向媳婦，收穫了媳婦同樣心虛的拍背安慰×1。

南舟出了一會兒神，才輕輕在心裡「啊」了一聲。剛才，曹樹光似乎在叫自己……他都忘了自己自稱南極星這回事了。

南舟站起身來，跺一跺腳，對欲哭無淚的曹樹光說：「走吧。」

曹樹光精神過於緊繃，聽到他沒有繼續問，心神一鬆，差點一屁股坐地上。

也不能怪他心理素質差，他和媳婦都是南舟天然的對立面。南舟剛才徒手捏頭的樣子，代入感太強了，他的腦殼已經在疼了。

因為實在虧心，他們主動和南舟拉開了一段距離。

一行人離開小巷，從荒涼裡一點點走向了熱鬧。

泰國的夜市是喧鬧而有聲色的。街角喇叭放著曖昧的靡靡之音，車鈴、人聲、叫賣、音樂等種種市井噪音交織一處。更遙遠的地方有火車的鳴笛聲，聲音拉得極長，在夜間諸多雜音內留下了濃墨重彩的一筆。

他們路過了一條河。河對岸有僧侶排成一隊，赤著腳走過，而河裡盛著他們的倒影，還有無數的星星月亮。

南舟望著對他來說幾乎是奇幻世界的人間，看得目不轉睛。他很想融進去，可那世界天然地帶著一點距離感，和他不遠不近地對峙著……就像

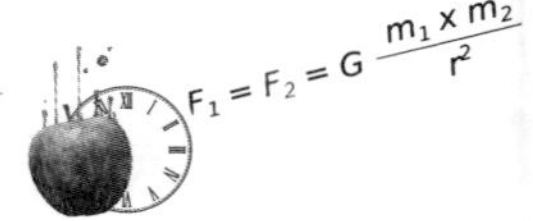

是隔著面前這條不知源頭的河。這讓南舟有點迷茫。

河邊有支著小車賣水果的，江舫買了一些來。在熱帶，水果不值錢，尤其是夜晚的水果攤，50 泰銖就能買到一大捧菠蘿蜜。

剛剖出來的菠蘿蜜就用綠色的巨大的芭蕉葉子盛著，看起來新鮮又誘人。趁著甜霧還沒消散，江舫咬了一半，試了試口感後，將另一半自然無比地塞到了南舟口中。

南舟被食物分散了注意力，張嘴接了過來，吃到一半，才意識到這是江舫咬過的。他不動聲色地放慢了咀嚼的速度，舌頭動了動，在甜蜜果實的邊緣試出了江舫留下的一點齒痕。

這半顆菠蘿蜜，他很珍惜地吃了 5 分鐘。當然，他手上還不忘複習著剛剛學到的飛頭降的咒術。他速讀了一遍那本 S 級的【謎之書籍】，上面並沒有對飛頭降的記載，他雖然沒興趣把自己的腦袋主動送出去，但對任何有意思的知識，他向來都秉持著「先記住再說」的態度。

江舫看他用功，心裡喜歡，聲音也柔和：「都記得住嗎？」

南舟：「嗯。不難。」

要是這話被那帳篷裡昏迷著的降頭師聽見，怕是要氣得再暈過去一回。這些咒語和符術繁複得超乎想像，師父剛收他時，根本不肯輕易把降頭核心的要訣傳授給他。他幹了整整 5 年碎催，端茶倒水，捏腰捶腿，也只從師父那裡學了些邊角料。

後來看他誠心，師父才教了他些真正的本事。即使他日以繼夜，也整整花了半年光景，才勉強摸到門道。誰能想到看個表演的工夫，他就被一個其實根本聽不懂他們在說什麼的人偷了師？

江舫把那一捧菠蘿蜜送到他面前，「把所有的都記下了？」

南舟挑了一個，「嗯，能記的都記了。」

跟在南舟他們屁股後頭晃蕩的曹樹光已經從恐懼中恢復得差不多了。他向來是好了傷疤忘了疼，想厚著臉皮過來蹭口水果吃，正聽到兩人對話，就賊兮兮地插入了進來：「那和合術呢？也記下來啦？」

南舟：「嗯。」

曹樹光誠懇道：「教教我吧。」

南舟誠懇反問：「為什麼？你不行嗎？」

曹樹光：「……」朋友你會聊天嗎？？

南舟看曹樹光抽動的嘴角，似乎也覺出自己說錯了話。只是具體是哪一句，他說不好。

曹樹光也知道南舟誤會了自己的意思，急忙解釋：「我是看降頭術新鮮，想和我家媳婦玩點情趣而已……」

南舟啊了一聲，慢半拍地重複：「情趣？」

他轉向江舫，等一個準確的名詞解釋。

江舫托著一掌菠蘿蜜，和他對視片刻，主動吻了一下他的唇角。

等待解釋的南舟：「……」

曹樹光：「……」

「這也是和合術的一種。」江舫看向曹樹光，眼是笑著的形狀，眼內卻沒什麼笑影，「學會了嗎？」

曹樹光老實道：「學會了。」

他這才後知後覺地發現，江舫是不高興自己打斷他和南舟說話的。但這人從不講實話，只會陰陽怪氣……老陰比。

曹樹光被小心眼的江舫給嚇得回去找媳婦順毛了。送走礙事的曹樹光，再度垂下眼睛的江舫，眼內又晃著真切的笑影了。

南舟把江舫的神情變化都看在眼裡。他摸摸發熱微癢的唇角，並不討厭這種感覺，只是覺得很有意思。這種特殊的和合術有意思，江舫主動親過來時，自己先紅了的臉頰和耳朵也很有意思，讓他想盯著一直看。

江舫迎著南舟的視線看回去，輕聲提議：「急著現在複習嗎？不急的話，我們過河去？」

河那邊是喧囂熱鬧的夜之城。

南舟先答應了：「過。」又問：「過去做什麼呢？」

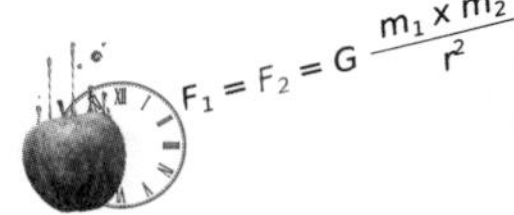

「過去……」江舫捉住他的手指，一根一根地往掌心內攏，望著出現在兩人面前的一座橋，「過去，帶你看世界啊。」

小時候，江舫其實是很會說話的。他不吝說愛、不吝表達，比現在要好上很多。現在，江舫要嘗試著帶著南舟去找回那個浪漫的小孩，再找到那個被困在永無鎮裡的孤獨的小孩。他要讓他們兩個人一起拉著手瘋跑。

他們過了河，去了電玩廳。花一點錢就能玩上很久的那種。

兩人並肩騎著遊戲摩托，在無盡的城市和曠野內原地馳騁。耳畔是虛擬的風聲，旁邊是真實的旅伴。他們搶到了相當熱門的太鼓達人，旁邊還站著一個本來想玩卻被捷足先登的小女孩，她氣鼓鼓地等著他們玩完。

南舟因為不會玩，而且沒有聽過那首哆啦 A 夢的經典主題曲，打得一塌糊塗。在南舟放下鼓槌時，她用生硬的漢語理直氣壯地對南舟說：「你好笨啊。」

南舟：「……咦？」

他生平第一次被人說笨，低頭看著小女孩發怔，頗有些不知所措。

江舫摟著他大笑，溫和地安慰他：「不笨。」

江舫還在那個並不屬於他的大學裡學過舞蹈。他學過 poppin，也會一點爵士、華爾滋和探戈。江舫把這點經驗用在了泰國街角一臺老舊的跳舞機上。

南舟也和他一起跳，但因為不大熟練，反射神經再強悍，他也總會漏過一兩個節拍。每當這個時候，江舫總會力挽狂瀾，及時幫他補上。

當南舟看向他時，他總眨著眼，燦爛又快樂地笑著。

南舟挪開眼睛，想，沒有比江舫的笑更厲害的和合術了。

比如現在，他就很想吻他。

一個高大的男人在司儀的引領下，走入人去屋空的帳篷。

他面孔寡白，骨骼粗大，神情卻是漠然的，像是用白泥捏就沒有靈魂的陶人。他低頭看著赤身裸體，面上橫七豎八流滿了黑血，看起來只剩下一口氣的降頭師。

男人俯身探指，在他的鼻子下感受到一絲活氣後，面色晦暗道：「把他帶回去。」

司儀恭恭敬敬地應了一聲是，雙手托著降頭師脅下，把他抱了起來。幸虧降頭師只是個猴子體量，很輕鬆就被他抱住了。他的腦袋歪靠在司儀脖子上時，又從喉嚨深處嗆出了一口老血。

男人在「立方舟」三人原本坐的地方四周踱了一圈，沒有發現什麼有價值的東西。南舟他們不僅把自己的徒弟由內而外扒了個乾乾淨淨，甚至在臨走前把他們坐的蒲團也帶走了……可以說是在連吃帶拿的同時，連根頭髮絲兒都沒給他們留下。

男人濃眉深深皺起，「有他們的生辰八字嗎？」

司儀正手忙腳亂地拿手帕擦拭流滿鮮血的脖子，「有，有有有。」

男人說：「這還不夠，只能下最低等的降。我要他們身上的東西。」

司儀連大氣都不敢出。

男人用一雙深黑的眼睛對準了汗流浹背的司儀，「能知道他們住在哪裡嗎？」

如果江舫在此刻重新搖動【命運協奏曲】時，就會發現，他們的命運發生了微妙的變化。本次副本的難度和等級，從原先的寶劍 3，悄無聲息地進化到了寶劍 6。

如果要在人生地不熟的異國他鄉另找一處地方居住，那必然是一筆不小的開支。

所幸，他們提前交過了團費，旅行團為他們解決了落腳地的問題。

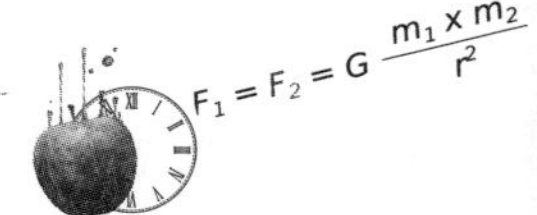

只是這住宿環境確實寒磣。旅館的衛生條件大概只比青年旅館好上一線，只有三層。

南舟他們分到了三層的一間大床房，加了一張彈簧床，就算成了三人間。屋內的壁紙因為潮濕微透著黑，有的地方甚至滲著苔蘚的綠，泛著反潮的腥味。唯一的一扇窗戶外面，帶著一個不到 1 平方公尺的半包小陽臺，又窄又小，底下與其說是小巷，不如說是一條專扔垃圾的地溝，酵著淡淡的腐臭味。

現在是冷季，還好上一點，要是到了真正悶熱的夏季，他們恐怕就和睡在垃圾場上沒有什麼區別了。

陽臺不到一公尺開外，就是另一家廉價旅館的陽臺。因為樓房之間彼此擠擠挨挨，鳥籠子似的，窗戶內能透進的日光和月光都著實有限，只能在地上象徵性灑下薄薄的一層，算是聊勝於無的安慰。

好在南舟儘管長得是一副挑剔矜貴的冷淡相，人卻很好養活，沒什麼怨言，進屋看了看房，收拾收拾就鑽了被窩。

他在枕頭下特意墊了一本他們剛剛花了 20 泰銖從地攤上淘來的二手泰語詞典。因為那本【謎之書籍】裡，除卻一些特殊的密法符號，大多都是用泰文寫成的，沒有了導師現場面對面手把手的授課，南舟得自己從頭學起。

江舫知道他晚上睡覺時要用功，就在他枕下藏了一小包糖漬核桃，以資鼓勵。

熄了燈後，在儲物格裡被困了一天的南極星終於有機會出來放風了。

經歷了【千人追擊戰】後，南舟他們隨身跟著一隻蜜袋鼯的事情已經傳遍了。他們三人用化名執行任務，本來風險就不低，要是再帶著南極星這麼具有特色的活物招搖過市，那還不如直接報大名攤牌得了。

一主一寵分別從枕頭下偷核桃吃，有條有理，主次有序。黑暗裡有咔嚓咔嚓兩處碎響，此起彼伏，彷彿屋裡養了兩隻小老鼠。

江舫把手搭在南舟腰身上，輕輕撫摸著他柔韌的腰線。他不懂什麼是戀愛的心情，只是覺得邁過了那道心檻後，天地都廣闊了許多。這樣和他普通地肌膚相親，他的心裡就很踏實。

南舟正沉迷學習和嗑核桃，見江舫這樣喜歡自己的腰，就在嚼著糖漬核桃仁的同時，把自己的腰身和臀部往後主動一送，坐壓在了江舫的大腿上，好叫他摸得方便些。

江舫：「……」唔，這就給得稍微有點超出預期了。

李銀航睡在臨窗的加床上，倒也軟和寬敞。她把錢一張張攤平了壓在枕下，用來助眠，可不知道為什麼，她心裡總轉著那個叫邵明哲的人。

倒不是因為他留下的硬幣，也不是因為他有意無意地阻止了那顆向她滾來的人頭。他統共也就在李銀航面前露出了一雙眼，更談不上什麼喜歡。她只是覺得……他很熟悉。那是一種說不上來的、奇妙的感覺。

李銀航正在冥思苦想間，只見一個小腦袋忽的從床那側探了過來。

南極星偷了一個糖漬核桃，撒手丟到她的枕邊，又撒腿跑了回去，生怕跑慢了，核桃都被南舟搶光了。

李銀航輕聲笑了一下。儘管刷過了牙，李銀航還是撿起了那半枚核桃，含在嘴裡，也閉上了眼睛。

此時，參與副本的三組六人，都在同一樓層的不同房間。

如果「立方舟」他們算是學霸組的話，小夫妻倆則算是標準的學渣組。他們在棚內違規用手機偷偷錄了音，打算走個捷徑，回家來強行抱一下佛腳。最好也能像南舟那樣，通過突擊補課，掌握一門手藝活兒。一舉一動都像極了在課堂上懶得聽講，並幻想自己課下會用功的學渣。

可不知道是錄音功能有障礙，還是別的什麼，他們錄到的降頭師誦咒的聲音滿布雜音，恍若沙啞的耳語，挲挲的，像是手指甲貼著人耳膜刮過去，感覺極其不舒服。

沒有咒符的加持，後期的咒音乾脆變成了刺刺拉拉的一陣怪響。隨著咒術的推進，小夫妻倆彷彿聞到什麼活物燒焦的異味。這臭味直刺鼻子，一聞就頗為不妙。

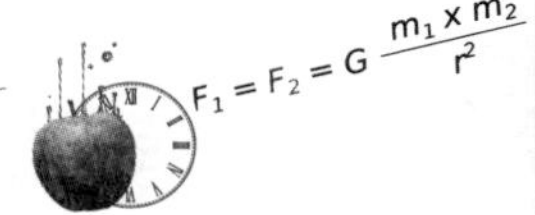

他們還算識時務，在察覺到氣氛不對時就急忙關閉了錄音，大眼瞪小眼地互望了一陣，總算意識到，他們這趟白掏了 200 泰銖，真正地做到了無功而返，連點湯水都沒撈著。

曹樹光沮喪道：「媳婦，睡覺吧。」

馬小裴把窗戶敞開一條縫透氣，又順手拉了燈。夫妻倆心挺大，相對著長吁短嘆一陣兒，認清了自己是菜雞且對方也是的事實後，便與有榮焉地放鬆心情，酣然入睡了。

至於邵明哲的房間，是全然的漆黑一片。

邵明哲是他們中最先回到旅館的。然而，即使在獨處的時候，他依然是那身熱帶不宜的厚重行頭，連口罩都沒有摘下。他擰開水龍頭，用帶有鐵銹味道的水慢慢清洗手指關節上的破損和血跡。

那 200 泰銖的確是他搶的，從一個小偷身上。所以他在遇上李銀航質疑的眼神時，沒有試圖解釋什麼，他本來就做了。

把自己手上的血擦洗乾淨後，他像是夜行動物，靜而無聲地走回到床前。他端端正正地坐下，仰面朝上，對自己說：「睡覺。」

下達了這個命令後，他才翻身倒下，拉好被子，閉上眼睛，彷彿這是一套需要仔細學習才能執行的刻板程式。

半夜三點時，李銀航從睡夢中驚醒。

她迷迷瞪瞪地去了一趟洗手間，回來躺好後，睡意消了十之六七，還得花心思重新醞釀。她就睡在靠窗的加床上，因此窗外的樹影、月影，包括防盜窗投下的柵影，她都看得極為清楚。

薄紗簾外，一隻野貓踮著腳尖，從陽臺的邊緣悄然無聲地溜過。她並不覺得驚奇，在臨睡前她就聽到了長長短短的野貓叫，而且附近的蒼蠅小館不少，每天都有廚餘垃圾送進送出，可以養活的野貓數以百計。

她望著窗簾，繼續醞釀睡意。

就在這時，她看到了一幕詭異至極的情境……

一個大約一米六、七的人，學著剛才那隻貓的姿勢，背弓在上，四肢著地，出現在他們的外陽臺上。那巨大的影子隔著簾子送來，視覺衝擊過於大了，像是一個巨人，頂天立地地從李銀航的身上爬了過去。

李銀航本來的睡意已經積蓄到了八分，因而對這個影子一時麻木，並未察覺到它意味著什麼。等她發現這半夜爬在外頭的影子竟是個人時，她連叫都沒叫出聲來，一個側滾，碰的一聲從床上摔了下來。

窗外眼看著要爬走的人影一頓，手腳並用地折回身來，隔著半包的陽臺和一層薄薄的紗簾，往內裡張望。他只露著一顆黑漆漆的腦袋，卻足以讓人聯想到一切可怕的五官出現在這張臉上時的樣子。

李銀航從地上爬了起來，還沒來得及陷入恐慌，一隻手就搭在她的肩上。那是江舫的手，而南舟早已經無聲無息地蹲踞在了床腳。在永無鎮裡的十數年成長，將他對危險的感知雷達訓練得敏感萬分。睡夢中的他，甚至比李銀航更早意識到這陰影的到來。

南舟一把抓來長風衣，披在肩上，旋即身形一動。

李銀航再看清他的時候，他已經赤腳踩在窗邊，撩起窗紗，劈手扭住那外間爬行的人類的手腕。

而江舫和李銀航也藉此看清了窗外人的全貌——那人他們並不認識，卻在深夜不著寸縷，學著貓的樣子，扭動著身體，打他們的窗外爬過。

他身上光溜溜、白生生的，像是一條雪白的大蛇。然而那人的氣力竟然不小，被南舟控住後，居然咔嚓一聲，自行擰斷了胳膊，隨即徑直朝南舟撲來，看樣子像是一隻活殭屍，要把南舟活活咬死當場。

可惜，這攻擊對南舟來說實在太過小兒科。他擰斷這人的脖子只消片刻，甚至不用等他張開嘴巴。但南舟在男人的雙眼裡，看到了一圈詭異的、彷彿用油彩渲染過的異色……這樣的色彩，他昨天在降頭師施降的那隻跳舞的老鼠眼裡見過。

南舟抬手一把掐住這被蠱惑的人的脖子，抬手啪啪兩巴掌，確定他現在已經不知道疼，還一味往前撕咬著，就摁住他的腦袋，將他控制在一個不多不少的安全距離內，在腦中諸多降頭的圖紋中尋找解降之法。

總之，不能讓這人變成發狂的老鼠，找個地方一頭碰死了事。可想要解降，也不是那麼容易的。

【謎之書籍】上說解降可用黑狗血，可現去找條黑狗取血並不容易。上邊也說，念《心經》或《道德經》對克制降頭也有作用。但南舟不確定這能不能讓這麼一個中降已深的人馬上解脫。

最後一樁辦法，最簡單粗暴，也最一勞永逸。殺掉施降的人，或是破壞施降的法器，能從根本上解決降頭問題。可惜他抽不開身。

南舟正面對著這個恨不得食己肉、寢己皮的無辜人類，思考著各種解決辦法，忽然聽到耳畔有風，從旁側悄無聲息地襲來。

南舟本來以為有兩名中了奇幻降的人，兩人打算針對自己搞一場不大高明的配合，誰想到他還沒來得及回頭，手裡就是猛然一空，待他反應過來時，那個活殭屍已經和來人一起滾到了樓下去。竟然是邵明哲。

三樓的高度，就這麼直挺挺摔下去，邵明哲和那怪物竟然好像都覺不出痛來。

中降人小腿都摔得向三個不同方向歪去了，還是不忘自己的使命，張口就要咬邵明哲的脖子。邵明哲也不甘示弱，從地上隨手撿起一根木棍，橫著讓中降人死死咬住。

南舟：「……」

他撐著窗框，研究了好幾秒，才確定邵明哲是要幫自己。

他抬眼確定了一下邵明哲的來處——距離他們足足隔了兩個房間的陽臺。就算是有助跑的急行跳，這中間起碼也有七公尺半的距離。雖然南舟也擁有這樣的彈跳力，但邵明哲一跳卻能跳得這樣遠，似乎不大尋常。

南舟有點跑神，直到江舫的聲音適時在他身後響起：「他身上什麼衣服都沒有穿，也沒有人在他身上刻什麼咒符……」

南舟眨眨眼，心隨意動，縱身兩躍一跳，人已經站在對面的屋頂——邵明哲既然出了手，而且明顯占據上風，那麼他也可以去調查一下，對方究竟是用什麼方式遠端控制住這個倒楣蛋。

況且，他們手頭可以利用的可不僅僅是降頭。南舟果斷放出他在競技場裡贏得的 S 級道具【拉彌爾的眼球】。

一顆可以和南舟共用視野的眼球骨碌碌滾動著，高速行動，貼著旅館內的走廊一側穿行，順著門縫一個個擠進去查看。

李銀航驚魂甫定，跌跌撞撞地扒到窗邊，正看到邵明哲和那嚇得她半死的咬人裸男在小巷內糾纏。

她虛著聲音：「我們幫幫他吧。」

江舫從高處望著邵明哲，微微瞇起了眼睛，不置可否。他的外置良心現在不在家，所以江舫想要看一看，這個怪異的獨行俠邵明哲，到底是個什麼樣的人。

早在遇見邵明哲時，江舫便已經不動聲色地將關於邵明哲的一切怪異之處收於眼底。在江舫眼裡，他遠比那對小夫妻更可疑。

下車獨自走、獨自搶錢、獨自回旅館，這些都符合一個獨行俠的作風。但在車上主動承認身分，替李銀航攔住人頭，給李銀航送硬幣，包括他突然出手幫助南舟，和他應有的作風一比，就顯得有些不倫不類了。

他為什麼會幫他們？難道是要和他們示好？如果想要融入集體，又為什麼非要拒人於千里之外？是欲蓋彌彰、故意勾起別人對他的興趣，還是另有原因？

在面對面的近身廝打中，邵明哲的口罩被那發狂的受降人一把扯下，絨線帽也被打歪了。他的真容第一次曝露了出來。只是在月光照不進，充斥著垃圾臭味的逼仄小巷子裡，只有受降人能看清這張臉。

他並不醜。相反，五官都是英氣挺拔的。他的皮膚顏色偏深，但面頰上卻有奇異的面紋。他被絨線帽遮住的額頭上帶有一塊倒三角的金色流紋，面頰左邊有兩根橫向的、貓鬍子一樣的金紋，一路延伸到耳根，右面

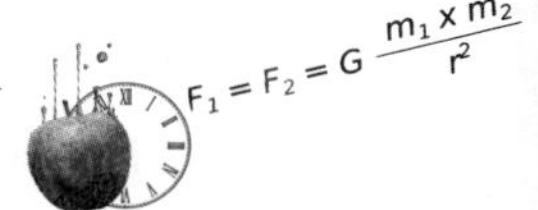

頰則有三根幾乎對稱的橫金紋路，在垃圾腐水形成的小水氹的映射下，泛著細細的微光，映得他的眼睛也成了燦色的金瞳。

邵明哲不經意被扯掉口罩，怔愣半晌後，卻是臉色大變，怒急攻心了，他討厭被別人看到臉。他眼神沉了下來，把那兀自掙扎的活殭屍臉朝下狠狠摁倒在了污水裡，一手摁住那受降人的下巴，一臂則形成鎖狀，勒住他的脖子。

李銀航瞧著這個動作格外眼熟，本能地覺得不妙，忍不住脫口喊了一聲：「別……」

正在這緊要關口，南舟從屋頂上縱身跳落，回到陽臺上。他不知道下面剛剛差點出了人命，探了個腦袋，對邵明哲說：「好了，停手。」

邵明哲居然真的停了，也不知道是聽了他們倆誰的話。

南舟找到了詛咒的來源。那是一個大約一掌寬，面上繪有降頭符咒，又被細針刺入了腦袋的白紙人，混跡在一些髒兮兮的小廣告間，並不多麼起眼。

南舟旋轉著將上面的牛毛細針抽了出來。而邵明哲懷裡死死勒著的倒楣男人突然痙攣似的抽搐兩下，也不再抵死掙扎，身體倏地委頓了下來，軟成了一灘泥巴。

「沒找到人。只找到了施咒的紙人。」南舟輕聲解釋這半夜爬窗的怪人的來歷，「他是隔壁旅館的客人。」

這位倒楣的客人只是來泰國出差，為了省錢找了間便宜旅館，大半夜好端端地睡在房間，就稀裡糊塗地被人下了降頭。紙人畫得活靈活現，嘴唇位置在稀薄的月光下格外亮，像是塗抹了一層油。那個客人的嘴唇上也泛著同樣的亮光。

江舫接過來，研究一番，猜測道：「屍油？」

李銀航噁心得打了個哆嗦。

「大概。」南舟倒是面不改色，「下降的人在紙人的嘴裡塗了屍油，或許，是想讓他咬我，或是咬我們其中的任何一個人。」

屍油如果帶毒，這一口下去，南舟怕是藥石無醫。儘管原因不明，但看起來是打算要置他們於死地。

在樓上的幾人對話間，邵明哲把昏迷的倒楣蛋放在垃圾堆裡，重新將口罩扣回到臉上，只露著一雙冷冷淡淡的眼，慢慢踱出了小巷。彷彿他從來沒有出現過。

半夜三點半，警車停在了兩家廉價旅館的小巷之間。紅藍交錯的光映在蒙了一層陳年舊灰的玻璃上，將充斥著垃圾氣息的角落照得異常明亮。陰暗處的蜘蛛在燈光映照下，只得爬向更陰暗處。

警方趕到現場後，發現報警的是隔壁旅館的一個來旅遊的銀髮外國人。他說自己半夜睡得好好的，忽然被重物落下的聲音驚醒，到窗邊一看，竟然有人跳樓。

他是用賓館座機報的警，一口標準的烏克蘭語摻雜英語，語速極快。值班員警和他雞同鴨講了好一會兒，才明白發生了什麼，趕忙出了警。

在等候救護車的時候，那個墜樓的倒楣蛋悠悠醒來了。警方本來還有點懷疑報警的江舫，但墜樓的人醒來後，痛苦呻吟之餘，堅稱自己只是好好在房間裡睡覺，不知道為什麼就跳了樓。

他全然不知道自己曾赤身裸體在隔壁旅館的陽臺欄杆上學貓爬行，脖子險些被擰斷，嘴裡被抹了屍油，昏迷後又被安放到自己房間窗戶下的精彩歷程。

四周又是「三不管」地帶，魚龍混雜，平常用來扔垃圾的小巷子裡更不可能有監控路網。這下，警方也不敢確定，這是蓄意加害，還是夢遊意外了。

江舫又是一個語言不通的外國人，不好輕易拉去警局問話，於是員警叮囑他暫時留在賓館，哪裡都不要去，如果有什麼後續問題，員警還會來找他問話的。

和員警交涉完畢、並目送救護車載著傷者離開後，江舫一仰頭，在警燈閃爍的玻璃反光後，看到了扒著窗戶靜靜看向他的南舟。

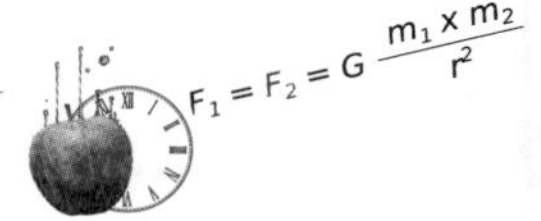

江舫站在樓下，對他揮手。玻璃窗映出他的倒影，恰好照在南舟的左胸口處。

南舟將手覆蓋在骯髒的玻璃上，忽然覺得這一幕似曾相識……只是彼時的光影與此時截然不同。

南舟眼前，有一段破碎的影像一閃而過。

那應該是一座宗教建築，是一間宏偉莊嚴的教堂。他走了進去，查探情況，沿著樓梯，獨身一人，一路爬到教堂的最高點。在這個最高點上，是一大塊直對著正面廣場的彩色玻璃花窗。

那天天氣很熱。南舟的手壓在玻璃上的時候，能清晰感受到陽光的熱力炙烤著手心的感覺。

有一個男人站在廣場上，在白花花的日光下，檢查著什麼，大抵是察覺了身後的視線，他仰頭回看向他。南舟猜他在笑，因為他根本看不清他的臉。

懸掛在教堂外側，位於南舟頭頂正上方的，是一座巨大停了的時鐘。它的分針就有南舟整個人那麼高，直直指向「12」的方位。

南舟站在時針、分針與秒針合縱連橫的陰影之下，撫摸著玻璃上和自己心臟平行位置映出的人影。只是光太強，南舟看不清那個人的形貌。

他站在光裡，似乎隨時會消失。

南舟知道這是錯覺，但他的指尖還是強迫性地在玻璃上畫下一個又一個圈。彷彿這樣就能畫地為牢，把人圈在原地，圈在他的心裡。

他不知道自己為什麼會這樣明確地記得這樣一個場景。教堂、玻璃，和廣場上回望著自己的人，都是如此熟悉。

可在真正醒過來後，南舟腦海中又徒然剩下一片荒蕪。

等南舟再定神去看時，江舫已經不在樓下了。

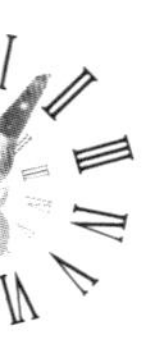

不多時，一隻手柔和地拍上了他的後背。

早在樓下時，江舫便注意到了南舟的出神，「在想什麼？」

南舟定定望著他，抬手替他擦落肩膀上那些本不存在的光芒，一下一下的。

江舫由得他在自己身上動作，他看得出來，南舟的狀態不大對勁。

他聲音很輕，似乎是怕驚了南舟那場似真而幻的夢境：「南老師，是不是還沒睡醒？」

南舟也以輕聲回答他：「你不要站在光裡。我想看清楚你。」

CHAPTER

08:00

直到現在他才知道，
就該把南舟放在副駕駛上，
帶他去看看這個世界

江舫神情一動，抬手握住南舟的手腕，遲疑道：「你……」是不是想起來了什麼？

手腕處有力的握感，終於幫助南舟徹底從過去和現在的迷途中折返。

他抬頭看著江舫，眼裡是明確的疑惑，「……啊，什麼？」

江舫眉心一蹙。他終於在南舟的眼神裡，意識到了自己長久以來都覺得奇怪卻影影綽綽抓不住的一點疑惑——南舟對待他那段失去的記憶，態度非常不正常。

南舟明明知道了他在乎的蘋果樹先生是自己，也從易水歌那裡知道了，自己是《萬有引力》的玩家，也是在半年多前的遊戲玩家昏迷事件中，迄今唯一的存活者。他接收到的林林總總的資訊已經足夠多了。

按理說，以南舟的智商，不難根據這些蛛絲馬跡推測出，是自己帶他離開了永無鎮。

而那半年時光，他們是一起並肩走過的。

江舫本以為以南舟的剔透心思，他心裡應該早已經有了數。他不拆穿，也是想等自己主動將真相告訴他。

但此刻，有一個更不妙的猜測浮現在了江舫心間：他不是忘了，他是根本想不起來。不是想不起來那段記憶，而是連「自己丟失了一段記憶」這種事情也會偶爾忘掉。

任何一個人遺失了一段記憶，都會因為缺乏安全感而格外在乎。只要能抓住一點點的線索，就會拚了命的追根究柢。

南舟也是在乎祕密的，且好奇心遠勝常人，不然他不會那樣執著地揪著「蘋果樹女士」不放手。然而，相比之下，他對那段和江舫共同流浪的記憶，顯得格外不關心、不在意。

江舫用大拇指不輕不重地撫著南舟的額頭，起了些旁的心思。自己倉庫內的【真相龍舌蘭】，餘量大概還夠用上兩次。應該用在南舟身上嗎？不，恐怕不管用，畢竟……

南舟並不曉得他複雜的心思，把他的手從自己額頭拉了下來，講起自

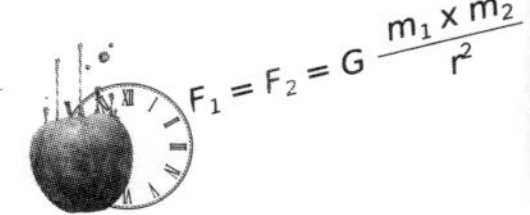

己的發現：「這個世界是有秩序的。」

他自然而然地繞過了剛才那段突兀的小插曲。

但江舫也順勢接過了話題：「嗯。」

和【沙、沙、沙】那個世界一樣，謝相玉為了試驗自製武器的威力，殺了一個 NPC，就惹出重大事故，引來了警方調查。

正常來說，遊戲副本都該確保封閉，儘量減少外力影響。不然的話，恐怖片內如果經常有員警跑來跑去，一本正經地調查凶案，雖然更合情理，但難免破壞氣氛。

但在【沙、沙、沙】和【邪降】這兩個相對開放世界的副本內，社會系統都是非常正常且完整的。

對於遊戲來說，這更是完全沒有必要的閒筆。

凡是做遊戲的都知道，在虛擬世界中，多出一個設定，就意味著要多出千倍百倍的運算量。就算高維世界的即時演算水準遠超過他們的世界，「員警」這個在恐怖劇情裡相對雞肋的職業，又有什麼花心思設置的必要？只是為了顯得真實而已嗎？

不過，眼下最要緊的，不是去思考副本世界的本質，是要弄清楚降頭師背後的勢力。南舟現學現賣，在那位被他洗劫一空的降頭師頭皮上用朱砂畫了一個尋位降。

剛剛他還試圖讀取過位置，可惜那降頭師的身體處於運動狀態，大概是昏迷後被人送進車裡，難以即時定位，還得等他安定下來再說。

他們把六個人都集合在他們的房間內。從被窩裡被強行撈起來，小夫妻兩個睏得眼皮子打架，正頭碰頭地互為支架、昏昏沉沉地打瞌睡。

江舫注意了他們一會兒，和悅道：「你們不緊張嗎？」

他的語氣非常平和，像是在單純關心他們。

曹樹光心裡驀地顫了一下，覺得哪裡不大對，可江舫的語氣不僅不具任何威脅性，反倒帶著點春風化雨的催眠意味，讓他哪怕想警惕都提不起勁兒來。

曹樹光的腦子還未完全甦醒，口齒不清地嘀咕：「還好啊……剛才鬧成那樣，我和我媳婦都沒醒，他有沒有從我們窗前爬過去……我都不知道……」

江舫記下了曹樹光的回答，轉而把目光轉向邵明哲。

邵明哲依然是衣著厚重地坐在房間一角，眼觀鼻、鼻觀心，渾身散發著「生人勿近」的氣質，絲毫沒有要參與他們對話的意思。好像他剛才對南舟施以援手，只是他隨性為之罷了。

李銀航想了想，決定發揮一點作用，前去刺探敵情。

她在邵明哲右側坐下，主動搭訕道：「欸。」

邵明哲看她一眼。

李銀航挺厚臉皮地跟他攀談：「你不熱嗎？」

邵明哲吐出簡短的音節：「不。」

李銀航：「剛才，謝謝你幫我們。」

邵明哲把手插在風衣口袋內，「嗯。」

李銀航：「你好，我叫李銀航。」

邵明哲又看她一眼，「邵明哲。」

李銀航開玩笑：「我們倆名字還挺有緣的，民生銀行。」

邵明哲：「……哦。」

李銀航：「……」好難搞啊。

以前，她和南舟不大熟的時候，也吃過南舟的閉門羹，也有過這種咬著牙硬聊的尷尬感。但那種感覺，和現在有一些微妙的不一樣。

李銀航絞盡腦汁地想著怎麼套話，渾然不覺自己不小心把自己的化名扔到了九霄雲外，直接露了餡。

她沒意識到，而南舟和江舫誰也沒有做出特別的反應。況且，努力打起精神的小夫妻兩人，也沒有什麼反應。彷彿李銀航叫李銀航，是一件理所當然、無需質疑的事情。

在注意他們的同時，南舟同樣在注意邵明哲。

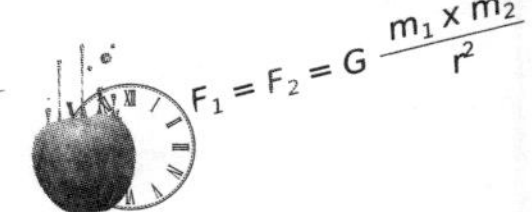

他和李銀航一樣，回想著自從和他遇到後，邵明哲說過的所有話。因為數量實在寥寥，所以並不難盤點。按字數論，邵明哲說過的最長的一句話，就是幾人在大巴車上初見時的「我在這裡」。在那之後，他的話就像擠牙膏一樣，幾乎從來沒超過兩個字。

他究竟是性格使然，不喜歡表達自己，還是單純的語言障礙？在南舟思考著這個問題時，他的手肘被江舫輕碰了一下。

順著江舫目光示意的方向看去，南舟注意到，在李銀航跟他說話時，邵明哲插在口袋裡的左手捏成了一個不大自然的拳，身體也朝左邊折去，似乎是刻意在掩藏什麼，不想讓李銀航注意到。那是一個標準的、完全出於下意識的防衛姿勢。

南舟看懂了江舫的暗示——邵明哲的身上應該有什麼重要的東西。他在保護這樣東西。

房間內的氣氛格外詭異。

邵明哲沉默不語，任李銀航嘮得口乾舌燥。

曹樹光想要放肆地打瞌睡，卻始終不能安心，虛虛睜著一隻眼睛，望一望邵明哲，看一看江舫和南舟，總覺得哪裡有問題，可又不上不下地憋在那裡，說不出來。

此時南舟在暗中觀察邵明哲，江舫卻在看著南舟，替他記掛著那段失落的記憶。

明明是簡單的副本，明明隊伍中並沒有謝相玉這樣專注於搞事的害群之馬，但一股前所未有的不信任感，正在六人之間緩緩瀰漫。

根本沒有覺察出自己露了什麼馬腳的李銀航、曹樹光和馬小裴三人相當心平氣和。一個人忙著外交，兩個人忙著昏昏欲睡。

覺察到了異常的邵明哲，因為語言功能不甚發達，也沒有說什麼。

再加上南舟和江舫沒動什麼聲色，所以這表面上的和平，倒是陰差陽錯地維持住了。

因為對方實在是拒不配合，李銀航的外交活動眼看著就要宣告徹底失

敗。不過，南舟那邊先有了發現。

南舟用的尋位降，其實根本不是尋位降的常規使用方法。正兒八經的尋位降，是要在自己的左眼處，畫上一個和他在降頭師腦袋上畫的一模一樣的符。兩符可以彼此呼應，功能相當於藍牙。據說一方只要閉著眼睛，就能在黑暗裡透過另一張符，判斷對方的位置。

南舟並沒有採取這樣的辦法，其原因相當樸實。

首先，他初來乍到，不認路。就算他真能親眼看到降頭師全程的搬運路線直播，他也分不清哪兒是哪兒。

原因之二，在昏迷的降頭師頭上進行一番塗塗改改的作畫後，他發現，畫符是件非常耗費朱砂的事情。他暫時不知道泰國的物價，僅有的一小包朱砂還是打劫來的。萬一朱砂這種原材料很昂貴很難找呢？既然一切未知，他還是儉省著點兒好。

原因之三，南舟擔心江舫晚上要親自己，如果把臉弄髒了，不方便。

鑑於這三個理由，南舟開展了一場小型的學術研究，把蟲降、沙降、尋位降三個降頭一氣兒捏在一起，弄出了個不倫不類的大雜燴。

回旅館前，南舟從附近的河邊挖了些沙子來，拿拾來的鞋盒盛了，底下平平整整地墊了一張被人丟棄在河邊的本地旅遊地圖。他在地圖上用旅館床頭櫃上用來寫意見的圓珠筆畫了尋位符，把地圖用沙子埋了起來。沙子裡又附贈了三隻螞蟻。

熱帶的螞蟻個頭不小，南舟琢磨了一會兒，從不多的朱砂裡撚出來三粒兒，泡在水裡，又把螞蟻扔進去涮了涮。喝了朱砂水的螞蟻很快就被迷了心竅，聽從了南舟的指示，窸窸窣窣地鑽到沙子裡。

刷完牙後，南舟又用一次性的牙刷柄將另一個尋位符畫在了沙子的表層上。這一層介質遞一層的，還真起了效用。

正常的尋位降，起碼得消耗掉一兩朱砂，還得目不轉睛地盯著對方動向，好摸清路線。但勝在能精準定位。

南舟把尋位降當場拆解，用三粒朱砂，泡了三隻螞蟻，然後安安穩穩

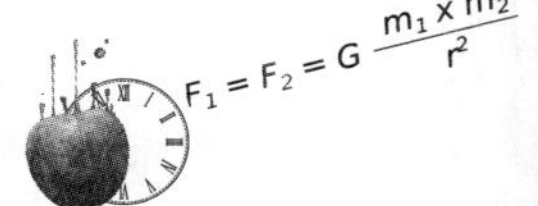

地睡了大半宿。螞蟻則機械地在沙子中爬行，勤勤懇懇地繪製出了一幅大致的路線圖。

最終，沙子裡窸窸窣窣的響動停止了。這代表被反噬得鼻血長流、昏迷不醒的瘦猴降頭師，總算被運到一個相對安全的地帶了。有可能是他的家，也有可能是幕後之人的老巢。

南舟小心翼翼地刨開了沙子，果然發現三隻螞蟻都老老實實地趴在地圖一角，六條觸角齊刷刷對著同一個位置，攢成了一個不大好看的梅花形狀——他的拼盤式降頭真的成功了。

牠們圍起來的地方，是一個叫蘇查拉的小型夜市街，位於這個犄角旮旯的城市的更犄角旮旯處，在旅館的東南方大約三十公里的地方。

蘇查拉所在區域，在地圖上呈一個規整且封閉的三角形。降頭符咒裡封閉的三角符號數量不少，往往起到集聚邪氣的作用。而當南舟還想要研究研究這個地方有什麼玄虛時，異變陡生。

噗嗤——三隻活螞蟻的腦袋突然同時爆裂開來，有細小的碎肢濺到鞋盒壁上。這小型的爆炸並不怎麼壯觀，但很是詭異。

牠們死得猝不及防、肝腦塗地，細長的足肢還在地圖上鮮活地痙攣著，劃拉出窸窣的細響，像是被一隻無端出現的上帝之手活活摁死。

南舟對死螞蟻行了片刻注目禮，用淡淡的語氣說：「被發現了。」

他在對方腦袋頂上畫陣法這件事，本來就不算特別隱蔽，畢竟對方是久久浸淫此道的降頭師。指望他們被初入門的自己這點小伎倆蒙過去，是有些不切實際了。

南舟說這話時，表情和語氣都不很激動，因此李銀航咂摸了一圈兒，才品出其中的凶險，冷汗刷的一下就下來了。

這是一個利用南舟布下的尋位降實施的反噬咒法！換言之，如果南舟將常規的尋位降用到了自己身上，此時，眼珠爆裂、腦漿橫流的就該是南舟了。

南舟卻沒有什麼死裡逃生的自覺，他正新奇地研究著螞蟻的殘肢。那螞蟻的死法很蹊蹺，在炸裂開來後，牠們暗色的體液和碎裂的足肢，在地圖上形成一個約有普通飲料瓶蓋大小的咒陣圖紋。

這個降頭符咒，南舟並沒在那本【謎之書籍】裡見過……是新的咒法嗎？南舟一邊將這新知識記在腦中，一邊認真分析起來。在帳篷裡的付費學習小課堂中，他觀察出，想要成功實施「降頭」，「降」和「頭」缺一不可。

簡單說來，既要有咒術咒符的加持，也需要詛咒人身上某樣具體的東西。受降人的頭髮、血肉、體液，或是隨身佩戴多年的項鍊、護身符，都可以作為施加降頭的介質。

所以，南舟在給瘦猴降頭師的腦袋頂上畫尋位降的時候，一邊利用他自己的頭髮作為天然的施降材料，一邊小心動作，確保不留下一毫屬於自己的東西。

臨走的時候，他們甚至順手牽羊，帶走了蒲團。但饒是他們如此謹慎下，這強大的反噬咒符依然一路追溯而來，爆掉了南舟的螞蟻。

那邊的降頭師採用的介質是什麼呢？南舟注視著由螞蟻體液組成的新鮮符咒，手指抵在唇畔，細細思忖一陣後，豁然開朗——自己在降頭師身上留下的、屬於自己的痕跡，不就是那個自己親手繪製的尋位降符嗎？

想明白了這一層後，南舟從儲物槽裡取出他們從瘦猴降頭師身上扒下來的衣服。這衣服被瘦猴貼身穿著，上面還殘留著瘦猴軀幹上陰冷的氣息和藥香。

南舟對照著螞蟻屍體形成的符咒，現學現賣，在衣服上現場操作描畫起來。

這時候，小夫妻倆總算醒神醒得差不多了。曹樹光和馬小裴好奇地湊過來，觀摩了一陣，也沒能從南舟的動作中觀摩出個所以然來。

曹樹光撓撓腦袋，不懂就問：「你要幹麼啊？」

南舟：「學習……」

曹樹光一聲恍然大悟的「噢」還沒能脫口而出，就聽南舟自然而然地

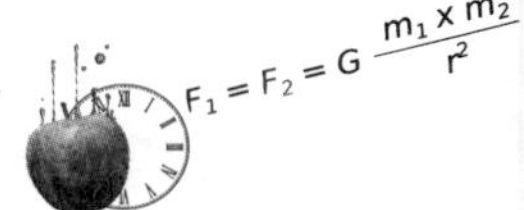

補上了後半句話：「……然後詛咒回去。」

曹樹光：「……」狠人。

蘇查拉夜市一角，一棟從外觀看來平平無奇的普通民房內，那個出現在帳篷裡的高大男人正坐在床側，垂目看著硬板床上仰躺著昏迷不醒的二徒弟。

另一張床板上，則是他無頭的大徒弟，大徒弟的手邊擺著他開了花的腦袋。房間角落裡，縮著心驚膽寒、一臉倒楣相的司儀。

司儀只知道，自己的師父叫砂楚，師伯叫巴坤。自己跟在師父屁股後頭，平時也就是收點門票錢，學點兒介乎於魔術和降頭之間的小把戲，方便和女孩子搭訕，再狐假虎威地借師父的本事嚇嚇那些不信降頭的外來客人。他沒什麼大本事大作為，也不是多麼信奉邪神，就是想找個來錢快又有意思的活計。

這還是他第一次見到師爺。男人叫頌帕，皮膚微褐，看起來相當年輕，骨肉豐盈，起碼比床上昏迷不醒的自家師父要年輕上 2、30 歲。但他眼裡的滄桑和陰鷙，像極了一個刻毒了大半輩子的老年人。

砂楚藏在頭髮裡的陣法還沒有被抹去，枯焦的髮梢上還掛著幾粒朱砂。頌帕靜靜坐在床側，等待著自己的反噬降頭起效。

聽過司儀結結巴巴的描述，頌帕猜測，如果不是自己徒弟在外招搖、得罪了人，那就是年輕的降頭師不自量力，主動前來挑釁砸場子了。

被他用奇幻降操縱的男人已經被南舟扔下了樓，這無疑更篤定了頌帕的猜測——那個叫「南舟」的人，絕對是在別處學藝的、自以為自己術法精湛的年輕降頭師。不過這無所謂，膽敢堂而皇之地在自己面前使用尋位降，他必死無疑。

被自己操控的松鼠已經在窺探情報的路上了。那松鼠是頌帕最得力、馴養最到位的一隻寵物。那個施加了詛咒的紙人就是牠釘在牆上的。

牠身上都是密密麻麻的咒紋，眼睛也可以把南舟那邊的情況盡收眼底。因為擔心被南舟發現，所以頌帕讓牠先在距離那間旅館稍遠的樹梢上待命。應該再過幾分鐘，牠就能到達旅館窗戶，傳回即時的影像了。

頌帕垂目，冷冰冰的鷹目注視著自己不爭氣的二徒弟。轉過頭去，看到的是更加不爭氣的徒孫，以及本來前途無量，現在卻死不瞑目的大徒弟。他心中戾氣橫生，和南舟在一起的那些人，不管是誰，都得死！

忽然間，床上的砂楚劇烈掙扎起來，手舞足蹈，眼珠暴凸，情形相當駭人。不等頌帕摁住他的手腳，下一刻，他的腦袋轟然炸裂！

他雞爪子一樣枯瘦的手掌在鋪面上咯吱咯吱地抓了幾把。鮮血和灰白的腦漿，在昏黃的燈光下漸漸游移、凝聚，形成了一個詭異的圖紋——正是南舟鞋盒裡的螞蟻死時，體液形成的圖像。

這一切發生得太過突然，頌帕甚至沒來得及躲避，被噴上一頭一身的穢物。短暫的怔愣過後，是火山爆發般的暴怒：「怎麼回事！？」

就在這時，頌帕的視野亮了起來。在他飼養的松鼠面前，出現一隻毛色鮮亮的小蜜袋鼯。

南極星是偷偷溜出來曬月亮的。牠知道南舟他們不想自己被發現，所以想等著屋裡的人都走後，自己再回去。牠蹲在屋簷邊時，看到了那隻蹦跳而來的松鼠。

那松鼠的體型比南極星大上三倍有餘。牠跟頌帕混的時間很長，稱王稱霸慣了，瞧到這麼一個小東西，根本不放在眼裡。牠支起上半身，露出雪亮、染了屍油的牙齒，豎起背上堅硬如刺蝟的毛髮，試圖恐嚇牠。

南極星的眼睛眨巴了兩下，似有所悟，往後倒退了兩步。下一刻，牠如閃電一樣張開身體兩側的皮膜，小滑翔機一樣縱身撲來，啊嗚一口，叼住了松鼠的脖子，齒間利索地一切一割。松鼠唧地慘叫一聲，在南極星口中沒了氣息。

南極星：……凶你個頭。

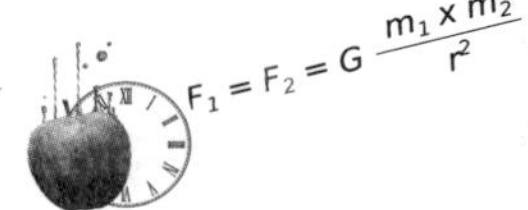

南極星咬著有牠三個大的松鼠，注意到了牠尾巴上流光泛泛的刻紋。牠左右張望一陣，先用兩隻短短的前爪把嘴角的血跡擦乾淨，才叼起松鼠屍體，悄無聲息地跳到陽臺欄杆上，咚的一下，將屍身順著窗戶根兒扔進了屋內。

完成這一項工作後，牠挺有成就感地抖了抖毛，無聲消失在了窗側。

這一聲悶響吸引了屋內的所有人。

邵明哲向外看去，卻只來得及看到消失在空茫夜色裡的一隻長尾巴。但他的眉頭微微擰了起來，一隻手插在左手口袋裡，另一隻手掩住胸口，摩挲了兩下。他莫名感覺後背起慄發冷，下意識往剛才和他搭話的李銀航的方向急跨了兩步。

——剛才那是……什麼東西？

死松鼠爛泥似的軟在地上，咽喉處鮮血淋漓。

曹樹光爹著膽子上前，就手拿起擺在床邊的掃帚，倒提著戳了戳看起來死透了的松鼠。見松鼠沒有動，曹樹光就膽大了些，想上手給牠翻個面兒，看看狀況。那松鼠尾巴根處的皮膚上刻著的咒紋，泛著瘆人的青光。但隨著松鼠的死亡，那光芒越來越淡，漸趨至無。

南舟把目光從松鼠尾部的咒紋上挪開，看了一眼曹樹光。他在心中靜靜盤算小夫妻的紕漏。

小夫妻倆在旅遊大巴上直衝他們而來，卻完全無視了原本坐在他們身後，裝備、神態明顯更可疑的邵明哲。他們並沒有對李銀航說漏嘴了的自我介紹產生任何應有的反應。最重要的是，在遭遇了一場未遂的襲擊後，他們仍然能毫無芥蒂地打瞌睡，完全沒有表現出正常人的緊張感。

南舟見過這樣散漫的態度。在永無鎮被強行開啟、對外開放的那半年內，他見過成百上千張這樣的臉。他們在享受著遊戲帶來的緊張刺激的同時，也保持著「死了就死了」的無所謂態度。在謝相玉的提醒下，南舟知道，他們有一個統一的稱呼，叫「遊戲玩家」。

他在認真考慮，要不要讓曹樹光死上一回，試試看會發生什麼？

可當曹樹光的指尖離松鼠的頸毛只有半公分時，南舟還是發了聲：「別動手。」

他還代表著【隊友全部存活】的 1000 點積分獎勵呢。

南舟的提醒，讓曹樹光下意識縮了一下手指。而就是這一縮之間，一個粉紅色的尖狀活物從松鼠的頸部猛地一探。

曹樹光的手指幾乎感受到了那尖物的芒點。他駭了一跳，忙把手揣回懷裡，左瞧右瞧，確定並沒有受傷，才放下心來。

咕。松鼠的嘴巴幅度不小地蠕動了一下。

曹樹光「媽耶」一聲，抱著手指，瞪著眼睛，眼看著松鼠咽喉破口處的騷動越來越大，血肉越來越外翻。

咕唧一聲，一個血淋淋、活生生的小肉團，從松鼠的咽喉處鑽了出來。房間內鐵銹似的血腥氣隨著這一頂一出，愈發濃厚了起來。

一眼瞧過去，李銀航差點從頭麻到腳趾，san 值活活往下掉了 2 個點——松鼠的喉嚨裡，居然藏著一隻怪鳥。

南極星一口下去，破開了松鼠的喉管，但並未傷到藏在松鼠口腔深處的小怪物。

剛才對南極星發出粗嘎的示威叫聲的，也不是松鼠，而是這隻鳥。

鳥是雛鳥，皮膚是粉紅色的，像極了剛出生的小老鼠，脖子老長，頸皮透明，隨著呼吸透明地腫脹翕張。鳥頭呈圓形紡錘狀，大張著的、彷彿乞食一樣的嘴巴四周，生滿了一圈小小的、眼珠似的彩色珠斑。牠搖頭晃腦地鑽出來時，活像是一種外星蠕蟲。

成功用自己的尊容唬到一票人後，牠一撲棱光禿禿的肉翅，發出一聲怪異的長鳴。

啁——牠振動著翅膀，竟朝著窗外直撲而去。牠要去咬死那隻長翅膀的老鼠！

江舫指尖一動，一張撲克牌倏然削去。瞬間，那已經到了窗邊的鳥一個頭重腳輕，身體在窗邊僵了僵，自半空落下，腦袋就沒那麼好的運氣

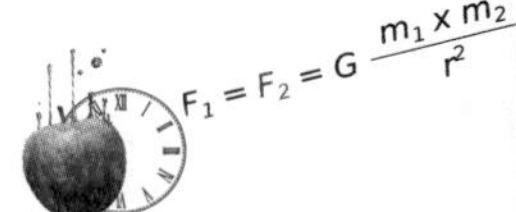

了，徑直掉到窗外的垃圾堆。

但還不及屋中人喘上口氣，那丟了鳥頭，黑血狂湧的鳥身在原地轉了兩圈，跳上了窗臺，朝著腐臭的垃圾堆裡俯衝而去。啁——鳥的屍身居然頂著被削去的鳥頭，重又掠入了窗中！

因為頂得潦草，鳥頭和身體是明顯的分離狀態，身子朝前，鳥頭朝後，成了一隻倒飛的蜂鳥。從鳥眼中湧出的血淚濡濕了本就細小的絨毛，讓透明粉薄的鳥頭看起來像是被新鮮斫下的活蛇頭。

牠的報復心強到令人髮指。牠張開那張讓人頭皮發麻的嘴，朝著江舫的咽喉狠狠咬去！！

當江舫指尖又撚出兩張撲克牌時，南舟蹲在地上，敲了敲鞋盒的邊緣，發出了一點響動。沒想到，一敲之下，那鳥忽然像是失控了的直升機，打了兩個飄，猛然一頭扎向了鞋盒……直接入土，乾脆俐落。

這一猛子下去，沙土外面就只剩下一根光禿禿的鳥腿，在虛空中徒勞蹬了幾下，也就蔫巴巴地垂了下來。

李銀航心有餘悸，剛想上前，這才注意到不知何時溜到了自己身側的邵明哲。

邵明哲貼她貼得很近，兩隻手幾乎要捉到她的衣袖。因為過於驚訝，李銀航發出了疑聲：「誒？」

邵明哲垂著腦袋，乖乖躲在她後面。

察覺到李銀航在看他，他輕聲說：「……有老鼠。」

李銀航：「……」

她懵了一下，覺得這一幕和邵明哲剛剛樹立起的話少酷哥的形象頗不相符。但轉念一想，倒也是合情合理，人總有害怕的東西，他或許是怕毛絨動物。

知道屋頂上是南極星的李銀航難得母愛爆棚了一下：「沒事兒啊，沒老鼠。」

聽了李銀航的安慰，邵明哲微微抿唇，凌厲的三白眼下垂時，也顯得不那麼凶悍了。

李銀航沒想到話匣子還有這種撬開方式，正尋思著要不要趁機深入再刺探些什麼，就見他重又將手插回口袋，原路返回剛才待著的小角落，繼續沉默，一臉的油鹽不進。

李銀航想，真是個怪人。

於是，除了怪人邵明哲外，一群人圍了上來，如同欣賞動物園標本般，欣賞那入土為安的死鳥。

死鳥非常沒有尊嚴，一隻爪子露在土層外，丟人地痙攣著，可以說毫無牌面可言。

曹樹光剛才吃了那一嚇，也不敢貿然伸手亂摸了。他注意到，沙層上畫著一個咒紋，這鳥入土的位置，正中咒紋靶心。他感興趣地提問：「這是怎麼弄的？」

南舟一指那隻死松鼠。松鼠的尾巴根上原先青光熠熠的咒紋已經徹底黯淡下去，但依稀可辨，那形狀和南舟畫在沙子上的圖紋走向完全一致。

「這隻鳥能乖乖待在松鼠喉嚨裡，是松鼠尾巴上有咒符控制牠。」南舟簡單解釋：「所以我想畫個新符試試看。」

顯然，這是有效果的。不僅如此，南舟的猜想也得到了驗證……並不是所有的降頭，都需要咒語的輔助。能控制怪鳥和松鼠的咒術，顯然更加高級一些。

南舟擺弄著眼前的沙盤，覺得自己又學到了一點新知識。

他把鞋盒用蓋子原樣蓋好，推到床底。

小夫妻倆醒神也醒得差不多了，覺得又可以跟南舟出去冒險了，不禁雀躍搓手道：「那我們接下來幹什麼？」

他們已經知道了在幕後操弄降頭的人在幾十公里開外的蘇查拉的某處，下一步的行動目標可以說非常清晰。雖然這些發現和他們沒什麼關係，但這不妨礙他們想興沖沖跟著南舟去見見世面的一顆心。

南舟坐在床上，字正腔圓道：「睡覺。」

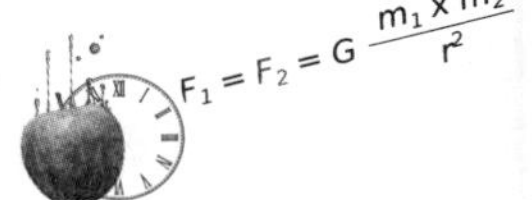

馬小裴：「……」

曹樹光：「……」

曹樹光有點急切：「我們不主動出擊嗎？他們可是知道我們在哪裡了！我們要留在原地，等著他們來對付我們嗎？」

南舟打了個哈欠，看起來對曹樹光的擔憂並不熱衷。

江舫笑微微地提議：「你們也可以主動出擊啊。」

一聽這話，小夫妻倆一個對視，紛紛表演起退堂鼓來。

算了算了，睡覺睡覺，他們兩個現在什麼情況都沒摸清楚，主動送上門那是給人送菜呢。

見小夫妻要走，邵明哲也主動起身，靜靜往外走去。

送走兩撥隊友後，南舟仰面臥倒在床，看樣子竟然是真的打算睡個回籠覺。

惴惴躺回床上的李銀航還有些不安，忍不住問：「南老師，這樣真的沒有問題嗎？」

南舟說：「嗯。還有 11 天。」

李銀航一時沒能領會精神：「啊？」

南舟：「boss 需要好好保護。萬一死了，就沒得學了。」

李銀航：「……」

這種說法，怎麼說呢？真是門前發大水，浪到家了。

一旁的江舫倒是很理解南舟的好學，替他蓋好了被子，同時在南舟臉頰上落下一個蜻蜓點水似的吻。

黑暗裡的南舟輕輕眨了眨眼，想，總算親我了。那麼他不在自己臉上亂塗亂畫就是值得的。這樣想著，他保持著相當愉快的心情入睡了，並期待著新鮮的知識打包送貨上門。

另一間房內，小夫妻倆花了半個多小時醒神，現在只好雙雙精神百倍地盯著天花板發呆。

而此刻的邵明哲，從自己房間半開放的陽臺攀上了屋頂，屋頂上空空

蕩蕩。

南極星曬夠了月亮，早就悄無聲息地溜回房間，邵明哲已經尋不見那隻在窗邊一閃而逝的小尾巴了。

邵明哲獨自一個坐在黎明前的黑暗中，雙手撐著膝蓋發呆。

他的自言自語被悶悶地封在口罩後，顯得有些寂寥。

「……不是嗎？」

蘇查拉。

花了大量心血培養出的徒弟就這麼玩笑似的死於非命，而自己想邊緣 ob 一把，還被插了眼。更重要的是，這種強烈的、被對方耍弄的感覺，嚴重刺激到了頌帕。

頌帕看著床榻上狼藉一片的屍身，神情變得極度可怕。他在床畔凝視了那爛糟糟的屍體一會兒，轉身來到沿著牆根擺放的一溜暗黃色的陶土罐前，將粗糙的手指放在暗紅色的紙封上，他的指肚在上面摩挲出唰啦唰啦的紙響。

「殺了他。」他低低喃語著：「殺了他們。」

早在師父的腦袋爆開時，本來就惶恐不安的司儀已經徹底崩潰，一頭闖出屋子。逃走時，他還在門檻上重重絆了一下，跌倒在地。但他馬上爬起，繼續逃命。他這輩子大概再也不想和這樣的邪術扯上關係了，城門失火，他這條池魚除了趕快溜，沒有別的更好保命的辦法了。

凌晨的夜市，徒留一地水果葉、椰殼、芭蕉葉。火山排骨的醬汁混合著被人倒掉的過期果汁流淌在陰溝裡，在將近 24 度的夜間，散發出餿臭的味道。

蘇查拉整體在地圖上呈標準的倒三角形，但內裡道路盤根錯節，他只來過兩三次，路根本沒能走熟。司儀沒頭蒼蠅一樣在空蕩的街道上衝

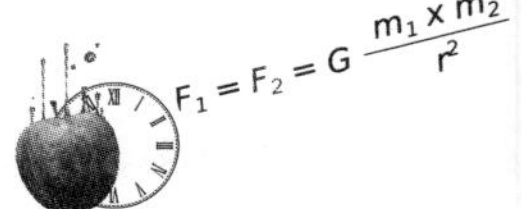

撞……直到他在街邊看到一個蹲著的人影。

人影手裡握著一個碗，右手裡是一根筷子。他用筷子輕輕敲著碗，叮叮、噹噹。

司儀覺得陰氣順著腳脖子往上流，慌忙低了頭，收斂起沉重的聲息，小步往前走去。他低著頭，強逼著自己不要看、不要看，趕快離開這裡。他心中影影綽綽地猜到了那是什麼，但是他不敢細想。

他越走越快，以至於一路狂奔，拐過一條街，卻又一次在街邊看到了那個敲碗的身影。叮叮、噹噹。聲音的頻率明明沒有變化，然而落在司儀耳中，卻是越來越緊促，彷彿催命的鼓點。

司儀嚇得喉嚨裡咕咯一聲，不再細看，拔足狂奔。然而，轉過了一條又一條街，不管他向前還是向後，不管街景如何變化，那個人還在。他慢吞吞地敲著碗，彷彿知道司儀一定會知道自己無路可走，一定會在走投無路的時候，來看看他。

在第十三次看見敲碗的男人後，已經跑出一嘴血腥氣的司儀整個人已經處於半麻痹的狀態了。他呆站了一會兒，終於放棄了無謂的逃命，拖遝著步伐，徑直走向那叮噹聲的來處。

走到那蹲踞著的人的背後，他出聲低喚：「喂。」

那人緩緩回過頭來。那是他自己的臉，而當自己的目光落到自己的臉上時，他的臉開始像蠟燭一樣，慢慢融化。

司儀慘叫一聲，倒退一步，像是絆到了什麼東西，一跤栽倒在地。而當他回過頭，四周的一切卻早已物換星移。他看到，絆倒他的，是頌帕家的門框。

門內停留著兩具屍體，一具在床上血肉模糊，一具在地下頭身分離。而頌帕正跪坐在一堆黃泥罈子前，念念有詞地撫著封紙，連一個眼神都懶得落在他身上。

司儀恍惚且頹然地坐在地上，想，這是第幾次了？……啊，是第十三次了。他第十三次衝出門、第十三次重複地見到敲碗的自己、第十三次被送回這裡。而每當衝出小院、衝上街道的一瞬間，他就會忘記他曾經試圖逃離這件事，然後陷入無窮無盡的輪迴。

現在，他不想要逃了。司儀麻木地搖搖晃晃站起身來，向著黃泥罈子的方向緩緩走來。

而頌帕沒有轉身，而是面對牆壁，露出了一個堪稱猙獰的笑容。

他摸著一個空罈子，對已經在輪迴中喪失了心魂，變成鬼降一員的司儀淡淡笑道：「……別跑啊。我需要一個開罈的祭品。」

房間的燈熄滅了。

李銀航對著就在自己腦袋不遠處的窗簾足足犯了半個小時嘀咕，生怕她半夢半醒之際，再有個什麼東西大模大樣地從外頭爬過去。

直到南極星都開始在她枕邊打起了小呼嚕，她才心一橫，睡了。管他呢。天塌下來，她睡著了，看不見就行。

房間中，只有江舫清醒而沉默地仰望著天花板，想著邵明哲。不知怎的，他覺得他那雙露在外面的眼睛，很熟悉。至於在哪裡見過，他卻記不大分明了，這樣的情況對江舫來說實在罕有。

江舫和自己的腦子較了半天勁，直到身側的南舟一翻身，拱到他的懷裡，黑暗裡，南舟烏幽幽的眼睛裡浸著兩丸清水，仰望著他，也不知道醒來多久了。

江舫不費力就將人抱了個滿懷，問：「怎麼沒睡？」

南舟：「我在偷看你。」

能把「偷看」說得這樣堂而皇之，也就是南舟了。

江舫哈的笑了一聲，垂目望著他，只覺得世界都落在了他的懷裡。

南舟提問：「你在想什麼？」

在這時候提及不相干的人，著實太煞風景。於是江舫熟練地騙人道：

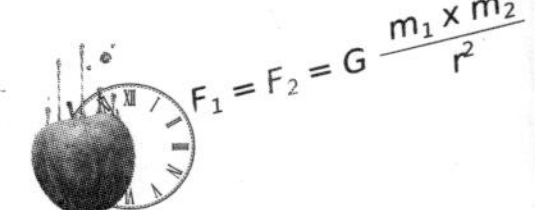

「想著明天怎麼帶你出去玩。」

南舟：「要我陪你一起想嗎？」

江舫：「不用，我已經想好了。」

南舟提問：「我們出去之後，也能這樣出去玩嗎？」

江舫默然。這個問題……他很耳熟。他記得，自從自己在誤服【回答】，在那場 PVP 遊戲裡說了那樣傷感情的話後，兩人就很少再談論關於將來的話題了。

兩人不約而同地嘗試去遺忘未來。

江舫究竟能不能離開遊戲，以及作為遊戲組成部分之一的南舟在江舫離開後能去往哪裡，都是無法【回答】的事情。

以江舫的絕對理智，他不可能去承諾什麼做不到的事情。不回答，也就是最好的回答了。

只是，彼時的江舫開始越來越長久地失眠。

他望著枕側南舟的面容，指尖隔著幾寸，徐徐劃過他的唇頰、眉眼，預演、模擬、練習著與他分離後的心情。江舫妥善地藏起了自己的那顆真心，只敢在夜間放肆而長久地注視著屬於他的那顆星星。

有時候，南極星會跳到枕邊來，好奇地望著他的動作，不大理解他在做什麼。江舫不去理會牠，獨自享受著這點隱祕的放縱，同時抵抗著血脈深處那炙熱的、獨占的瘋狂。

而南舟再次提及未來，恰好是他們共同走過的最後一個副本裡。彷彿冥冥之中，早有預感，也早有註定。

也是這樣一個夜晚，江舫沒能在他們落腳的房間裡等到南舟。

他找了幾圈，終於在教堂頂層的彩色玻璃窗下找到了南舟。

他頭上懸著巨大的時鐘，本來就修長的身形就愈發顯得伶仃起來了。他在彩色玻璃的黑色陰影內靜靜站著，指尖抵著玻璃表面，不知道是在看外面，還是在看玻璃上自己淺淺的倒影。

江舫上來牽他的手，「怎麼在這裡？回去睡覺了。明天我們就要正式往莊園裡送信了。」

在這個帶有奇幻色彩的副本裡，他們的隊伍被強行一分為二。

富麗堂皇的教堂，與一座中世紀風格的城堡隔岸而望。兩棟建築物之間相隔 3 英里左右，中間隔著一道不見底的深淵，一座鐵索橋跨淵而過。踏上去時，橋身顫悠悠的，鐵鍊會不間斷發出繃緊的細響，論其驚險程度，基本等於要江舫這類恐高症資深患者的命。

教堂裡的管理者是牧師，叫基斯，城堡的主人則是雪萊公爵，這兩人在遊戲設定中是好友。

玩家們的任務，就是按照系統分配的角色，扮演兩位主人的侍從，每日過橋，為兩名角色傳遞信物……聽起來不算非常困難的任務。而江舫和南舟又都被系統強制分配成了教堂的神職人員。

這更讓江舫安心。儘管按照合理性而言，他們兩個一人去城堡、一人在教堂，才是更妥帖的雙保險，江舫還是為這樣的分配隱隱感到安心。他已經習慣和南舟每晚一起入睡了。

南舟聽到他的招呼聲，轉過了頭來。江舫剛露出一點笑容，便突然聽到南舟對他說：「我不跟你們走了。」

南舟的吐字向來冷冷的，因此格外清晰，絕沒有聽錯的可能。

江舫覺得自己不是聽錯，只是沒聽懂，因此嘴角還掛著溫和的笑模樣：「還想在這裡看月亮嗎？」

南舟：「嗯。再看一會兒。」

江舫：「我陪你。」

月色被彩色玻璃解析成支離破碎的樣子，已經失卻了原本純淨的色澤，落在南舟身上時，就被切割成斑駁的光影，薄薄地灑在他們的身上與心尖。

江舫的心思卻不在月亮上，他逐漸被南舟剛才那句「我不跟你們走了」支配。他想，這是什麼意思呢？

一點恐慌捕捉了他的心，他望向南舟時，發現南舟也在回望著他。

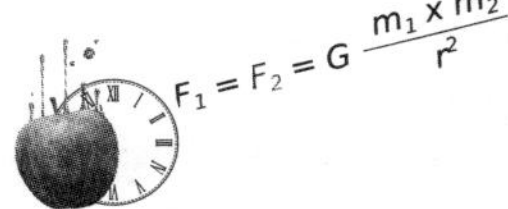

南舟說：「我的意思是，我不走了。」

江舫的笑容不大自然了。他溫和地曲解著南舟的意思：「要看一晚上月亮嗎？」

南舟話音清晰、邏輯分明，不肯給他一點多餘的希望：「這次副本結束後，我們分開吧。」

神職人員的領口被漿洗得很是堅硬，江舫扯著領口活動了一圈，還是覺得沒能將自己從繩套一樣的窒息束縛中掙脫出來。他有些喘不上氣，因此他煩躁不堪。

恰在此時，一個穿著長袍的隊友爬上樓梯，瞧見了並肩站在窗前的兩人，也沒多想，熱情招呼道：「老大，南哥……」

江舫半張臉轉過來，目光和夜色一樣冷：「滾。」

隊友被嚇了一大跳，剛邁出的腳還沒來得及沾地，就硬扭了 180 度，利索轉身：「好的呢。」

南舟好奇地看了江舫一眼……他還是第一次看見江舫情緒失控的樣子。江舫向來是很文雅的，圓滑溫柔，對任何人看起來都是一碗水端平，毫無偏頗，大愛無疆。

以南舟對人情遲鈍的敏感度，他不很能理解，明明頂著這樣一張笑咪咪的臉的江舫，為什麼會讓隊員們敬而遠之。

然而耳釘男沒能解答他的疑惑，而是自顧自登登登逃下了樓。

「……走？」長久的沉默後，江舫續上了這個話題。

他剛才話音中的暴躁和壓抑都被匆匆收拾起來，語調輕快得甚至有幾分飄忽：「你要走去哪裡？」

南舟：「我也不確定。」

南舟：「但是我不要跟你們走了。」

江舫有些發怔，回過神來後，嘴角的笑意反倒有了擴散的趨勢。

他喃喃自語：「你們？」他的手指在身前攥緊，咬緊牙關，酸澀地重複道：「……你們？」

江舫的語氣過於微妙，不禁讓南舟開始反思自己的代詞有沒有使用錯誤。確定無誤後，南舟抬起頭，肯定道：「是，一直都是你們。」

南舟知道，隊裡的大家都是想要和他親近，卻又怕他的。他和這個隊伍唯一真正的親密聯繫就是江舫。

可另一方面，南舟雖然不敏感，他也能知道什麼是忽遠忽近、忽冷忽熱。江舫無數次想要抱住自己，可又每每在他試圖給出回應時遠離他。

南舟記得，他只在某個夜晚被原因不明的夢魘驚醒時，用指尖探入自己的枕下，輕輕摸著自己的指關節，尋求某種安慰。

以南舟稀薄的、和人相處的經驗，他無法解析出這是因為什麼。在他看來，他和江舫處來處去，同生共死，到了現在，你還是你，我還是我。

江舫抑著聲音問他：「你想去哪裡？」

南舟：「走一走。或許找一找其他的隊伍、去通一通其他副本。」

江舫：「跟著我們不能通副本嗎？」

南舟：「不一樣。」

江舫：「哪裡不一樣？」

兩人本來一個問、一個答，語氣平緩，氣氛融洽，似乎並沒有什麼不妥。但南舟注意到，江舫單手扣住了另一手的手腕，彷彿在壓抑體內某種蠢蠢欲動的欲望，他向來穩如泰山的雙手在發抖。

這罕見的情景，讓南舟開始真情實感地擔心起來。他反問：「舫哥，你不舒服嗎？」

不是不舒服，是不對勁。這太不對勁了。在江舫掌中，向來井然有序、操盤得宜的牌局天地翻覆了。

江舫現在努力不去看南舟，因為他需要克制自己，不能分心。他一瞬間湧起的渴望，宛如強大的潮汐，恐怖得要把南舟和自己都吞沒其中——他想要把他鎖起來、困起來，哪裡都不讓去。

江舫是狡兔，始終習慣給自己留足後路，他知道南舟的弱點在哪裡。

南舟看似無堅不摧，天敵只有滿月。但江舫看過無數遍《永晝》，他

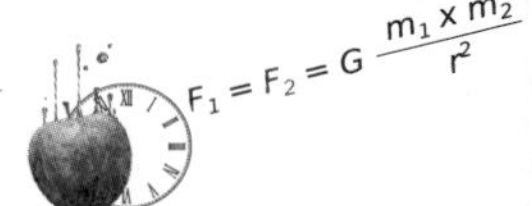

知道，南舟存在一個或許連他自己都不知曉的弱點。他的腦袋裡，住著一隻小小的白孔雀。那是光魅菌株扎根在他腦中的產物。它既是他的力量之源，也是他最易被人拿捏住的把柄。

換言之，南舟的精神相當脆弱。如果江舫想，他可以利用南舟此時對他絕對的信任，從物理上將南舟的精神摧殘得七零八落，讓他再也沒有能力離開自己。

但江舫什麼都沒有做，只是微微顫抖著雙手，和他並肩站著，看著月亮，任心中的潮汐將他的理智撕碎，再重組。

見江舫不答話，南舟也不再追根究柢。他說：「不一樣的。」

江舫在如同高空彈跳的心緒拉扯下，語氣平穩地問出了那個最關鍵的，卻被他一直迴避的問題：「為什麼？」

為什麼突然要離開？是自己做了什麼嗎？是惹他生氣了嗎？江舫不斷逼著回想自己這些日子與他相處的點滴，想得心尖都發了疼。

南舟重複道：「為什麼？」

接下來，兩人間陷入了怪異而長久的沉默和對視。望著他眼中自己的倒影，江舫才猛然醒悟過來，南舟也在問他「為什麼」。

南舟摸摸自己的心口，回味著今天自己在和心口位置平行的彩色玻璃上畫著圈，想把人圈入心臟的動作。可就在那一刻，他清晰地認識到，江舫不想被他圈進心裡。

因為他不是人。

南舟看了許許多多的書，那些書講的是人類社會，在他腦中植入了一個固定的程式，幾乎讓他以為，他也是人了。可江舫成長起來的那個世界，畢竟與他無關。

南舟無法解剖自己。他說不清自己的快樂是不是和人類一樣，是因為多巴胺的分泌；他不知道他的愛情是不是和人類一樣，也源自於費洛蒙。

書上說，男性不具備生殖繁衍後代的雌性器官，而他在外觀上具有一切男性的性徵，但因為他不是人，南舟甚至無法確信自己是否能懷孕。

南舟只是虛擬世界裡的南舟。

他不可被愛。因為他再像人，也不是人。

南舟說：「你們一直在被遊戲背後的力量推著走。你們的目的是要活下去、要通關、要活著出去。可我和你們的目的不一樣。」

「我甚至不知道，如果我在這裡死掉，我會去到哪裡？」

「是回到永無鎮？還是徹底消失？」

「所以，我想要離開你們，去找別的辦法，接近那個力量。」

「然後……」

他沒有說接下來的內容。和江舫的沉默相比，南舟已經足夠坦誠。但他也能感受到心尖上細微的、切割似的疼痛，這感覺過於陌生，南舟也不懂得如何迴避，因此只能一邊任由被心中無來由的酸澀磋磨，一邊認真地望著江舫。

「舫哥，你是我最好的朋友。」他口齒清晰道：「我的誕生，就是為了和你度過這幾個月。這也許和我之前經歷的一切一樣，都是書裡的情節，可這是很開心的情節。比我之前在小鎮裡過的每一天，加起來，都要更開心。」

江舫張了張口，他想說的話有許多。他們或許會被始作俑者一直玩弄，直到死在某個副本之中。

也有可能，始作俑者會在某一天玩膩了他們，將他們隨手碾死，或者將他們扔出遊戲，讓他們回歸各自的生活。

當然，江舫相信，這背後醞釀著更深的陰謀。遊戲在一點點完善，副本在一點點更新。他們身在其中，感受無比深刻。

時至今日，他們的儲物槽系統、隊友系統、遊戲獎勵系統等種種模組，運行已經相當流暢。他們一行人擔任的角色，就是這個遊戲的測試員，測試完成之後，他們又該何去何從？

江舫從不寄希望於這些幕後之人的仁慈，但並非毫無希望。如果對方能將他們的價值看在眼裡，那麼，他是否有機會在夾縫中，為南舟求來一

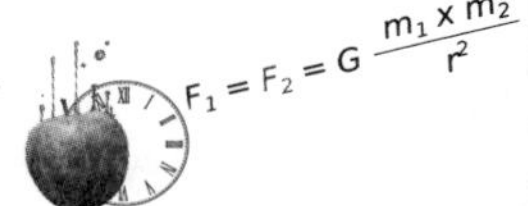

個身分？

這些事情，江舫一直在想。他沒有一刻不在替南舟謀劃。

只是，他說不出口。

他從不許沒有把握的諾言，他也不知道自己的將來在哪裡。他甚至不知道，應不應該擅作主張，替南舟計劃他的未來。這樣對他而言，究竟是不是最優解？

南舟一直靜靜盯著江舫的嘴唇，希望他能從他嘴裡聽到什麼。不出意外，江舫是安靜的，只是他的眼裡湧動著極複雜的情緒，海面之下的漩渦和交縱的洋流，那是他在理智和放縱間激烈掙扎著的靈魂。

但南舟不懂。他只覺得江舫在歉疚和迴避著什麼。於是，南舟終於不再抱著多餘的期待和希望了。

「舫哥，你不用抱歉。」南舟的手搭上了江舫的肩膀，安慰地拍了兩下，「我們的關係，或許沒有我想像得那樣好。你只是不喜歡我而已，這沒有什麼。」

他冷冷淡淡的，連提前預演的告別都說得平靜而動聽：「舫哥，很高興認識你。」

江舫的心猛烈地跳動起來，他的掌心合起來，又握攏時，那裡多了一副銀亮的手銬。

他妥善地將這點銀光藏納起來，背在身後，不叫南舟看到。

他就這樣帶著一顆發痛的心，語氣輕鬆地詢問南舟：「那今天還要一起睡嗎？」

南舟：「嗯。」

他選擇提前告別，也是為了讓分別不那麼猝不及防，要讓雙方都做好心理準備才行。南舟向來是很有禮貌的。

他們和先前的許多個夜晚一樣，肩並肩回到了房間。當天晚上，他們也在教堂反覆鳴響的鐘聲裡，像現在這樣面對面躺著。

江舫一遍遍摸著他的手臂和胸口，好像是告別前難得的情感放肆。

實際上，他是在丈量計算，在控制住南舟後，想要綁住他，需要多長的繩子。

他聽到南舟問他：「舫哥，出去以後，你想要做什麼？」

江舫的指尖蝴蝶一樣停留在他的肩膀上。

「出去之後……」江舫輕聲道：「誰又知道呢。」

時間回到了現在。

「出去之後……」

江舫調整了一下睡姿，尾音裡染了些笑意：「南老師想做什麼？」

記憶全無的南舟，將那些冗餘的煩惱也一併忘卻了，他認真想了想：「去看看海。」

江舫摸了摸他額前的髮絲，「【腦侵】那個世界裡，不是有過海嗎？」

南舟：「那個時候沒有認真看。」

江舫：「不用等到出去，我們明天就去看。」

南舟：「真的？」

江舫：「真的。再想想，出去了之後，想做什麼？」

南舟一本正經地問：「外面的世界，車也會像這裡一樣多嗎？」

江舫說：「會。我們也會有。到時候，我們開一輛房車，去世界各地露營去。」

南舟：「一輛車，就可以開到世界各地嗎？」

江舫：「是，只要有公路的地方，我們都可以去一遍。」

南舟被他說得睏了，含糊道：「那是很長很長的一段路啊。」

江舫聽出了他話裡的睏倦，誘哄地放柔了聲線，輕聲道：「慢慢走，一直走，走到我們都走不動的地方，我們就不走了。活也活在一起，死也死在一起。」

南舟枕著江舫為他構建的夢睡著了。

夢裡，他又夢到了教堂，以及和一個面目不清的人在窗邊的一番對話。那場對話似乎不大愉快，醒來後，內容照例盡數忘卻，但那種心情還

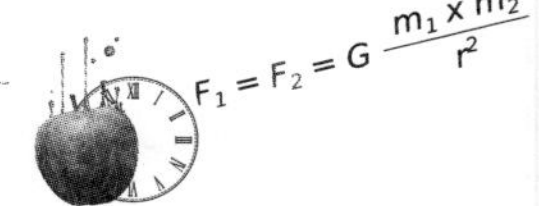

殘留在胸腔中，讓他發了好一陣呆。

直到江舫無聲地將他抱在懷裡，親昵地用下巴蹭了蹭他的耳朵。

「早安。」

他們所在的旅館雖然廉價，但底層自帶一間自助餐廳，出售早餐券。

旅行團繳納的團隊房費裡包含每人一張免費的早餐券。

「立方舟」三人簡單梳洗，來到餐廳，沒見到邵明哲，倒是先看到了黑著眼圈的小夫妻倆。他們對著盤子裡寥寥的食物，有一口沒一口地往嘴裡塞……從 3 點醒過來後，他們就根本沒能睡著。

李銀航元氣滿滿，主動上前和他們打招呼：「早上好啊。」

曹樹光打了個哈欠，「早。」

不等他把這個哈欠妥善收尾，李銀航就笑咪咪接著說道：「關於昨天的門票……」

曹樹光差點把這個哈欠噎進喉嚨眼裡。

昨天，南舟和江舫借了他們 400 泰銖，買了降頭表演的入場票。按照約定，他們需要還 800。什麼叫開門破財，這就是了。

原本懨懨的小夫妻倆乖乖交了錢後，馬上振奮了精神，盛來了十來片乾麵包、一碟薄荷醬，以及兩大碗冬陰功湯麵。他們今天一天的能量儲備，就仗著早上這頓了。

坐在散發著異國食物氣息的餐廳，嘴裡有牙膏淡淡的薄荷味，惺忪的頭腦一點點在晨風中甦醒過來，李銀航才有了身在他鄉的實感。

昨天，她來得匆忙，又一心記掛著任務，感受反倒不如現在這樣強烈。李銀航的終極愛好就是攢錢，最遠的旅行也就是離開家去讀大學和上班，沒想到會在副本裡有了出國旅行的初次體驗。

懷著一點隱祕的興奮和期待，李銀航對著面前的一盤冬陰功麵下了第一筷子……然後她默默地放下筷子。這熟悉的洗潔精檸檬香型摻雜著香茅味兒，再混上強烈的胡椒氣息，上頭得她兩眼發直。

南舟卻很認真地捧著碗，一筷一筷地勻速給自己餵麵條，很好養活的樣子。

李銀航看得直咧嘴，「……好吃嗎？」

南舟誠懇道：「比我做得好吃。」

李銀航：「……」這倒也是。

「先墊一墊。」江舫雙手交疊，抵住下巴，溫和笑道：「今天我帶你們去吃真正好吃的。」

李銀航詫異道：「不做任務嗎？」

「不做。」江舫說：「我們看海去。」

「立方舟」和導遊打過了招呼，不參與今天去逛當地水上市場的活動了，明天也未必會回來。

小夫妻倆資金周轉實在困難，雖然在聽說南舟他們打算去海邊玩時，表現出了想跟著一塊兒去的強烈願望，但自知之明讓他們選擇了退卻。他們曉得，這趟要是跟著「立方舟」出去，恐怕就是債上加債，他們只好待在賓館內。

至於邵明哲，乾脆沒有下來吃早飯。他有著那樣好的身手，但他對副本破關又是全然的消極和不在意，好像更樂意一個人待著，拒絕和任何人打交道。

最終，出去遊海的，還是他們三個。

在簡單吃過兩口餐點後，江舫主動起身，倚著櫃檯，笑意盈盈地和老闆的女兒交談。

南舟這才發現，江舫是會說一點泰語的。

雖然不多，偶爾摻雜著英語，但發音很標準，因為態度過於認真，反倒讓人想盯著他，一直聽他講話。

半個小時的聊天，成果斐然。他將那年輕的少女聊得兩頰紅粉緋緋，

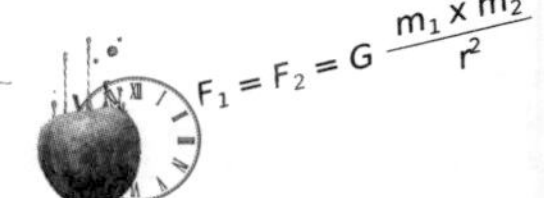

報酬是女孩新買的二手越野車兩天的使用權。

南舟含著薄荷糖，看江舫晃著鑰匙圈，一步步走近他時的笑容，他又將手揣上了心口，輕摸了摸。

江舫走到他面前，對他飛了個漂亮的眼風，「先生，走啊。」

他刻意想要勾引人時，眼睛裡是生了鉤子的，一釣一個準。

南舟看著那把鑰匙，「押了什麼？」

江舫笑道：「美色啊。」

南舟聞言，眸色輕微地動了動。他想了一想，邁步就要往正探頭看他們的少女方向走去。

江舫及時挽住他的胳膊，「幹麼？」

「不能給她。」南舟說：「是我的。」

南舟直白的獨占欲讓江舫失笑之餘，脖頸也跟著微微紅了。他說了實話：「我跟她說，我想帶我男朋友去兜風。」

說著，江舫又放低了聲音，有技巧地示弱：「她明明更喜歡你。還問我怎麼把你追到手的，她說也想追你。」

南舟聽不大懂。他看了一眼女孩那瘦弱的身軀，實事求是地反問：「『追』？……我要是跑，別說是她，你也追不上我的。」

江舫親昵地吻了吻他的額頭，「是。我本來是追不上的，是你有耐心等我。」

南舟乖乖地受了這一吻，心裡大概明白了一些這新鮮詞彙的意義。

他嚴肅了神情，問江舫道：「她真要追我？」

江舫知道那是女孩子促狹的玩笑，可就是想逗著南舟說話：「如果真的要追，那怎麼辦？」

南舟權衡了一下，有理有據道：「我抱著你跑。」

江舫瞧著他。南舟見他出神地盯著自己，很老氣橫秋地嘆了一口氣：「……又看我。」

江舫想，他當初在躲些什麼呢？這樣的一個人，是他從無人知曉的地方打撈上的一輪太陽。因為那本來該是遙不可及的太陽，他無意做夸父，也無意做伊卡洛斯，以為可以和它兩不相干。

直到現在，他才知道，這樣的南舟，就應該摟在懷裡，不定時地拍一拍、親一親，要把他放在副駕駛上，繫好安全帶，帶他去看看這個世界。

女孩停在街邊的越野車，江舫其實一早就看上了。他們要出去玩的話，想要方便出行，必須有車。可惜的是，沒有駕照和護照，他們即使有錢也租不到車，所以借車是最便捷省錢的方法。

他們加滿了一缸油。

南舟在加油站的便利店買了一點吃的，順便參加了便利店的促銷活動，滿 100 泰銖就能摸一次獎。南舟摸出的乒乓球裡藏著「三等獎」的小獎券，獎品是一板廉價的奶片。他把獎券和糖果一起收下，一邊含著奶片，一邊拿著獎券看來看去，新奇地研究這份好運。

李銀航見他這麼喜歡這張做工粗劣的小獎券，好奇地從後座上扒著問道：「在看什麼？」

南舟把獎券遞給她，認真道：「妳看……」

李銀航以為這裡面有什麼玄虛，拿過來一陣研究。

然後她聽到南舟用發現新大陸的口吻說：「……是個不用付出代價就能拿到的獎勵啊。」

李銀航：「……」

她突然就有點傷感。

南舟從小就生活在一個虛幻的故事裡，在那個故事裡，大家忙著生、忙著死，沒人在路邊擺一口箱子，讓他玩這樣的遊戲。

她傷感的具體表現，就是很想趕快做個箱子，在裡面放一堆帶著獎勵的乒乓球，讓南舟每天都能摸一個玩兒。

他們所在的城市是較為冷門的旅遊小城，開出城區後，車輛就不是很多了。江舫將導航開啟，調成中文模式，選擇了一條道路後，便駕車一路向西南而去。

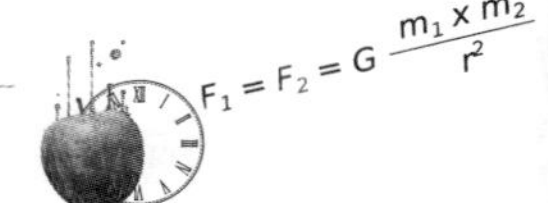

泰國的南方公路多彎道，他們開的這條公路更是少有人煙。它一側是山、一側是林，這條路像是一道將天地自然從中劈開的斧痕，是人工與天然雜交的產物。

它擁有整整 150 個彎道。但江舫卻將這一條危機四伏又車輛寥寥的路開得有聲有色，在轉一些不大急的彎的時候，甚至也要踩著限速線，不減速地漂移過去。車上音響裡放著爵士樂，他臉上帶笑，指尖隨著熱烈的音樂節奏打著拍子。

他當過卡車司機，看過許多很好的風景，但他在看風景的時候心裡卻清楚得很，這些景物沒什麼意義，等他看膩了，他就會離開。

他第一次這樣清楚地知道，如果身邊有這樣一個對著一張獎券就能研究一天的人，他可以把車開到天涯海角去。

掩映在雪白的榕樹枝幹裡的雪白的石菩薩，目送著色澤鮮豔的車輛，在公路上一騎絕塵而去。

右側的山勢不變，是個綿延不絕的樣子。

左邊的景色倒是一直在變。起先是一種樹皮雪亮的樹，伴著開著白色小花的落葵薯，然後是一片燦爛金黃的墨西哥菊田，往前又是樹了，綠得濃郁，風颳不進，光潑不進。

再然後，當他們穿出一條隧道時，天地都變了模樣。他們的左側，出現了一大片翡翠似的海洋。因為樹木的遮蔽，這片海不知是何時出現的，所以在南舟眼裡，這片海洋像是從天上落下來的。

他想探頭出去看看，可惜在高速公路上，車窗是緊閉著的。他不大瞭解車的構造，按照他的習慣，這車窗玻璃敲碎了拉倒，但這車又是管別人借來的。兩難之際，他想到了剛才江舫操縱導航時的樣子，便有樣學樣，對著車窗玻璃篤篤地敲了兩下，等著它對自己說話。

窗玻璃猜不到他的想法，江舫卻猜到了。他不動聲色地按下升降按鈕，讓摻雜著海鹽味道的習習清風掃入車內。

南舟探頭出去，看向那玻璃製品一樣輝煌的海面。

日光煌煌地落在他們頭頂。他雙臂壓在窗玻璃上，靜靜觀賞一會兒，就自覺主動地拿出從賓館裡拿來的空白紙張和圓珠筆，開始勾勒這一片突然掉落人間的海洋。

這樣的場景，讓江舫忍不住笑，他的畫中人在畫畫呢。

他們下了高速公路，前往了海灘。這片海灘是剛剛開發的，沙子白亮，陽光澄金，有穿著彩色短褲的黑皮膚少年小麂子似的舉著牌子，在沙灘上跑來跑去，賣力推銷他們新開設的浮潛項目。

因為各項基礎設施不夠完善，遊客尚不成規模，雪白的沙灘上只有幾十頂空陽傘，錯落地擺放著，遠遠看去，像是一蓬蓬彩色蘑菇，傘比人還要多。南舟甚至不知道江舫同樣是初來乍到，是在哪裡找到了這一片出色的海域的。

江舫的確是個很會享樂和玩耍的人，他們用近乎白送的價格買了椰子和泳裝。

江舫以極快的速度和一對來自俄國的小情侶搭上了線，可以在他們下海浮潛時使用他們的帳篷休息、曬太陽。

那孩子看到海灘上來了新客人，便馬不停蹄地來推銷他的浮潛業務。

江舫不緊不慢，笑咪咪地問了潛點，問了船宿一夜的價格，以及船什麼時候出發，並要去先看看設備狀況，硬是在日頭下把推銷的小孩問出了一頭大汗。

他瞧出這客人是熟手了，自己恐怕應付不了，索性引他去找了教練。

江舫和李銀航討價還價的方式不同，和風細雨的，只一條條挑揀他們的問題。

鑑於這項目是新開的，浮潛又是一樁又簡單又容易賺錢的旅遊項目，所以，這其實是一宗為了趕時間和節省成本搞出來的速成遊樂專案，連PADI規定中「潛水夫必須是潛水長級別」這一條都不能滿足，安全性非常有待商榷。

那組織者和潛水夫雙雙被江舫問得淌了汗。但江舫的態度又實在是親

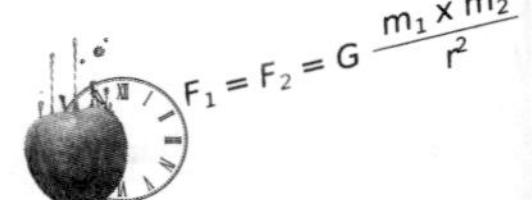

切溫和，完全不像來找茬的。

他的中心思想很簡單，我會玩。雖然如果向旅遊當局舉報你們一舉報一個準兒，但你們的設備畢竟是新採購的，整體不錯，可以適當給便宜一點嗎？

最終，原本單人單次 1200 泰銖的浮潛加船宿，被江舫用 800 泰銖的價格拿了下來，還包吃住。

他們下午 16 點上船，可以去海裡看日落、撈魚、浮潛，然後睡在船上。將他們今日的遊玩計劃悉數告知南舟後，南舟「唔」了一聲，表示滿意。隨即他拉住他的手，給他看自己剛剛和李銀航合力砌出的沙堡雛形。

江舫隨著他蹲下，指指點點地替他修飾這沙堡的細節。

另一邊，真正的 boss 頌帕已經在氣瘋的邊緣徘徊。

鬼降不能遠距離施加，否則效果將大打折扣。既然對方已經知曉了自己的位置，他預計他們就算不連夜趕來，第二天也必然會到。於是，他布下了重重的網羅，靜候他們前來……然後他就在荒涼的夜市街眼巴巴地白等了一天。

從天明等到天擦黑，頌帕對著一排黃泥罈子，鬱氣內結，心火高燒。

那罈子裡的小鬼也被他的情緒影響，不住頂動著封罈的紅紙，發出擦擦的細響。

他最得力的、寄生在松鼠裡的鳥，正頭朝下屁股朝上地埋在南舟炮製的鞋盒裡，沒人替他運送詛咒的紙人、沒人替他盯著那幾人的動向，就連他那個沒用的徒孫，也變成了鬼降的活祭品。

沒了跑腿的，他不得不親自打探情況。結果等他趕到旅館，那個年輕的降頭師已經不在了。

所幸他有他的生辰八字，只要燒一些昂貴點的犀角，配合咒語，稍微

動點心思，找到他的位置，也不是很難。

左右他也走不了很遠。

結果，這一「左右」，就左右了八十公里開外。頌帕白白燒掉了將近80000泰銖一塊的犀角，才找到南舟的位置。

他浸在一片灑滿了星光的海水裡，雪似的皮膚被海水浸得發亮。

他正被人托著腰，學游泳。

頌帕差點把一口牙咬成渣滓……對方根本沒想理會他，對方居然玩兒去了。

這種被蔑視的感覺，讓頌帕整個人的心態轟然炸裂。他抱起一個黃泥罈子，冷著面容，走到屋外，發動了一輛金杯麵包車。被放在副駕駛座的罈子內受引擎震動，發出嘩啦啦的水聲。

今夜星星不錯。

南舟既然這樣喜歡水，就讓他死在水裡吧。

CHAPTER

09:00

只要有一點點光，南舟作為源自於
光的怪物，就能美得驚心動魄

「立方舟」當然不知道頌帕現在的心理活動。

下午，他們乘著一條由漁船改造而來的客船出了海。船上除了「立方舟」外，還有一位潛導、一名船長、兩名船員、兩個馬來遊客。

南舟趴在船首，把皮鞋脫在幾步開外，赤腳的腳踝上還沾著些白沙，又被分剖開來的雪白浪花洗淨。挾著海鹽氣息的溫暖南風吹來，把他一頭黑髮吹得繚亂。

夕照將海域染成了一爐金，也隱隱融化了歸家海鷗的翅膀。

黃昏下，有海豚躍水，將海面激蕩出爍爍的、溫暖的碎金色。

南舟專注地看著那海豚，並不大驚小怪地發聲，只用心地用眼睛把這一切記錄下來。

他像個安靜的小怪物，獨特的氣質天然地形成了一層屏障。倘若要形容的話，他就是單獨占據漫畫一格，有著各種美顏細節特寫的角色，獨成一個小世界。

至於江舫，也沒來打擾南舟。江舫的本事就在於只要他想，他可以和任何人成為朋友。

剛才他還和那潛導討價還價，溫聲細語地把他堵得說不出話來，現在，他又主動和他攀上關係，還特地教他一些別的潛水熱門景點招徠客人的技巧和話術。

半個小時不到，潛導已經被他混成哥們兒，拍著胸脯，用帶著點口音的泰語說今晚額外贈送他們一條海魚。他用菸捲點一點南舟的方向，好奇地用生硬的漢語問江舫：「那是……你的朋友？」

砰的一聲，江舫點燃了手製的菸捲叼在口中，含糊應道：「嗯。」

潛導說：「他，很奇怪。」

他用過濾嘴蹭蹭髮梢，蹭下了些鹽粒兒來，在本就不多的中文詞彙庫中翻找一陣兒，點評道：「他看起來不大像人。」

他的形容有些粗魯無禮，卻也相當深中肯綮——許多人不敢親近南舟，也是因為南舟雖然漂亮，但因為身體比例、線條、五官過於完美，彷

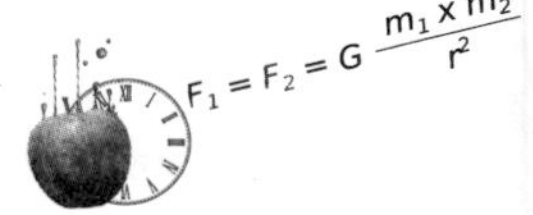

佛從畫裡走出來的，又美麗，又虛假，好像隨時都會隨著那浪花被打濕消解一樣。

江舫歪頭，「是很好看吧。」

潛導：「好看是好看的……」

江舫用舌頭將過濾嘴撥到一邊，笑道：「我的。」

潛導意味深長地「噢」了一聲，衝江舫比了個大拇指。

江舫微笑地點頭致意，抽盡這一支菸，走到南舟身側。

南舟側過身，給他讓了位置，「你來誇我好看了？」

江舫用帶著一點菸味的手指捋了捋他的耳朵，笑道：「耳朵倒挺尖的。聽到啦？」

南舟：「嗯。」

南舟：「你是怎麼找到這個地方的？」

他想過，江舫可能是向那旅館老闆女兒打聽的，但他耳力和記憶都不錯，他聽得很清楚，他們導航來的地名，並不曾出現在江舫和那女孩的對話中。

江舫也無意隱瞞。

他拉南舟到了右側船舷，遙遙指點著海灘不遠處的一片綠樹濃蔭，「看到那片地方了嗎？」

南舟：「唔。」

江舫看向他，「五年後，這裡已經成了著名的旅遊景點，那兒就會開發一片樓盤，是花園小洋房，挺便宜的。」

江舫：「五年後的我，剛從太陽城賭場回來，手裡有點餘錢。」

話說到這裡，南舟大概明白了，「啊——」

「嗯。」江舫被他微微拖長的尾音煞到，揉了揉他的後頸，「我還在現實世界的時候來過這裡。這裡有一間我的房子，將來，還有可能是我們的家……」想了想，他加了一點補充：「……之一。」

南舟：「所以，這個副本是……」

江舫坦坦蕩蕩道：「是我來的那個世界五年前的泰國。」

南舟趴在船欄上，「遊戲幕後的人，可以操縱時間？」他若有所思：「如果是這樣的話，那的確可以實現很多心願啊。」

江舫同樣也是若有所思的樣子。

只是他所想的和南舟完全不同。

江舫知道他們身處副本之中，不可能真正放縱地去玩耍。他帶南舟來這裡，一面是念著這裡的好風景，一面也是想來驗證自己的想法。

在這片地方，他恰好有房。剛才自己和他並肩吸了一支菸的潛導，也是他前來浮潛時的固定搭子，是他現實世界裡的老友了。這讓江舫確信，這個泰國，就是他來的那個世界的泰國。只不過這段時間作為副本，被單獨裁剪擷取了出來。

江舫認為這很重要。因為這關乎幕後之人的實力高低。

之前，他聯繫了易水歌和林之淞，幾人分析過遊戲幕後那股力量的實力……但那時，他們並不掌握對方可以「操縱時間」這樣的情報。

如果他們有操縱時間的實力的話，就意味著這股力量真的可以完成許多不可能的心願，譬如說把已死之人帶回來。

但同時也意味著他們這些玩家也再沒有任何反抗的餘地，主動權完全掌握在了對方手中，他們只能乖乖聽話，任其魚肉。

他們甚至可以仗著這個能力，在遊戲即將結束時抹去他們的記憶，讓他們永遠陷於無窮無盡的遊戲輪迴中。

但這樣一來，新的問題就誕生了，如果他們都擁有操縱時間這種水準的逆天能力了，那他們針對南舟的措施未免蠢了點兒。

打個比方，南舟當初把 boss 困在倉庫裡後，他們根本不需要更新什麼補丁，直接把時間倒轉回去，不就能直接把 boss 掏出來了？是不能隨意切回嗎？還是因為在搞直播，沒辦法做這種手腳嗎？

這是個很嚴肅的問題，甚至關乎他們將來能不能成功脫出遊戲。

江舫托腮想了一會兒，又回眸望去。

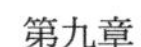

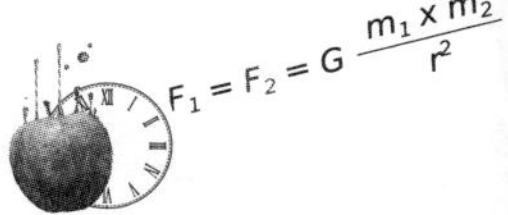

那對馬來遊客占據了船另一端，不停地拍照。

潛導在和船員吹牛，哈哈大笑。

這些 NPC，同樣沒有身為 NPC 的自覺。他們出來旅行，或是安寧地生活在這裡，每日載著客人出海，和客人搭訕，賺取不算豐厚的鈔票，絲毫不覺自己的世界已經被人入侵了。在他們看不到的盡頭和邊際間，還藏有多少個這樣模擬的小世界呢？

這樣似有若無的虛幻感，終結在南舟的一握裡。

南舟捏住他的手腕，「停船了。」

江舫回過神來：「是到了。」

南舟：「那你可以教我游泳了。」

江舫反握住他的手，用指尖撫摸他的掌心，「嗯。」

自從跌入這無窮無盡的副本裡，在萬千虛象中，南舟就是他獨一無二的真實。

距離他們不遠處是一片獸脊似的小小島嶼。

潛點的位置非常優越，位於一條海溝上，海水吸飽了日光，在潑火一樣的夕照下，顯出動人的澄金。

潛導介紹，這裡的海水條件優越，海下能見度在天氣狀況良好時能有十七、八公尺節。

趁著夕陽未落，他們在金色的洋流中潛了一回。

南舟的游泳基礎是 0，但在運動這方面，他的各項條件都是天然的優越強悍。被江舫扶著腰帶學一陣後，他已經學會了三種泳姿，只是沒辦法像江舫一樣踩水，一停下來就要往下沉。

離開了泳圈，南舟在水裡能依賴的就只有江舫。

江舫踩水的動作很自然，足尖魚尾一樣在水裡徐徐擺動，再加上手臂上一點分水的動作，就能立在海裡，胸線在海面上一起一伏，一隱一現。

南舟自然地摟上江舫的脖子，「教我踩水。」

江舫拿額頭輕輕頂他的，模仿海底生物打招呼的方式，「不教。」

南舟：「你不教我，我在水裡站不穩，就只能抱你了。」

江舫：「別客氣啊，南老師。」

於是南舟把江舫當作了他的中轉站。游過幾程，他就潛回來，抱一抱他的浮標，休息一會兒。

至於李銀航，她只敢在海岸邊劃拉劃拉水，對於夜潛還是有些恐懼的。因此她在保證不下水後，她的單人旅費縮減到了 400 泰銖。她安心地留在船上烤馬鮫魚。魚皮被烤得吱吱作響，邊緣微捲起來，內裡軟嫩的魚肉泛著誘人的焦褐色。

當他們簡單用過餐，時至 8 點整，月亮升起來的時候，這片海域真正的美才含羞帶怯地顯露出來。潛導和一名兼職潛水教練的船員也探好了路，在水裡示意他們可以下來了。

做完耳壓，穿好防護服，戴好主副兩燈和備用的單瓶氧氣，咬上呼吸管，南舟拉著江舫，順著橡皮滑梯滑入水中。

南舟開始了生平第一次對海洋腹地的探索。

發亮的波瀾間，白日裡隱匿在礁中的生物開始巡遊，展現出了與夕陽時截然不同的生物百相。

因為沒有日光來喧賓奪主，水呈現出無盡的黛青色。於是南舟有幸在水裡看到了一大片星河。

水母尾帶上拖著發光的細絲，優雅地結隊遷徙著。彩色的小丑魚從紅珊瑚中探了個頭，旋即又消失無蹤。有不知名的浮游生物，透著青藍色的光，像是螢火蟲一樣，明滅交替，優游來去。

南舟立在這片奇幻的水中天地，心裡安安靜靜的，很快樂。

夜間海洋的浮力似乎比白天更大一些，探索的自由度得到了很大的提升。兩個馬來遊客很是老實，一步不差地緊跟潛導的步伐。這很安全，不過也錯過了許多好景致。

南舟沿路欣賞著海中的綺麗美景，因為要用心記憶，游得稍微慢了一點。直到江舫對他打燈，示意他過去——來看大海龜啊。

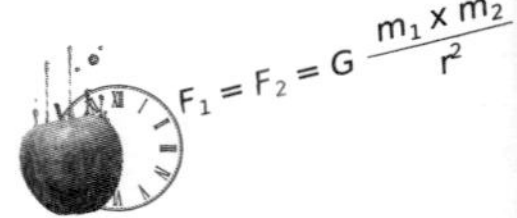

南舟向他游去，卻正巧看到那隻巨大的海龜舒張開肉感十足的粗短四肢，在水中作滑翔狀，徐徐向他而來。

這種感覺極度奇妙。

牠不像在游泳，倒像是在雲端之上優哉游哉，自由滑翔。

一時間，南舟分不清自己是在海裡，還是在雲端。

而真正留在海面上的李銀航，正在和一個熱心的小船員一起收拾大家吃剩下的魚骨。

她突然聽到小船員驚訝地「啊」了一聲，跑回船艙。

隔著骯髒的、沾著海水腐蝕痕跡的玻璃，李銀航聽到小船員正嘰里咕嚕地用泰語向船長說著什麼。語速很快，聽不懂。

語言不通的李銀航只好放眼望去，只見水面上起了一層薄霧，看上去並不可怖，嫋嫋娜娜的，還挺美。

但她卻在無形中打了個寒噤……沒問題吧？

這場水底環游，預計繞海島一周，以欣賞珊瑚為主，時間大概在 40 分鐘左右。

南舟雖然一心關注周遭的風景，卻也沒有掉隊。在主燈和 BC 燈的交相輝映下，三公尺之內的範圍還是能照透的。他用餘光循著這點光亮，確保自己不走丟，同時欣賞著一條藍黃相間的小魚。

可變故就發生在南舟的一個眨眼間。本來在三公尺之外載浮載沉的光源，突然像是電視斷了訊號一樣，啪啉一聲，消失了。

南舟第一時間發現了不對，回身望去，他四周全空了。

只是一個轉身的工夫，江舫沒有了；潛導、教練和馬來人不見了。他探頭出水，發現船也不知所蹤。

他目之所及的，只有濃稠的海霧。南舟微微凝眉，學著江舫的樣子輕輕踩水……他其實早就學會了。

廣袤無垠的天地、海洋間，倏忽間只剩下了南舟一個人。

南舟：「……」

他有些苦惱，把氧氣管咬出了一點點牙印。他手腕上綁著的探照燈散出柔和的白光，卻只能照亮四周不到一公尺的範圍。

南舟成了這無垠海洋中的一小團會發光的生物。

見他懸浮不動，有小魚把他當成某種提著燈籠的生物，搖著尾巴趕來，用魚吻碰觸了他的手腕。

南舟不很慌張，低頭摸了摸魚背，成功驚走了牠。

在原地漂浮了片刻後，南舟打算掉頭，照著剛才記憶裡的路線再游回去。然而，就在他將臉浸入海水中的瞬間，他的護目鏡前倏然出現了一張巨大的、被泡出了巨人觀的屍體的臉，和他面對面直貼了上來——儘管五官已經走形，但南舟看得清楚，這張浮腫的臉，和自己長得一模一樣。

南舟納罕間，毫不猶豫，不閃不躲，伸手摁住那屍體的脖子，上手就乾脆俐落地扭了個 180 度。

但下一秒，南舟清晰地感知到，他扭了個空。那長著自己臉的怪物，起初是有實體的，可在自己扭斷它的脖子時，它就憑空消失了。而從他指尖篩過的，只有冰冷刺骨的海水。

南舟再次從水中浮起。霧氣已經濃郁到和海水一樣，甚至帶有阻力了。月光依然應該是明亮的，只是那光芒投入厚重的霧氣後，就像是被打入了水中的雞蛋，瀰散開來，變得稀薄又凌亂。

南舟摘下了水鏡，注視著大霧深處，他的眼睫迅速浮上一層潮濕的水珠。片刻過後，他垂著睫毛，微微皺眉，他擔心，江舫和他遇到一樣的事情。在他看來，江舫和自己不一樣，是很脆弱的人類動物。

任何一個人無所憑依地被拋棄在充滿未知生物的海洋內，而且剛剛還目睹了自己的屍體，現在八成已經瀕臨崩潰。而南舟沒有大喊大叫，只是靜靜地在水裡踩了一陣。他不帶感情地垂著眼睛，在認真想著江舫，以及

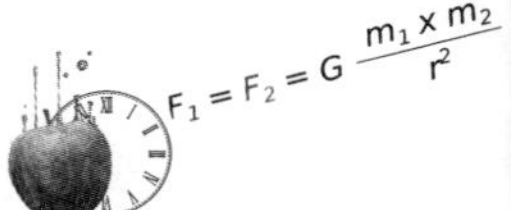

解決問題的辦法。

當他出神時，一道離弦箭一樣的烏黑陰影從水底深處直向他腳腕湧來。從那模糊而腫脹的陰影裡探出一隻手，抓向了南舟的腳腕。浮腫的手目的明確，要把他拖到海淵深處去。

可那陰影還沒能欺近，早就重新戴好潛水鏡的南舟突然一個輕巧的後仰翻身，面對著面，坦然地和自己的屍體對視了。

那股力量顯然也帶有一定的生物性，被南舟嚇了一跳，下意識地往後撤去。這回，南舟清晰地看到了它消失的過程。

那股力量彷彿是可溶於水的，在蕩漾的水波間晃了一晃，便徹底消匿了蹤影。

南舟靠著腰力在水裡倒立，注視了一陣光怪陸離的水底世界後，又浮出水面。

他確認了，是降頭。

只是，降頭為什麼會突然出現在海裡？

將沾有屍油的紙人帶來附近、操控了隔壁賓館的倒楣客人的，極有可能是那隻同樣被降頭操控了的套娃松鼠。尋位降則需要提前畫好陣法。可以讓物體遠距離爆炸的降頭，則是以尋位降為基礎施加的複合型降頭。

他們互相爆頭以示敬意後，南極星咬死了松鼠，放出松鼠體內的怪鳥。而那隻鳥一直是被松鼠尾巴上的降頭活活鎖在體內的。

總之，降頭如果不依靠一定的介質、不提前安排好，那麼就必須是近距離施受的。尤其是這種殺傷力和攻擊力兼具，還為了增加恐怖性，讓幻象長了一張自己的臉的高級降頭。

一本正經地分析了對方嚇人的套路後，南舟開始思索解決的辦法。如果能游出降頭的影響範圍，那當然是最好的。但南舟覺得不大可能。誰也不知道這範圍有多大。一百公尺？一公里？十五公里？而且，倘若降頭和松鼠、鳥一樣是活的，比如說是一條被操控的海魚，那南舟除非原地長鰓，否則不可能游過牠。

回到船上也不很現實。這降頭能讓大海憑空起了濃霧，能讓江舫、潛導和其他兩名遊客一起失蹤，他就算真游回 20 分鐘前的出發地，那裡等待著自己的，恐怕也只是一片茫茫的迷霧海域。在無謂的消耗之下，他或許未必會被拖下水溺死，而是會因體力耗盡而死。

南舟慢條斯理地擺著腿，腳蹼上細細的導流溝，讓他清晰地感受到海流的走向。他抬手排盡了面鏡內的水分，取下了呼吸管，想了想，考慮到船長說不要拋垃圾入海的要求後，便沒有扔掉，而是捏在了手心。

救急用的空氣瓶在江舫身上，這樣就很好。如果他遇到什麼危險，至少可以緩一緩，撐到自己去救他。

江舫同他講過，貿然潛入海底，是很危險的一件事。如果被人抓住，拖到海洋深處的話，很有可能在缺氧前，先死於水壓。現在，為了趕快解決問題，去江舫身邊保護他，南舟想冒險試試看。

他舒張開身體，慢慢吸入氧氣，讓自己的肺部充盈起來。即使知道那長著自己臉孔的怪物又從那冰冷海水裡向他伸出了手來，也沒有打亂南舟呼吸的節奏。

一隻冰冷的手扯住了南舟的腳腕，他的身體驟然向下一沉。再睜眼時，南舟就看到了高懸在他頭頂，由於籠罩了過濃的霧氣而宛如天空雲海一樣的海面。

南舟心平氣和地被水鬼拖向了腳底那片搖曳著生物之光的星空。

潛水面鏡只是浮潛規格的，在水下五到八公尺的水壓內還能游刃有餘。但當南舟被拖拽到海平面十公尺以下時，它終於不堪重負，綻開了第一條細小的裂縫。四面八方湧來的壓力，急速壓榨著南舟胸腔中的氧氣，擠壓他的耳膜，讓他迅速陷入半昏眩的狀態中。

好在，那降頭的位置距離他的確不遠，也就是百公尺開外的一條海溝。距離海面，大約有十二、三公尺。在美麗的珊瑚掩映間，藏著一個黃泥罈子。罈子肚大，但口卻偏於狹細，直徑大概有 10 公分，罈封已經被啟開，四周圍繞著一股怪異的氣旋。

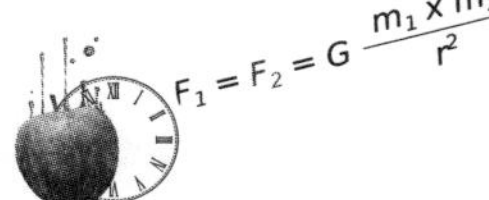

如果它在陸地上，南舟會聽到內裡除了水響之外的聲音，那是溺水者被水吞沒後絕望的喉音。

可惜在海底，這點聲音也被吞沒殆盡。

在南舟被拖入罈子前，一隻體型不小的章魚對罈子展現出了興趣，在罈邊探頭探腦，觸手貼著罈邊，就要往裡鑽。倏然，一股比牠爪尖吸盤更強的力量，將牠拉入其中。

很快，牠又被罈子吐了出來，更準確地說，是「擠」。

只是在罈子裡待了兩秒鐘，牠就泡得十幾倍地脹大了起來，像是屍身在一個封閉又惡臭的水環境中發酵了數十天。牠變成了一塊充滿彈性的腐肉。牠原本小小的眼睛幾乎被撐裂，眼眶鬆弛了，眼珠就順勢滾落出來。

罈子並不著急，不徐不疾地把牠向外吐去，就像是被敲開了一個指甲蓋大小空隙的雞蛋，倒懸著，任由蛋清緩緩漏篩出去。

章魚不會發出叫聲，但是南舟能清晰地感知到牠的痛苦。

這罈子異常牢固，膨脹的章魚一點點被擠出罈子，落到一側的海沙間。兩秒前還活力十足的章魚，肢體還帶有一點活性，牠划動著腫脹的足肢，爬出幾步，就沒了聲息。

南舟也被拉扯到罈口附近。在水裡，正常人是使不上太大力氣的，海洋的阻力和壓力，是可怕而天然的壓縮器。南舟身體一翻，雙手扶住近在咫尺的黃泥罈口。

罈子裡面，映出一張陌生、蒼白、滿含怨毒的男人的臉，他的唇畔一張一合，無聲地說著泰語。

如果南舟能懂泰語的話，這罈中男人的話足以叫人汗毛倒豎。

「啊啊，痛苦啊……殺掉我吧，或者我殺掉你……」

「我們一起吧……一起痛苦吧。」

可惜南舟聽不懂也看不懂。所以對他來說，男人就是在金魚似的阿巴阿巴地張嘴。

他抵抗著那股漩渦一樣的力量，雙手抵在罈子邊緣，想要將罈子攥碎。然而他一攥之下，罈子卻毫髮無損。

而那罈子裡的怪物像是遽然間蒙受了巨大的痛苦，發瘋更甚。十數隻手臂一道探出，甚至包括剛才那隻章魚的觸足，一起纏住了南舟的手，合力把他往罈內拉去。

罈中的景象又換了一番天地。罈中活著的，竟遠不止這一張臉。翻滾著、扭曲著、擰動著的，是十數具被泡發了的雪白肢體。它們沒有實體，煙霧一樣地彼此糾纏，把彼此捲成痛苦的麻花狀。

但南舟沒把精力放在這上面。他詫異的是，無論他怎麼用力，也無法摧毀這個罐子。

那強大的吸力拉扯得他的關節都痛了。雖然它一時奈何不得南舟，可南舟一旦鬆手，方圓十公尺之內，就無法再找到一個可以供他在水裡棲身，或是讓他脫身的東西了。沙子是軟的，珊瑚是鬆的，魚是游動的，他根本抓不到任何可以借力的東西。

更何況，南舟已經靠一口氣撐過了將近 3 分鐘的光景，肺中殘存的氧氣已然渾濁，胸膛裡像是下了火，灼燙得他視物也不很分明了。

南舟的身體在一點點陷入絕境，他清晰感受到肺泡在體內發生一個個小爆炸的全過程。

情況顯而易見。如果這樣下去，南舟或許會溺水而死，或許會因為窒息導致的脫力鬆開手，被拉入罈子，變成那些溺死鬼的十幾分之一。

南舟咬緊了牙關。他在浩瀚大海的一角和冤魂們做著沉默的角力，無人知曉。這種潮湧一樣的絕望，很容易讓人提前感到窒息，而南舟卻沒心思去絕望。

隔著一紋一紋搖曳著的海水，南舟透過面鏡上的裂縫，藉著海底微薄的光線，隱約看到黃泥罈子上面有一行暗紅色的數字，那像是一個日期。南舟口中吐出一點氣泡，他肺中的氧氣已經正式告罄，因此，這是他最後的努力了。

南舟攥緊了掌中的呼吸管，鬆開一隻手，將尖端對準那日期，正要劃

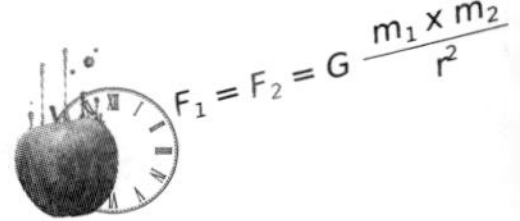

下時，那股來自罈內的力量卻豁然加強了。

因為體力在失去氧氣後已達極限，南舟身體一瞬失衡，整個人徑直朝罈口傾身而去……

忽然間，身後一陣熟悉的怪力襲來，他的身體被朝反方向狠狠拉扯過去。而就是這一拉一扯間，南舟重獲平衡，爭取到了一點時間。他發了狠力，一管劃去，將罈身上的暗紅色日期抹去了一角。

罈內傳來的巨大吸力霎時間偃旗息鼓。而力量半透支的南舟也被那股力量牽扯著，單手抓住那已經失去了作用的罈子，身體向後飛速退去。然而，迎接他的並不是漆黑的罈子、扭曲的肢體、窒息的痛苦。

是江舫。

江舫單手摟住南舟的腰，迅速將自己佩戴的空氣瓶脫給他，讓他含到口中。當新鮮的氧氣重新湧入肺部時，南舟猛吸了一口，一時間有些醉意，矇矇矓矓地抬頭看他。

江舫並不急於第一時間上浮，而是帶著南舟慢慢潛游了將近兩分鐘，才和他雙雙浮出水面，避免驟變的水壓傷到他。

水面上的霧氣，不知何時已經散開。

他替南舟揉著耳朵，排去耳中的海水，又幫他將打濕、黏在唇側的頭髮耐心地捋到耳後。南舟的眼角被漬染得微微發紅，就乖乖地由得他侍弄，睜著眼睛定定望著他。

他聽到江舫笑著說：「瞧瞧，都把我家小紙人弄成什麼樣了。」

南舟抬手去摸他的唇，是溫熱的，耳朵後側也是熱的。

南舟的心這才後知後覺地猛跳了起來，他一開口，才發現自己嗓子是啞的：「你說過，水底很危險。」

江舫點點頭，「我知道啊。」

南舟：「那你下去做什麼？」

江舫笑得如沐春風，「撈小紙人啊。」

在清亮如銀的月色下，南舟突然發力，摟住江舫的脖子。

南舟的嘴唇碰著他輕輕跳動著的頸脈，有種想咬上一口的衝動。為了克制自己，他撤回了身來。

江舫以為他又把自己當了浮標，笑盈盈地看他……直到眼前那雙偏薄的、帶著稜角的嘴唇，主動親吻上了他的唇畔。

南舟沒有看過電視，書裡也甚少有教人接吻的內容。他生平中少有的幾次接吻，都是在江舫身上試驗的。他並不擅長此道，因此表現得有點笨拙，卻每次都把自己毫無保留地敞開來，和他認真交換著情愫、溫度和皮膚的質感。

南舟的舌頭探出來了一點，柔軟粉紅，因為從內到外都是潔淨的，所以在接吻的時候，很給人一種乾淨可喜的感覺。

他的舌尖輕輕去碰江舫的齒關，讓江舫有種想要一口咬住，將它咬出血的衝動。但他沒有妄動，只是在熱血的急湧下，把持住了這個溫情脈脈的、半濕的吻。

他們交換了一個綿長而潮熱的吻後，南舟鬆開了唇，用鼻尖依戀地輕輕蹭蹭他的。

江舫觀察出來，南舟很喜歡和人貼貼，好像這樣就能在別人身上留下自己的氣息，做好標記。這點很具有動物性，也很有趣。

江舫自然看不到自己臉頰上湧的血色，溫聲評價道：「還挺會親。」

南舟：「嗯。我在我的圖書館裡看過一本書。有個進化心理學家說，兩個人接吻的時候，會傳遞兩個人是否會生育強壯後代的生物資訊。」

江舫：「……」

他發現南舟在生殖遺傳這方面也有種本能的、帶有動物性的執著，不禁失笑，「傳遞的資訊結果是什麼？我們難道可以生孩子嗎？」

南舟摟著江舫的脖子，誠實搖頭，「我不知道。等出去之後，我可以做個身體檢查。」

江舫愉快地應道：「好啊。」

兩人在海水中勾搭著絮絮說完幾句閒話，一同緩過氧氣缺乏的窒息感

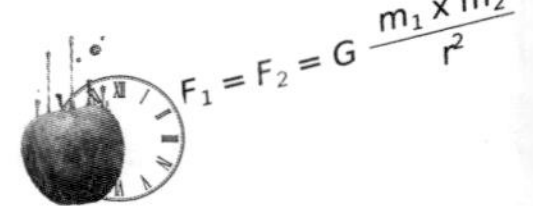

後，南舟才問到了正題：「你那裡，怎麼回事？」

江舫在海中的遭遇，其實和南舟相差不多。發現周圍人全部憑空消失，而自己在海裡孤立無援後，他果斷放棄了無謂的消耗，放任自己被那股邪力拉扯到黃泥罈子附近。

在千鈞一髮之際，他用從海床上撿來的貝殼劃花了罈子上的數字。

南舟好奇：「所以那個數字是什麼？」

他翻遍了那本書，還沒有見過用數字做降頭的符咒。

江舫頓了一下，「……是生日啊。」

用生辰八字做降頭，不是很基礎的常識嗎？

南舟：「生日？」

南舟：「……我的生日，不是 12 月 23 號嗎？」

南舟是哪一天生的，他自己不知道，母親也不可能知道。就像他知道自己突然擁有妹妹時，妹妹已經是一個活蹦亂跳的小孩兒了。

童年的南舟翻遍了家裡的日曆，才在地下室裡最早的一本掛曆上，翻到了一張在 12 月 23 日上畫圈的，彷彿很重要的樣子。南舟就把這個來歷不明的日子當成了自己的生日。

但家裡人從來沒有給他過過生日。他生日做過的最有儀式感的事情，就是在自己 9 歲那年，把自己轉化成光魅。

南舟以為這是自己送給家裡人的禮物。只是他沒想過，連這個生日也是假的，南舟一時間頗為沮喪。

江舫看出了他情緒的細微波動，撫了撫他的後頸，以示安慰，「你看到的日期是幾月幾日？」

南舟的手中一直拎著那個被劃花了的罈子，剛才接吻時，就任它漂流瓶似的在身側一起一伏。現在，總算有了仔細觀視的機會了。

罈身上用薄薄一層血寫成的生辰八字被劃破後，降頭自然解開。而降頭被破後，一層透明的、質感類似水的符咒凝結在了罈口，罈子也重新變成了普通罈子。

南舟將罈子濕淋淋地撈起來一看，上面的一處數字已經被劃碎，連著黃泥罈子也被刮掉了一大塊，只剩下一個模模糊糊的「21」。

見南舟仔細研究罈身上遺失的數字，江舫失笑，壓下了他的手，「別看了。是 1 月 21 號。」

南舟望向江舫，微微蹙眉，他沒有問為什麼是這一天。

他問：「舫哥，你是怎麼找到我的？」

江舫的降頭罈子，和他的降頭應該並不在一起，或許還相隔很遠。

江舫笑了笑，彷彿在說一件與己無關的事情，輕鬆道：「啊。我劃掉我的生日之後，就用我的血寫上了你的生日。準確來說，是這個降頭帶我找到你的。」

——怪不得。

南舟即將落入黃泥罈子中時，是被一股來自相反方向的力量強行扯回的。南舟垂目，捉起江舫的手腕，在其上找到一處傷口。那是用貝殼劃傷的。傷口微微翻捲著，血倒是不流了，可創口略顯猙獰。從剛才起，這隻手就一直浸泡在冰冷的海水裡，邊緣已經泛起了白色。

江舫笑容溫和，注視著他略略黯淡下來的眼睛，他喜歡南舟心疼自己的樣子。

南舟輕輕用指尖托住他的手心，問道：「你怎麼知道我的生日？」

江舫一笑，「我當然知道，我讀你，讀了十幾年呢。」

他點了點罈子上的殘跡，「初版《永晝》漫畫的繪者手記上寫過，1 月 21 日夜動筆。」也是南舟被正式帶到世上的那一天。

南舟搖搖頭，「我都不知道。」

「你不知道，我告訴你。」江舫溫和道：「你的事情，我都瞭解。」

他又補充了一句：「對了，我的生日是 2 月 6 日。」

南舟唔了一聲：「我記住了。」

他抬手摩挲著罈身，若有所思。

這罈子很沉重，不像紙人，不可能被松鼠、海魚一類的小動物帶來，

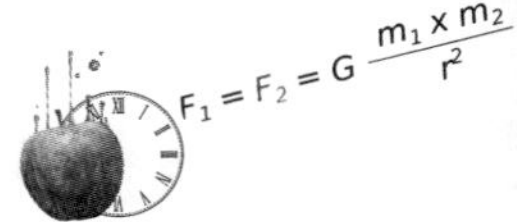

更不可能精準地落在他們經過的這條航線附近。唯一的解釋是，有人在他們之前來過這片海域，親自將罈子放到這裡。

江舫似乎也讀懂了南舟的心思。他凝眉思索片刻，「傍晚時分，這附近是不是有一艘遊船來過？」

這處景點並不算發達，還未被開發完畢，共有兩艘漁船改造的客船。按理說，今天船宿的只有他們這一船客人。但在天剛黑下來、他們在船上吃燒烤的時候，有另一艘船路過他們。

當時，他們以為只是另一撥客人乘遊船出海看日落。那船轉上一圈，也就回去了。

如果那施降的人就在船上……

南舟倏然想起來了什麼，抬起頭來，「……銀航？」

李銀航還在船上！

兩人對視片刻後，江舫立即開始確認回去的路。

所幸，霧氣消散後，那座島也回來了。以它為參照物，兩人迅速潛入水底，按原路折返，僅花了 10 分鐘，便找回了下錨的客船。

當他們順著橡皮舷梯登上船時，李銀航正小野獸似的蹲踞在船的一角，腰上套著救生圈，雙手背在身後，警惕地望向他們的方向。等她見到來人是江舫和南舟，她驟然鬆了一口氣，手臂也隨之垂下，雙手牢牢交握著兩把匕首。

據李銀航說，她在看到海面起霧後，就開始擔心南舟和江舫。可當海員跑進駕駛室，跟船長說起霧的事情後，那兩人就再沒出來。待她察覺不對，再去查看時，船上只剩下她一個人。

船身隨著波濤一左一右，徐徐搖晃，似乎隨時會有什麼龐然巨物攀爬上來。李銀航蹲在船舷掛著救生圈的一側，手持利刃，咬緊牙關，硬是蹲穩了沒挪窩。她對自己的斤兩掂量得一清二楚。在這塊舢板上，她還有和怪物賭一賭命的機會。進了水，那就是王八翻蓋，徹底玩完。

顯然，船身的搖撼，船員的失蹤，都是屬於李銀航的那口罈子折騰出來的。可惜罈子沒長腿，沒法爬上船來，水鬼的優勢不能充分發揮。

李銀航咬定青山，死活沒下水，這針對性極強的罈子也就失去了它的用武之地。於是，這罈子裡的怪物也只能在周邊做個氣氛組，徒勞地虛張聲勢了。

李銀航在副本中也始終不改的摳門救了她的命。

空氣瓶裡還剩下一些氧氣。根據水流奇異反常的走向作為依據，這點空氣足夠江舫在附近找到李銀航的罈子，並劃花用血畫在上面的生辰了。

當江舫重新折返回船邊時，潛導、下水的船員也帶著兩名馬來遊客，像是一條古銅色的大魚，氣勢洶洶地殺了回來。

發現兩人半路失蹤掉隊時，他緊張得心跳直飆 180，徒勞地往回游了半晌，才一拍腦門，打算把兩名馬來客人先送回船上，自己再下去。

現在看到這兩個擅自脫隊的人已經好端端回到船上，潛導心神頓鬆，緊接著就是一陣怒火衝天。他甚至連上船都來不及，踩在橡皮舷梯邊緣，對著兩人就是一陣劈頭蓋臉的泰語攻擊。

真正挨罵的是江舫。讀了一晚上泰語字典的南舟的腦海中只有泰語的形，還沒有音，並跟不上他的語速，就索性一心一意地捉住江舫劃傷的手，用指端細細撫摸著他的傷口。

在九十九人賽的獎勵中，「立方舟」獲得了兩個 B 級的個人綁定技能。南舟拿走了【南丁格爾的箴言】，可以治療普通的皮外傷、感冒、風寒、發燒、排毒。

總之，校醫能治什麼，他也就能治什麼。

南舟就此榮膺隊伍裡的暴力奶媽一職。

不過，對於旁人來說，這就是一場小小的風波，就連潛導也只是慣性地發發火罷了。因為江舫明顯是有潛水經驗的老人，只是仗著自己的經驗，脫隊探險罷了，讓他白白擔驚受怕了一路，不罵兩句，的確不爽快。

消失在駕駛室裡的船員和船長聽到外間的響動，也都如常地走出來。彷彿他們根本不知道自己剛剛消失在了船上，去往了另一段時空。

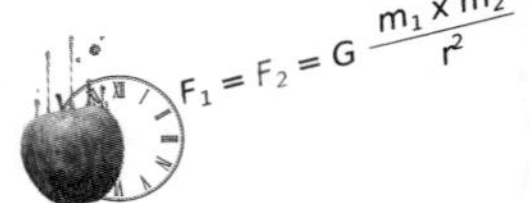

趁著潛導逐漸消氣，而南舟又握著自己的手時，江舫和他輕聲耳語了兩句。

南舟垂目，稍想了想，提前去給江舫拿了一瓶礦泉水，準備漱口。

大約 5 分鐘後，江舫突然發起高熱來，也不知道是吃壞東西，還是發了急病。見他難受成這樣，潛導也擔心他會在船上出事，牽連到自己，和船長與船員商量一番後，便去徵求馬來客人的意見，可不可以先返航一趟，將病人送回岸上。

馬來客人雖然中途虛驚一場，但玩得還算盡興，最想玩的夜間浮潛也做過了，回岸邊一趟，也沒什麼大礙，還能免費看一圈夜景，便答應了一起回去。

15 分鐘後，他們返回岸邊。

在被安置到岸邊，客船重新返回到海洋夜色的深處後，江舫立即恢復正常。剛才，南舟在他身上使用了「排毒」功能，副作用就是會發燒。

藉病回到岸邊，他們就方便繼續調查下去了。

他們來到了船隻租賃處。在支付 100 泰銖的小費後，果然撬開了看管船隻的小哥的嘴。

據他說，大概是今天 7 點左右，天色將暗時，有一名提著幾個大包的客人來到這裡，說要出海。但是船宿有預訂時間限制，在下午 6 點之後就停止遊海業務了。

來人無奈，掏了 5000 泰銖的高價，說想要趁夜色遊一遊海，散散心。在這還不很規範的新景點內，只要有錢，什麼時間規定都是彈性的。

江舫又添了 200 泰銖，用英文問道：「那是個什麼樣的人？」

小哥見到錢，雙眼亮亮，起勁比劃起來，「高高壯壯的，鷹鉤鼻，人長得不難看，就是氣質有點可怕。對了，我們看他那麼急著出海，怕他私下裡要做什麼非法交易，就要他留下了手機號……」

頌帕志得意滿，開著那輛金杯小麵包車，在公路上悠然行駛。和來時滿懷憤恨的風馳電掣相比，他此刻堪稱心曠神怡。想必那罈子已經將那該死的三人吞吃乾淨，葬身在大海深處了。

一個旅遊景點的海航線路都是大致相同的。他坐船按既定線路巡遊時，趁船長不備，在夜潛線路的幾個點一一投下了三人的罈子。他也從船長那裡打聽到，夜間浮潛的客人，都是晚上 8 點下水。

返航之後，他立在岸邊，掐準 8 點 20 分這個時間點，確保三人差不多已經下水，便輕念咒語，啟開降頭的封印。

雖然鬼降不好養，那裡面的溺死鬼，也是頌帕費盡心思在各種淹死過人的水域中收集起來的，就這麼白白扔在海裡，著實浪費，但好在怨念深重，煞氣凶狠，絕不會給那三人一絲生機。

這時，他放在雜物箱裡的手機嗡嗡震動起來。頌帕在一處紅綠燈前停下車，拿出手機看去，是一個陌生的座機號碼。

他皺一皺眉，本來不想接，不過他現在心情不壞，接一個推銷電話也沒什麼問題。

他接了起來，用泰語問道：「誰？」

電話那邊一片沉默，只有均勻的呼吸聲。

頌帕：「誰？」

仍然沒有任何回聲。

頌帕不耐煩了，正要按下掛機鍵，他突然聽到那邊的人毫無預警地輕笑了一聲：「哈。」

頌帕心中一緊，把手機重新抵在耳邊，「……是誰？」

那人用的是英文，笑音很是悅耳：「你居然留你真實的手機號？」

頌帕攥緊了手機，不自覺挺直了脊背，心中不祥的預感水漲船高，說：「你……」

「你竟然親手把你的骨灰罈送到我們這裡。」江舫笑了笑說：「這也太客氣了。」

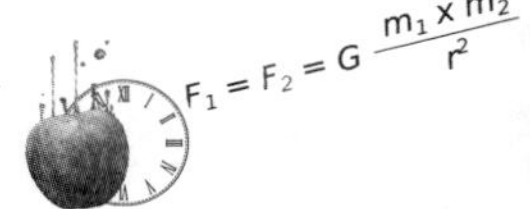

他舉著南舟撈出的罈子，細細端詳，「……上面，還有你的血呢。」

頌帕的腦子轟然一聲充了血。是他們？？他們怎麼還沒死？他們怎麼可能在無憑無靠的海洋裡活下來？

頌帕未開口，心就先虛了下來，牙關咯咯發抖，「你們……」

他為了施降，塗抹在罈子上的血，現在成了他的軟肋。如果這個年輕的降頭師藉機對自己實施殘忍的血降……

他努力平定下自己慌亂的心神，試圖迷惑南舟他們，為此不惜自我羞辱：「那是黑狗血，你們威脅不到我。」

電話那頭窸窣地響了一陣。

緊接著，南舟清冷的聲音在彼端響起：「你不要緊張。我沒打算詛咒你……我只是想要看看你的降頭，然後……」

江舫用英語為他翻譯了一遍。

那邊，南舟又思索一陣，精練地用四個字概括出了自己的需求：「……交流學習。」

這通意料之外的來電，讓頌帕回到位於蘇查拉夜市的小院時，心裡和眼裡還都是恍惚的。他進了門，勾著頭坐下，悶頭對著那一排黃泥罈子，面孔是麻木的，心思卻如電急轉。

他想不通，那三個人怎麼可能活下來？除非他們說好到了海中夜潛，卻沒一個人下水。

但沒下水，又怎麼可能撈到罈子，又從罈子上找到他的血？

難道那個年輕的降頭師的能力，已經到了可以隔空破解降頭的層次？還是以降制降？還是他們手中有可以驅使的更強力的鬼降？！眾多問題在頌帕的腦袋裡形成了一個小型漩渦，將眾多想法混合在一起，攪拌機一樣打了個七零八落，攪擾得他坐臥不寧。

有太多問題他想不通了，就像他想不通那個最根本的問題一樣：

他們為什麼敢給自己打電話？電話那邊笑微微的青年說，可以管他們叫做「舟」。

回家後，頌帕匆匆翻閱了所有和「舟」相關的宗教典籍，試圖為他們溯源，找出他們是東南亞哪一支降頭的傳承者。

搜尋無果後，頌帕甚至破天荒地和其他幾個熟悉的降頭師連夜通了電話。答案都是「無」、「不認識」、「沒有聽說過」。這三個來自異國他鄉的普通遊客，形象在頌帕眼裡迅速地神祕和邪惡起來。

不可能有這麼簡單。他們一定是有備而來的，是帶有某種目的的……從某種意義上，頌帕的焦慮也是歪打正著了。

在徒勞地忙碌和思考了一通後，時間已經到了凌晨 2 點。頌帕捏著他的老式手機，頹然坐倒在床側。

他飼養的幾隻用來試驗降頭效果的灰色小鼠因為沒有吃飯，在鼠籠裡吱吱作響地鬧騰，吵得他臉色灰綠一片，忍無可忍地站起身來，走到籠子前，吱地捏死一隻跳鬧得最歡快的，血肉模糊地將牠拋棄在籠底。其他的老鼠瞬間噤聲，各自選了籠子一角，把自己蜷縮起來。

頌帕的心卻沒有因為這樣的殺戮而輕快分毫。他晃著帶有鮮血的巴掌，回到床邊，重重地對著那靠牆的黃泥罈子們嘆出了一口悶氣。

他的一縷頭髮被汗水黏在臉頰上，可他無心打理。平時的頌帕是相當體面的，鮮少出現這樣神經質又不受控的時刻。

如果對方用自己的血下降，第一時間反咒回來，他倒不會像現在這樣煩躁。降頭師的鬥法是很常見的，各憑本事，但看鹿死誰手就是了。

可南舟那輕輕巧巧的一句「交流學習」，讓他徹底摸不透他們的打算了。他百轉千迴地念叨著這四個字，翻來覆去地咂摸，硬要從中品出些滋味來。

頌帕可不信對方是真正想從自己身上學到什麼。難道是復仇？自己之前用降頭殺死的人不少，難道他們是受了旁人的雇傭，專程來找自己尋仇的？或者……南舟是天賦異稟的降頭師，年輕氣盛，想來挑遍所有的降頭師，證明自己的實力？

總之不可能是真的來交流學習的。頌帕將手機在掌心裡攥出了汗，終

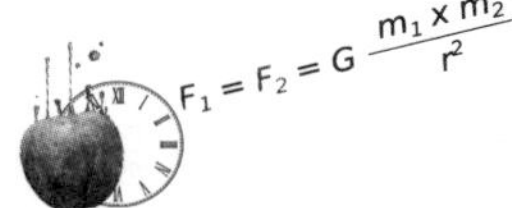

於下定了決心，要回撥回去，問個究竟。

然而，直到電話那邊傳來一個睡意矇矓的陌生男音，他才發現，對方根本是用海灘遊客中心的座機電話同他聯繫的……換言之，對方完全知曉他的電話、位置。而當對方不想理會自己的時候，他甚至無法輕易聯繫上對方。

在頌帕焦慮難眠地在床邊來回踱著步，反覆揣摩南舟的心思時，南舟他們已經結束一波在附近水上夜市的遊玩，揣著一肚子海鮮，在越野車裡休息下了。

面對眼前的情境，他們的確是很放鬆的。用江舫的話說，那就是──

「操縱降頭的既然是人，就很簡單了啊。人是很好調理的。」

有了這句話做定心丸，就連李銀航也不再著急。她合身睡在了後座上，因為玩得太累，連頭髮都沒來得及拆。

南極星拱進她丸子頭的髮隙中，自以為找到一個不錯的落腳點，就把自己藏在裡面，酣然入睡。

南舟在放平的副駕駛座位躺好。

江舫則在主駕駛位上。

南舟睡不著，正把指尖抵著江舫貼身垂下的手指上，彈鋼琴似的，一根根數過去，又一根根數回來。

江舫本來就只是閉目養神，這樣癢絲絲的感覺讓他很覺愉快，更加不願打擾他。

江舫觀察得沒錯，南舟的確是通過觸摸表達喜歡的。他總是把關心的物件當做一樣新鮮的東西去研究，非要裡裡外外弄個清楚分明不可。

南舟摸過江舫柔軟的嘴唇，又繞到他蠍子辮的髮梢，拿食指捲了一捲，就又去摸他懸膽似的鼻梁和形狀漂亮的人中。那觸摸不帶一點猥褻，只是單純地喜歡他皮膚的觸感和好奇他的體溫。

江舫被他摸得忍俊不禁，閉眼問他：「玩了一整天了，不累？」

南舟沒有一點被抓包的心虛，自顧自地繼續他的動作，「不累。」

這點運動量，對南舟來說根本不算什麼。

江舫嗯了一聲，「我知道了。」

南舟：「知道什麼？」

江舫：「以後帶你出去，可以玩一些更刺激的。」

南舟果然感興趣起來了：「什麼是更刺激的？」

在他問話時，他還一直在撫摸江舫浮著一層淡紅色的耳朵。他越是觸摸，那裡的緋色越深，這樣的反應讓他覺得新奇，於是不停手地摩挲來摩挲去，很覺有趣。

江舫腦海中勾勒著攀岩、跳傘、雪板、極限越野和空中衝浪的正經畫面。偏偏有隻手不肯老實，總在撩他的情思。

被這樣把玩許久，江舫選擇回擊，隨手在他胸口輕輕一擰。這反擊點只是他隨機選擇的，但南舟被他觸摸到右胸那處時，身體過了電似的一軟，不自覺地發出一聲輕顫的低吟。

「唔——」

車內空間狹小，又靜得很，哪怕一點動靜都顯得格外突出。兩個人都不大不小地嚇了一跳。

南舟垂首。隔著襯衣，他可以觀察到那裡癢酥酥地起了些反應，小尾巴似的帶了點血色，將薄薄的白襯衣頂了起來。

南舟好奇詢問道：「為什麼？」

江舫也沒想到南舟的敏感點長得這樣奇異，心裡發熱之餘，悉心教導道：「每個人身體的每一個地方，皮膚敏感度都不同。」

南舟果然被他分散了注意力，同樣探出手去，在江舫的胸口揉弄一番。果然，江舫神色如常，沒有他反應那樣大。

南舟用慣用的語氣詞表示了肯定：「……啊。」

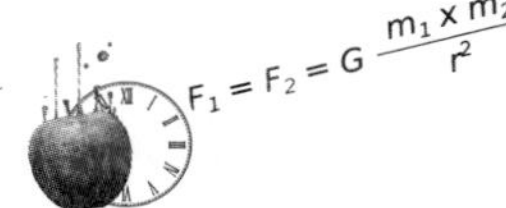

江舫笑著問：「是吧。」

沒想到，他的貼身教導，換來的是南舟對他身體更加仔細的檢查和研究。他想要分析出他身體的哪一寸皮膚敏感度，能和自己的胸口差不多。

南舟格物致知的精神和狎昵的動作，顯然弄得江舫狼狽不堪。

忍耐 5 分鐘後，江舫終於是無可忍耐了，單手撐住身體一翻，越過邊界，欺壓在南舟身上。

南舟並未探索完畢，如今被壓制，也沒什麼抵抗或是反感的意思，只是抬眼望著他，一雙睫毛在車窗外動人的星空下，襯得眼珠寶石似的又黑又亮，愈發動人。

只要有一點點光，南舟作為源自於光的怪物，就能美得驚心動魄。至少從這一點上來說，他的創作者永無是偏愛著他的。在漫畫家永無之後的作品裡，很少有這樣美的角色了。

南舟寬容地將光腳踩在儲物箱和窗外後視鏡的夾角上，微分開腿，好給江舫的身體騰出更多的空間。

他歪一歪頭，輕聲詢問：「你又想要親我了嗎？」

江舫答道：「不止。」

江舫的嘴角永遠是慣性地上揚著的，只是目光裡的內容讓南舟感覺陌生。南舟不怕陌生，或許說，越是未知，他越是感興趣。

南舟抬手去摸江舫的眼角。他不覺得這有什麼，直到手指被江舫發力攥在掌心。

江舫的力氣還是不小的，把南舟的手攥得發了疼。雖然南舟隨時可以抽手，但鑑於他本人很能忍耐，又不捨得讓江舫握空，就由得他攥去。

江舫一手握住他的手掌，一手捂住他的眼睛。

他的體型兼具了歐洲人的高大和亞洲人的纖細，不過和南舟的整體相比，還是稍稍大了一碼的。他可以妥善地將自己擋在南舟身上，剛剛好地將南舟覆蓋完全。

下一刻，南舟感知到了什麼，被頂得氣息一沉。

可他沒有推開江舫，只是探手抓住他的衣服，將那一塊柔軟的布料在掌心揉搓出了扭曲的形狀。

接下來發生的事情，讓南舟想到了幾小時前發生的事情。

江舫在教他游泳，和他在波浪間，一道徐徐起伏。波濤在金色陽光下粼粼地泛著波紋，騷動著、搖晃著。那波濤似乎是源自海底深處的心跳帶來的振動，溫柔得讓人心醉。

廝磨了將近半個多小時，南舟在不知所措的心緒顛簸中，弄髒了自己的西裝褲。

江舫也沒有繼續欺負他，放開了手，低頭放肆注視著他的童話人物。

兩人衣衫完好，氣息卻都難得地不穩。南舟整個人都愣住了，他長長久久地發著愣，注視著外面黑蒼蒼的天色，像是想不通究竟發生了什麼。

江舫看他的樣子，有點想笑，摸了摸他的鼻尖，才喚回了他的一點神志：「不去清理一下嗎？」

南舟暈頭暈腦的：「嗯。」

江舫紳士地為他打開了車門，將人牽去附近的公用洗手間，在南舟打理自己時，找了間空置的洗手間，以最快的速度解決了自己的問題。結束後，他又把發呆的南舟牽了回來。

南舟今晚第一次這樣蒙受了奇異的精神衝擊，被安置下來後，由於大腦一片空白，茫茫然的只覺得舒服，索性放棄了思索，蜷著腿睡著了。他不知道，在自己睡著後，江舫放肆地注視著他的面容，許久過後才睡去。

三人一鼠睡得異常香甜，一直到第二天早上 10 點才醒。

經歷了那樣的體驗，南舟也不覺得特別尷尬，只是他的腦子裡好像終於多長了根弦，沒有當著李銀航的面提及昨晚的事情。

在簡單的洗漱過後，他們再次踏上了旅程。

他們去一家剛開不久的農場裡玩了一整天，餵了羊駝和綿羊，騎了矮腳馬，又面對著一片湖光山色，自己動手，做出了一頓美味的燒烤。

至於蘇查拉夜市，完全不在他們今日旅行的計劃範圍之內。

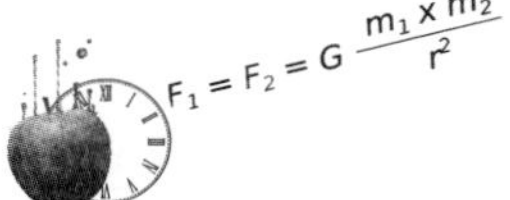

當他們結束旅行，返回旅館，將車鑰匙奉還給老闆女兒後，剛一上樓，就意外地看到邵明哲和曹樹光正在旅館走廊裡，劍拔弩張地對峙著。

這天是個徹頭徹尾的大晴天，最高溫度在 32 度。即使現在夕陽西下，氣溫也有 25、6 度左右。這更加凸顯出了邵明哲那身與熱帶格格不入的裝束有多怪異了。

此刻，邵明哲全副武裝地靠牆而站，唯一露在外面的眼睛，正冷冷注視著捲起了毛邊的走廊舊地毯。

不遠處就站著怒氣沖沖的曹樹光。

李銀航見氣氛走向有些不對，便站在原地沒有動。

南舟自然沒有什麼顧慮，他上前兩步，問道：「怎麼了？」

曹樹光拉過南舟，唧唧噥噥地跟他埋怨：「他就是個神經病！」

南舟看他揪著自己的衣角，有點詫異他為什麼能這麼自來熟。

曹樹光忿忿道：「我跟我媳婦在附近對付著吃了口飯，想回來休息的時候，在走廊裡正好碰見他出來。我媳婦就是好奇，問他他的手一直藏在口袋裡，到底是在藏什麼——你們看他偷偷摸摸的那樣兒，誰不知道他身上藏了東西啊——誰知道他跟瘋了似的，一把把我媳婦推倒了。」

他越說越氣，回頭怒指邵明哲，「你不道歉不准走啊！」

南舟：「馬小姐呢？」

曹樹光不假思索：「我讓她回房去了。這是男人之間的事情，要是打起來，難道還讓她看著？」

聽到這句話，邵明哲抬眼看向了曹樹光，說：「不是。」

曹樹光正在氣頭上，又見這悶葫蘆居然開了口，馬上反唇相譏道：「怎麼，你不是男人啊？」

邵明哲：「不是。」

曹樹光煩透了他跟爆豆似的一個字一個字往外迸的說話方式，正要再發火……

邵明哲望著他，低聲說：「你們，不是人。」

誰也沒想到邵明哲會突然說出這樣的話，包括早就知道小夫妻倆不對勁的南舟和江舫。

曹樹光臉上紅白交錯，張口結舌半晌，心裡發急，知道自己該馬上說些什麼給自己解圍，可舌根發硬，硬是說不出來。他知道，假設這只是一句尋常的罵人話，反倒好說。關鍵是，如果不是呢？難道這個怪人發現了什麼？

「你才不是人！」虧得馬小裴反應快，適時從房間裡探出頭來，替老公幫腔道：「罵誰呢你？」

小夫妻倆色厲內荏，心裡卻統一地發著虛。他們不知道邵明哲到底知道些什麼，手裡究竟握著什麼牌。

現在的情形可謂尷尬至極。好死不死，他們的隊友根本不是省油的燈……何況還是兩盞。

他們萬分警覺，生怕邵明哲還會說出什麼來。

邵明哲卻沒再說什麼，只是覷了馬小裴一眼，靠在牆上，心平氣和道：「我不要理妳。」

馬小裴：「……」

這個軟釘子硌得她連話也說不出來。

李銀航垂眸想了想，主動上前一步，調停道：「好啦好啦，也不是什麼大不了的事情，何必這樣鬧得不可開交……」

小夫妻倆同時對李銀航投來感激的視線。

邵明哲瞄了李銀航一眼，口罩下的嘴唇緊緊抿作一線，一轉身，進了自己的房間。

從邵明哲開口說話起，曹樹光就暗暗捏了一把汗。直到他砰的關上門，那一身汗才落了下來，吁出一口沉重的淤氣後，天生心大的他迅速調整了狀態，熱絡地問江舫和南舟：「去哪兒玩啦？」

江舫將這兩天的行程悉數告知，聽得在賓館宅了兩天的曹樹光豔羨不已：「真好啊。」

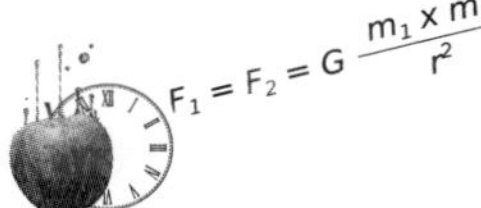

南舟：「你們沒出去嗎？」

一聽這話，曹樹光嘴裡苦水直泛。昨天，他們身上只剩 200 泰銖，除了早餐外，就吃了兩盒巨難吃的泡麵。

他們憋到今天，本來打算吃一頓大餐，好好犒勞一下自己，誰能想到因為語言不通，他們選了貴的，卻沒選到對的。其結果，就是兩人對著一堆牛胳肢窩味道的「大餐」難以下嚥。兩人今日的心情實在不大美麗，要不然也不會跟邵明哲嗆聲。

簡單聽過兩人的煩惱，江舫抿唇一笑，邀請道：「小事而已。要一起去喝酒嗎？」

曹樹光眼睛一亮，但在想到現實問題後，不由望而卻步。

他們兩個中午一頓揮霍，把今日份的錢也花了個七七八八了，他有點不好意思：「我……」

江舫：「我請。」

曹樹光打蛇隨棍上：「能帶家屬嗎？」

江舫回身問南舟：「你去嗎？」

南舟將目光從邵明哲關上的房間轉了回來，「嗯，去。」

江舫笑盈盈地轉身，「那就可以帶家屬。」

連曹樹光這種神經大條的，聽懂了江舫的弦外之音後，都忍不住翻了個白眼：用不用得著這麼彆扭啊？哄著別人當家屬可還行？

江舫又轉了個身，「妳呢？」

「我就不去了。」李銀航打了個哈欠，「昨天在車裡睡的，沒睡好。我回屋補覺去。」

於是，兩組人分工明確，兵分兩路。

小情侶們去喝酒，單身狗回房睡覺。

原本熱熱鬧鬧的走廊，很快走空了。

而在靜謐持續了大約 5 分鐘後，咔噠一聲，其中一扇門的門鎖被從內打開。

李銀航捏著房卡，確認屋外安全後，便輕手輕腳地走到邵明哲門前，輕輕叩了兩記。屋內沒有回音，彷彿根本沒有人在裡面。

這回，李銀航離開南舟和江舫獨自行動，心裡難免打鼓。她壯著膽子把耳朵貼在門板上，隱約聽到了內間的水流細響……在洗澡嗎？

如晝夕陽間，電線杆上的鳥兒啁啾有聲。

邵明哲站在鏡子前。略顯骯髒的盥洗室檯面上，依序放著他的衣裳、褲子、帽子、手套、口罩，還有一頂亂蓬蓬、硬茬茬，好像從垃圾堆裡撿回來的黑色假髮。掩藏在這頭假髮下的，是一頭略長的柔順金髮。

不等熱水器將水燒開，他就將被日光曬得微微發溫的冷水潑到自己身上。他周身的皮膚都是淡黑色，黑得勻稱而漂亮，除了金紋幾乎沒有雜色。而他身上的紋路，比臉上的貓鬚和額頭上的金紋更重，幾乎遍布全身，連修長健美的小腿肚上都帶著蜿蜒的金色。

他身上流金爍彩的紋路被水一沖，更具流動性了，水珠沿著皮膚肌肉紋理緩緩下落時，那金色在白熾燈下顯得更加輝煌奪目。

望著鏡子中的自己，邵明哲皺著眉心，似是十分不喜。

他對著鏡子嘀嘀咕咕地罵自己：「為什麼要說出來？傻瓜。」

他又用濕漉漉的手摸了摸外套口袋，安慰自己道：「應該的。都要，趕走。」

把自己簡單清潔一番後，邵明哲重新將自己打扮得密不透風。他的鞋子脫在浴室外，於是，他光著一雙帶水的腳，悄無聲息地踏出浴室。

誰想，剛出浴室，他的餘光就瞥到了李銀航。

她正搖搖晃晃地蹲在自己房間外間的陽臺欄杆上，雙手扶著窗戶好保持平衡，似乎在等待許可後，再從陽臺爬進來。

屋裡的人和屋外的人一道愣住了。被當場抓包的李銀航隔著窗戶對他打了個招呼：「嗨。」

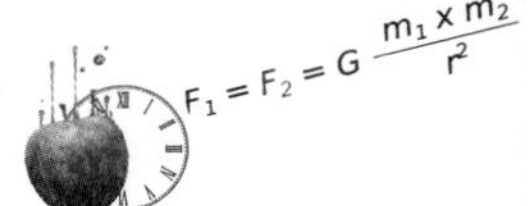

回過神來的邵明哲，冷淡的眼瞳驟然收縮。這種收縮非常異常，和領地意識極強的動物地盤受到侵犯時的反應一模一樣。他快步上前，動作凶悍地一把拉開了窗戶。

剛剛爬過來的路上，李銀航就考慮過他的反應，覺得最壞的可能性不過是被他推下樓。所以她偷偷穿上了【你媽喊你穿秋褲】，給自己疊了個安全 buff。因此，當她被邵明哲一把扯進屋內，並直接丟上床時，她的身心都和那張軟床一道下陷了一瞬。

不及李銀航弄明白他想做什麼，邵明哲便輕捷無聲跳上了床側，一把按住李銀航的肩膀。他的動作如小野獸一樣靈活矯健。審視的眼光，也有如叢林裡的野生動物在打量自己到手的獵物。

邵明哲的掌溫，隔著李銀航的衣服傳遞而來。

邵明哲的體溫是正常區間內的，只是比她更低一些，感覺涼陰陰的，還挺舒服。

邵明哲低聲問道：「妳要，做什麼？」

「我沒有惡意。」李銀航迅速調整好心跳節奏，大著膽子開門見山：「我想問，你為什麼說他們不是人？」

邵明哲掐著她的衣服，不肯鬆手，「我，不理妳。」

李銀航「啊」了一聲：「為什麼？」

不知道是不是她的錯覺，邵明哲的眼睛，在夕陽下透著一層薄薄的金。邵明哲盯著她，「妳，拉偏架。」

李銀航：「啊？」

對著李銀航，邵明哲第一次說了長難句：「妳說，那是大不了的事情。妳，向著他們。」

李銀航：「……」

是她理解錯了嗎？怎麼感覺這孩子還委屈上了？

李銀航扭了扭脖子，「那是為了降低他們的戒心，想把他們和你趕快分開啊。要是你真的當眾什麼都說出來了，我們南老師和諾亞也就沒法這

麼順利地約他們去喝酒了。你看，我這不是很快就來找你詢問了？」

邵明哲：「……」撇開臉，「哦。」

他鬆開李銀航，在床側坐定，雙手合在膝蓋上，垂著頭，也不知道在想什麼。

李銀航皮實得很，被他摔了這一下，也不惱，主動爬起來，碰碰他的手，「欸。」

邵明哲看著被李銀航碰到的地方。

「欸。」李銀航跪坐著碰碰他的手，「跟我說說吧。」

邵明哲：「說什麼？」

李銀航笑道：「我叫李銀航。」

邵明哲：「我知道。」

他頓了頓，補充道：「兩天前，妳說錯了。」

李銀航一時沒能理解他的意思：「啊？」

邵明哲：「妳說過，妳叫，李妍。可兩天前，妳說，妳叫李銀航。」

李銀航愣了一下，嘩的湧了一身冷汗出來。

「和他們一樣。」邵明哲嗓音冷冷的，卻顯得有點委屈：「妳也是，騙子。我不跟妳說話。」

李銀航反芻了一下那天的情景。

自己失言之後，南舟和江舫都不露聲色，既沒有喝止，也沒有點破。事實證明，這是再正確不過的選擇。

倘若當時的自己像現在這樣轉過彎兒來，反倒更容易自亂陣腳。而事實上，曹樹光和馬小裴都並沒有對她的真名表露出任何驚訝。

換言之，他們早知道自己是「李銀航」，知道他們是「立方舟」，而他們卻什麼都沒有做……

李銀航越想越深，各種各樣的可能一股腦湧現在她腦海中，激得她打了一個寒顫。不過她也很快遏制住自己的恐慌……專注眼前的事情，暫時別想其他。

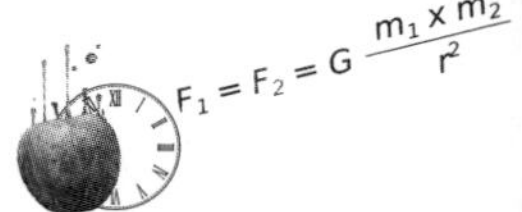

弄明白這一點後，李銀航也總算想通了，為什麼那天邵明哲滿身戒備，絲毫不想搭理自己。

思及此，李銀航哼了一聲：「你老實？你說你叫邵明哲，你就真叫邵明哲？」

邵明哲：「真的。」

李銀航激他：「我可不信。」

邵明哲倒也聰明：「不信，算了。」

李銀航從床上溜下，把雙臂架在床側，仰頭看他，「我不問你口袋裡的東西，也不問你是從哪裡來的。我只想問馬小裴和曹樹光的事情。」

邵明哲依舊不語。

李銀航眼巴巴望著他，試圖從他的邏輯出發，找到突破點：「我就沒有一點可信任的地方嗎？」

邵明哲破天荒地開口了：「有。」

李銀航：「什麼？」

邵明哲：「妳至少是人。」

見他鬆了口，李銀航想繼續套話：「『至少』是什麼意思？我們都是人啊。」

「那個，就不是。」邵明哲盯著李銀航，「南極星先生，就不是。」

南極星，是南舟在任務裡的化名。

不等李銀航為邵明哲的敏銳感到震驚，他就用極平淡的語氣，說出了一句更加令人毛骨悚然的話。

「諾亞，也不是。」

CHAPTER

10:00

他不理解這樣親暱動作背後的含義，卻很喜歡

旅館不遠處的酒吧內。

餐檯上的水果和一些廉價的餐點是可以免費吃的，馬小裴午飯吃得不多，此時正是饑腸轆轆的時候，小蜜蜂似的圍著餐檯轉起了圈。

而酒吧裡的喧囂熱鬧，於南舟而言又是另一片新鮮的天地。有太多的東西供他探索了，就比如現在，他相當認真地看著不遠處打扮成兔女郎模樣，濃妝豔抹，在三尺炫光的舞臺上盡情舞動的舞者，目光平靜，神情專注，充滿學術氣息地研究那具白花花的肉體。

在吧檯邊坐定的江舫點了一瓶龍舌蘭後，主動替曹樹光斟了酒。他手法嫻熟得很，琥珀色酒液順著杯壁緩緩下流時，色調的變幻，和燈光配合得相得益彰。無論是誰，在和江舫相處時，他都會源源不斷地製造這樣的讓人舒服的小細節。因此，和他做朋友，實在是很舒心愜意，以致於容易過分麻痺警惕心的一件事。

江舫問曹樹光道：「哪裡人啊？」

曹樹光品了一口酒，被辣得「哈」了一聲。

在副本裡他碰上過不少人類隊友，因此早就備好一套說辭，可以滾瓜爛熟地使用：「東北的。」

江舫看他吐著舌頭哈氣，不由輕笑，「東北的，不能喝酒？」

曹樹光反應也快：「刻板印象了啊。」他有滋有味地咂了一口酒，反問道：「你呢？」

江舫：「混的。」

曹樹光從上到下把江舫打量了一個遍，用很見過世面的語氣說：「老毛子那片兒的吧。」

江舫的五官帶有東方人的韻味，然而在鼻梁、瞳色、頭髮、身材，還有那部分的特徵，都很具有毛子化的特徵。

說老實話，對於江舫這個人，曹樹光和馬小裴都是很好奇的。「立方舟」裡，南舟雖然強，但是強得理所當然。茫茫地球裡，也就出了這麼一個從副本中逃出的人造怪物。

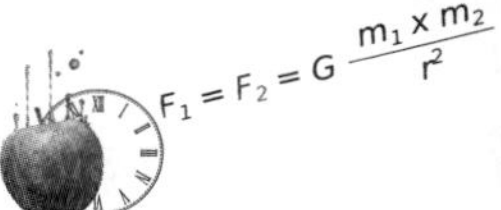

但據他們這些高維玩家交換的情報，江舫應該是不折不扣的人類種。相比之下，這個人的游刃有餘，就顯得很有趣味了。

這其實是情報的不對等導致的，憑他和馬小裴的等級，並不知道江舫曾擔任遊戲內測員的事情。所以曹樹光有心想瞭解一下，江舫是一個什麼樣的人。

他叫了江舫的化名：「諾亞，你以前是做什麼工作的？」

江舫彷彿沒有一點戒心，細數自己之前打工時做的那些工作，有問必答，知無不言。

但正因為知道江舫不可能真正沒有戒心，曹樹光這頓酒喝得精神緊繃，一心想著套出點有用的東西來滿足下自己的好奇心，結果回頭一看，兜來兜去，打了半天游擊，什麼管用的情報都沒套到，倒是不知不覺被灌下了半肚子黃湯。

曹樹光雖然喝酒上臉，但意外地還挺能喝。桌上添了六、七個龍舌蘭酒瓶，一溜兒排開，讓他自豪感頓生。他總算理解了，為什麼人類說酒桌上容易交朋友。

他搭著江舫的肩膀，啪啪地拍了兩下，豪氣說：「你這個哥們兒，我今天交定了。」

江舫撐著下巴，一副不勝酒力地半倚著吧檯，微紅著一張臉，乖巧道：「好啊。哥。」

這一聲「哥」，叫得被酒精攪和得暈頭轉向的曹樹光越發飄飄然了。

他搓搓手，正要繼續吹牛，就聽江舫靠近了他，輕聲道：「哥，那我問你個事兒啊。」

他的語氣沒有半點攻擊性，但曹樹光還是稍稍提高了些警覺度：「你說啊。」

江舫湊得近了些，「你做了幾次任務了啊？」

曹樹光愣了愣，還以為是什麼了不起的事情呢。好在，大巴車上初識時，自己撒的謊他都還記得。他跟所有搭夥的玩家，都說他們過了七次任務，並擺出一副以此為榮的樣子。

「你忘啦。」曹樹光嘚瑟道：「七次。」

他嘻皮笑臉地補充了一句：「說好要罩你們的，結果還讓你請我們喝酒。你們才不像只過過五次任務的人呢。」

江舫用酒杯口輕輕廝磨著掌心，「不啊。我過了很多次任務了。」

見他這副醉態，曹樹光的耳朵噌的一下豎了起來。他有預感，自己今晚說不定真能套出點真材實料的好東西來。

他循循善誘：「那讓你印象最深刻的任務是什麼？」

江舫撐著下巴，費力回想：「就是……教堂那一次吧……」

曹樹光的眼睛都快放光了，「跟我講講！跟我講講！」

「那一次，特別難。」江舫像是真的喝得茫了心神，索性把臉枕在了臂彎上，「本來，我們以為那是一個給牧師和伯爵兩邊送信的普通任務。一開始，我們擔心破壞規則，就沒有拆開信件，老老實實地送信……」

「後來，他們連著互通了半個月的信，劇情毫無進展，我們只能冒險拆開信件。」他放低了聲音，問曹樹光：「你猜那裡面寫的是什麼？」

曹樹光正被吊著胃口，急不可耐：「什麼？！」

「寫著……」江舫的聲音柔和又動人，目光裡似是帶著軟刀子的力度，從曹樹光的臉頰輕描淡寫地劃下，「將來啊，我會遇見一個自稱是我哥們兒的人，但他其實，不是人。」

曹樹光愣住了，嘴角還帶著笑。冷汗是隔了幾秒鐘後，才螞蟻似的從他的四肢百骸內流淌出來。

他下意識地往後一退，帶著滾輪的椅子撞到他身後的另一把椅子，一個作用力，害得他險些從凳子上跌下去。

江舫定定望著曹樹光，目光內一時沒有什麼具體的含意，只是望著他而已。

曹樹光心裡一個發急，脫口而出：「沒有啊，我是人啊，你不要誤會……」

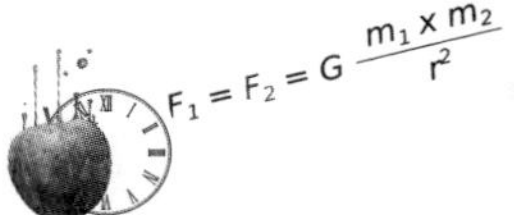

江舫明顯一愣，很快就彎了腰，哈哈大笑，「你相信啦？」

曹樹光沒能轉過彎來：「啊？」

江舫抬手壓住他的肩膀，「我逗你玩呢。」

毫不誇張，在開著強冷氣的酒吧裡，曹樹光一身衣服在幾秒鐘內就被汗水沁了個透濕。

曹樹光咧了咧嘴，強捺住狂亂的心跳，努力想拗個笑模樣出來，「那信上寫的是什麼？」

江舫笑咪咪道：「信上的確是這樣寫的啊。」

一波未平，一波又至，曹樹光剛落下的冷汗又轟然炸開，汗珠直接掛上臉，剛剛那點醺醺然的美好感覺盡數煙消雲散。

江舫垂眉，作若有所思狀：「也不知道為什麼會有這樣的預言呢？」

曹樹光心思急轉之下，反倒柳暗花明、豁然開朗了。對哦。這個「預言」，說不定說的是南舟呢。南舟也不是人，也可以算作他的「哥們兒」，他純粹是自個兒嚇唬自個兒，還把自己弄得這麼狼狽，真是……

思及此，曹樹光坐直了身體，不動聲色地擦去冷汗，乾笑兩聲：「誰知道呢。」

一旁的南舟突然有了動作。他一下站了起來，再次成功地嚇了驚魂甫定的曹樹光一跳。

江舫轉過臉去，帶著點醉意趴上了他的肩膀，「看什麼呢？」

南舟指了指舞臺上被扔了鈔票後，精條條地脫得只剩下一條內褲的脫衣鋼管舞舞者。他研究了半天，終於窺見他的全貌。

南舟用發現新大陸的語氣說：「是個男人。」

江舫順著他的目光看去，悶笑一聲：「就這種程度？我也行啊。」

南舟看他一眼，「你不行。」不能給別人跳。

江舫賴在他肩膀上，歪頭欣賞他的下頷弧線，「他好看嗎？」

南舟印象裡的「好看」標準，也就是江舫了。於是他實事求是道：「不如你。」

「真的？我不信。」江舫滿意地抿唇笑了，熟練地撒嬌：「我們再走近一點，你看看他，也再看看我，好嗎？」

南舟也對那男人為什麼要公然打扮成女孩子跳豔舞頗感興趣，一點頭，「嗯。」

江舫隨手拿起桌面上一瓶只剩下六分之一的龍舌蘭酒瓶，晃了晃，提在手心。他對曹樹光打了個招呼：「我跟我家南老師去看跳舞，你在這裡等我們啊。」

曹樹光抹了抹淌到了下巴上的汗，胡亂點點頭，巴不得這兩尊大神趕快離開。

江舫勾著南舟的脖子，一搖一晃地走開了。

這時候，把自己餵了個 95 分飽的馬小裴也回來了，發現丈夫雙眼發直，不禁詫異地伸手在他眼前打了個響指，「看什麼呢？」

曹樹光這才回神。不知道是不是他的錯覺，曹樹光望著江舫微微晃蕩著的背影和一把細腰，覺得江舫就是一條溫柔、和煦又會笑的黑曼巴。他搖了搖腦袋，強行把這麼恐怖的聯想從自己腦中驅逐了出去，就當是他想多了吧。

當江舫和南舟來到舞池附近時，他目光清明，笑眼彎彎，哪裡還有什麼醉意？他隨手將那僅剩了 100ml 的龍舌蘭放入倉庫。

南舟側身問他：「結果怎麼樣？」

江舫：「你知道我沒醉？」

南舟：「你怎麼可能醉。」

江舫拖長聲音，「啊」了一聲：「我還以為我演得很好呢。」

南舟：「你沒有用你的社交禮節。」

正是因為腦筋清楚、擔心南舟多想，他才用「哥」這個稱呼，代替了

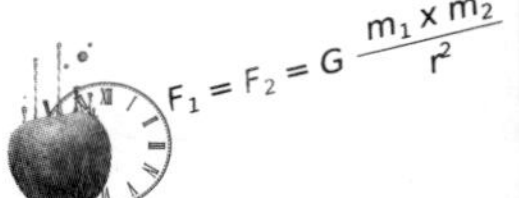

「朋友」。

南舟問他：「結果怎麼樣？」

酒吧裡的干擾音太強，江舫又有意壓著音調講話，南舟豎著耳朵，也只聽了個七七八八。

江舫看向南舟，輕聲問：「還記得嗎？【真相龍舌蘭】發揮作用的兩個限制條件？」

南舟自然記得。第一，要對方心甘情願喝下 100ml 的量；第二，對方是人。很快，南舟明白了江舫的意思。

南舟低聲：「他……」

江舫點點頭道：「在所有關鍵的問題裡，他都給出了和原先一模一樣的答案。」

這本來該是無懈可擊的，即使在自己突然發難，刺激得曹樹光心神動搖的狀況下，他仍然給出了合理範圍之內的答案。

但就是這種合理，因為知道他們之前有所隱瞞，他們給出的正確答案，反倒暴露了他們的身分。

之前滿口謊話的曹樹光，成功堅持了他的謊言。換言之，他根本沒有受到【真相龍舌蘭】的影響。而副本道具的功能說明，就像一個狡詐的商人，擅於隱藏一些不想為人所知的關鍵要素，卻從不會在明面上的條款上騙人，落人口實。

因此，在其他客觀條件都滿足的情況下，唯有那一個結論是合理的了：他們不是人。

南舟就這樣想著心事，被江舫一路拐到舞池。置身於狂浪的人群，周遭都是人體溫暖的熱度和酒精發酵後的淡淡氣息，南舟下意識地將身體更貼近江舫，抬眼看他。

江舫攬住了他的腰，他也禮尚往來地抱了回去。

抱穩了他，南舟才發聲問道：「要做什麼？」

「來這裡，曹樹光他們是次要的。」江舫溫和道：「主要是想教你學跳舞啊。」

南舟對「學」這件事本身就擁有無窮的興趣。在江舫半誘哄的語氣下，他很快就投身到實戰教學中。

不過，跳舞不同於游泳，無法速成，這是件需要長久而精細的配合的默契活。

跳了 10 分鐘，南舟還是能夠剛剛好地錯過每一個節拍，並穩準狠地踩中江舫的腳。他有點苦惱，一心低頭看腳步，只留給了江舫一個漂亮的髮旋兒……這並不是江舫想要達成的效果。

江舫想了想，腰身一弓，把人徑直扛上了肩，略微彎腰，上手把南舟的皮鞋脫去，將那一雙鞋整齊地放進倉庫。

南舟神情困惑，攀著他的肩膀，任他擺布安排。直到他穿著薄薄襪子的腳被江舫引導著，貼身踩在了江舫自己的腳背上。

「一直這樣踩著我。跟著節拍，學得更快。」江舫的口吻相當理所當然，彷彿教跳舞就是要這樣的。

南舟也沒有多加疑心，趾尖微微彎著，勾住江舫的鞋幫，隨著江舫給出的節拍，摟著他的腰，慢慢地晃著身體。

很快，南舟便抓住竅門。但他裝作沒有學會的樣子，繼續抱著江舫，用指腹一點點去摸他薄而有力，隨著動作而繃緊的背肌。他的這點私心光明正大，只是沒有宣之於口。

江舫被他摸得發癢情動，低下頭來，用嘴唇試探地碰他的唇角。

南舟主動地踮起了一點腳，主動親上了江舫的嘴唇。

他不理解這樣親昵動作背後的含義，卻很喜歡。觸摸江舫的身體、親吻江舫的皮膚，都是和學習一樣能夠讓他感到愉快的事情。

江舫也不再逃避或是抵觸。他第一次在如雷的心跳聲中，穩穩把控住主導權，溫柔地撬開了南舟的唇舌，碰到他偏於尖細可愛的舌頭，強勢地深化了這個吻。

南舟的面容平靜冷峻，身體卻是溫熱柔軟的。這樣的反差，讓他不得

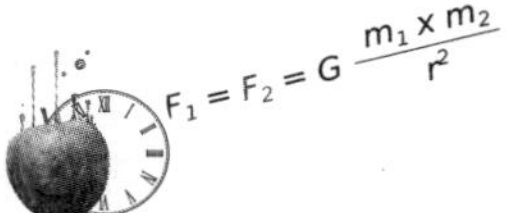

不愛，不得不吻。

兩人相擁著接吻，在接吻中跳舞。兩人的衣料在快節奏的音樂裡摩擦出沙沙的細響，全世界只有他們兩個能聽到。

然而，江舫今晚的約會計劃，最終還是出現了紕漏。

只是一點帶著酒液的吻，就成功把南舟放倒了……他當真是一點酒都碰不了的體質。

南舟被江舫背著離開酒吧時，碰過頭的小夫妻倆兩顆心齊齊虛透，已經返回旅館，各自惴惴不安去了。

路上的夜風很暖，大約 3 級左右，吹得人心直起漣漪。

江舫就這樣頂著風一路走著，買了一小瓶品質不壞的蜂蜜，帶南舟回了旅館。

開門時，一直等在房內思考人生的李銀航一個鯉魚打挺坐起來，看到進門的是南舟和江舫，先鬆了半口氣，可剩下的半口氣又不上不下地堵在了胸腔裡，讓她好不難受。

江舫倒是一切如常，張羅著脫去南舟的風衣，給南舟燒水，沖泡了蜂蜜水，斜坐在床邊，一點點餵他喝下。

南舟倒也沒有鬧騰，只是安安靜靜地仰躺在床上，皺著眉，似乎在閉目想著自己的心事。

問清南舟為什麼是被人背著回來後，李銀航的那點心事又冒出了頭來。她規矩地坐在床邊，雙手放在膝上，「……舫哥。」

江舫的目光沒有從南舟的臉上移開，「怎麼了？」

身後沒有回音，這讓江舫覺出了一點異常。他用涼手巾覆蓋在南舟的臉頰上，聲音裡沒什麼情緒：「有問題就問。」

李銀航把嘴巴抿成了一條線，不知道該說不該說。他們之間從來不是互相坦誠的關係，李銀航不知道自己是否應該越界。

江舫卻無意讓這樣的沉默持續下去，他望著牆上邊緣潮濕銅銹了一角的畫框，沉靜道：「跟邵明哲聊過天了？」

李銀航一駭：「啊……是……」

江舫繼續追問：「妳故意留下來，就是為了找邵明哲探聽情況。問到了什麼？」

李銀航支支吾吾一陣，有些說不出口來。

江舫卻根本不需要她的回答：「是讓妳很為難的內容？是什麼呢？」

「他當著所有人的面提出，曹樹光和馬小裴不是人類。所以，他是有能用來探查是否非人的道具嗎？」

「妳這麼欲言又止，究竟是有什麼說不出口的話？」

「他是把那個道具用在我和南舟身上了嗎？」

「南舟不是人類，妳早就知道。妳唯獨對我表現得很戒備，那麼，是不是邵明哲告訴妳，我也不是人類？」

李銀航甚至一點相關情節都沒有交代，江舫已經輕描淡寫地推測完全程。他的腔調甚至都是一以貫之的柔和，和剛才哄南舟喝蜂蜜水時是一個調調。

在她毛骨悚然之時，江舫回過頭來，用指尖輕輕理過蠍子辮的髮尾，目光平靜溫和，「妳信他，或是信我？」

李銀航也是心亂如麻，有口難言。說實在的，邵明哲並沒有拿出什麼有效的證據來佐證他的指證。但他能看出南舟不是人……這讓他的話的可信度不止多了一點。

當李銀航被這個爆炸性的消息轟得渾渾噩噩地回到房間後，她越想越覺得後背寒氣蒸騰。

江舫身上那股明明溫和萬分，卻讓人本能感到害怕的氣質，現在轉頭審視，不得不讓李銀航心驚。她想，自己作為一個身邊人類濃度過低的人類，總有一點害怕的權利吧。

江舫也輕而易舉地窺破了她的小心思。他從倉庫裡取出了只剩下一點的【真相龍舌蘭】，放在床頭櫃上。

他問：「還記得這個嗎？」

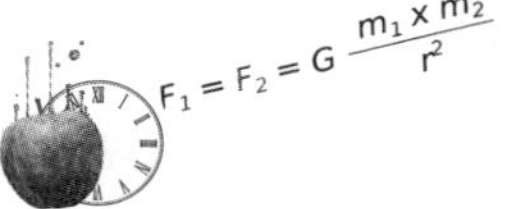

李銀航點了點頭，又口乾舌燥地「嗯」了一聲。作為隊伍裡的小管家，她對他們目前擁有的所有道具和存量都是門兒清。

江舫提示她：「在【腦侵】裡面，我用這個，跟南老師告了白。」他補充了一句：「很管用。」

這話看似和現在毫無關係。但李銀航在看著瓶身內只剩下 100ml 左右的酒液後，倏然間就 get 到了他的意思。

她沸亂的思緒一下就安定了下來。

【真相龍舌蘭】的使用條件規定得明明白白的。如果江舫真的喝過，而且【真相龍舌蘭】對他起效的話，那江舫肯定是人。這是系統的判定，總好過邵明哲那沒有來由的揣測吧。

或許真的像江舫所說，邵明哲有這樣一個可以探查對象是否為人的道具。之所以邵明哲會診錯，大概是因為南舟和江舫過於形影不離，導致了道具的誤判？

想到這裡，她大大舒了一口氣，一身冷汗完全化消。李銀航還是發自內心地更願意相信自己人，只要江舫願意解釋給她聽，她就願意相信。否則，她一定會注意到自己這個推論中的一個悖論點——【真相龍舌蘭】和邵明哲所謂的道具，假設同樣都是系統給予的，憑什麼邵明哲的道具就會發生誤判，而【真相龍舌蘭】就不會呢？

壓根兒沒能細想到這一層的李銀航心神徹底鬆弛了下來。這一鬆弛，她也覺出了疲累來。

江舫的聲音，在她睡意來襲時，恰到好處地將她往更安心的境地中輕推了一記。

「睡吧。」江舫的嗓音宛如催眠：「我照看他。」

李銀航強打著精神去洗漱了一圈，回來又看了看昏睡中的南舟，才脫掉鞋襪，蓋好被子，快速入睡。

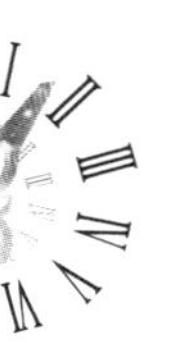

當房間內徹底安靜下來後，江舫才回身，幽幽地往李銀航安眠的方向投去了一個眼神。

而李銀航對此無知無覺……這很好。

江舫也和衣躺下，執過南舟的手指，順著他掌紋的脈絡，一路撫摸下去。當不刻意用力時，南舟的手掌骨偏軟，皮膚在稀薄的月色映襯下是雪白乾淨的，更襯得他腕上的那隻刺青蝴蝶漆黑而詭異。

江舫解開了自己的 choker，將他手腕處凹凸不平的刺青，抵住自己側頸上紋著的刺青，K&M。兩相摩挲之下，帶出了一股奇妙的酥癢感。江舫抱住了他。

突然，江舫聽到南舟輕聲說：「抱。」

江舫問他：「醒了？」

南舟顯然沒醒。至於他發出的聲音，與其說那是說話，更像是嘟嘟囔囔：「抱緊。很舒服。」

江舫輕輕笑出聲來，壓低了聲音故意嚇唬他：「我抱著你，就要把你偷走了。」

南舟的頭抵在江舫的肩窩，點了一下頭，表示贊同，喃喃道：「唔。偷去哪兒呢？」

江舫默然了。半晌後，他湊在南舟耳邊，輕聲道：「不，我說錯了。是你偷走我了。」

然後他就捧住南舟，親吻他的臉頰，是那種細細碎碎的、很珍惜的親法。南舟皺了皺眉心。酒精讓他聽不懂江舫的話，但他知道要和江舫貼貼，這同樣是一件很舒服的事兒。

相較於他們這邊的歲月靜好，高維那邊的轉播臺卻是一片混亂。

「還沒查到邵明哲是誰？」

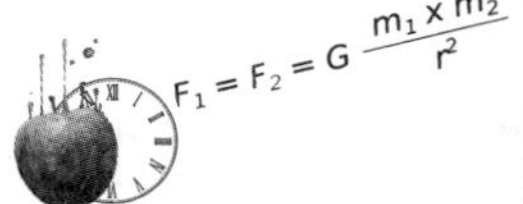

「沒有查到這個人。他不是我們這邊的人，也不是人類！他甚至不是玩家！！」

「靠，你告訴我，不是玩家，他是怎麼被算作隊友的？」

「不知道，系統運行沒有出問題。」

「媽的，他做了幾次任務？！」

「這是第二次。」

「他的訊號第一次出現是什麼時候？」

「稍等，遊戲裡的信號流太多太龐雜了，暫時找不到……」

他們已經在這幾個問題裡鬼打牆了幾個小時。

他們得出的唯一一個可靠結論是，邵明哲，是一個在數日前，突然闖入這個遊戲的不速之客。

他的各項數值，正顯示在直播間的主面板上。

其實不用費心比較。

他的所有數值，都是亂碼，包括姓名一欄。

一股凜然如冷水的寒意，讓南舟驟然從柔軟的夢鄉中甦醒。

他這回的酒喝得不算很多，醒得也還算快。

此時，剛好是午夜 12 時。

旅館外的樹木被風吹動，樹葉發出唰啦唰啦的細響。外面的鐘鳴聲適時響起，淒冷地在街上迴蕩，形成了空曠低沉的回聲。

江舫剛剛睡下，就被他的動作弄醒了過來。

南舟閉目沉凝片刻，睜開眼睛，輕聲宣布：「來了。」

李銀航也被驚醒了，惺忪著一雙眼，口齒不清地問：「什麼來了？」

一股熟悉的陰氣絲絲縷縷地滲透在鐘聲內，連窗外搖晃的樹葉聲、窸窣的蟲鳴聲也盡皆消失。

南舟輕聲道：「鬼。」

更準確地說，是頌帕的鬼降。

從昨天到現在，他整整花了一天一夜來思考怎麼對付他們，是求和，還是硬杠。而現在瀰漫在整個小旅館內的陰氣，就是頌帕給出的答案……孤注一擲，殺了他們。

氣溫在悄無聲息地緩慢流失，這讓南舟的頭腦更加清醒。

他輕捷無聲地溜下床來，走到門邊，壓下門把手。洗手間裡的水龍頭不知道是年久失修，彷彿滴在人的神經上，啪嗒一聲，與此同時，門開了。吱呀——

在危險面前，南舟的動物性本能順利占據了上風。他確信，他們再次遭遇了降頭，儘管此時的他還什麼都沒有看到。此刻的感覺，和他置身深海時的感覺有共通之處。風速的流變，光影角度的變化，都在他的眼內心中發生了微妙的變化。

因為旅館與旅館之間的房屋間距過窄，一來缺乏日照，二來實在過於磕磣，對外接待旅遊團實在寒磣，所以旅館必須得弄出些噱頭來，才好夥同旅行社一起薅遊客羊毛，於是旅館亡羊補牢地採取了井式的設計。

旅館走廊一側是房間，另一側則是窗戶。一樓開闢出了一片幾十平方公尺的綠地，囫圇種了些熱帶花草，對外打出的宣傳語就是原生態叢林式旅館，開門見綠云云。

實際上，因為懶得花錢維護，種植的熱帶花草早已死了個七七八八。

那長年不擦的窗戶外側，細看之下，分布著密密麻麻的小蟲屍體。牠們都是被走廊上的夜燈吸引來的，小片小片暗黃色的蟲液，讓人根本無心去駐足欣賞外間那枯萎衰敗的花草。

開門後的南舟直面了一扇骯髒的窗戶，以及窗戶中的自己。走廊盡頭的窗戶沒有關上，風將他睡散的頭髮吹起了一點。

風中帶著逼人的寒意。

本就年久的走廊燈泡，在昏暗的黃中，又增添了一層薄薄的、奇異的

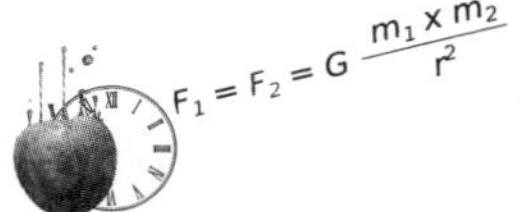

紅。這種細微的體感和光源變化，像李銀航這樣的普通人是感知不到的。在她看來，除了走廊的燈有點黯淡之外，一切都是毫無預兆的——這種無預兆，反而自帶一種別樣的恐怖。

南舟立在門口，勾著頭思索一陣，合上了門扉，並拿起防盜鏈，滑入凹槽中，將門徹底鎖好，用極平淡的語氣，說了一句讓人毛骨悚然的話：「有東西進到這裡來了。」

江舫不著痕跡地皺了皺眉。

見南舟這樣嚴肅，李銀航的聲音幾乎被恐懼壓成了氣流：「什麼……東西？」

南舟：「不知道。」

李銀航站起身來，「那我們跑出去吧。到大街上……」

南舟突然道：「離窗戶遠點兒。」

李銀航向來是聽人勸，吃飽飯。聞言後，她不及回頭，馬上跳下床來，快步遠離窗戶。等離得稍微遠了些，她才心有餘悸地回過頭去，小心翼翼地查看。

窗戶中映出了她自己的倒影，表情看上去有些驚懼。

李銀航摸了摸自己的臉，窗戶中的自己，也和她做了同樣的動作……好像並沒什麼異常。

在她稍稍鬆了一口氣時，卻聽到南舟說：「窗戶裡的妳動了。」

李銀航臉色驟變，不敢細看，又往後疾退了兩步。

南舟鼓勵道：「沒事。妳和他，都到我這裡來。」

李銀航一聽這話，立即向南舟靠攏去。

江舫盤腿坐在床上，望著南舟，開口道：「你……」

他的話並沒能說完。

南舟背後的走廊裡，傳來一聲刺耳的玻璃炸裂聲。

被這聲音一驚，離南舟只有幾步的李銀航下意識止住了腳步。

下一秒，更可怖的事情發生了。

「別過來。」南舟清冷的、帶著點平板感的聲音在門外響起，說：「離他遠點。他是假的。」

李銀航頭皮狂炸，噔噔噔倒退了數步，連呼吸的能力都失去了……南舟分裂成了兩個？

誰是鬼？誰是真的？誰是假的？是屋裡正站在她面前的，還是屋外正在敲門的？

而她面前真假難辨的南舟，嘴唇輕微動了動，似乎是想說些什麼。

李銀航呆望著他，以為他會給出一個解釋。

而這個南舟，突然毫無預兆地綻開一個誇張到讓人悚然的笑容。

李銀航臉上的血色霎時間退了個乾乾淨淨。

南舟明明沒有出去，鬼和他是什麼時候交換的？！她在驚懼中連連後退，幾乎要退回到窗邊。

而窗戶中，她的背影略略回頭，陰惻惻地回望向了她。

床上的南極星一躍而起，兩隻前爪在胸前緊縮成拳，發出尖銳的怒聲和示警聲。

李銀航察覺不對，正要回頭，忽然聽到門口傳來驚天動地的一聲響動。轟！門外的南舟沉默無聲，一腳將整扇門連門軸帶門扇、門鏈都踢了出去。

倒下的門板在壓到門內「南舟」的後背時，他便像是一道風，徹底消失無蹤。

南舟閃身進入屋內，一把抓起門板，乾淨俐落地將門推回原位，單手發力，將斷裂的門軸生生和門扇再次擰合在一起。

手動關好門後，南舟快走兩步，餘光中卻又出現了一道人影。盥洗室的鏡子和盥洗室的門是相對的，南舟整個人都暴露在了鏡子內。他一時駐足，用餘光觀察了半晌。

鏡中的他沒有絲毫異常，也在側目窺視著自己。南舟便挪開了視線，邁步向前走去……可鏡中的他卻站在原地，並未離開，並平靜地從腰間抽

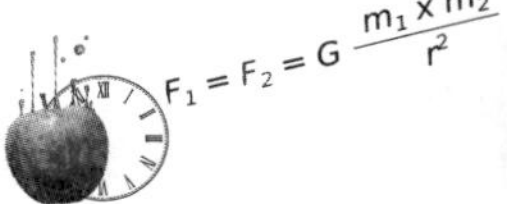

出了一把刀。

鏡中人影倏然消失。而南舟的身後憑空出現了一道手持尖刀的虛影，獰笑著舉起，猛然朝南舟後頸搠去！

刀鋒在空中劃出一道小小的光弧。就在鋒刃即將沒入南舟頸部皮肉時，南舟霍然回身，反手握住早就從倉庫內取出的匕首，鏗的一聲，攔住刀鋒去勢。

那虛影的手被震得一抖，尖刀險些脫手而出。

而當南舟將匕首在掌中翻轉一圈，以閃電之速狠狠劃割向那虛假「南舟」的咽喉時，他再度消失在虛空之中。

房內再次恢復了一片看似安然的平靜。

一擊落空，南舟倒也不是多麼遺憾。他低頭看著自己的手，慢慢地在心中盤算起來。

剛才，他只是看著對面窗戶中映出的自己的身影，一個恍神間，就和鏡影交換了位置。

門內的自己變成了影子……而自己站在了窗戶之中。他眼睜睜目送著自己把門關上了。

好在，這降頭的功效，並沒有能模糊真實和虛幻的邊界，也沒有把三維直接拍扁成二維的功能。他是真實存在的，和窗戶是不相容的。他在強烈的窒息感蔓延開來前，輕而易舉地擊碎窗戶，彷彿畫中人打碎藩籬，從中脫出。

這次的鬼降，和上次一心一意想把他們吸入罈中泡成膨大海的鬼降性質截然不同，更凶、更厲、更加變幻莫測。剛剛的兩次短兵相接，已經讓南舟摸到了這鬼降的幾點特徵。

其一，只要靠近任何能映出倒影的東西，它就會出現，並出其不意地對另一個自己進行暗殺。

其二，它可以在神不知鬼不覺間，置換人和影的位置。

其三，在受到致命攻擊時，它會立即消失，進行自保。

這三點，足夠它玩出無窮的戰術了。更何況……

他剛剛打壞了玻璃和門，本該引起一陣騷動的，但到現在為止，走廊裡都是一片詭異的靜謐。他的作為沒有獲得任何回饋，既沒有旅館內的住客投訴，也沒有負責人上來查探。

也就是說，這鬼降將他們拉入了一個特殊的空間內——一個影子能隨時替換人的空間之中。

被困的他們無法向任何人求助。

李銀航現在幾乎已經不能確定眼前人是否是真正的南舟了，因此她不說話，只靠著床邊，不敢站，也不敢坐。

南舟也看出她的驚懼，索性並不急於靠近她，只是站在原地。

南極星似乎是察覺到了李銀航的焦慮，三跳兩跳，溜著邊兒來到窗側，咬住窗簾一角，把自己包裹在窗簾內部，不叫自己的影子出現在窗戶上，快速向前盲衝而去，刷地一下把窗簾拉得嚴嚴實實，杜絕了窗戶上映出人影的可能，才縱身一躍，扒住了李銀航的肩膀，順著她的肩膀，一路跑下來，乖乖抱住她的大拇指。

這一點溫熱的安全感，讓李銀航狂亂的心跳逐漸恢復正常。

心跳直直頂到喉嚨口的感覺並不好受，她強行壓制住恐懼，輕聲問道：「……是你嗎？」

不等南舟回話，江舫就接過了話：「是他。」

有了江舫的金牌認證，李銀航的表情才好轉了一些。

而南舟也抓緊機會，看向後背軟毛刺蝟似的根根豎起，進入全方位戒備狀態的南極星。

南極星似有所感，仰頭望向南舟。

南舟沾了沾杯子裡的蜂蜜水，在床頭櫃上簡單勾勒出了自己在黃泥罈子上看到過的圖案。

他吩咐道：「南極星，去找一找這附近有類似這種花紋的東西，不管是移動的，還是固定的，都去找找看。找到之後，不要打碎，把上面的花

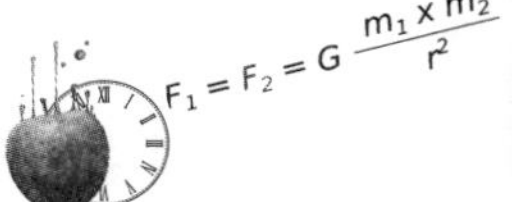

紋劃花就好。」

李銀航「離開旅館、到外面去」的提議，南舟考慮過。

對手拒絕交流學習，動用降頭，故技重施，必然是抱著把他們一擊即死的念頭的。當務之急，是找到帶有降頭符咒的鬼降源頭，將上面的咒紋抹除破壞，讓鬼降失效。

只要把江舫和李銀航塞到倉庫裡，自己帶他們出去並沒有問題。但是，一旦到了街上，變數將會比現在他們身處旅館中更多、更加難測。街邊的櫥窗，甚至是一灘被月色照亮的水，都可能製造出一個新的自己來，這會大大拖慢他前進的腳步。與其自己去找，還不如交給行動更加靈活的南極星。

南極星唧的應了一聲，從李銀航掌心跳下，輕捷跳到窗邊。恰在此時，沒有關好的窗戶內掠入了一道微風，將窗簾掀開了一小角。

當窗戶中映出了南極星的形影後，果不其然，一隻目光幽幽的「南極星」出現在玻璃內部，朝迎面而來的南極星亮出了雪亮尖銳的牙齒。

南極星竟是理也沒理，不躲不閃，一口咬向那鏡中的幻影。影子顯然也沒想到南極星剛到了這種地步，下意識一躲，南極星便合身撞破了窗戶，在碎裂的玻璃碴中，飛身到了對面的窗欄上。

而在牠的身影出現在窗戶中時，小巷散落著四分五裂的窗戶碎片裡映出的十七、八隻南極星一躍而出，像是一窩嗜血的食肉老鼠，直追著南極星而去。

南極星根本無意和牠們糾纏，身形靈活地往上一躍，跳到對面的樓頂上，就此帶著這一隊「南極星」消失在茫茫的冷月之中。

李銀航受了驚嚇，此時頭腦運轉飛快。

望著南極星消失的地方，她察覺了一絲以往並未被她放在心裡的異常……南極星，是不是太聰明了一點？

在從南極星的創造者易水歌那裡，李銀航知道了，南舟和南極星都是《萬有引力》遊戲裡的產物。而牠要比南舟更特殊一點。南舟是故事裡的虛擬人物，而牠是單純的資料。

牠完全是一個意外。

自從牠脫離了原有的軌道，被「蘋果樹先生」打上禮物結送入永無小鎮後，牠就脫離了資料的束縛，獲得屬於牠自己的嶄新命運。作為一段資料產物，牠神奇地學會了思考，擁有了感情。這很讓易水歌讚歎，他甚至試圖向南舟索要過南極星，自然未果。

李銀航知道，南舟並沒有離開「永無」後的記憶。而在他失憶的這段歲月，一直是南極星陪在他的身邊。

在南舟出現在大巴車上時，牠也陪在他的身邊。牠甚至聰明到能聽懂人話，明白布局，知道進退……

在她胡思亂想時，門外再次突兀地響起了急促的敲門聲。

外面是曹樹光急促的聲音：「南先生、諾亞，開開門，是我們啊！」

屋內的三人都沒有動。誰也不能確定，屋外叫囂著的是幻影，還是真實？然而，被破壞過一次的門，已經經不起這樣的大力拍擊，門扇在這樣頻繁的衝擊下搖搖欲墜。

而在急促的敲擊聲中，門內的人已經分不清，敲擊著門的究竟是拳頭，還是被鏡中怪物倒提著的刀柄。

在李銀航手腳冰涼僵硬，被那聲聲又鈍又急的敲門聲煩得心慌意亂時，南舟竟然主動向被拍得砰砰作響的門走去。

她下意識地想要勸阻。而南舟只用了一句輕描淡寫的話，就打消了她的恐懼：「來就來了。又不是殺不了。」

房間隔音條件有限，連外面的人都被他這句話震懾住了，停住拍門的動作……

門裡的那個玩意兒，聽起來彷彿更可怕。

就在一片寂靜中，南舟拉開基本靠手動開啟的門。

曹樹光牽著馬小裴，猶豫了幾秒鐘，還是咬了咬牙，一頭栽進房內。房門在他們兩人身後徐徐關上了。

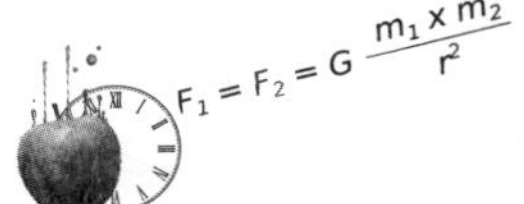

「我靠。」曹樹光靠著牆壁，發出了一聲大喘息後，把嗡嗡作響的腦袋抵在冰涼的牆壁上。他興奮兼以恐懼，佩戴著手弩的胳膊垂在身側，小幅度地顫抖著，「……我剛才殺了我自己你們敢信？」

就連曹樹光自己都沒有意識到，自己的表現在南舟眼裡有多麼古怪。他的呼吸是急促的，手是顫抖的，一切的表現，明明都很貼合正常人遇到難以理解的恐怖事件的反應……但他的嘴角偏偏揚著一點興致盎然的笑意。就像那些曾經造訪「永無」的《萬有引力》玩家們，就算被自己反追殺，臉上掛著的也都是這樣一副奇異到讓人厭惡的表情。

他們感受到的不是死亡的恐懼，而是遊戲的興奮、刺激。因為他們根本不會死，甚至不會很痛。

打個比方，鬼屋的確很可怕，但大部分人再害怕，都知道那鬼是假的，是無法真正傷害到他們的。

這種既視感，讓南舟的心情很不好。

曹樹光哪裡會想到，都到這種時候了，南舟還有心思觀察他。

他牢牢抓著馬小裴的手，一心一意地把氣兒喘勻。

而馬小裴站在門後的陰影裡，勾著頭站立，不知道在思考什麼。

隨著小夫妻兩人的加入，原本還算寬敞的三人間也顯得逼仄起來。

李銀航問：「邵明哲呢？」

曹樹光：「不知道，人不在房間。」

這下，連李銀航也覺得詫異了：「你特意去找過他？」

他們下午幾乎算是撕破了臉，曹樹光他們逃命過來，一路兵荒馬亂，難道還會關心邵明哲在不在房間？

曹樹光嚥了一口唾沫，「哪兒啊，他門就是開著的，窗戶也是開的，洗漱間裡玻璃碴子碎了一地，都撒到門口來了，上頭沾的都是血……」

他描述得有些顛三倒四，但大體的信息量已經足夠他們對目前的情勢做出判斷。

李銀航的心空了一瞬。

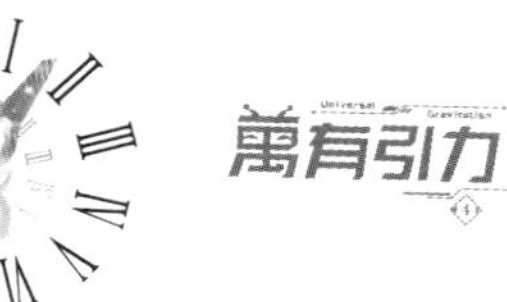

她倒不是對萍水相逢的邵明哲有多深厚的感情。

他對自己講過關於南舟和江舫的事情，雖然只是隻言片語，但這讓李銀航覺得，他一定是有什麼特殊能力的。和易水歌或是「青銅」小隊一樣，結交他，或許是有好處的。這是她發展來的人脈，也是李銀航的一點事業心。

她抱著一線希望，問：「他是不是藏起來了？」

曹樹光撇了撇嘴，「房間就屁股那麼點大，一眼就看完了，他能藏哪兒去啊？」

這話也是。他不怎麼關心邵明哲的死活，轉頭眼巴巴地向南舟問計：「南老師，咱們怎麼對付它啊？」

遇到危險，他毫無高維人的自覺，非常麻利地把自己劃歸到了南舟陣營，統一陣線。

南舟望向了他，「它？」

南舟在海裡見到的降頭鬼，就是一團扭曲，擺出多人運動姿勢的胳膊腿兒。

剛才南極星脫逃出窗時，碎裂的玻璃也投射出了大量的「南極星」個體，這也是曹樹光親眼所見的。他是怎麼確定，這在鏡中流竄的是「一個」鬼？

見南舟流露出一絲疑惑，曹樹光迫不及待地亮出另一個被他用一個黑色的腕環套在左手手腕上的工具。

一臺擁有即時沖洗功能的傻瓜照相機。

他將掌中被攥皺了的一遝汗津津的照片抹平，遞給南舟。

來不及等南舟藉著門縫底下透出的微光將資訊讀完，曹樹光就迫不及待地開始了解說。

「我這個道具啊，叫【欣欣照相館的老式相機】。」他不無自豪地誇讚道：「特好用，對鬼寶具，能照出靈體來。」

照片是他在走廊上拉著馬小裴狂奔時拍下的。

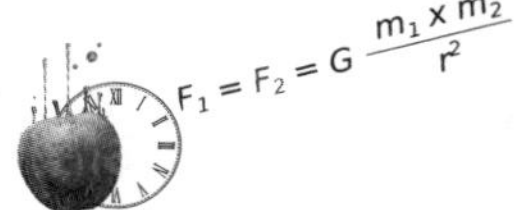

由於是在跑動中拍攝，畫面顛簸得厲害，非常模糊，好在窗戶內映出的場景還是勉強能看得清的。

窗戶中，根本沒有馬小裴和曹樹光。只有一個巨大且不完整的人形陰影，像是一個倒臥的巨人，軀幹曲折著貫穿了整個走廊的玻璃，像是一尾巨大的、藏在玻璃夾縫中的熱帶森蚺。它的肢體異常地膨脹著，身上不斷剝落著影子的碎屑。

因為曹樹光緊張加手抖，照片總共拍攝了七張，直到內裡的顯影紙耗盡。這走馬燈一樣的留影，已經足夠拼湊出窗中巨影在這短短幾瞬的變化。從這具軀幹上剝落的碎屑，拼湊出了一個清晰的鏡中曹樹光。

也難怪曹樹光剛才砸門的時候那麼玩兒命，看到這一幕，誰都會玩命找個安全的地方躲起來。

曹樹光這兩天待在賓館裡，在任務上沒有什麼建樹，倒是和老闆雞同鴨講，連比帶劃，聽來不少本地的奇聞異事。

就比如說，他聽老闆講，大約在三個月前，一個喜歡深夜潛入別人家中，用尖刀犯下九樁滅門血案的殺人犯，被警方一路追緝，在附近一條湍急的河流邊被擊斃，墜入河中。大約一週後，他的屍體才在出海口附近被漁民發現。

被發現時，他通身腫脹得發亮，整個人像是一隻膨脹到了極致的箱水母，光可鑑人。

更詭異的是，當這具屍體就近停放在附近的小警局，等待上級部門來接收時不翼而飛了。人們都說，這個殺人惡魔是鬼母產下的兒子，他被母親復活了，以正常人的面孔，重新混入了人群。

一看到那異常膨脹的黑色巨影，以及這樣無孔不入，令人生寒的潛伏感，曹樹光自然而然想到了這樁怪異的案子。凡有怨，可成降。如果他的屍體是被那背後的降頭師竊走了，那麼，這樣一個滿腹怨念和殺意的厲鬼遊魂，真是最適合幹降頭這一行了。

曹樹光把自己能提供的情報和盤托出後，就眼巴巴盯著南舟，叫他給出應對的辦法。

「等。」南舟也不拖泥帶水，言簡意賅道：「我已經安排出去找降頭的寄體了。在牠找到降頭源頭之前，我們只需要活下來就好。」

「只需要活下來」……這話說得曹樹光掌心冒汗。他偷偷在褲縫上蹭了蹭後，又牽起小妻子的手，並安慰地捏了一捏。

馬小裴抬頭，靜靜看了他一眼，在暗影下歪曲了脖子，露出了一個曹樹光絲毫沒能察覺到的森森冷笑。

南舟走到床邊，對李銀航伸出手來，沉默地招了招。

李銀航知道自己在這種時候就該省心，馬上乖乖蹲進儲物格。

南舟又轉身看向了江舫。

江舫一直安安穩穩地坐在床上，連地也沒下。他單手撐著膝蓋，笑道：「你的計劃，難道不需要我幫忙嗎？」

南舟垂目思索一陣，「會很危險。」

江舫：「我能猜到你想做什麼。你會需要一個幫手的。」

南舟仔細思考過江舫的提議後，顯然是打算接受了。

他收回了手，並認真承諾道：「我會顧好你。」

江舫下了床，從善如流地應道：「那就承蒙惠顧，不勝感激了。」

曹樹光被這兩個謎語人搞得一頭霧水——哈？不是說就在原地等嗎？

目前看來，這鬼能棲身和跳躍傳遞的介質，就只是鏡面反射而已。他們只要躲在沒有光源、沒有形成鏡面反射條件的地方，不就一切 OK 了？

他看向妻子，想和她對一下思路。但馬小裴就一直安安靜靜地垂首站在他身側，把頭窩得很低。

曹樹光甚至產生一種詭異的錯覺。就好像她的腦袋內的組織和肌肉已經斷裂了，只剩一層皮，藕斷絲連地掛著這顆腦袋。

然而，等他汗毛倒豎地定睛細看時，馬小裴又調整了脖子的角度，仰起頭來，對他安慰地一哂。

曹樹光的神經大條是經年不癒的老毛病了，見她沒什麼異常，便在心

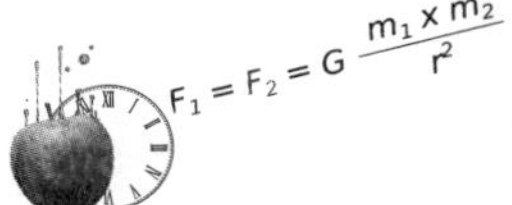

裡笑話自己真是草木皆兵了。

南舟帶著江舫，路過並肩站在門後的小夫妻兩人身側，挺有禮貌地對兩人一低頭，「我出去看看。」

曹樹光倦怠地擺擺手，不打算阻止他們倆作死。

南舟：「你不跟我們去嗎？」

曹樹光覺得躲在這裡挺好的。窗簾拉上了，有鏡子的盥洗室的門也關上了，牆上用鏡框裝裱的風景畫也形成了一定夾角，照不到他們，他們往這裡一躲，拖到降頭被南舟解決就好。

曹樹光厚著臉皮，打定了磨洋工的主意，拒絕道：「我再和我媳婦緩一會兒。」

他完全沒領會到南舟那個單獨的「你」字的精髓。

南舟：「哦。」

發出一個短促的語氣詞後，南舟乍然出手——他的指尖攢足力氣，反手將匕首一擲。匕首冷光順著馬小裴的嘴，整個沒入！她的腦袋被強大的作用力整個釘在了牆上，篤的一聲，半張臉都陷了進去！

突遭巨變，曹樹光目眥盡裂，還沒來得及罵街，手中緊握著的冰涼柔軟的手就像是一道海市蜃樓，憑空散去。

曹樹光：「……」

他死死盯住自己的掌心，隱隱明白了什麼。

南舟注視著面色漸趨慘白的曹樹光，「你一路走來，旁邊全是窗戶。鬼卻沒有對你動手，你應該覺得奇怪的。」

醒過神來的曹樹光一句不吭，拉開房門，朝著他和馬小裴一路逃來的方向急奔而去！

南舟輕輕哎了一聲，當然沒能攔住心急如焚去找被困媳婦的曹樹光。

在曹樹光暴露在走廊的瞬間，那看不見的黑影的一部分便一路追他而去，另一部分則留在南舟和江舫的房間門口，定定望著他們，垂涎著、期待著他們的崩潰和恐懼。

這是它至高的養料，也是它生前死後的畢生所求。

虛掩的房間門內。南舟從倉庫裡取出【光線指鏈】，套在指尖。

江舫則清點了自己剩下的撲克牌，並取出一個 C 級道具。

和其他正常玩家不同，他們的 C 級道具非常少，【愛美之心，人皆有之】就是這些物以稀為貴的 C 級道具中的其中一樣。它是一面理論上取之不盡用之不竭的化妝鏡。在此之前，它只在【圓月恐懼】副本裡派上了一點小作用。

現在，它被江舫抓在手中，正蠢蠢欲動地醞釀著漆黑的殺意。正常人都不會在這種情況下掏出一面鏡子。不過，江舫和南舟誰都沒有對此表示異議。

南舟從一開始就不覺得，把自己封閉在房間內會是安全的。畫框、窗戶、鏡子，甚至包括人的眼膜，都可以成為反射的介質。

「剛才我們已經確定，旅館裡沒有其他人可以幫助我們。我們無法向別人求助，這很好。」南舟平靜道：「這意味著，鬼也不能求助了。」

對南舟來說，這鏡中鬼降的弱點並不難找——它並不能完全複製被複製人的一切。這一點，南舟在和那個手持匕首的「南舟」短兵相接時就看了出來。

而那些被鏡像複製的「南極星」成群結隊追殺正牌南極星，卻不知道可以把腦袋變大，也可以看出來它的實力上限，最高也就是那個連滅九人的殺人魔。

這樣一來，事情反倒簡單了——誰還不是一個殺人魔呢。

南舟做好準備後，甩了甩佩戴好【光線指鏈】的右手，對手握鏡子的江舫說：「好了，我們把它叫出來吧。」

怪物在窗戶裡，安然自在地欣賞著完全在它掌控天地之中的小小混亂。它在罐子裡被養了許久，如今一朝得見天地，身體裡對血的渴望又蠢蠢欲動地占據了上風。此刻，它唯一的遺憾就是沒有觀眾。

怪物以前是有名字的。

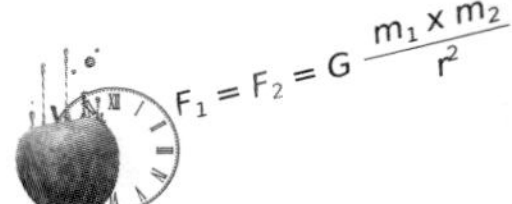

占叻。他的成績很差，除了中文課和英文課成績在中游外，基本在學校裡是無人問津的水準。

占叻不甘願默默無聞。他從年少時期，就開始醞釀著要做一場大事，當他握得動刀子後，夢想終於實現了。他的名字貼在大街小巷，成為了無數人的噩夢。

占叻做過許多讓他津津樂道的案子，其中有一樁，最讓他自得。某一天，他去商場採購，偶然間聽到一個父親在嚇唬滿地打滾要買娃娃的女兒，說她再不聽話，就把那個「影子殺手」叫到家裡來，把她帶走。

「影子殺手」，這是占叻認為媒體給予自己的讚譽。他買下了那個女孩心儀的娃娃，依約而來，在深夜潛入兒童房，抱著娃娃，站在那孩子的床邊，笑微微地晃了晃她的肩膀。小女孩驚醒了過來，注視著占叻的臉，和他提在手裡的剔骨鋼刀，她受到驚嚇，尿了一床。腿間瀰漫開來的溫熱，讓她慢慢明白過來，這根本不是一場噩夢。

在她反應過來、哭叫起來前，占叻悄無聲息地割掉了孩子的頭顱。她的長髮被占叻打了個水手結，綁在客廳的吊燈上。這樣一來，她的父親明早只要一開門，就可以和他親愛的女兒說早安了。

占叻拿走了女孩的頭，為了等價交換，他將自己買的娃娃頭拔下來，塞進了無頭的女孩懷裡。

占叻孤芳自賞，醉心於自己親手炮製的恐懼幻影，享受著來自全城的恐懼，這讓他有種把整座城市肆意踩在腳下的愉快感。因此在被那顆子彈穿透占叻的胸膛時，他是千分、萬分的不甘心！

好在，他在墜入水中後，遇到了他的伯樂。一道符咒固穩了他充滿怨念的魂魄，將他鎖在小小的一個黃泥罈子裡。他的生命和快樂又一次得到了延續。他感激這個將自己復活的神，並難得地展示了他對卑微如螞蟻的人類的尊敬，將他尊稱為「坤頌帕」。

自從被煉做降頭後，這是占叻身為鬼降，第一次外出活動。之前在罈子中，它並沒覺得自己有什麼特殊的大變化。但現在，它完全享受到這種

為所欲為的樂趣。

它的咒怨遍布了這一整片街區，覆蓋了以這座旅館為圓心，半徑三公里的地界。在這片區域當中，它可以利用一切可利用的，構思出無窮的變化，盡情玩弄、蹂躪被圈在其中的人類。

它並不著急。貓逮到老鼠，斷沒有一口咬斷喉嚨、囫圇吞吃入腹的。就這麼輕易玩死了，未免太沒意思。

早在曹樹光拉著馬小裴逃出房間時，它的N分之一就隱藏在他們盥洗室的鏡子裡，和馬小裴交換了位置。占叻目送著曹樹光拉著自己的分身，觀賞著他自以為逃出生天的欣喜背影。

如今，知道了妻子早就被鬼偷梁換柱，他又臉色大變，懊悔痛苦，轉頭奔回他原先的房間。可惜，馬小裴已經不在那裡了。

吸取了黑髮青年破窗而出的教訓，她已經被它用黑影包裹起來，剝奪了她的行動能力，將她轉移拖拽到了二樓的落地窗中，靜靜等待她在玻璃中窒息而亡，形成一幅美麗的窒息死亡圖。

至於曹樹光，即使他回到原點，等在盥洗室鏡子裡的，也是另一個被自己複製了的馬小裴。

曹樹光面對著那扇鏡子裡恐懼的「馬小裴」，焦躁無比，困獸似的在盥洗室裡轉了兩圈，怒而抬拳，想要搗碎鏡子，把自己的妻子救出來。可他的拳頭像是砸在了水上，拳鋒沒入，他整個人也被鏡影吞吃了進去。

搞定了愚蠢的曹樹光後，占叻的注意力，就全數轉移到那個從它掌中脫逃的漂亮獵物身上。

占叻最先伏殺的，是這六個對象中唯一的獨身者，邵明哲。它把臉從床頭正上方懸掛的風景畫框中探出，幽幽地注視著這個睡覺的時候還不肯脫下口罩和帽子的怪人。

它也沒想到，那人的直覺比野獸還恐怖，連眼睛都沒睜開，就直接伸手插了他的眼。

占叻：「……」操你媽。

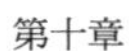

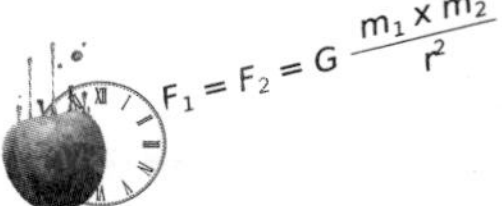

一番打鬥後，那蒙頭蓋臉的怪人負了輕傷，轉身跳出窗外，消失在了夜色中。

窗外的世界更加開闊，能供自己動手的機會更多，這無異於尋死。

因為有五個要對付的人還留在旅館，占叻只分出了一部分意識和能力去追殺這個自尋死路的蠢貨。然而，居然還有比他還虎的。

那兩個青年，不但不逃、不怕、不躲，居然還膽敢挑釁它？

占叻冷眼旁觀了一會兒。聽到那黑髮青年說「鬼也不能求助了」的時候，它開始冷冷悶笑。

當他又說「好了，我們把它叫出來吧」，占叻險些笑掉大牙。

黑髮青年越想讓它出來，它偏偏就不出來。

那一黑一銀兩個身影，開始像兩隻夜遊的豔鬼，繞著封閉的回字形走廊打圈。在占叻眼中，這就像是兩條色彩斑斕的小丑魚，在鯊魚面前擺著尾巴，嘚瑟地游來游去，妄圖把它釣上去。

它不介意讓他們多得意一會兒。

不過，那名銀髮青年很快做出了更加匪夷所思的舉動。

他不知從哪裡取出一面鏡子，隨手丟棄在走廊中。接下來，是第二面、第三面。他煞有介事地扔鏡子的樣子，有些像占叻小時候捕捉麻雀烤來吃時，撒麥麩或是麵包屑，好將麻雀引入自己設好的陷阱內。

而南舟戴著指鏈，一路走，一路將一條淡紅色的光絲依次纏繞在走廊窗玻璃的鎖銷之上。

對於這兩人的怪異舉動，占叻看得饒有趣味。

他們以為自己會上當嗎？

不過，見銀髮青年的鏡子取之不盡，用之不竭，從袖子裡一面面地往外扔，占叻也略微收起一點輕視之心。難道這是什麼專門反降頭的法器？而他們其實是法師？「坤頌帕」叫自己來對付他們，就是擔心他們危害到己方？

冒出了這個念頭，占叻自然對那鏡子留了心。其實這份留心並沒有太

大必要。

它的能力是強制的，以三公里為半徑，範圍內出現的任何反光物體，都是它棲身的介質。鏡子是最佳的介質。能反射出較為完整的人形的窗戶、水潭等，是二級介質。還有其他一些很小的反光物，比如銀飾、刀刃，甚至眼球，它的精神都會附著其上，淺淺流動。

轄區內能反光的物體，只要存在於能力範圍之內，占叻的精神自然會主動流向它。

占叻研究了半天鏡子，終於壯著膽子，嘗試著從其中一面粉紅色的小鏡子裡探出了頭來……它得出的結論是，銀髮丟棄的，就是一面面再普通不過的鏡子。占叻呆愣了幾秒，覺得自己受到了愚弄，緊接而來的就是滔天的怒焰。

當南舟路過一面窗戶時，占叻故技重施，惡作劇似的，一掌拍在窗玻璃上。

轟——這平靜中乍然的一聲響，任何人都會在驚駭之餘，下意識看向聲響傳來的地方，那名漂亮的黑髮青年也不外如是。只是，當他轉過來時，那漆黑明亮的眼珠掩映在長睫之下，十分動人，但在那視線裡並沒有任何可以稱之為恐懼的成分。

占叻愣了一愣，但還是馬上有了動作。它故技重施，迅速和黑髮青年交換了位置，將他推入窗玻璃當中，用自己的精神觸角迅速纏繞住他，並複刻了對付馬小裴的方法，如法炮製，要在他從玻璃中脫出前，就將他困住，剝奪他的行動能力，轉移到其他地方去。

占叻以為自己占盡了先機。

然而，當它冒充的「南舟」想要和江舫並肩，若無其事地往前走去時，一隻瞬間破開窗戶的手當空握住它的肩膀。而它的另一邊肩膀，也被身側的銀髮青年笑盈盈地搭住了。

雙方一齊發力，占叻本能地想掙脫，卻駭然發現，單憑氣力，它根本不能脫離任何一方的掌控。

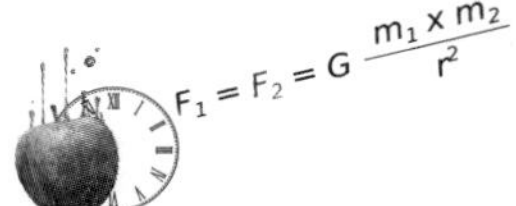

尤其是黑髮青年，在對付自己時，他甚至沒有花費多餘的力氣。

因為他的嗓音平和至極，沒有一點費勁角力的感覺：「謝謝你，讓我又發現了一個弱點……你的想像力真的很差勁。」

占叻來不及細想，迅速消散了形影，回到鏡中。

等它回到自己的地盤，才明白什麼叫忍一步越想越氣，退一步越想越虧。連連失利，還被侮辱了想像力，這讓占叻悠哉的心境發生變化。

它陰惻惻地盯著南舟，猙獰著面色，用帶有口音的中文，隔著玻璃輕聲道：「殺了你。」

「殺？」南舟望著鏡子內的占叻，反問：「你知道我以前是做什麼的嗎？」他口吻平淡道：「每天都有人主動來找我殺他們。我殺過幾千個人，有很多人都怕我呢。」

南舟這狠話放得很可愛，惹得江舫在旁輕輕笑了一聲。

與江舫的含蓄相比，占叻幾乎是要放聲大笑了。

怕？它有什麼可怕的？自己既不會死，遭受攻擊，也不會有任何疼痛可言，需要怕什麼嗎？而且，殺過幾千個人？吹牛不打草稿，真他媽的讓人笑破肚皮！！

然而，占叻雖是冷笑連連，實際上已經怒髮衝冠了。它殺了十幾個人，還沒有人質疑過它殺人時想像力差勁，沒有創意！

跟占叻對話過後，黑髮青年沒有迅速離開玻璃。他和面容扭曲的占叻對視片刻後，將佩戴著【光線指鏈】的右手舉起。

不知不覺間，他們兩人已經將三樓的迴廊逛了兩遍。

鏡子亂七八糟地扔了一地，而纏繞在窗銷上的絲線，也纏繞了兩層……就像是被套了一圈韁繩的馬脖子。

南舟活動了一下指尖，運足力氣，猝然翻覆右手，動作極其俐落地向後一拖一拽……

剎那間，三樓回字形的玻璃整體被切割爆碎。無數玻璃碎片宛如流星，直落到樓下枯萎的熱帶花草中。每一片細小的破片，裡面都殘留著占叻錯愕的面容。

南舟面前沒有鏡子了，占叻被迫轉移到臨近一間盥洗室的鏡子裡。它呆呆望著前方，呼吸逐漸急促，陰白的面色逐漸脹紅。

——他幹了什麼？！他居然像是驅趕牛羊一樣，把自己趕走了？他膽敢這樣騎臉挑釁自己？他瘋了嗎？

戾氣翻湧之下，占叻甚至沒注意到，能在一翻手間向內收縮光線圈，將一層樓的玻璃手動摧毀，得是多麼可怖的力量。占叻只有一個念頭，它催逼著讓十數個自己從鏡中鑽出。

——殺死他！

可是，讓占叻無法理解的事情再度發生了。

當十幾個自己從三樓的各個房間內衝出，十幾個自己又從樓下一路攀爬到三樓，打算將黑髮活活碎剮了的時候，黑髮和銀髮都已經不在了。

占叻的能力十分精細，可以出現在每一個可以反光的小物品中，窺探獵物的行蹤。

對它來說，這本來該是絕佳的優勢。

但是，現在的問題是，旅館裡可以反光的單體物件太多了，可以說是呈幾何量級增加。

原先，窗玻璃是一個大的整體，占叻可以輕輕鬆鬆占據全景視角，盡情觀摩他們的一舉一動。如今，整整一個旅館的三樓窗戶，都被南舟摧枯拉朽地破壞殆盡。

占叻的視線在無數玻璃碎片中反覆橫跳，在無數干擾項中艱難地判斷著兩人的去向。

它找得心頭冒火，戾氣橫生。而就在它終於在二樓的全景窗內瞥見黑髮與銀髮的身影時，黑髮早已完成了和先前一樣的步驟。

啪喀——啪喀啪喀——在一連串清脆的玻璃碎響聲中，被占叻困在二樓落地窗中，瀕臨缺氧休克的小夫妻兩人手拉著手，擁抱著對方，雙雙倒了出來，昏迷不醒。

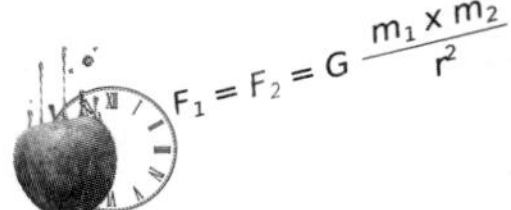

占叻的身體也隨著二樓玻璃的破碎，產生了微妙的僵直。

它後知後覺地發現了一件事——反射物，好像有點太多了——它的精神被迅速分攤到多出來的碎玻璃上，不受控制地肆意流瀉。當強大的力量平攤到每一處時，它本身反倒變得弱小了。

而那銀髮青年站在已經全碎的窗戶前，還在毫不吝惜地向那一地粼粼的碎光中，投放著那取之不盡的化妝小鏡。

鏡子，是比玻璃這類二級介質還要更耗費祂精神的一級介質，會耗費它更多的精神。

隨著鏡子數量的急速增多，占叻居然在肢體上感到了明顯的虛弱和疼痛感。

占叻看不見自己，所以沒能察覺到，自己的臉漸漸因為緊張和恐懼，扭曲成了一團。

——為什麼？！開什麼玩笑？難道自己要折在這裡不成？

（未完待續）

【紙上訪談】

作者獨家訪談第四彈，立方舟成員自我介紹

Q13：如果讓立方舟的成員（包括南極星）互相介紹對方，他們會怎麼介紹？

A13：

南舟：

（江舫）我此生最好的朋友。

（李銀航）一個出類拔萃的人類。

（南極星）我的重要夥伴。

江舫：

（南舟）愛人。

（李銀航）隊友。

（南極星）當初把牠送給南舟或許是個錯誤。

李銀航：

（南舟）溫柔的大佬。

（江舫）可怕的大佬。

（南極星）……愛吃的大佬。

南極星：

（南舟）我的主人。

（江舫）我的另一個主人。

（李銀航）…… (*/ω*)

Q14：請問您本身有沒有比較偏好的攻受組合？為什麼？

A14：我倒是沒有特別偏好的組合啦，反倒更喜歡探索不同的CP模式。

如果說偏好的話，應該就是「非你不可」這種感覺的。

沒有你，我依然能夠獨立自主地活著。

可正是因為有了你，我的生命才足夠完整。

Q15：有沒有影響您最深（或最喜歡）的作者或作品？為什麼？

A15：老舍的《駱駝祥子》。大概有半年時間，我魔怔了一樣看了一遍又一遍，每天都會看，當時就籠統地覺得好，喜歡一遍遍回顧祥子充滿希望地想要生活過得更好，然後又一次次因為各種原因滑落深淵的情節。

後來我發現，我是喜歡這種在時代和命運沉浮中體現出的人性。被生活磋磨的人，充滿希望的人，為了夢想不屈的人，因為不見光亮而墮落的人，總而言之，各種各樣的人。

我想寫他們的故事。

Q16：平常除了寫作外，有沒有其他興趣或嗜好？

A16：沒有啦，我本質上是個相當乏味的人。

如果是怪癖的話，大概就是吃，以及一遍遍回顧自己看過十來遍的老書和老劇。

（未完待續）

i小說 045

萬有引力4

國家圖書館出版品預行編目（CIP）資料

萬有引力 / 騎鯨南去著. -- 初版. -- 臺北市：愛呦文創有限公司, 2023.11-
冊；　公分. -- (i小說 ; 45-)
ISBN 978-626-96919-9-9(第4冊：平裝)

857.7　　112008593

愛呦文創

作者	騎鯨南去
封面繪圖	黑色豆腐
責任編輯	高章敏
特約編輯	楊惠晴
文字校對	劉綺文
版權	Yenyu Hsiang
行銷企劃	羅婷婷
發行人	高章敏
出版	愛呦文創有限公司
地址	10691台北市忠孝東路四段59號10-2樓
電話	（886）2-25287229
郵電信箱	iyao.service@gmail.com
愛呦粉絲團	https://www.facebook.com/iyao.book
總經銷	聯合發行股份有限公司
電話	（886）2-29178022
地址	231新北市新店區寶橋路235巷6弄6號2樓
美術設計	廖婉禎
內頁排版	陳佩君
印刷	沐春行銷創意有限公司
初版一刷	2023年11月
定價	360元
ISBN	978-626-96919-9-9

愛吻文創